GALLICA 1

Le louvetier

Du même auteur
aux Éditions J'ai lu

La Moira :
1 - La louve et l'enfant, *J'ai lu* 6757
2 - La guerre des loups, *J'ai lu* 6935
3 - La nuit de la louve, *J'ai lu* 7331

Le testament des siècles, *J'ai lu* 8251
Le syndrome Copernic, *à paraître*

HENRI LŒVENBRUCK

GALLICA 1

Le louvetier

J'AI LU

Ce livre est dédié aux militants de Ta'ayoush,
à Elliott et aux Artisans du bonheur.

« [...] *On peut vous l'avouer, maintenant, chers tontons,*
Vous, l'ami les Tommies, vous, l'ami des Teutons,
Que, de vos vérités, vos contrevérités
Tout le monde s'en fiche à l'unanimité.

De vos épurations, vos collaborations,
Vos abominations et vos désolations,
De vos plats de choucroute et vos tasses de thé
Tout le monde s'en fiche à l'unanimité.

En dépit de ces souvenirs qu'on commémor',
Des flammes qu'on ranime aux monuments aux Morts,
Des vainqueurs, des vaincus, des autres et de vous,
Révérence parler, tout le monde s'en fout.

La vi', comme dit l'autre, a repris tous ses droits,
Elles ne font plus beaucoup d'ombre, vos deux croix,
Et, petit à petit, vous voilà devenus,
L'Arc de Triomphe en moins, des soldats inconnus.

Maintenant, j'en suis sûr, chers malheureux tontons,
Vous, l'ami des Tommies, vous, l'ami des Teutons,
Si vous aviez vécu, si vous étiez ici,
C'est vous qui chanteriez la chanson que voici,

Chanteriez, en trinquant ensemble à vos santés,
Qu'il est fou de perdre la vi'pour des idé's,
Des idé's comme ça, qui viennent et qui font
Trois petits tours, trois petits morts, et puis s'en vont,

Qu'aucune idé'sur terre est digne d'un trépas,
Qu'il faut laisser ce rôle à ceux qui n'en ont pas,

Que prendre, sur-le-champ, l'ennemi comme il vient,
C'est de la bouilli'pour les chats et pour les chiens,

Qu'au lieu de mettre en jou'quelque vague ennemi,
Mieux vaut attendre un peu qu'on le change en ami,
Mieux vaut tourner sept fois sa crosse dans la main,
Mieux vaut toujours remettre une salve à demain [...]. »

Georges Brassens, *Les Deux Oncles*

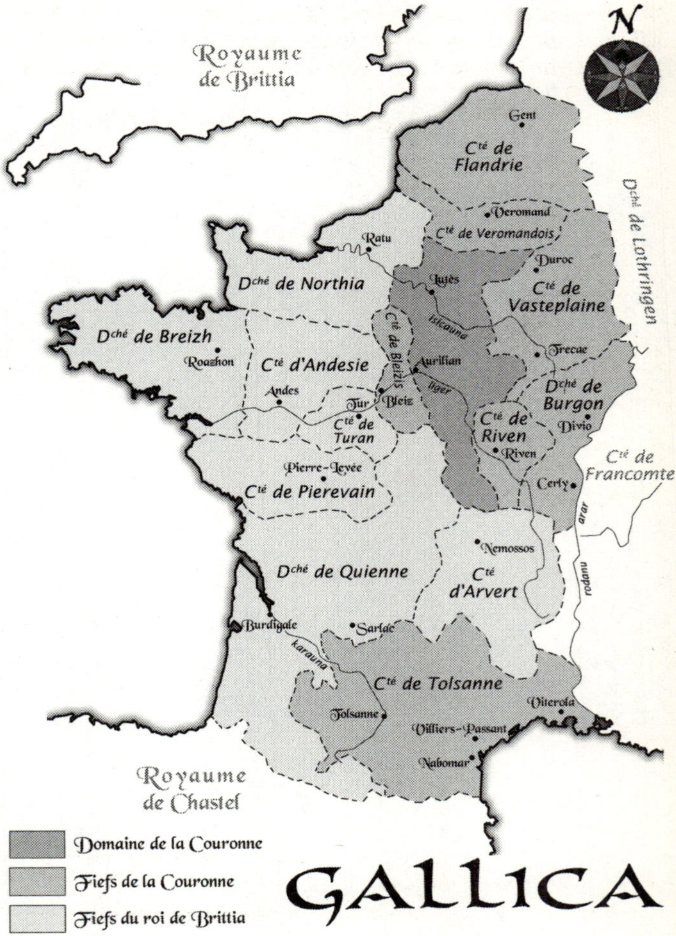

GALLICA
Royaume de Brittia
Royaume de Chastel
Cté de Flandrie
Gent
Veromand
Cté de Veromandois
Duroc
Cté de Vasteplaine
Dché de Lothringen
Ratu
Dché de Northia
Lutès
Dché de Breizh
Roazhon
Cté d'Andesie
Cté de Bleizis
Aurilian
Trecae
Andes
Tur
Bleiz
Cté de Turan
Dché de Burgon
Divio
Cté de Riven
Riven
Cté de Francomte
Cerly
Pierre-Levée
Cté de Pierevain
Nemossos
Dché de Quienne
Cté d'Arvert
Burdigale
Sarlac
Cté de Tolsanne
Tolsanne
Viterola
Villiers-Passant
Nabomar
iscauna
liger
arar
rodanu
karauna
N
Domaine de la Couronne
Fiefs de la Couronne
Fiefs du roi de Brittia

Prologue

LES FEUX DE LA SAINT-JEAN

La mémoire de la terre est étrangère à celle des hommes. On croit tout connaître de l'histoire et du monde, mais il est des âges anciens où vivaient encore mille merveilles aujourd'hui disparues. Seuls les arbres se souviennent, et le ciel et le vent... Ainsi peut-on lire encore aujourd'hui, gravée dans la pierre, l'histoire de Bohem et des Brumes, sur une terre de légende qu'on appelait Gallica.

C'est pendant la nuit de la Saint-Jean de l'an 1150 que, selon la légende, commença cette histoire, dans le castrum de Villiers-Passant.

C'était un petit bourg fortifié au sud du comté de Tolsanne, à quelques lieues de la mer et de Nabomar, la cité des hérétiques. On y menait une vie paisible dans la beauté imperturbable des collines méridionales. La plupart des habitants étaient, depuis la nuit des temps, agriculteurs, petits négociants ou, bien sûr, vignerons. Le seigneur qui occupait le château, Maugard de Villiers, était un homme discret, que l'on voyait rarement. Il se contentait de percevoir un péage de la part des étrangers qui devaient traverser le castrum, lieu de passage incontournable quand on remontait de Nabomar. Mais la véritable autorité, dans les remparts du village, était entre les mains du prêtre, protégé de l'archevêque de Tolsanne.

Juin allait bientôt s'éteindre, et, comme chaque année, le père Grimaud avait demandé au louvetier de chasser une Brume afin qu'elle fût sacrifiée le soir sur le bûcher de Villiers-Passant.

En effet, l'Église s'accommodait mal de ces animaux de légende. Ces créatures merveilleuses venues d'un âge plus ancien. Chimères, vouivres, bayards, tarannes, loups, piternes, licorne... De moins en moins nombreuses, elles dérangeaient toutefois encore par l'affront qu'elles faisaient à la foi chrétienne, par leur simple présence. Par la vérité de leur existence. Car elles n'étaient pas des créatures de Dieu ; elles étaient les survivantes d'un mythe que l'Église préférait oublier. Alors, on les appelait « créatures du démon » et on les chassait à travers le pays. Le roi, soucieux de satisfaire les papes successifs, payait même des hommes pour se charger de cette triste besogne. C'étaient les louvetiers.

C'est ainsi que, depuis dix jours au moins, Martial, le louvetier de Villiers-Passant, parcourait la garrigue, foulait la terre d'ocre, scrutait le paysage à travers les vignes exubérantes de juin et les dernières floraisons vertes des petits oliviers. Transpirant sous son gambison de cuir vert – la couleur des louvetiers – et sous son heaume à bassinet, il portait son lourd équipement sans sourciller et sillonnait prudemment la campagne.

C'était un homme robuste, aux épaules larges. Ses gestes étaient lents et sûrs, ses mains de géant témoignaient de sa force et il semblait ancré dans le sol, comme une statue qu'aucune tempête n'aurait pu renverser. Il avait le visage sévère, la mâchoire carrée, et ses petits yeux noirs ne laissaient transparaître aucune émotion. Les quelques cheveux gris qui étaient apparus ces derniers mois sur ses tempes ne changeaient rien à son charisme. Au contraire. Ils ajoutaient une petite touche de sagesse à son image de forteresse.

Les jours se faisaient de plus en plus longs et de plus en plus chauds, bientôt on passerait la grande porte de l'été, ce qui ne facilitait pas la tâche de Martial, car les Brumes se cachaient du soleil et sortaient plutôt la nuit. Mais il était un louvetier d'exception, connu à travers toute la Tolsanne, et il ne se découragea pas. Tous les soirs, avant la tombée de la nuit, il quittait sa maison, son filet et ses cordes sur les épaules, son heaume de louvetier sous le bras, laissant derrière lui ses enfants, l'air grave mais le pas assuré. Il ne doutait pas qu'il finirait par trouver une Brume. Il n'avait jamais failli.

Et, en effet, le matin même des feux de la Saint-Jean, alors que le soleil venait à peine d'embraser l'horizon rouge de l'autre côté de la colline de Prade, on vit Martial entrer dans le castrum de Villiers-Passant, portant un loup sur le dos.

L'animal, les pattes ligotées, la gueule bâillonnée, s'agitait violemment pour se dégager, mais Martial n'avait jamais lâché une proie. Il tenait son trophée fièrement sur ses épaules et se rendit tout droit à l'église pour montrer sa prise au prêtre du bourg.

Quand le père Grimaud avait entendu les acclamations des villageois, il avait aussitôt compris ce qu'il se passait et était sorti sur les marches de la petite église.

Le prêtre de Villiers-Passant était un homme grand et maigre, aux joues creuses, aux orbites enfoncées au-dessus de ses pommettes saillantes, à la peau tendue. L'un des plus vieux habitants du village, il était toutefois encore vif, brillant et autoritaire. Les quelques cheveux qui entouraient son crâne lui donnaient un air d'empereur ou de sage, et ses yeux d'un bleu profond avaient jadis troublé plus d'une Gallicienne.

Il s'essuya le front pour éponger quelques gouttes de sueur, puis accueillit le louvetier à bras ouverts.

— Merci, Martial, dit le prêtre d'une voix assez forte pour que tous les badauds réunis devant l'église puissent l'entendre.

Le louvetier déposa la Brume au pied des marches puis baisa la main du prêtre en s'inclinant. Le père Grimaud lui fit signe de se relever.

— Tu peux être fier, Martial. Comme toujours.

— L'été fait revenir les Brumes, expliqua le louvetier. Bien sûr, elles ont chaud et se cachent. Mais elles sont un peu plus nombreuses que cet hiver, et elles sont assommées par la chaleur. Je n'ai aucun mérite, mon père.

— Allons, ne sois pas modeste ! Les Brumes sont de plus en plus difficiles à trouver, je le sais. Mais elles sont l'esprit du mal, Martial, elles menacent la fécondité de la terre, l'abondance des rivières. Tout le village t'est reconnaissant. Nous allons pouvoir célébrer la Saint-Jean comme prévu. Nous brûlerons ce loup cette nuit.

Le louvetier acquiesça. Il se baissa pour remettre l'animal sur son dos, puis se retourna vers la foule qui les écoutait.

— Allons préparer le bûcher autour du mai ébranché ! s'exclama-t-il en souriant.

Les badauds applaudirent, rassurés, et les enfants partirent en courant vers la place centrale du bourg. En quelques heures on érigea le bûcher. Chacun y apporta quelque chose à brûler, quelque souvenir à sacrifier, puis chaque femme du village déposa une couronne de fleurs qui servirait plus tard à protéger son foyer de la foudre.

L'excitation grandissait dans le regard des enfants, et une sorte de soulagement allumait celui des adultes. Le prêtre avait rappelé toute la semaine qu'on allait célébrer saint Jean. Comme chaque année, il avait expliqué qui était ce saint, comment il avait baptisé le Christ, l'Agneau de Dieu. Il avait dit une fois encore que le feu symbolisait la lumière qu'il avait apportée au monde. Que cette lumière chasserait le Malin comme ce feu brûlerait la Brume apportée par le louvetier... Mais ce n'était pas vraiment pour cette raison que les villageois semblaient rassurés.

Non. En secret, les habitants de Villiers-Passant – comme tous les gens en Tolsanne – n'oubliaient pas les croyances plus anciennes. Celles qui, longtemps avant que les prêtres ne foulent les terres pourpres du comté, animaient leurs ancêtres au cœur de l'été. Et, sans oser en parler, comme chaque année, chacun craignait en ce jour de solstice l'arrivée du Sauvage, qui était homme et bête, vieillard et enfant, et qui était pire peut-être que le Diable lui-même. Sculpté sur les piliers des églises, chanté par les troubadours, évoqué comme une menace dans les histoires terribles des conteurs, il était bien présent dans l'esprit des Galliciens, et si l'on connaissait son nom, on ne le prononçait jamais. De peur de l'invoquer.

Mais Martial avait trouvé une Brume, et c'était de bon augure. Cette année, sans doute, le Sauvage ne viendrait pas.

Quand la nuit fut tombée, tous les habitants de Villiers-Passant suivirent le prêtre et le seigneur Maugard qui, malgré le peu d'intérêt qu'il portait à ce genre de manifestations, se devait de participer à la cérémonie. Ils formèrent une grande procession qui partit de l'église.

Pour l'occasion, les villageois avaient revêtu leurs bliauds les plus colorés, si bien que c'était une foule rouge, verte et bleue qui se glissait parmi les maisons. On riait, on chantait, on dansait en avançant vers le grand arbre. Le feu était déjà partout, au bout des torches que portaient les villageois comme sur les flambeaux plantés dans la terre pour montrer le chemin. Les murs de pierre se coloraient de jaune au passage du cortège, autour duquel les chiens, agités, couraient en aboyant. La nuit de la Saint-Jean, la légende racontait que tous les animaux se mettaient à genoux ; mais qu'il était imprudent d'aller voir ce phénomène fabuleux dans les étables car on risquait alors d'être attaqué...

Bientôt, on arriva sur la place centrale, et, tout naturellement, on forma un arc de cercle devant le bûcher.

Martial était déjà là, qui attendait la procession en silence. Il se tenait droit et fier devant une échelle appuyée contre la cime du mai. À ses pieds on distinguait une corde, un sac, et, secoué de soubresauts, solidement attaché, le grand loup gris qu'il avait capturé le matin même.

On apporta une chaise au seigneur de Villiers-Passant qui s'installa en face du bûcher. Le prêtre s'avança vers Martial, lui sourit, puis se retourna vers la foule et lui fit signe de se taire. Le silence s'établit aussitôt. On n'entendait plus que le craquement des torches, le chant continu des grillons et le bruit des chiens qui s'agitaient toujours sur la grande place.

Le prêtre leva les mains vers les villageois, puis de sa voix forte et grave, il prononça sa prière :

« Saint Jean-Baptiste,
Toi qui annonças la venue du Messie,
Tu as su préparer,
Par ta vie d'austérité et de pénitence,

Les voies au règne de l'Agneau rédempteur.
Nous t'en supplions,
Daigne nous obtenir la grâce
De marcher sur tes pas glorieux,
De défendre avec zèle
Les intérêts de la sainte Église
Et de réaliser les desseins
De la divine Providence sur chacun de nous.
Que le feu écarte l'esprit du mal
Qu'il chasse le démon,
Pendant que nous chantons la louange
Du Roi éternel de tous les peuples.
Amen. »

Le seigneur Maugard de Villiers et tous les villageois firent le signe de croix en fermant les yeux, puis il restèrent silencieux un instant. La tête baissée, certains se jetaient des petits regards, impatients. Les enfants, surtout, avaient bien du mal à contenir leur excitation. Le père Grimaud mit fin à leur attente. D'un geste il bénit le bûcher, puis il se retourna vers l'assemblée.

— Qu'on allume le mai !

La foule se mit aussitôt en mouvement. Les enfants partirent chercher les longues torches alignées sur le côté de la place. Les adultes s'écartèrent un peu pour mieux apprécier le spectacle qui se préparait. Le père Grimaud s'installa à côté du seigneur Maugard. Quant à Martial, il venait de mettre le loup dans le grand sac de toile et montait en haut de l'échelle pour fixer la corde au-dessus du bûcher. Il la fit passer par-dessus la plus haute branche de l'arbre et, en tenant les deux extrémités, il redescendit l'échelle. Puis il attacha solidement le sac à l'un des deux bouts de la corde. Il se redressa et se tint prêt.

Le prêtre fit signe aux enfants. Aussitôt, ils jetèrent leurs torches dans le bûcher en hurlant de joie. Le feu prit rapidement. Il y eut d'abord de petites flammes éparses, en bas de la grande structure de paille et de bois. Puis les flammes grandirent et se rejoignirent à mi-hauteur. Le foyer devint presque rouge. Les craquements se firent de plus en plus forts. La chaleur intense gagna les visages des spectateurs ébahis par ces hautes langues de feu. Quelques flammèches s'envolaient autour du bûcher comme des étoiles filantes dans un ciel d'août. La fumée commença à se propager sur la place, se faufilant d'un côté ou de l'autre, au gré du vent.

— Martial ! s'exclama le prêtre. Hisse la Brume !

Tous les regards se tournèrent vers le louvetier. L'heure du sacrifice était venue. Les plus jeunes enfants se réfugièrent près de leurs mères, inquiets sans doute. Ils étaient encore trop jeunes pour s'être habitués à ce violent spectacle. Les Brumes étaient de plus en plus rares et donc de plus en plus mystérieuses. Qu'allait-il se passer ? Et si le loup parvenait à se libérer ? Hurlerait-il quand les flammes l'auraient atteint ? Allait-il mourir sur le coup, ou devrait-il souffrir d'une longue agonie ?

Le louvetier attrapa la corde à deux mains. Il posa un pied sur le premier barreau de l'échelle et tira de toutes ses forces. Puis il plaça ses mains plus haut sur la corde et recommença, encore et encore. Le grand sac blanc entama sa lente montée au-dessus du bûcher, se balançant de droite et de gauche, vacillant dans la vapeur des flammes. Le loup était encore vivant. Muselé, il ne pouvait hurler, mais on le voyait se débattre violemment à l'intérieur du sac. Sans doute la chaleur commençait-elle à le brûler à travers la toile.

Martial peinait à faire monter la bête jusqu'en haut. Le grand loup était lourd, dans la force de l'âge, de sorte qu'il s'agitait de plus en plus brutalement. La corde frottait contre la branche et avait du mal à glisser. La chaleur du bûcher était de plus en plus forte. Le louvetier fit une courte pause pour essuyer les gouttes qui coulaient sur ses joues et sa nuque. Puis il tira à nouveau sur la corde. Le sac monta encore un peu.

Soudain, un hurlement strident déchira l'air. Plusieurs villageois sursautèrent. Quelques enfants, terrifiés, se mirent à pleurer. L'animal avait dû se défaire du bout de corde qui le muselait. Il hurlait à la mort, jappait, aboyait à la fois. Martial fit une grimace. Il tourna les yeux vers le père Grimaud.

Le prêtre était toujours assis, immobile. Il souriait. Martial lui adressa un signe de tête interrogateur. Le prêtre écarta les bras.

— Hisse donc cette Brume ! s'exclama-t-il en riant. Qu'elle brûle !

Les villageois regardèrent le prêtre. Il était debout à présent.

— Brûle ! répéta-t-il en levant les yeux vers le loup.

La foule l'imita. Ils se mirent tous à répéter ce même mot, de plus en plus fort, comme pour encourager le louvetier, ou peut-être pour oublier les hurlements de l'animal. *Brûle !* Leurs cris devenaient hystériques.

Martial hocha la tête. Il inspira profondément, puis il tira à nouveau sur la corde, plus fort, et en deux coups seulement, le sac arriva juste sous la branche, au sommet du bûcher.

Ce qui se passa alors allait bouleverser à jamais l'histoire du petit castrum de Villiers-Passant.

Dans la foule, à quelques pas du prêtre, les deux enfants du louvetier regardaient ce spectacle, blottis l'un contre l'autre, livrés à eux-mêmes. Bohem, l'aîné, avait treize ans. Ses cheveux mi-longs étaient noirs comme un océan sans lune. Ébouriffés, en bataille, ils barraient son front et ses joues. Les yeux fins de l'enfant, d'un bleu turquoise, donnaient à son visage ciselé une profondeur pleine de mystère. Il était déjà grand et fort et tenait sa sœur tout contre lui, ses larges mains posées sur sa chevelure blonde et bouclée. Depuis la mort de leur mère, cinq ans plus tôt, ils ne se quittaient plus et avaient construit une intimité forte que les autres enfants du village enviaient. Quant à leurs relations avec leur père, elles étaient devenues compliquées. Les devoirs du louvetier le tenaient souvent éloigné d'eux, et son caractère froid et autoritaire ne facilitait rien. La petite Catriona n'avait d'yeux que pour son grand frère et il avait pour elle toutes les attentions.

Mais soudain, alors que leur père venait d'attacher la corde au pied d'une souche pour que le sac dans lequel hurlait le loup ne puisse pas redescendre, Bohem s'écarta de sa jeune sœur. Et, sans même lui accorder un regard, il la laissa derrière lui et marcha tout droit vers le bûcher.

Quand il eut fait la moitié du chemin qui le séparait du feu, les villageois commencèrent à s'écarter devant lui. Il avançait d'un pas sûr, le même pas que celui de Martial, et son regard fixait le haut du bûcher. Les flammes se reflétaient dans ses yeux brillants et lui donnaient un air menaçant. La foule, qui se demandait ce qui se passait, commençait à murmurer. Le prêtre, lui, semblait avoir compris. Le père Grimaud se leva brusquement, mais il était trop tard. Plus rien ne pouvait arrêter le fils du louvetier.

Quand il arriva au pied des flammes, il y eut des cris dans l'assemblée. La chaleur aurait dû arrêter le jeune garçon depuis longtemps. Pourtant, il se jeta sur le bûcher et attrapa à pleines mains les branches en feu.

Maugard de Villiers lança un regard inquiet au prêtre. Le père Grimaud secoua la tête. Il murmura quelque juron que le seigneur ne pouvait entendre.

À cet instant, Martial sortit de sa torpeur. N'en croyant pas ses yeux, il était resté immobile au pied de l'échelle, à regarder son fils s'approcher des flammes, persuadé qu'il allait s'arrêter à quelques pas et faire demi-tour. Mais Bohem ne s'était pas arrêté. Et il se hissait à présent au milieu des flammes immenses. Martial devait sauver son fils ! Il se précipita vers le bûcher, tenta de monter lui aussi sur le tas de bois en feu, mais il ne put soutenir plus longtemps l'atroce chaleur qui s'en dégageait. Il fit un bond en arrière et roula sur le sol en hurlant de douleur et de peur mélangées.

Bohem continuait de grimper. Il était déjà au cœur du bûcher et son corps disparaissait par moments derrière le rideau de hautes flammes.

Quand Martial releva la tête, les yeux embués, il vit que son fils était au sommet du bûcher, au milieu des flammes, se tenant droit, comme par magie, dans l'équilibre fragile de la haute structure embrasée. Ses vêtements étaient en feu et l'on devinait les plaies qui se dessinaient sur sa peau. Mais il semblait ne rien sentir. Avec des gestes précis et assurés, il détacha le grand sac de toile et le prit dans ses bras.

— Qu'est-ce qu'il fait ? s'exclama le seigneur Maugard en se levant à son tour.

— Il est devenu fou ! balbutia le prêtre.

— Comment peut-il..., murmura Maugard en retour, comme s'il reprochait au père Grimaud de ne pouvoir expliquer ce qu'il se passait.

Mais rien n'aurait pu l'expliquer.

Derrière eux, la petite Catriona regardait son frère les yeux écarquillés. Des larmes coulaient le long de ses joues.

Enfin, Bohem redescendit au milieu des braises, lentement, assurant chaque pas pour ne pas perdre l'équilibre. Il tenait contre lui le corps lourd et à présent immobile du grand loup gris. Comme une mère porte son enfant. Ses vêtements en lambeaux collaient à sa peau écarlate. Ses cheveux n'étaient plus qu'un amas noirâtre plaqué contre son crâne. Il arriva bientôt au bord du bûcher, sauta sur le sol et avança parmi les villageois perplexes.

Son père se précipita au-devant de lui, mais s'immobilisa dès qu'il croisa son regard. Il n'y avait aucune souffrance dans les yeux de Bohem. Une seule chose allumait son regard : le défi.

— Laisse-moi passer ! gronda le jeune homme.

Martial s'écarta de son chemin, épouvanté par cette vision cauchemardesque. Le corps de son fils était brûlé de la tête aux pieds, sa chair rose et noire n'était plus qu'une grande plaie. Et pourtant il continuait d'avancer, portant le corps inanimé du loup dans ses bras, et il se dirigeait, impassible, vers la sortie du village.

Bohem passa devant son père, puis à côté du prêtre et du seigneur Maugard, sans s'arrêter. Il ne leur adressa pas même un regard. Et ils n'osèrent pas l'interpeller.

Le fils du louvetier marcha ainsi jusqu'aux portes des remparts, sans jamais ralentir ni se retourner. C'était comme s'il avait oublié le monde autour de lui. Comme si plus rien ne lui importait que sortir du bourg.

Les deux gardes, qui avaient suivi la scène, ouvrirent le passage sans réfléchir. Quelques villageois suivaient Bohem de loin. Les autres, abasourdis, étaient restés sur la place centrale, comme pétrifiés par les flammes. Martial, terrifié, s'était précipité vers sa fille et l'avait prise dans ses bras. Ils suivirent Bohem à leur tour, sans oser l'arrêter. Sans oser le toucher. Sans comprendre ce qu'il faisait, où il allait. Et pourquoi.

Bohem passa la grande porte et s'avança dans la lande. Il marcha droit devant lui, puis, quand il fut assez loin du chemin, il s'arrêta. Les villageois s'arrêtèrent eux aussi, silencieux, étonnés. Impatients presque. Ils voulaient comprendre.

Lentement, Bohem posa un genou par terre et coucha délicatement la bête sur le sol. Il passa sa main meurtrie dans la fourrure de l'animal. Le ventre du loup se soulevait encore, péniblement. Il vivait toujours. Bohem ferma les yeux. Il resta un long moment accroupi près de la Brume et son corps se mit à trembler.

Soudain, le loup se releva et s'enfuit en boitant. Comme ressuscité. Bohem s'écroula sur le sol, évanoui.

Au loin, au sommet de la colline de Prade, une silhouette se dessina dans les rayons de la lune. C'était la silhouette d'un cavalier vêtu de peaux de bêtes. Statue de chair veillant sur la vallée.

Ainsi naquit la légende de Bohem, l'enfant qui sauva une Brume des flammes de la Saint-Jean.

Chapitre 1

NOIRS PILIERS

— Majesté, votre royaume s'effondre.

La sentence était tombée comme la herse d'une prison. Elle résonna longtemps entre les quatre murs de pierre du cabinet royal. Pieter le Vénérable leva les yeux vers le roi pour voir si sa formule avait eu quelque effet. Mais Livain ne réagit pas. La tête appuyée sur sa main droite, le coude sur le bord de son large fauteuil, il réfléchissait encore, le regard dans le vide.

C'était un roi jeune mais qui avait déjà l'air grave. Il était pieux, fort pieux, on racontait même qu'il aurait préféré donner sa vie à l'Église plutôt qu'à l'État. Mais il avait été couronné tôt, trop tôt peut-être, avant même la mort de son père, parce que celui-ci était malade. Bel homme, les yeux en amande, les sourcils longs et fins, la barbe finement taillée, il avait une longue chevelure châtain qui retombait, lisse, sur le métal lustré de son armure.

Pieter le Vénérable, qui avait, lui, plus de soixante ans, l'avait vu grandir. Il était déjà l'abbé de Cerly quand le jeune homme avait été couronné. Il le connaissait bien mais n'avait encore jamais pu se rapprocher de lui véritablement.

Le matin, on était venu chercher Pieter – qui résidait pour quelques jours dans une maison de l'ordre dans la capitale – en lui annonçant que le roi réclamait sa présence au plus vite au palais de l'Île de la Cité. L'abbé avait tout de suite deviné ce que le roi désirait. Il cherchait un conseil. Et un encouragement. Le chapelain du roi n'était pas un fin politicien, et Livain ne savait plus à qui demander un avis clairvoyant. C'était une opportunité sans précédent pour Pieter le Vénérable. Il allait pouvoir montrer au roi qu'il était un habile diplomate. Enfin !

Depuis la mort de Courage de Blanval – qui avait été l'un des personnages les plus éminents du royaume pendant les trente dernières années – Pieter le Vénérable espérait bien devenir à son tour le conseiller du roi de Gallica. Élu abbé de Cerly quelques années après que Courage eut fondé Blanval au sein de l'ordre de Cistel, il avait depuis toujours envié la renommée de celui-ci et comptait bien à présent faire revenir l'ordre de Cerly sur le devant de la scène. Et devenir le bras droit du roi par la même occasion. C'était la dernière victoire qui manquait au vieil homme.

Car Cerly lui avait déjà offert une gloire sans pareille. L'abbaye était sans conteste la plus grande, la plus prestigieuse et la plus influente du monde chrétien. Depuis plus de deux siècles, fondée au sein du duché de Burgon, elle n'avait cessé de s'étendre, dans le profond respect de la règle de saint Benoît, et comptait aujourd'hui plusieurs milliers de maisons, non seulement en Gallica mais aussi dans la plupart des royaumes d'Occident. Les papes successifs avaient accordé de nombreux privilèges à l'ordre. Ainsi, Cerly dépendait de la seule autorité de Sa Sainteté. Et son abbé avait obtenu le droit de porter les *pontificalia*, ces attributs réservés d'habitude aux évêques, tels la mitre, la dalmatique ou les sandales...

Soudain, comme si la phrase de Pieter venait seulement de lui parvenir, Livain releva la tête et frappa du poing sur son accoudoir.

— La femme que j'ai répudiée a épousé cet arrogant Capigesne, lequel est sur le point d'être couronné roi de Brittia ! Mes plus fidèles conseillers, l'abbé Ségur et Courage de Blanval, sont morts ! La croisade que j'ai menée en Orient s'est terminée en désastre ! Jamais ma popularité n'a été plus mauvaise en Gallica ! Et tout ce que vous trouvez à me dire, Pieter, c'est que mon royaume s'effondre ?

L'abbé soutint le regard du roi. Il ne fallait pas faiblir.

— Vous voudriez que je vous mente et que je vous dise que le domaine est florissant ? À la flatterie, j'ai toujours préféré la sincérité, Majesté, et c'est pour cela que votre père m'écoutait. Votre royaume s'effondre, et, si vous attendez de moi un quelconque réconfort, vous vous trompez. Car si nous en sommes ici aujourd'hui, c'est par votre faute, et vous ne pouvez vous en prendre qu'aux mauvais choix que vous avez faits.

Quelle montagne d'audace m'étouffe pour oser parler ainsi au roi ! Mais le seul moyen de m'attacher sa confiance sera sans doute de me montrer dur et sincère envers lui. C'est la méthode que Courage de Blanval a employée pendant des années, et elle a fait ses preuves.

— Je n'ai pas besoin que vous me disiez tout cela, répliqua le roi d'un ton plus posé. Je sais les erreurs que j'ai faites.

— Tant mieux ! En revanche vous avez peut-être besoin qu'on vous rappelle de ne pas les refaire. D'autres choix aujourd'hui pourraient sortir le royaume de ce mauvais pas.

Le roi se leva et se dirigea vers le mur qui était derrière son fauteuil. Il y avait là un portrait de Livain VI, son père, qu'il regarda, les mains croisées derrière le dos.

— Quels autres choix ? dit-il sans se retourner. Je vous rassure, je n'avais pas l'intention de repartir en croisade !

C'est gagné. Voilà, il demande mon avis. À présent, je dois non seulement en profiter pour lui donner des conseils qui serviront mes desseins, mais aussi des conseils qu'il appréciera et qui l'inciteront à me faire confiance.

— Pourtant, c'est bien de Dieu que vous devez vous rapprocher, Majesté.

Livain se tourna lentement vers le vieil abbé.

— Je ne me suis jamais éloigné de Lui. Je le prie chaque jour et vous savez que je suis bon chrétien. C'est Dieu qui guide chacun de mes choix...

— Je n'en doute pas un instant, Majesté, et je connais votre foi. Je sais que Dieu est présent dans votre vie. Mais êtes-vous en bons termes avec son représentant sur terre ?

— Le pape ? s'étonna Livain.

Pieter acquiesça. Un sourire apparut sur son petit visage ridé.

— Nicolas IV vient de Brittia... comme Emmer Capigesne. Or, notre plus grosse difficulté, aujourd'hui, c'est justement Emmer et votre ancienne épouse. En se mariant tous deux, ils constituent un ennemi plus important encore que les plus grands ennemis que votre père ait eu à affronter. Hélène lui a apporté la Quienne, le Pierevain, et l'Arvert, et lui-même possède déjà la Northia, l'Andesie et la Turan. Ainsi, quand il sera couronné, plus de la moitié de Gallica dépendra du royaume de Brittia. Ce qu'il vous faut, ce sont des alliés de taille. Le pape sera un atout majeur dans le conflit qui vous oppose à Emmer : ils sont originaires du même pays, en aucun cas vous ne devez risquer qu'ils s'allient contre vous.

— Que dois-je faire ? J'ai déjà organisé une croisade pour m'attirer les faveurs de son prédécesseur... Voyez où cela m'a mené.

— Remariez-vous. Épousez une femme de pouvoir, et demandez au pape de célébrer cette union.

Le roi hésita un instant.

— Me remarier...

Il y a déjà pensé. Parfait. C'est le conseil qu'il voulait entendre. Je dois confirmer les arguments qui l'ont amené à y penser.

— Hélène ne vous a laissé aucun fils. Vous avez trente-quatre ans, il est temps de penser à votre succession.

Le roi retourna s'asseoir sur son fauteuil, face à l'abbé.

— Une femme de pouvoir, dites-vous ?

— Bien sûr. Une femme qui consolidera votre couronne...

— C'est ce que j'avais espéré en épousant Hélène de Quienne, railla Livain.

— Elle n'est que la fille d'un duc, Majesté. Et une païenne, qui passe son temps à festoyer avec ses troubadours de mauvaises mœurs ! Non. Je pensais à une union bien plus remarquable.

— La fille d'un roi ? s'étonna Livain en haussant les sourcils.

— Camille de Chastel, l'héritière du royaume de Chastel. Épousez-la, Livain, et demandez au pape de célébrer votre union. Vous gagnerez d'un seul coup deux alliés plus puissants que l'ennemi qui nous inquiète.

Le roi acquiesça en souriant. C'était sans doute la meilleure suggestion qu'on lui eût faite depuis fort longtemps... Depuis la mort de Courage de Blanval, peut-être.

— Et ce n'est pas tout, reprit Pieter. Vous devez consolider votre propre royaume.

— Je n'ai jamais cessé de le faire ! s'insurgea Livain.

— Vraiment ? La Tolsanne a beau être l'un de vos fiefs, je ne suis pas sûr que la fidélité du comte Redhan vous soit totalement acquise. Ce serait pourtant un allié précieux.

— Redhan est têtu, et le comté de Tolsanne a toujours été très indépendant. C'est un fief difficile à maîtriser.

— C'est vrai, reconnut Pieter. Il souffle là-bas un vent séparatiste qui n'a jamais été très favorable à la Couronne ; sans parler des hérétiques qui sont un véritable affront à la chrétienté... Mais c'est justement pour cela que vous devez vous rapprocher du comte de Tolsanne. Ce devrait être à la portée du roi que vous souhaitez être.

— Faites attention à ce que vous dites, Pieter. Je veux bien écouter vos conseils, mais épargnez-moi vos railleries. J'ai beaucoup de respect pour votre âge et votre carrière, mais je n'en suis pas moins votre roi.

— Je connais un moyen de vous rapprocher du comte de Tolsanne, répliqua l'abbé comme s'il n'avait pas entendu la mise en garde de Livain.

— Et comment cela ?

— Mais de la même façon, Majesté !

— Un mariage ?

— Votre sœur Constantine ne cherche-t-elle pas un époux ?

Le roi fronça les sourcils. Puis il se frotta la barbe en se renfonçant dans son fauteuil. Il resta silencieux un long moment. Il regardait dans la direction de l'abbé, mais il ne le voyait plus. Ses pensées étaient ailleurs. Enfin, il sourit.

— Vous pouvez nous quitter, à présent, dit simplement le roi en se relevant. Je vous remercie de votre visite, mon cher abbé. Nous en reparlerons.

Pieter le Vénérable salua le souverain et sortit sans ajouter un seul mot. Quand il eut passé la porte, il serra les poings à l'intérieur de sa dalmatique. Il avait gagné cette première manche.

*
* *

— Plutôt mourir que prendre ta place ! s'exclama le jeune homme en se levant de table.

C'était juin à nouveau. Quatre années avaient passé depuis cette fameuse nuit de la Saint-Jean. Bohem avait à présent dix-sept ans et seule la réputation de son père l'avait sauvé de l'opprobre. Martial avait supplié l'évêque de Nabomar de ne pas prononcer l'excommunication de son fils ; l'affaire avait duré une année entière, puis on avait finalement fait preuve de clémence. Mais plus jamais on n'avait regardé Bohem comme avant. Les gens du village n'osaient plus lui parler, le père Grimaud lui-même refusait de lui adresser la parole et lui lançait des regards pleins de suspicion quand il venait communier à l'Église. Si bien qu'il avait fini par ne plus s'y rendre. Par s'excommunier lui-même.

Longtemps, Bohem avait gardé les stigmates de ses brûlures. Ses cheveux avaient mis deux ans à repousser et il portait encore aujourd'hui des cicatrices sur le visage et les mains. Personne ne pouvait oublier ce qui s'était passé. Lui, dont le joli visage avait jadis charmé plus d'une fille du village, faisait à présent peur et on préférait l'éviter. Non qu'il eût perdu de son charme. Bohem était toujours un beau garçon et ses cicatrices donnaient même à son visage une sorte de force cachée, une dureté énigmatique. Mais ce qu'il avait fait n'était pas naturel et, d'une certaine façon, il était devenu un étranger.

Seule Catriona, maintenant âgée de quinze ans, avait gardé tout son amour pour son grand frère. Mais pour elle aussi, les choses avaient changé. Elle avait beau l'aimer tendrement, elle ne pouvait plus se confier à Bohem comme avant. Il s'était fermé. Bien sûr, il lui adressait toujours des sourires affectueux et elle voyait bien dans son regard qu'il tenait à elle avec la même ferveur, mais il ne passait plus autant de temps auprès d'elle ; dès que Catriona voulait lui parler un peu plus sérieusement, il fuyait. Plus jamais il ne fut question de la Saint-Jean entre eux.

— C'est le seul moyen pour toi de racheter ta faute, Bohem, et, de toute façon, que pourrais-tu faire d'autre ? s'exclama Martial en se levant à son tour.

Bohem s'arrêta et fit volte-face.

— Je n'ai pas à racheter ma faute. Je ne regrette rien.

Martial se précipita sur son fils et lui envoya une puissante gifle. Bohem perdit l'équilibre et tomba au beau milieu de la pièce, entraînant une chaise dans sa chute.

Catriona poussa un cri aigu, puis courut dans le garde-manger. Elle claqua la porte derrière elle. Elle ne pouvait plus supporter les confrontations entre Bohem et leur père. Depuis quatre ans, leur vie était devenue beaucoup trop compliquée et tendue pour elle. Et elle se sentait seule. Bien trop seule.

Ils habitaient tous les trois dans une petite maison, au bout d'une ruelle en pente dans l'ouest de Villiers-Passant. C'était une modeste demeure, où ils vivaient de plus en plus chichement, car les Brumes se faisaient rares et Martial touchait de moins en moins de primes. Une grande cheminée occupait tout le mur nord de la pièce principale, avec une crémaillère en fer, de gros chenets usés et une vieille marmite. Une huche, une table, un banc et deux chaises, quelques paniers, un petit moulin à bras et l'équipement de chasse du louvetier ; leurs possessions se résumaient aujourd'hui à bien peu de choses. Et cela n'arrangeait rien.

— Sais-tu ce que cela m'a coûté, ton histoire ?

Bohem se releva péniblement, se tenant la joue.

— Tu me l'as répété des milliers de fois. Et tu pourras aussi me donner des milliers d'autres gifles, cela n'y changera rien. Je ne regrette pas.

Martial secoua la tête et alla se rasseoir à la grande table. Il recommença à manger, comme si rien ne s'était passé, mais on voyait bien dans son regard qu'il essayait simplement de contenir sa fureur.

— Pourquoi es-tu si fier, Bohem ?

Le jeune homme ramassa la chaise qui était tombée à côté de lui, mais il ne s'assit pas. Il garda ses deux mains crispées sur le dossier en bois.

— Depuis que je suis tout petit, je te vois chasser les Brumes. Aveuglément. Les unes après les autres. Chaque année, le roi te paye un peu plus cher pour exterminer les derniers loups, les dernières chimères. Bientôt, il n'y aura plus une seule Brume en Gallica. Et pourquoi ?

— C'est mon métier, Bohem.

— Oui, mais pourquoi ? Jamais une seule Brume ne t'a attaqué ! Jamais une Brume n'est entrée dans le village...

— Les Brumes tuent des troupeaux entiers de nos moutons.

— C'est ce que racontent les gens, mais en as-tu jamais été témoin ?

— Elles ne font jamais ça devant les hommes...

— Alors comment peux-tu en être si sûr ?

— De toute façon, ce n'est pas à nous d'en juger, Bohem ! C'est la volonté du roi, et il a ses raisons. Tout comme l'Église. Les Brumes sont l'incarnation du mal. Tu le sais bien. Ce ne sont pas des créatures de Dieu. Si seulement tu retournais à l'Église, tu comprendrais peut-être...

Bohem secoua la tête.

— Je n'y crois pas un seul instant.

— De toute façon, tu n'as pas le choix. Quand je serai trop vieux pour travailler, il faudra bien que tu trouves un moyen de te nourrir et de nourrir ta sœur.

— Je ne serai pas louvetier.

Martial frappa du poing sur la table.

— Et qu'est-ce que tu feras alors ? Tu ne sais rien faire d'autre que le pitre en haut d'un bûcher ! Tu ne sais rien faire d'autre qu'humilier ton père ! Qu'est-ce qui te dérange tant, dans la chasse aux Brumes ? Tu as honte de mon métier ? Tu as quelque chose à me reprocher ? Mais comment crois-tu que je peux nous acheter de quoi vivre, espèce d'idiot !

— Tu as fait ton choix, je ne te reproche rien. Mais moi, je ne serai pas louvetier...

Martial se dressa d'un bond. Cette fois-ci, son visage était empli de haine. Ses yeux saturés de sang.

— Alors sors d'ici ! hurla-t-il en pointant le doigt vers la porte de leur petite maison. Sors ! Et débrouille-toi tout seul !

Bohem se mordit les lèvres. Il était allé trop loin. À présent, son père lui faisait vraiment peur.

— Sors ! répéta le louvetier en donnant un coup de pied dans la table. Va-t'en !

Des larmes montèrent aux yeux du jeune homme. Il était pétrifié. Le regard de son père était si menaçant qu'il n'osait bouger. Il entendit alors la porte de la pièce derrière lui s'entrouvrir. Il aperçut le regard de Catriona. Elle pleurait elle aussi.

— Pour la dernière fois, s'écria Martial, sors !

Les yeux de Martial devenaient de plus en plus rouges. La colère montait à travers toutes ses veines, prête à exploser. Le louvetier prit la chaise qui était derrière lui et la jeta violemment contre le mur. Elle se brisa dans un vacarme assourdissant, juste derrière Bohem.

— Dehors !

Le jeune homme sursauta. Il n'avait plus le choix à présent. Il devait partir. Il adressa un dernier regard à sa sœur à travers la porte du garde-manger et sortit précipitamment de la maison.

Dans la petite ruelle, quelques villageois, qui avaient entendu les hurlements de Martial et qui étaient venus voir ce qu'il se passait, se cachèrent en voyant sortir le jeune homme. Bohem les aperçut. Mais il ne s'en souciait guère. Les yeux embués, la gorge nouée, il ne pensait plus qu'à une seule chose : partir. Seulement partir.

*
* *

Ce n'était pas la première fois que Bohem se retrouvait seul au milieu de la nuit, dans la garrigue broussailleuse du pays de Tolsanne. Le vent léger du crépuscule soulevait des odeurs d'herbe sèche et de romarin. Il avait marché si longtemps que les lumières de Villiers-Passant avaient disparu derrière les collines. Et c'était mieux ainsi.

Bohem s'arrêta et s'assit sur un petit rocher de calcaire. Il poussa un long soupir. Jusqu'où irait-il cette fois ? Reviendrait-il demain dans la maison de son père ? Et, s'il le faisait, son père l'accueillerait-il à nouveau ? Ou bien Bohem aurait-il enfin le courage de partir pour de bon ? Il l'avait tenté si souvent ! Il voulait partir depuis si longtemps ! Depuis la nuit de la Saint-Jean, ou peut-être depuis plus longtemps encore. Mais il n'avait jamais trouvé le courage de quitter sa jeune sœur. Et ce soir, malgré la colère et l'humiliation, elle lui manquait déjà, Catriona ! Sa chevelure blonde et bouclée. Ses grands yeux tristes et son tendre sourire. Comme le souvenir vivant de leur mère. Il voyait encore les larmes sur ses joues, tout à l'heure, dans l'entrebâillement de la porte.

Comment quitter cette vie sans quitter Catriona ? L'emmener avec lui ? Non. Il n'avait pas le droit. Elle aimait leur père, et elle avait besoin de lui. Il leva les yeux vers le ciel, cherchant une réponse dans les étoiles. Mais ce n'était qu'une mer silencieuse, pleine de moutons argentés, sans aucune réponse.

Soudain, alors qu'il se laissait envahir par une lame de chagrin, il vit bouger sur sa droite les branches d'un buisson-ardent.

Bohem tourna lentement la tête. Plissa les yeux pour tenter de mieux voir dans cette obscurité. Ce n'était pas le vent qui avait fait ce bruit, il ne soufflait pas assez fort. Non, c'était autre chose. Quelqu'un qui l'avait suivi ?

Il se leva doucement, pour qu'on ne l'entende pas. Mais c'était bien sûr trop tard. Il se sentait observé. C'était lui la proie. Il commença à sentir les frissons de la peur monter au creux de son échine. À peine se fut-il levé qu'il vit à nouveau un mouvement derrière le buisson. Il sursauta. Quelque chose avait bougé. Caché derrière les branches. Il comprit que ce ne pouvait pas être une personne. Non. Ce devait être un animal.

Bohem serra les dents. Il n'avait rien pour se défendre. Mais il ne devait pas fuir. L'animal lui bondirait dessus. Forcément. Il chercha un peu de courage au fond de lui et fit un pas de côté. Alors, à la lueur bleutée de cette lune d'été, il le vit.

Ses yeux d'abord. Deux yeux jaunes, soulignés d'un fin trait noir, qui semblaient transpercés par la lumière de la nuit. Et qui le fixaient. Son pelage, du blanc au gris, lui dessinait des ombres sur le dos et la queue. Les zones plus claires sur son museau et ses oreilles arrondies encadraient un regard immobile, dont semblait se dégager comme une sagesse ancestrale. Un loup. Un grand loup gris.

Bohem était paralysé. Comme glacé malgré la chaleur de juin. La terreur qui l'avait envahi soudain faisait progressivement place à de la stupéfaction. Une Brume. Devant lui. Vivante. Libre. Comme il n'en avait jamais vue.

Ils restèrent ainsi un long moment. Face à face. Figés. N'importe quel autre habitant du village aurait fui depuis longtemps. Un observateur étranger eût pu prendre ce regard pour un défi. Mais c'était tout autre chose. Bohem le sentait au fond de lui. Ils s'apprivoisaient l'un l'autre. Avec un peu de crainte ou, peut-être, de respect.

Soudain, le loup ouvrit un peu la gueule et se mit à haleter, la langue pendante. Le soleil avait disparu depuis longtemps, mais il faisait encore chaud. Son crâne se soulevait au rythme de sa respiration bruyante. Son regard s'adoucit.

Bohem souffla lui aussi, puis il fit un nouveau pas vers le loup. Sans le quitter des yeux. L'animal referma aussitôt la gueule. Se tendit un peu. Mais ne recula pas.

Le jeune homme hésita. Que lui voulait cette Brume ? Était-ce celle qu'il avait sauvée des flammes quatre ans plus tôt ? Il n'aurait su le dire. La couleur de sa fourrure était assez semblable, mais cela faisait tellement longtemps, comment pouvait-il se souvenir ? Un loup vivait-il si vieux ?

En tout cas, il y avait quelque chose d'étrange. Ce loup ne s'était pas enfui. Et Bohem le savait, les loups fuient toujours. Son père le lui avait souvent raconté. On ne tombe jamais nez à nez avec un loup. Celui-là restait, pourquoi ? Qu'attendait-il ? Allait-il l'attaquer ? Non. Bohem en était presque sûr. Le loup n'avait rien d'agressif. Quelque chose dans sa façon de se tenir...

Bohem fit un autre pas en avant – le loup le dévisageait toujours. Encore un pas, puis un autre. Cette fois, l'animal eut un geste de recul. Bohem s'arrêta. Il ne voulait pas le faire fuir. Il attendit un instant. Le loup commençait à japper un peu. À se balancer sur ses pattes avant. Bohem fit un pas en arrière. Le loup se baissa brusquement. *On dirait qu'il a envie de jouer,* pensa Bohem.

Le jeune homme décida de tenter quelque chose. Il s'éloigna de l'animal. En marchant d'abord. De plus en plus vite. Puis il se retourna pour le voir. Il tapa dans ses mains, pour l'exciter. Le loup fit un bond de côté. Bohem sourit. Il se mit à courir vers le haut de la colline. Il jeta un coup d'œil derrière lui. Il ne s'était pas trompé : le loup courait à son tour. En retrait. Bohem s'immobilisa d'un coup. Le loup fit de même. Il jouait.

Le jeune homme se décida alors à marcher. Marcher avec le loup. Tout simplement. Il se dit que c'était peut-être ce que voulait l'animal. Une compagnie. Pas trop proche.

Pas trop conquérante.

Juste une présence. Alors ils marchèrent.

Quand ils arrivèrent en haut de la colline, le loup marchait devant Bohem. Il disparaissait par moments derrière les taillis, mais le jeune homme voyait régulièrement les yeux jaunes de la bête qui se retournait, comme pour vérifier qu'il était toujours là.

Le fils du louvetier se rendit soudain compte qu'il avait oublié ses peines. Il était à présent d'une humeur si légère ! Incrédule, presque. Quelle chance il avait de voir une Brume de si près ! De jouer avec elle !

Comme il commençait à sentir les effets de la fatigue, il décida de s'arrêter et alla s'asseoir sur un tronc mort au milieu de la garrigue. Il vit le loup se retourner. Pencher la tête. Puis marcher en rond autour d'un buisson.

Bohem glissa sur le bord du tronc et s'appuya contre une branche. Il posa ses pieds sur la souche et laissa sa tête glisser en arrière. Il croisa ses mains sur sa poitrine, et poussa un soupir de contentement. Il était bien. La nuit était magnifique. Juin débordait d'odeurs et de douceur. Et surtout, il savait maintenant qu'il avait eu raison. Au sujet des Brumes. Elles n'étaient pas l'esprit du mal. Ce n'était pas possible.

Il sourit. Tourna la tête vers la droite. Il vit le loup s'éloigner. Tourner encore en rond. Puis se coucher lui aussi. Plus loin. Suffisamment loin.

Bohem ferma les yeux. Puis, bercé par le concert régulier des grillons, il s'endormit.

*
* *

Hélène de Quienne leva les yeux vers la voûte splendide de la très haute nef. Elle laissa son regard se perdre au milieu des sculptures et des peintures qui semblaient veiller sur l'assemblée tout entière de l'abbaye de Thorney. La lumière colorée qui filtrait à travers les vitraux redonnait au visage d'Hélène la douceur de jadis. Sa longue chevelure bouclée, rousse, paraissait presque enflammée. Elle était belle, comme au jour de ses quinze ans.

Elle sourit. Mais c'était le sourire d'une femme sans illusions, à présent. Elle avait vécu tant de choses. Elle avait tant espéré et tant pleuré. Tant aimé et tant haï. La vie était comme une vieille compagne dont elle connaissait les malices et les artifices. Elle baissa les yeux et tourna son regard vers l'entrée de l'abbaye. Son époux allait bientôt entrer. Et il serait fait roi. Comme avait été fait roi son précédent époux, plus de vingt ans auparavant. Celui qui l'avait répudiée. Et qui régnait toujours sur Gallica.

Elle savait aujourd'hui que tout n'était qu'un jeu de pouvoir. Une grande partie de cartes où elle était un atout qu'on s'échange, qu'on abat au dernier instant. Mais cette fois-ci, elle ne se laisserait pas faire. Elle aussi avait désormais une place de joueur. Son nouvel époux ne saurait profiter d'elle comme l'avait fait le précédent. Elle était duchesse de Quienne avant tout, mère des troubadours, et elle le resterait jusqu'au jour de sa mort. C'était sa chance, sa force, son excuse.

Elle était donc venue jusqu'ici, au-delà de la mer, pour le couronnement d'Emmer, qui l'avait épousée deux ans plus tôt et qui devenait déjà souverain du royaume de Brittia. Mais, dès le lendemain, elle rentrerait vers Gallica. Seule. Maîtresse de ses choix. Elle partirait pour Pierre-Levée où l'attendait sa cour de ménestrels et de poètes, embrasser la terre de ses ancêtres, respirer la douceur simple de vivre au milieu de gens d'art et d'esprit. Loin des rêves de conquêtes et des envies de guerres qui occupaient ses deux époux, celui d'hier et celui d'aujourd'hui.

La veille, Emmer avait traversé la capitale vêtu de ses plus nobles et de ses plus brillants habits, de la tour Saint-Pierre jusqu'à l'abbaye de Thorney, à quelques pas de la rivière. Entouré des plus grands seigneurs du pays et de nombreux évêques, il avait paradé dans toute la ville devant une foule en liesse, toujours prête à festoyer en de si exceptionnelles occasions. Hélène, bien sûr, l'avait accompagné toute la journée, étonnée de voir les sourires et les regards bienveillants du peuple de Brittia. Ainsi, ils ne lui en voulaient pas d'être gallicienne ? Chaque fois que le carrosse s'était arrêté près des spectateurs, au coin de chaque rue, on lui avait crié qu'elle était belle et on lui avait souhaité la bénédiction de Dieu.

Le soir, ils étaient rentrés au palais où l'abbé de Thorney avait prononcé un sermon très officiel – et fort ennuyeux – de préparation au couronnement. On avait discuté de la cérémonie jusque tard dans la nuit. Puis Hélène était partie dormir de son côté, retrouver un peu de paix dans la solitude de ses appartements.

Ce matin, Emmer avait reçu le bain des rois, après quoi il avait dû revêtir une chemise et un manteau de soie blanche, ouverts sur la poitrine et les épaules, ainsi qu'au milieu des bras. Accompagné de douze évêques, il allait à présent remonter la nef de l'abbaye de Thorney au rythme des chœurs qui empliraient toute la cathédrale de pierre.

Hélène repoussa une mèche qui était tombée sur son grand front. Elle ne pouvait s'empêcher de penser au passé. À l'adolescence qu'on lui avait volée en la mariant à quinze ans au roi de Gallica. Un jour, elle avait dit à l'abbé Ségur, le plus fidèle conseiller du roi, une phrase qui avait fait le tour du royaume et qui avait sans doute amorcé sa rupture avec Livain : « *J'ai parfois l'impression d'avoir épousé un moine.* » Et voici que son second époux devenait roi à son tour. La délaisserait-il comme l'avait fait Livain ?

À cet instant, Emmer Capigesne apparut au bas de l'immense nef, au milieu des rayons du soleil d'été, sur le long tapis de velours rouge qui menait au trône du couronnement. Le visage resplendissant, il était plus gracieux que jamais. Ses courts cheveux blonds brillaient dans la vive lumière, ses yeux bleus s'allumaient de mille feux et son teint rose lui donnait un visage d'enfant. Les chœurs s'élevèrent entre les colonnes de pierre, comme sortis des gorges des statues de saints qui ornaient celles-là. L'assemblée se leva et se tourna vers la lumière.

Au moins, celui-là est beau ! pensa Hélène en souriant. Elle se leva à son tour.

La lente procession se dirigea vers le grand autel. Sur la droite d'Emmer, un moine portait la croix de bois sculpté, et sur sa gauche, le seigneur de Thorney exhibait le sceptre que le roi allait recevoir en symbole de sa souveraineté. Autour de lui, quatre barons tenaient devant eux des lances d'argent sur lesquelles était fixée la bannière des Capigesne.

Une bannière qu'on allait planter dans le sol de Gallica, comme un affront au roi Livain. Hélène ne put s'empêcher de sourire à cette idée. Puis elle se ravisa. Les choses ne seraient sans doute pas aussi simples...

*
* *

Bohem fut réveillé en sursaut par des aboiements. Il tomba à la renverse de l'autre côté de l'arbre mort, et sa première réaction fut de se protéger. Il se croyait attaqué. Mais il n'en était rien. Il se souvint de l'endroit où il était. La garrigue. Puis la soirée de la veille lui revint en images. La dispute avec son père. Les yeux de Catriona derrière la porte. Son départ. Le loup.

Reprenant ses esprits, il s'appuya sur le bord du tronc et regarda ce qui se passait. La nuit n'était pas tout à fait finie. Dans les lueurs rougeâtres du ciel on devinait l'arrivée du soleil, sans encore le voir.

À quelques pas de là, le grand loup gris, fort agité, aboyait en le regardant. Il tournait sur lui-même, se baissait sur ses pattes avant, jappait, aboyait à nouveau. S'avançait vers le jeune homme, puis reculait.

— Qu'est-ce qui t'arrive ? demanda Bohem en se levant, comme si la Brume pouvait le comprendre.

L'animal s'immobilisa, puis aboya de plus belle. Bohem sursauta. La Brume ne se comportait plus du tout comme la veille. Elle n'avait pas envie de jouer. Non. C'était autre chose.

Bohem épousseta ses vêtements pour en enlever le sable et les brindilles, puis il passa de l'autre côté du tronc pour s'approcher de l'animal.

Le loup fit aussitôt volte-face et se mit à courir vers l'ouest. Surpris, Bohem le regarda partir en fronçant les sourcils. Après quelques foulées, le loup s'arrêta et se retourna vers lui. Il aboya à nouveau.

Il m'appelle. Il avança vers l'animal. Celui-ci se remit en route. *Oui. C'est bien ça. Il veut que je le suive.*

Le fils du louvetier accéléra le pas, puis fut bientôt obligé de courir pour ne pas perdre de vue la Brume. Il manqua plusieurs fois de tomber tant l'animal allait vite. Il n'y avait pas de chemin ici, seulement les herbes sauvages et les buissons de la garrigue. Le terrain se mit à descendre. Bohem se laissa emporter par la vitesse. Ses pieds frottaient contre la broussaille et glissaient sur la terre sèche. Il ralentit un peu. Essaya d'assurer sa course. Arrivé en bas de la pente, il ne parvint plus à voir le loup.

Il s'arrêta, à bout de souffle, se pencha en avant pour reprendre sa respiration, puis il chercha l'animal du regard. Rien. Il regarda par terre à la recherche de traces qui auraient pu le guider, mais le sol était trop desséché. Il fit quelques pas en avant, tourna sur lui-même, puis, enfin, il l'aperçut. Un peu plus haut. Sur le flanc d'une autre colline. Toujours plus à l'ouest.

— Te voilà ! s'exclama-t-il en souriant.

Mais le loup ne lui laissa pas un instant de répit. Il se remit à galoper vers le sommet où commençaient à arriver les rayons du soleil. Bohem poussa un soupir. Il hésita un moment, puis se décida à courir. Le comportement du loup commençait à l'inquiéter.

Quand il fut en haut de la côte, il se rendit compte qu'ils approchaient de Villiers-Passant. Le loup, devant lui, courait en direction du village. Bohem se dit que c'était sans doute une coïncidence. Mais il courut de plus belle.

Le loup continuait sa route. Toujours dans la même direction. Il se retournait de moins en moins souvent. Semblait de plus en plus agité. Quand ils arrivèrent sur la colline de Prade, Bohem comprit aussitôt que ce n'était pas un hasard. Que le loup l'avait amené là délibérément. Son cœur se mit à battre.

Une épaisse fumée noire s'élevait derrière la cime des arbres, là où se trouvait le castrum de Villiers-Passant.

*
* *

Le cortège arriva enfin près du trône. Le moine qui était à côté d'Hélène lui prit le bras et la guida aux côtés d'Emmer, afin qu'elle siège également devant le grand autel. La duchesse de Quienne s'installa à la droite de son mari. Elle posa sa main sur l'accoudoir et caressa délicatement le bois ciselé.

On lui avait tant parlé de ce trône ! Consacré depuis plus d'un siècle, en même temps que l'abbaye, il renfermait en son cœur – disait-on – la couronne d'épines du Christ. C'était sur ce trône de chêne sombre qu'étaient sacrés tous les rois de Brittia, dans cette même cathédrale. Toute la partie supérieure avait été peinte par un maître galatien, et le socle était une incomparable sculpture où l'on voyait des oiseaux, des feuillages et des animaux sur un parterre de dorures. La silhouette d'un chevalier – l'un des premiers rois de Brittia sans doute – les pieds posés sur un lion, était peinte sur le large dossier.

Quand les chœurs se furent tus, le roi se leva et vint s'agenouiller entre les deux évêques qui l'attendaient devant l'autel. Ils placèrent alors autour de son cou une écharpe dorée qui portait des inscriptions qu'Hélène ne parvint pas à déchiffrer. L'archevêque de Chanteville s'avança devant Emmer qui ne bougeait pas. Le genou droit posé sur un coussin de soie, brodé de fils d'or, il resta ainsi prosterné pendant toute l'oraison de l'archevêque, sa belle tête blonde penchée avec respect. Quand la prière fut finie, alors seulement il put se relever.

Un silence remarquable inondait la cathédrale. Hélène frissonna. Elle ne pouvait voir le visage de son époux, mais devinait son émotion. Depuis sa plus tendre enfance, Emmer avait appris à attendre cet instant. À craindre aussi qu'il ne vînt jamais, tant cet héritage était contesté...

On lui ôta tous ses vêtements, hormis sa chemise de soie. Puis l'archevêque oignit le corps du futur roi en cinq endroits. Il étala l'huile sacrée sur les mains d'Emmer, sur sa poitrine, entre ses épaules, au creux de ses bras et enfin sur son front, en dessinant une croix. L'un des deux évêques s'approcha à son tour pour essuyer le visage d'Emmer avec un linon blanc.

On demanda alors au récipiendaire de présenter son épée. Emmer attrapa la lourde lame posée à son côté et la présenta à l'archevêque qui la bénit.

Puis vint le moment de consacrer la couronne. Les deux évêques l'amenèrent devant l'archevêque de Chanteville qui prononça une prière de bénédiction, prit le bijou entre ses mains et le plaça sur la tête d'Emmer. C'était une magnifique couronne dorée, surmontée de trois arches et incrustée de pierreries. Sur le socle on pouvait voir trois léopards dorés sur champ de gueules.

On tendit ensuite à Emmer une paire de gants blancs, qu'il enfila aussitôt, et l'archevêque lui confia le sceptre royal.

Capigesne se redressa enfin et se retourna vers l'assemblée. Ses yeux brillaient comme deux fenêtres ouvertes sur un soleil de midi. La fierté se lisait sur chaque trait de son visage encore jeune. Il adressa un regard à Hélène, esquissa un sourire, puis descendit prudemment les deux marches et s'assit à côté d'elle sur le trône. Les chœurs se mirent à chanter, encore plus fort cette fois. Hélène reconnut la prière. *Te deum laudamus*. L'assemblée se leva. Tous se mirent à chanter.

La duchesse sentit la main de son époux se refermer sur la sienne. La serrer vigoureusement. Elle tourna lentement la tête vers lui et cligna des yeux. Simplement.

Quand le chant fut fini, tous les seigneurs de Brittia réunis dans la cathédrale passèrent devant eux, les uns après les autres, pour faire leur serment de fidélité et rendre hommage au nouveau roi.

Quand le dernier se fut éloigné, Hélène comprit que c'était à son tour de recevoir la couronne. Au signe de l'archevêque, elle se leva. Elle franchit les marches qui menaient à l'autel et se prosterna comme son époux avant elle. L'archevêque trempa son index dans l'huile sacrée et forma une croix sur le front de la duchesse. Puis il déposa sur sa chevelure rousse une couronne à peu près identique à celle du roi. Hélène se releva, baisa la main de l'archevêque et reprit sa place auprès d'Emmer.

Voilà. Elle était reine pour la seconde fois. Reine d'un autre pays. Épouse d'un autre roi. Mais elle serait toujours la même, se promit-elle. Avec les mêmes rêves de liberté. Aucune couronne au monde ne pourrait lui enlever ce qu'elle avait dans le cœur.

L'archevêque s'avança alors vers le trône et demanda au nouveau roi de se lever. Emmer s'exécuta, entraînant Hélène avec lui. Sa main la serrait de plus en plus fort.

— Emmer, promettez-vous de maintenir la paix et la foi en Dieu, pour l'Église, le peuple et le clergé ?

— Je le promets, répondit le roi solennellement.

— Promettez-vous en tous ces domaines de faire régner la loi, avec discrétion, vérité et pitié ?

— Je le promets.

— Promettez-vous de défendre nos lois et nos coutumes, de les observer et de les renforcer dans l'adoration du Seigneur, notre Dieu ?

— Je le promets.

— Bénis sois-tu, Emmer.

Puis les évêques s'approchèrent à leur tour, et d'une seule voix prononcèrent les phrases rituelles :

— Votre Majesté, nous vous demandons d'accorder au clergé, un et multiple, le privilège de la sainte Église et de défendre les droits des évêques et des abbés en serment de votre royauté.

— Avec la joie et la dévotion de mon âme je promets de faire respecter le droit canon de la sainte Église, et de défendre, avec l'aide de Dieu, évêques et abbés de mon royaume.

— Majesté, garderez-vous votre serment de protéger les droits et coutumes du peuple de Brittia ?

— Je le garderai.

— Que Dieu vous entende et que le peuple en soit témoin. Amen.

— Amen.

Emmer se tourna vers Hélène et l'embrassa. L'assemblée les acclama et les chœurs se remirent à chanter.

Alors la reine se pencha sur l'épaule de son époux et lui chuchota à l'oreille :

— Que Dieu vous bénisse.

— Merci, ma reine, répondit Emmer en souriant.

Il voulut se tourner vers l'assemblée derrière eux, mais elle l'attrapa doucement par la nuque et approcha à nouveau sa bouche de son oreille.

— N'oubliez jamais, Majesté, que je suis duchesse avant d'être reine. Et que je suis femme avant d'être épouse.

Elle déposa un baiser sur sa joue et se tourna vers l'assemblée en le laissant, perplexe, méditer sur ce qu'elle avait voulu dire. Mais ce n'était pas le moment. Il salua lui aussi le peuple réuni dans la cathédrale et essaya de ne pas y penser.

Bientôt, il aurait tout le temps.

*
* *

Bohem fut pris de panique. Il regarda sur sa droite. Le loup s'était arrêté. Il le regardait, immobile, la langue pendante. Il l'avait emmené là où il le voulait. Près du village. Comment avait-il su ? L'odeur de la fumée peut-être... Et pourquoi ? Bohem n'avait plus le temps de se poser ces questions. Il se mit à courir de toutes ses forces, abandonnant l'animal derrière lui.

La fumée était de plus en plus dense, menaçante, et elle venait de plusieurs endroits différents ; colonnes noirâtres qui zébraient l'horizon rosé du matin, vapeurs nocives qui obscurcissaient le ciel.

Bientôt, Bohem arriva en vue du village. Il s'immobilisa brusquement, horrifié par ce spectacle de désolation. La plupart des maisons du castrum de Villiers-Passant étaient en feu. Les flammes rouges s'élevaient de toutes parts et semblaient déjà se propager entre les habitations. Tout un pan des remparts était tombé sur la façade sud. Au sol, un amas de pierre et de bois. De la poussière. Quelques corps indistincts. Et dans les rues, l'horreur... Il vit des cavaliers. Des silhouettes obscures qui poursuivaient les villageois et les frappaient à coups de hache et d'épée.

Bohem n'en croyait pas ses yeux. Comment était-ce possible ? Qui avait pu ordonner un tel massacre ? Le seigneur Maugard n'avait aucun ennemi ! Villiers-Passant était un village paisible ! Non.

Il sursauta. Comme frappé par la panique pure. Il aurait voulu fuir. Mais ce n'était pas possible. Non. Bohem avala sa salive. Il ne pensait qu'à une seule chose. Catriona. Sa petite sœur. Il ne pouvait pas la laisser là !

Le jeune homme se remit à courir. Il dévala la pente à toute allure. Sa gorge et ses yeux le piquaient. La fumée sans doute. La peur envahissait ses veines. Crispait sa mâchoire. Il serra les poings et jura. Essaya de courir plus vite encore.

Quand il arriva devant le village, il aperçut l'un des cavaliers à quelques pas de lui. Il plongea derrière un rocher pour ne pas se faire repérer, puis observa l'entrée du village à nouveau. Le cavalier était là, chevauchant un pur-sang robuste. Il tournait lentement autour d'un homme qui respirait péniblement, à genoux dans la terre.

Bohem n'avait jamais vu pareil guerrier. Ce n'était pas un soldat du comte de Tolsanne, ni même un garde du roi. Ce cavalier ne ressemblait à aucun combattant que Bohem eût vu ni à aucun dont il eût entendu parler dans les nombreuses histoires que l'on racontait au village. Le torse nu, les jambes couvertes de fourrure et de lin, il était d'une carrure impressionnante et les muscles de ses bras, de ses épaules se bombaient à chaque mouvement. Il avait le crâne recouvert d'une toque de fourrure noire, et il portait une longue moustache qui descendait jusque sous son menton. De nombreuses armes étaient attachées à sa ceinture, un fouet, un arc, une dague et un carquois, et sur sa selle était fixée une corde. Il tenait dans sa main droite une énorme épée, large et épaisse. Les nombreuses entailles dans la lame laissaient supposer qu'elle avait déjà beaucoup servi. Et l'on devinait dans son regard le goût du sang, le plaisir de tuer.

Bohem sentit les battements de son cœur s'accélérer encore. Il n'avait jamais vu un combat. Une bataille. Les seuls hommes qu'il avait vu mourir étaient morts de vieillesse ou par accident. À Villiers-Passant, la violence n'était qu'un vieux souvenir, une légende, un passé révolu. Mais aujourd'hui tout cela allait changer. Ce qui allait se dérouler devant lui ne faisait aucun doute. La mort avait déjà pénétré dans le village et elle n'avait pas encore terminé ses ravages. Bohem n'avait certainement pas envie de voir ça. Pourtant, il était comme paralysé. Incapable de fermer les yeux.

Le cavalier tournait encore en rond comme un rapace autour de sa proie. Il passa devant Bohem. Le jeune homme recula pour se cacher. Quand il se redressa, il put apercevoir le visage de l'homme agenouillé par terre, essoufflé. Les habits déchirés. Le front ensanglanté. Les mains tremblantes. Les épaules basses, comme résignées. Prêt à mourir. C'était le père Grimaud.

Soudain, Bohem aperçut l'éclat brillant du métal. Le cavalier abattit son épée d'un coup sec. Le prêtre ferma les yeux. La lame siffla. Trancha le cou comme si elle n'avait rencontré aucune résistance.

Bohem, horrifié, se cacha le visage dans les mains. Pour ne rien voir. Mais il entendit. Le bruit sec de la tête qui heurtait le sol. S'enfonçait dans la terre. Puis le corps tout entier qui tombait. Lourd comme un sac de sable.

Bohem serra les dents à s'en faire mal. Tous ses muscles étaient tendus. Il ne parvenait pas à se relâcher. Ni à enlever ses mains de devant ses yeux. Le cavalier était encore là. Il pouvait l'entendre. Peut-être avait-il découvert sa présence. Le jeune homme essaya de ne pas bouger. De ne pas respirer. Ils étaient si proches.

Soudain, il entendit le bruit des sabots du cheval qui s'éloignait. Il attendit un instant. Puis il baissa les mains. Ouvrit les yeux.

Le cavalier était parti. Retourné vers le village. Par terre, le corps immobile du prêtre. Sans tête. Couché dans une marre de sang. Bohem ne put s'attarder. La nausée le prenait. Il se leva et partit en courant vers les remparts.

C'était de la folie ! Il risquait de se faire voir ! Et il ne serait pas épargné. Mais il ne pouvait pas abandonner Catriona. Il devait savoir. Essayer de la sauver.

À mesure qu'il approchait, les hurlements des villageois devenaient de plus en plus forts, comme le crépitement des flammes – de plus en plus hautes. Bohem avait l'impression de courir vers un cauchemar. De plonger en enfer. Dans un monde irréel. De se jeter aveuglément dans un piège. Mais il n'avait pas le choix.

Arrivé au pied des remparts il les longea vers le nord. Il se souvenait qu'il y avait une ouverture, plus haut. Un trou dans le mur, qui était là depuis des années. Par lequel passaient les enfants, en cachette, et que les adultes faisaient semblant de ne pas voir.

Il y avait de nombreuses pierres, par terre, le long de l'enceinte. Bohem ralentit le rythme de sa course, pour ne pas tomber, et il essaya de rester le plus près possible de la paroi, espérant que l'ombre le protégerait des regards. Quand il arriva devant le passage dans la pierre, il se mit à genou et jeta un rapide coup d'œil à l'intérieur. Personne. Son cœur battait à tout rompre. Il rassembla son courage, pensa à sa jeune sœur et se jeta de l'autre côté. Il arriva dans la petite ruelle sombre. Deux maisons étaient déjà en feu de ce côté du village. Et il y avait des cadavres à même le sol. Déjà. Du sang coulait sur la terre ocre. Bohem toussa. La fumée lui brûlait la gorge.

Il se releva et partit en courant vers le bout de la ruelle, en rasant les murs. Il avait les mains moites et de la sueur coulait le long de ses tempes. Les cris, les bruits du massacre se mélangeaient dans sa tête. Et il entendait encore en écho le son du crâne du prêtre se brisant sur le sol.

Il passa devant une maison en feu. S'écarta tant la chaleur était intense. Il ne pouvait s'empêcher de penser à la Saint-Jean, quand il avait marché dans le feu. Il se demandait encore aujourd'hui comment il avait survécu. Et, à présent, c'était son village tout entier qui allait périr dans les flammes.

Il avança au milieu de la ruelle. Mais il se rendit rapidement compte qu'il était trop exposé. Il se précipita en face. Se plaqua vivement contre le mur. Il vit alors passer un cavalier, à l'autre bout de la venelle, rapide, sombre, comme l'ombre d'un oiseau. Cela devenait trop dangereux. Bientôt, il allait se faire prendre. Se faire trancher la tête, lui aussi. Mais il ne pouvait reculer. Il se remit en route. Un pas. Un autre. Il n'arrivait plus à courir tellement il avait peur. Pourtant, enfin, il parvint au bout de la ruelle.

Il s'apprêtait à se lancer dans la rue pour traverser et rejoindre l'allée qui menait chez son père quand, soudain, une silhouette se dressa devant lui. Bohem sursauta, poussa un cri de surprise et fit deux pas en arrière. Puis il reconnut l'homme qui venait de surgir au coin de la rue. Arembert. Le pelletier de Villiers-Passant. Il avait les mains croisées sur la poitrine, du sang coulait abondamment entre ses doigts. Un sang pourpre et poisseux qui se répandait sur la toile de son bliaud.

— Bohem ! cracha-t-il, à bout de souffle.

Le jeune homme rattrapa le pelletier par le bras avant qu'il ne tombe. Mais l'homme n'avait plus de force et Bohem dut le laisser s'asseoir par terre, dos au mur.

— On ne peut pas rester ici ! dit le jeune homme, frappé de panique. Venez, essayez de vous lever, je vais vous sortir d'ici.

Mais le pelletier ne pouvait plus bouger. Il leva la tête vers le jeune homme et fronça les sourcils. Puis il ferma les yeux et laissa retomber son menton contre sa poitrine.

— C'est de ta faute, Bohem ! balbutia Arembert.

— Quoi ? Comment ça ?

— C'est de ta faute, reprit-il péniblement. C'est toi qu'ils cherchent !

— Moi ? s'exclama Bohem, incrédule.

Le jeune homme ferma les yeux. Comment était-ce possible ? Pourquoi lui ? Il se demanda un instant si Arembert ne mentait pas. Ou s'il ne rêvait pas. Et pourtant ! Tout cela pouvait-il être lié à la nuit de la Saint-Jean ? Non. Il ne pouvait y croire. Un tel massacre ? Arembert devait se tromper.

— Va-t'en pendant qu'il est encore temps ! marmonna le pelletier en tournant la tête vers Bohem.

— Je ne peux pas. Catriona...

— Elle est morte ! Ton père est mort ! Ils sont tous morts, Bohem ! Regarde !

Arembert leva laborieusement la main pour pointer le doigt vers l'intérieur du village.

— Regarde, répéta-t-il. J'ai vu ta maison brûler. Ils sont tous... morts.

Puis il referma les yeux.

Bohem se laissa tomber sur les genoux. Il ne pouvait pas accepter. Non. Pas Catriona.

Les larmes montèrent à ses yeux. Puis la rage, la haine le gagnèrent. Il se leva brusquement et poussa un cri de fureur. Un cri qui se transforma en sanglot. Car il savait. Il savait qu'il ne pourrait rien y faire. Qu'il ne pourrait jamais rien y faire.

Au même moment, il entendit des bruits de sabots qui approchaient. Sur la gauche. Au coin de la ruelle. De plus en plus près. Et il comprit. Cette fois-ci, c'était son tour.

Non. Il fallait fuir. Tout de suite.

Il fit volte-face et se précipita dans la direction opposée. Vers les remparts. De là où il était venu. Il courut de toutes ses forces. Plus vite qu'il n'avait jamais couru. Le trou dans le mur... Il fallait qu'il l'atteigne avant que le cavalier n'arrive. Avant qu'il ne le voie.

Il lui semblait entendre le souffle du cheval. Son pas. Juste derrière lui. Déjà. Il courut encore plus vite. Il n'était plus qu'à quelques foulées. Bientôt il pourrait plonger dans l'ouverture et s'enfuir. Courir loin du village. Mais soudain, il vit l'ombre du cavalier se dessiner sur le rempart. Trop tard. Il se retourna. Croisa le regard du guerrier sur sa monture.

Bohem sentit comme une étreinte glaciale lui traverser le dos. Le cavalier avançait sur lui. Le dévisageait. Levait son épée au-dessus de sa tête. Le jeune homme marcha à reculons. Tomba à la renverse, recula sur les coudes en rampant. Le cheval était là. Au-dessus de lui. Le cavalier abattit son bras avec une puissance phénoménale, projetant son épée vers Bohem.

Ce fut comme un rêve. Comme une erreur du temps. Un éclair blanc. L'éclat de la lame peut-être. Bohem se vit mourir mille fois. Il vit l'épée s'enfoncer dans son corps de mille façons différentes. Traverser ses poumons. Une déflagration. Le dernier battement de son cœur qui envahissait ses oreilles. Puis encore. Toujours la même image. Cette épée. Ce métal froid. La pointe terrible qui transperçait la chair. Encore et encore. La main du guerrier tendue. La lame qui fendait l'air. Toujours la même trajectoire. Non. Bien sûr. Il devait l'éviter. Il pouvait l'éviter. Tourner. Se retourner. De toutes ses forces. Chercher la vie juste à côté. Survivre. Pour Catriona. Esquiver.

L'épée se planta bruyamment dans le sol. À deux doigts de son flanc. Bohem avait roulé sur le côté. Plus vite encore que l'épée ne s'était envolée. Un réflexe prodigieux. Sans doute. Pas le temps de comprendre. Bohem se redressa et se précipita dans la brèche au pied du mur. Il roula de l'autre côté. Se releva. Et il courut. Il courut sans se retourner. Sans reprendre son souffle. Sans respirer, même, peut-être. Il ne pensait qu'à une chose. Fuir. S'éloigner de la mort. Gagner l'ombre des arbres, derrière le mont Cruzy. Espérant simplement que le cavalier ne pourrait pas le rattraper.

Quand il fut en haut du mont, à bout de souffle, le cœur retourné, il se laissa tomber à terre et regarda derrière lui. Le cavalier ne l'avait pas suivi. Sa gorge le brûlait. La peau de ses joues – où ses larmes avaient séché – tirait sur ses yeux. Ses jambes n'étaient plus que douleur. Il était épuisé. Mais il était vivant.

En face, le grondement du carnage semblait s'éteindre, comme un cri qui s'éloigne sur l'océan. La fumée noire emplissait tout le ciel à présent. On eût dit que le jour avait renoncé à se lever.

Au loin, au sommet de la colline de Prade, une silhouette se dessina dans les rayons du soleil. C'était la silhouette d'un cavalier vêtu de peaux de bêtes. Statue de chair veillant sur la vallée.

Chapitre 2

LE POMMIER

Pieter le Vénérable entra dans le cabinet de Livain VII avec assurance. Vêtu d'une dalmatique en soie, brodée d'or et d'argent, portant sa mitre et ses gants, il était fort impressionnant et encore charismatique malgré son âge. L'espoir secret qu'il avait de s'attirer les faveurs du roi avait redonné à son visage la lueur d'une certaine jeunesse.

C'était la deuxième fois que le roi de Gallica le réclamait auprès de lui en moins d'une semaine. L'abbé savait ce que cela signifiait. Le souverain commençait à avoir besoin de lui comme il avait jadis eu besoin de Courage de Blanval. Et Pieter n'avait jamais rêvé d'autre chose. Il était grand temps ! Il savait qu'il méritait cette place auprès du roi. Et il savait qu'il entrerait ainsi dans l'histoire de Cerly, car grâce à lui l'ordre allait retrouver sa gloire de jadis.

— Mon cher abbé, merci d'être venu si vite.

— Je suis votre serviteur, répondit Pieter en s'inclinant péniblement devant le roi.

Il souffrait depuis plusieurs années d'un mal de dos incurable qui l'empêchait de se pencher en avant. Toute une vie de luttes de pouvoir contre Courage de Blanval et l'ordre de Cistel l'avait épuisé. Et la récompense ne venait que maintenant, l'année de ses soixante-deux ans ! Après tout ce temps !

Le désir de vengeance l'avait rongé depuis 1132, quand le pape avait décidé d'exonérer l'ordre de Cistel de la dîme et que celui-ci s'était tellement enrichi qu'il avait pris la première place du royaume, passant même devant Cerly. Courage de Blanval était devenu le plus important représentant de la chrétienté à travers tout le pays, et l'ordre de Cistel avait connu une croissance sans précédent. Mais Pieter n'avait jamais baissé les bras. Et à présent que la chance tournait, maintenant que Courage n'était plus de ce monde, il comptait bien en profiter, malgré son âge !

— Allons, prenez place. J'ai longuement réfléchi à notre dernier entretien, Pieter, et je pense que vous avez raison.

— Votre Majesté, c'est trop d'honneur...

— Non, non, Pieter, j'ai bien considéré tout ce que vous m'avez dit, et je crois que vous avez raison. Ce dont mon royaume a besoin au plus vite est de renforcer ses alliances contre Capigesne. C'est aussi simple que cela. Et cela a toujours été le cas. Mon père l'avait compris, qui aura passé sa vie à concilier tous ses vassaux !

— La Couronne de Gallica doit beaucoup à votre père, c'est certain. Jamais le royaume n'avait été aussi uni, avant lui. Mais je pense que vous irez encore beaucoup plus loin...

— Je l'espère. Ainsi, mon cher abbé, je veux que vous partiez dès demain pour Toledo, au royaume de Chastel.

Pieter le Vénérable essaya de ne pas montrer sa surprise. Certes, c'était une victoire. Sa suggestion d'épouser la fille du roi de Chastel avait porté ses fruits. Mais il ne s'était pas attendu à devoir partir lui-même de l'autre côté de la frontière.

Pourquoi moi ? Il sait que je suis âgé et que ce voyage me sera pénible. A-t-il vraiment confiance en moi, ou essaye-t-il de m'écarter du royaume ? Et pourquoi le ferait-il ?

— Suis-je vraiment la personne la mieux placée pour demander en votre nom la main d'une princesse ?

— Je le crois, répliqua malicieusement le roi.

Pieter inclina la tête avec reconnaissance.

Il sait que je ne peux rien répondre à cela. Que la décence m'oblige à me satisfaire de l'honneur qu'il me fait. Je pense qu'il veut me tester. Il s'attendait peut-être à ce que je refuse !

— Ce sera un honneur, Majesté, et je suis fort heureux de voir que mon idée vous a plu.

— Oui. Cette idée m'a plu. Et ce n'est pas la seule. Constantine partira la semaine prochaine pour le comté de Tolsanne.

Il a donc suivi tous mes conseils ! Dieu fasse que je ne me sois pas trompé ! Si ces deux mariages sont un succès, ma place est assurée à ses côtés.

— Voilà de nombreuses festivités qui se préparent ! s'exclama Pieter en souriant.

— Si vous réussissez.

— Je n'en doute pas un seul instant, Majesté. Le roi de Chastel ne saurait vous refuser la main de sa fille.

— Dieu vous entende !

L'abbé de Cerly acquiesça, fit un signe de croix puis se releva. L'entrevue était finie. Il savait ce qui lui restait à faire à présent, et il n'y avait pas de temps à perdre. Pieter fit une révérence et quitta lentement le cabinet.

Oui. Dieu m'entende ! Qu'il m'entende enfin !

*
* *

Bohem fut réveillé par les premiers rayons du soleil. Il lui fallut un moment pour comprendre où il était. En bas d'un rocher, dans la garrigue, au nord-ouest de Villiers-Passant. Et pour se souvenir. Le massacre. Arembert. La mort des villageois. Le cavalier. La course à travers les collines.

Il se redressa brusquement et regarda ses mains. Il y restait des traces de sang séché. Le sang du pelletier. Ce n'était donc pas un cauchemar. Il sentit les larmes monter au bord de ses paupières. Catriona. Sa petite sœur. Comment avait-il pu la laisser mourir ? Si près de lui. Il n'aurait jamais dû quitter la maison. Comme elle avait dû souffrir ! Il regrettait tellement d'avoir passé la nuit si loin d'elle et de ne pas être revenu à temps. Il aurait pu la sauver, il en était sûr. Il avait bien réussi à s'enfuir, lui ! Jamais il ne pourrait se le pardonner.

Bohem se leva en essuyant ses larmes. Il poussa un long soupir avant de secouer la tête. Il avait survécu. Voilà l'idée à laquelle il devait se raccrocher. Lui avait survécu. Et un jour il vengerait sa sœur. Il trouverait ceux qui étaient responsables de sa mort, et il la vengerait. Rien ne pourrait les sauver. Ils devraient payer. On ne tue pas une enfant. Ils *allaient* payer.

Mais il était trop tôt. Bohem devait se raisonner. Il était encore en danger. Si Arembert avait dit vrai, les cavaliers qui avaient massacré son village étaient sûrement à ses trousses. Pour le moment, il devait fuir. La vengeance viendrait plus tard.

Toutefois, il aurait aimé comprendre. Savoir ce qui avait provoqué ce massacre, et pourquoi il semblait, lui, en être la cause. À part la nuit de la Saint-Jean, il ne voyait aucune autre raison ! Il n'avait aucun ennemi. N'avait jamais fait de tort à personne. Sauf cette fameuse nuit, bien sûr...

Pouvait-on lui en vouloir à ce point ? Était-ce l'Église qui avait finalement décidé de punir Bohem pour avoir sauvé une Brume ? Mais pourquoi un tel massacre ? Voulait-on, pour l'exemple, punir le village tout entier ? Non. Ce n'était pas possible. Pas avec une telle violence ! Mais alors quoi ? Qui ?

Au fond de lui, une question plus importante encore ne cessait de remonter. Une chose qui l'intriguait vraiment, et de plus en plus. Et qui avait peut-être un lien avec tout cela. Sûrement même. La Brume. Le loup qui l'avait guidé jusqu'au massacre. Comment avait-il su ? Pourquoi l'avait-il amené là ? Et où était-il, ce loup, à présent ?

Bohem grogna. Il commençait à avoir faim. Il n'avait pas mangé la veille au soir et ce matin il n'avait encore rien à se mettre sous la dent. Il respira profondément et se mit en route vers l'ouest. Il espérait que marcher lui ferait oublier son ventre creux. Et de toute façon, il fallait fuir. S'éloigner de Villiers-Passant. Cela ne faisait aucun doute.

Il jeta un dernier coup d'œil derrière lui, vers le sommet du mont Cruzy. Des colonnes de fumée noire s'élevaient encore dans le ciel, de l'autre côté de la crête. Quelque part, en dessous, gisait sans doute le corps brûlé de sa petite sœur. Il ferma les yeux. Il ne pouvait plus supporter cette idée. Il ne voulait plus jamais voir cette vallée. Ce ciel. Loin. Partir loin.

Poussé par la peur, la colère et le chagrin, il marcha ainsi toute la matinée d'un pas vif. Se frayant un chemin au milieu des vignes, courant presque, traversant les champs de rochers, il ressentit bientôt la fatigue et ses pieds commencèrent à lui faire mal. Quand le soleil fut au plus haut dans le ciel, il aperçut en contrebas une petite route. Il s'arrêta, s'assit sur une grosse pierre et réfléchit.

Il n'y avait personne en vue sur la route. Pas un bruit. C'était une petite voie de terre, qui glissait entre les vignes et disparaissait au nord derrière des mamelons de grenache. Certainement pas la grande route de Tolsanne. Mais il devait tout de même y avoir un peu de passage et c'était trop risqué de l'emprunter. Pourtant, il ne cessait de se tordre les chevilles, ici, et la route aurait sans doute été bien moins fatigante. Il ne savait que faire. Finalement, il se décida. Il se leva, descendit la petite pente, puis il s'approcha du chemin pour voir où il menait.

À cet instant, il aperçut à l'est deux silhouettes qui s'approchaient. Il fit quelques pas en arrière et se baissa pour se cacher derrière les ceps. Il ne pouvait prendre aucun risque. À travers les branchages, il eut tout le loisir d'observer les voyageurs sans craindre d'être vu. Bientôt, ils furent à proximité, juste devant lui.

C'étaient deux jeunes hommes, à peine plus âgés que lui, estima-t-il, et qui étaient vêtus de façon similaire. Ils portaient culotte et chemise bleues. Les cheveux longs, plus longs encore que les siens, mais attachés derrière la nuque, ils arboraient autour du cou une sorte d'écharpe de rubans colorés, qui se terminait par des franges dorées. Sur le dos, ils portaient des sacs volumineux et sans doute assez lourds. Ils avaient tous les deux une canne en bois dur, avec un pommeau d'ivoire, qu'ils tenaient de la main droite et dont ils se servaient pour marcher. Quand Bohem vit le bijou doré qu'ils portaient à l'oreille droite, il n'eut plus aucun doute. C'était des Compagnons du Devoir. Des enfants de Salomon, comme on les appelait parfois.

Il en avait déjà vu à Villiers-Passant, mais ces curieux voyageurs ne s'arrêtaient jamais dans le village, si ce n'était pour manger, si bien qu'il ne savait pas grand-chose à leur sujet. Un jour, il avait demandé à l'un d'eux pourquoi ils passaient régulièrement par là. Celui-ci avait expliqué qu'ils traversaient la région pour rejoindre Tolsanne, une étape importante de leur formation... On faisait toujours beaucoup de mystère autour de ces studieux voyageurs. On racontait qu'ils étaient les meilleurs artisans du pays, et que leur savoir se transmettait en secret, de génération en génération. C'était à peu près tout ce que Bohem savait. Cela suffisait en tout cas à le rassurer. Et à l'intriguer.

Toutefois, il préféra rester prudent et attendit de les voir s'éloigner avant de sortir de sa cachette. Accroupi dans la terre, avec le soleil au zénith, il étouffait un peu et des gouttes de sueur coulaient dans son dos. Mais il ne bougea pas.

Quand ils furent assez loin, il se releva et monta avec précaution sur le chemin. Il s'essuya le front et respira profondément. Il hésitait. En les regardant partir, il se demanda combien de temps encore il allait devoir rester sur ses gardes, à craindre la moindre rencontre. Et surtout, comment il allait faire. Où allait-il trouver refuge ? Dans combien de temps la solitude deviendrait-elle insupportable ? Et la faim ?

Il grimaça. Ces questions l'angoissaient. Il se sentait perdu. Il avait l'habitude d'être seul, bien sûr, mais jamais il ne s'était senti si abandonné. Il essaya de se raisonner. De se dire qu'il était suffisamment fort et indépendant pour se débrouiller. Comme il l'avait fait des dizaines de fois ces dernières années. Mais ce qu'il venait de vivre était trop lourd, même pour lui. Il aurait voulu parler avec quelqu'un. Chercher conseil. Que devait-il faire ? Se dépêcher de gagner la plus proche ville et prévenir les autorités de ce qui était arrivé à Villiers-Passant ? Mais, si vraiment c'était après lui que couraient ceux qui avaient massacré les siens, ne risquait-il pas de tomber entre leurs mains ? Peut-être était-il recherché dans toutes les villes du comté... Il ne savait que faire. Encore une fois, il devait s'en tirer seul. Faire confiance à son entendement.

Alors, soudain, comme bousculé par un instinct inexpliqué, il poussa un cri en direction des deux Compagnons. Les voyageurs se retournèrent et le regardèrent, quelque peu surpris. Il ne bougea pas. Paralysé à l'idée d'avoir commis une erreur. Immobile, il les dévisageait sans rien dire, l'air un peu confus.

— Eh bien ? lança l'un des Compagnons en haussant les sourcils. Qu'est-ce que tu veux ?

Bohem se mordit la lèvre. Il regrettait maintenant de les avoir appelés. Et il ne savait absolument pas que dire.

— Vous... Je... Où allez-vous ?

Les deux inconnus se regardèrent d'un air médusé, puis éclatèrent de rire. Maintenant que Bohem les voyait mieux, de face, il se dit qu'ils devaient en effet avoir le même âge que lui. L'un était très grand et assez mince, avec un visage fin et des yeux pétillants. L'autre, plus petit et plus fort, le regard plus méfiant aussi, avait à la taille un assez gros marteau.

— Mais enfin ! répliqua finalement celui qui était plus grand, qu'est-ce que cela peut te faire ?

Bohem grimaça. Il ne savait pas quoi répondre. Les deux Compagnons devaient le prendre pour un imbécile.

— Je ne sais pas, je... Je vais dans la même direction que vous, et...

— Tu veux faire la route avec nous, c'est ça ?

Bohem hésita. Mais il se dit qu'il ne devait pas laisser passer sa chance. Après tout, en se mêlant à eux, s'il était recherché, peut-être risquait-il moins de se faire repérer. Et surtout, les deux voyageurs avaient sûrement de quoi manger !

— Je veux bien...

— Alors viens donc ! s'exclama le grand. Allons, dépêche-toi, nous sommes pressés.

Bohem les rejoignit aussitôt. Il leur serra la main, les remercia et ils se mirent en route vers le nord-ouest dans la chaleur pesante de l'été.

*
* *

Pieter le Vénérable arriva au palais du roi de Chastel après vingt-deux jours d'un voyage éprouvant. Il avait traversé tout le pays de Gallica avec une escorte de quinze soldats de la Garde royale et il était épuisé. Son dos lui faisait encore bien plus mal que d'ordinaire, et il n'était pas parvenu à se reposer suffisamment dans les auberges où il avait fait halte chaque soir. Les roues de la carriole passaient péniblement sur ces chemins rustiques, trop étroits, secs et déformés, qui portaient encore les marques des intempéries du printemps. Chaque jour avait apporté un nouvel obstacle, une colline, un escarpement, un fleuve, si bien que cette expédition s'était mise à ressembler à un combat de chaque instant. Les roues avaient cassé plusieurs fois, un cheval était mort, et il s'en était fallu de peu un soir que l'équipage ne passât la nuit dehors.

Bien sûr, l'abbé de Cerly savait que ce voyage était essentiel. Il s'achetait ainsi une place au côté de Livain. Et puis, il était toujours bon pour un homme d'Église de parcourir ainsi la campagne. De se faire voir. Cela augmentait sans aucun doute la renommée de l'abbé à travers Gallica et il n'avait pas manqué de se faire remarquer de ville en ville, tout en professant la bonne parole. La rumeur de son voyage s'était vite répandue, et après quelques jours il eut la surprise d'être de plus en plus attendu dans les villages qu'il traversait. On le traitait comme un seigneur. Il était certes encore loin d'avoir la notoriété d'un Courage de Blanval, mais au moins son nom commençait à être connu. Et lui était vivant.

Enfin, il devait reconnaître qu'il s'était émerveillé en sillonnant le pays. Sa vie ne lui avait pas assez souvent laissé le loisir de découvrir Gallica, ses châteaux reculés, ses castrums haut perchés, ses forêts immenses et ses reliefs étonnants, et il était subjugué par la variété des paysages qu'offrait ce vieux pays. Il avait parcouru le domaine de la Couronne et s'était arrêté à Aurilian, capitale du passé, sur les rives du Liger, où s'élevait l'une des plus prestigieuses universités de Gallica. Puis il était entré dans le comté de Bleizis, océan de bois, avec ses forteresses dressées au milieu de forêts giboyeuses. Il avait traversé ensuite le duché de Quienne tout entier, terre ennemie, mais si chaleureuse pourtant. Ses bocages d'abord, puis ses vignes et sa lande enfin, au sud, colorée par un soleil toujours fidèle.

Finalement, il avait passé la frontière et découvert pour la première fois le royaume de Chastel. Les images rouges de ce brûlant pays hanteraient longtemps sa mémoire.

Toledo était une ville pourpre, magnifique, érigée en haut d'une colline rocheuse. Entourée de murailles imposantes et anguleuses, elle se dressait au-dessus d'un large fleuve. Ses rues pentues étaient un dédale mystérieux où l'on croisait des gens de tous les horizons, d'Orient ou d'Occident. L'architecture elle-même était un mélange cosmopolite où le gothique et l'art mudéjar se livraient à un véritable jeu de cache-cache. Pieter le Vénérable n'avait jamais rien vu de pareil.

Le palais d'Al-Ksar, où il avait été chaleureusement accueilli, était un édifice majestueux et austère à la fois. Grand carré de pierre au collier de petites tours, il surplombait la ville avec dédain.

Pieter attendait à présent dans un petit boudoir, et il était seul pour la première fois depuis le début de son voyage. Seul et inquiet. Il espérait qu'il ne s'était pas trompé. Que le roi de Chastel serait heureux d'offrir la main de sa fille à Livain VII. Cette mission ne pouvait être un échec. Il avait promis au roi de Gallica de réussir. Et on ne mentait pas à un roi.

Quand il fut invité à entrer dans la grande pièce où l'attendait Raymond VII, empereur-roi de Chastel, l'abbé de Cerly se redressa et essaya d'oublier les douleurs et la fatigue. Il savait que pour lui, tout allait se jouer en cet instant précis.

*
* *

— Pourquoi te retournes-tu ainsi tout le temps ? demanda l'un des deux garçons en cherchant du regard ce qu'il pouvait y avoir derrière eux.

Bohem parut gêné. Il n'avait pas envie de parler de ce qu'il venait de vivre. Le souvenir en était trop douloureux, et il n'était pas encore sûr de pouvoir faire totalement confiance aux deux Compagnons. Mais il ne pouvait s'empêcher de sursauter au moindre bruit et de surveiller régulièrement qu'ils n'étaient pas suivis. Par moments, il avait l'impression d'entendre le cavalier derrière lui, de voir son ombre grandir sur la terre du chemin. Il était hanté par cette image. Et par toutes les autres. Le sang sur la poitrine d'Arembert. La fumée, les flammes au-dessus du village. Et les yeux de Catriona. Son dernier regard dans l'entrebâillement de la porte.

— Pour rien, mentit-il en haussant les épaules. Je regarde, c'est tout...

Ils marchaient tous les trois côte à côte. Bohem était impressionné par la résistance des deux Compagnons. Malgré les énormes sacs qu'ils portaient sur leurs épaules, ils marchaient aussi vite que lui et ne semblaient pas fatigués. Il se demandait même comment ils trouvaient encore le souffle pour parler.

— Tu ne nous as pas encore dit ton nom...

— Vous non plus, rétorqua Bohem un peu vivement.

Les deux Compagnons éclatèrent de rire à nouveau.

— Allons ! Mais qu'est-ce que tu as ? s'étonna le plus grand des deux. Nous allons finir par croire que tu es un brigand, si tu continues de jouer les mystérieux comme ça !

Le fils du louvetier fit une moue embarrassée. Il était mal à l'aise. Ce n'était pas dans son habitude d'aller ainsi à la rencontre d'étrangers, et il était sur la défensive depuis la veille. Toutefois, il se dit qu'il devrait se laisser un peu plus aller et parler. Comme pour reprendre contact avec la réalité. Retrouver un peu de normalité dans un monde qui lui avait soudain paru insensé.

— Désolé, je... Je m'appelle Bohem.

— Enchanté, Bohem, répliqua le Compagnon en souriant et en lui posant la main sur l'épaule. Moi, on m'appelle Trinité Rivenois, et lui, c'est Gautier Burgonnais. Nous avons ces patronymes car, vois-tu, nous autres, Compagnons du Devoir, portons le nom de la région où nous sommes nés.

— Je vois. Vous avez dû en faire, du chemin ! s'exclama Bohem, admiratif.

Le jeune homme acquiesça.

— Nous faisons le Tour de Gallica, dit-il en lui montrant son écharpe colorée. C'est une tradition, chez nous.

— C'est-à-dire ?

— Nous voyageons de cayenne en cayenne, à travers tout le pays, et nous devons nous arrêter dans les sept villes du Devoir.

— À quoi cela vous sert-il ? demanda Bohem, intrigué.

— Eh bien, à apprendre notre métier, voyons ! Tu ne sais donc rien des Compagnons ?

— Non. J'ai vu des gens comme vous passer dans mon village, c'est à peu près tout...

— Eh bien tu vois, si tu avais voyagé un peu, tu saurais beaucoup de choses !

— On peut aussi apprendre plein de choses en restant chez soi, répliqua Bohem.

— Si tu le dis. Mais nous, nous avons besoin de voyager pour progresser.

— Et après vous pouvez travailler ?

— Quand notre voyage est fini, nous devons faire notre chef-d'œuvre pour montrer que notre formation est complète. Que nous maîtrisons notre art. Mais nous en sommes bien loin...

— Je vois, dit Bohem qui était sincèrement curieux. Vous allez dans des lieux où l'on vous enseigne tout ça ?

— En quelque sorte, répondit Trinité. Dans chaque ville du Devoir, nous sommes placés chez un maître pendant quelque temps où nous travaillons en tant qu'apprentis. Cela nous permet de connaître différentes techniques, car les artisans ne travaillent pas toujours de la même façon d'une région à l'autre, tu sais. On apprend des petits secrets de fabrication...

— Bien sûr. Et quel métier apprenez-vous ?

— Nous sommes tailleurs de pierre, répondit Gautier, l'autre Compagnon, en montrant le marteau à sa ceinture.

Bohem hocha la tête. Les explications des deux jeunes hommes le fascinaient. Parce qu'ils lui parlaient de l'inconnu. De ce monde du dehors auquel les habitants de Villiers-Passant ne s'intéressaient pas. Et dont lui avait pourtant rêvé plusieurs fois. Dans ses longs moments de solitude, il s'était souvent demandé si la vie au-delà de son village était différente. Et on lui montrait justement qu'il y avait dans ce monde mille choses à découvrir. Un pays tout entier à parcourir. Il en oubliait presque la peur et la faim.

— Ce doit être passionnant...

— Oui, répondit Trinité.

— Et vous allez devoir faire un chef-d'œuvre ?

— Sans doute. Nous espérons tous les deux participer un jour à la construction d'une cathédrale... Il y aura sûrement là moyen de faire quelque chose de spécial, notre chef-d'œuvre, en effet.

— Une cathédrale ?

— Oui. Il n'y a rien de plus beau. En as-tu jamais vu ?

— Non, avoua Bohem.

— Ce sont des livres de pierre, tu sais, des forêts de symboles où chacun de nous vient écrire. En participant à leur construction, tu participes à l'histoire, à la transmission d'une tradition, mais tu crées, aussi, librement. Imagine un peu combien d'esprits se rencontrent dans la construction d'un tel édifice ! Les savoirs de tous les pays se mélangent ! C'est extraordinaire !

— Je n'en doute pas, répondit Bohem en souriant.

L'enthousiasme de Trinité l'amusait. Le rassurait. Et il commençait à se détendre. Cela faisait du bien.

— Mais toi, que fais-tu ? demanda Gautier.

— Moi ? Mon père voulait que je sois louvetier, comme lui. Mais cela ne m'intéresse pas du tout. Alors, je ne sais pas vraiment...

— Il serait temps que tu te décides ! railla Trinité en lui tapant dans le dos.

— Oui. Il serait temps, dit Bohem d'un ton plus grave.

Il réfléchit, puis il haussa les épaules.

— Peut-être vais-je trouver sur la route...

— Ah ? Parce qu'en plus tu ne sais pas vraiment où tu vas, c'est ça ?

— Et vous ? Vous savez où vous allez ?

— La prochaine ville du Devoir dans laquelle nous devons nous rendre est Burdigale, dans le duché de Quienne. C'est encore loin. Nous allons donc nous arrêter chaque soir dans toutes les cayennes qui nous séparent de Burdigale. Tu veux nous accompagner ?

Bohem parut surpris.

— Je ne sais pas... Je ne suis jamais allé dans le duché de Quienne ! À vrai dire, je n'ai jamais quitté les environs de mon village. Et je ne suis pas sûr de l'endroit où je veux me rendre...

— Eh bien, voilà ! Tu n'as qu'à venir avec nous, proposa Trinité. Regarde. Tu vois ce signe gravé sur ce petit rocher ?

Bohem inspecta en effet sur la pierre le symbole que lui indiquait le Compagnon. Une truelle et un maillet.

— Ce signe indique la direction et la distance de la prochaine cayenne, expliqua Trinité. Ce soir, nous nous arrêterons au Pommier, la cayenne du petit village de Cornou. Elle est très réputée.

Bohem sourit. Il aurait aimé que tout soit si simple. Mais il ne leur avait pas encore expliqué la vraie raison de sa présence sur les routes.

— Et si nous nous arrêtions maintenant pour manger ? demanda Gautier en montrant le bord de la route.

Trinité lança un regard vers Bohem. Il fronça les sourcils.

— Quelque chose me dit que notre ami n'a pas envie que l'on traîne trop longtemps dans les parages... Qu'il est pressé de quitter les environs. N'est-ce pas, Bohem ?

— Je ne veux pas vous empêcher de manger...

— Et toi ? Depuis combien de temps n'as-tu pas mangé ?

Bohem écarquilla les yeux. Le Compagnon semblait lire dans ses pensées. Comme s'il le comprenait, ou comme s'il devinait ce que Bohem était en train de vivre. Peut-être lui aussi avait-il quitté son village dans des circonstances difficiles. Ce devait être le cas de plusieurs jeunes Compagnons, s'imagina Bohem.

En tout cas, la gentillesse de Trinité était touchante. Bohem n'avait plus l'habitude. La bonté pure dans le regard des autres. Pourtant, il se souvenait combien les gens lui parlaient facilement jadis, combien ils étaient enclins à se montrer aimables envers lui. Avant la nuit de la Saint-Jean. Il avait toujours exercé à l'époque une certaine fascination sur les habitants de Villiers-Passant, surtout sur ceux de son âge. Peut-être à cause de ses yeux. Ou de son caractère, calme, posé. Et même après la Saint-Jean, c'était une autre forme de fascination qui avait écarté les gens de son chemin...

— Eh bien, je n'ai pas mangé depuis hier midi. Mais je...

— Allons, le coupa Trinité. Nous n'avons qu'à nous écarter un peu de la route et trouver un endroit tranquille. Tu pourras partager notre repas en paix.

Bohem sourit et acquiesça. Oui, vraiment, la gentillesse et la finesse du Compagnon lui réchauffaient le cœur.

Les trois garçons s'enfoncèrent dans la garrigue. Ils trouvèrent un endroit idéal, en retrait du chemin, où ils purent manger un repas simple mais bienvenu, à l'ombre des oliviers. Dans la quiétude de cet instant, Bohem leur raconta la nuit de la Saint-Jean.

*
* *

C'est à peu près au même moment que, fort loin de là, tout au nord du pays, on vit arriver par la mer une embarcation qui avait à son bord un mystérieux équipage.

C'était sur les côtes du duché de Northia, sur une grande plage de sable doré, à l'ombre des hautes falaises de glaise verte. Quelques nuages blancs filtraient les rayons de l'astre de midi et donnaient aux choses et aux gens une douce teinte gris-bleu. La mer opaque était d'un calme rare et l'on entendait juste le lointain ressac des vagues qui finissaient sur le sable et faisaient rouler de fins galets gris. Les cris des mouettes semblaient venir du firmament et se fondaient dans le bruit continu de la mer.

La plage et les falaises s'étendaient à perte de vue. Au-delà de ces éperons d'argile se dessinaient les bocages verdoyants de la Northia, mariage de bois et de prairies vallonnées.

Le bateau glissa sur la plage jusqu'à son milieu, freiné par le sable. C'était une grande nef à voiles blanches, munie de gaillards de bois noir en poupe et en proue. Quand elle fut complètement arrêtée et qu'on eut jeté l'ancre, six guerriers descendirent les uns derrière les autres et formèrent une chaîne pour débarquer de grands sacs de toile. Ils portaient des armures de plates en fer poli qui étincelaient sous le soleil et l'on devinait diverses armoiries sur leurs surcots. Ce n'étaient pas de simples soldats, mais sans doute des chevaliers de renom, peut-être seigneurs en leur pays. Un pays lointain, par-delà les mers et le vent.

Quand ils eurent débarqué tous les sacs, ils firent descendre une douzaine de magnifiques chevaux. De grands destriers, noirs pour la plupart, forts et trapus, équipés pour la guerre. Ils les sellèrent sur la plage et attachèrent les sacs sur leur dos. Tout cela sans un ordre, sans une parole. Comme des gestes mille fois répétés. Ils avaient la détermination, la dextérité et la discipline d'une véritable compagnie d'élite. Une compagnie de six combattants.

Enfin, quand tout fut prêt, on vit apparaître sur le pont de nouvelles silhouettes. Six hommes encore, mais ceux-là vêtus de manteaux blancs, la tête dissimulée sous une haute capuche. Sur le devant de leur habit était brodé un même symbole. Un dragon rouge et effilé au milieu d'une frise.

Ils descendirent lentement de la nef, majestueux, s'aidant d'un haut bâton de bois sculpté pour marcher. Les guerriers, qui les attendaient près des chevaux, les aidèrent à se mettre en selle. Puis, sans attendre et sans échanger un seul mot, ils se mirent tous en route vers le sud, les chevaux traversant au galop la grande étendue de sable, abandonnant derrière eux la nef et son équipage.

À leur tête, ouvrant la route, se tenait le plus âgé des douze hommes. On ne pouvait voir son visage, mais l'on devinait son importance, à sa façon de se tenir peut-être, ou bien à la façon qu'avaient les autres de le suivre.

Il était l'un des derniers représentants d'une caste aujourd'hui disparue. Le chef d'un clan qui semblait venir d'un autre âge.

Il fonçait, droit vers le sud, prêt à traverser le pays tout entier. Il ne regardait même pas derrière lui pour voir si ses compagnons le suivaient. Inutile. Il savait qu'ils étaient là. Qu'ils iraient aussi vite que lui, et aussi loin que lui.

Il savait aussi que la route serait longue. Et que les dangers seraient nombreux. Mais c'était leur dernier espoir. Le voyage de leur dernière chance. Cela faisait presque vingt ans qu'ils attendaient ce moment-là. L'occasion de faire revivre leur ordre. Leur société devenue secrète. Oubliée. Vingt ans qu'ils négociaient, se disputaient, espéraient, puis se décourageaient. Car le monde avait changé. Sous leurs yeux. Le monde s'était transformé. Toutes les valeurs qu'ils avaient défendues jadis avaient été renversées. Tout ce qui avait fait leur force. Leur pouvoir. Leur autorité. Et, à présent, ils devaient attendre dans l'ombre. Attendre une nouvelle chance. Et après vingt ans, voilà qu'elle se présentait enfin. Ici. En Gallica. Ils ne pouvaient pas la laisser passer.

Le vieil homme donna un nouveau coup de talon sur les flancs de son cheval. Il voulait aller plus vite. Beaucoup plus vite. Il n'y avait pas un instant à perdre. Des jours entiers de voyage les attendaient.

C'est ainsi qu'en ce jour de juin, les druides, venus du lointain pays de Gaelia, foulèrent pour la première fois la terre de Gallica.

*
* *

Les trois jeunes voyageurs arrivèrent à la tombée de la nuit devant la cayenne de Cornou. Une sorte de petite auberge retirée, discrète. Sur son enseigne, pendue au-dessus de la porte par deux chaînettes noires, était peint un pommier.

Ils avaient tant parlé, pendant leur longue marche à travers la Tolsanne, qu'ils n'avaient pas vu le temps passer. Bohem en avait presque oublié ses peines. La déchirure au fond de son cœur, tout au moins, se refermait parfois et le laissait retrouver un peu de légèreté. Le plaisir simple de parler. Il se demandait même par moments s'il s'était déjà senti aussi bien depuis la nuit de la Saint-Jean. Aussi libre, en tout cas. Car les deux Compagnons lui offraient un regard nouveau, un regard qui ne jugeait pas. Et cela faisait au moins quatre ans qu'on ne l'avait pas regardé comme ça. Quatre ans qu'il avait vécu seul au milieu des autres. Sans un seul ami. Avec pour seule compagne sa petite sœur, qui ne lui offrait toutefois qu'un regard désolé.

Des amis. Depuis tout ce temps, il avait presque oublié la saveur de l'amitié. Et aujourd'hui, elle lui revenait enfin. Si fraîche. Si pure. Si nouvelle.

Les deux Compagnons lui parlaient déjà comme s'ils avaient voyagé avec lui depuis des jours. Ils se moquaient de lui, lui se moquait d'eux, ils s'émouvaient et s'amusaient ensemble, comme de vrais complices. En quelques heures à peine ils lui avaient expliqué la plupart de leurs rites. Ils lui avaient dit la beauté du Devoir. Les raisons de leur voyage. En vérité, ils lui avaient tout simplement donné l'envie de découvrir leur mode de vie, comme si pour la première fois on lui offrait un autre horizon que celui d'un fils de louvetier à Villiers-Passant. Et c'était agréable. Flatteur presque.

Cornou était un petit village isolé au milieu des vignes. Pas de seigneur, pas de remparts, quelques maisons uniquement. La cayenne s'élevait en retrait du bourg. *Le Pommier.* C'était un mas de petite taille, mais en belles pierres, et de l'extérieur on voyait déjà que tout était bien agencé, parfaitement entretenu.

— Nous allons voir si la Mère veut bien te laisser entrer, Bohem. Il ne devrait pas y avoir de problème.

— Ne vous en faites pas pour moi, je peux très bien dormir dehors...

— Nous allons voir, répéta Trinité.

Il tendit la main vers Gautier qui lui passa quelque chose que Bohem ne put voir. Puis il s'avança vers la cayenne.

Bohem le regarda s'éloigner. Il se demandait s'il avait déjà vu quelqu'un d'aussi grand que lui. Trinité était un véritable géant. C'était amusant de le voir devant la porte du mas, la tête enfoncée dans les épaules, de peur sans doute de ne pas passer.

Gautier, quant à lui, était resté auprès de Bohem. Il lui sourit pour le rassurer. Il faisait déjà sombre, et ils avaient beaucoup marché. Une bonne nuit de sommeil dans un vrai lit était une promesse agréable. Bohem espérait que la maîtresse des lieux accepterait de le loger. Surtout qu'en vérité il n'avait pas très envie de passer une nuit tout seul. À se poser toutes ces questions qu'il ne voulait plus se poser. Pas pour le moment.

À quelques pas de là, Trinité toussota et épousseta ses habits, arrangea le ruban autour de sa nuque puis frappa trois coups à la porte. Après un court instant, un jeune homme vint ouvrir.

— C'est le Rouleur, chuchota Gautier à l'oreille de Bohem. Il va toper Trinité avant de nous laisser entrer.

— Qu'est-ce que ça veut dire ?

— Tu vas voir...

Trinité tendit au Rouleur ce que Gautier lui avait passé juste avant et Bohem vit qu'il s'agissait seulement d'un papier, soigneusement plié. Trinité en sortit un second de son propre sac et le présenta à son tour. Le Rouleur mit les deux papiers de côté, dans un petit meuble qui était juste derrière la porte. Puis il revint vers Trinité. L'un et l'autre se serrèrent la main droite, posant la gauche sur l'épaule de leur interlocuteur, et ils s'embrassèrent par trois fois. Bohem haussa les sourcils. Il ne s'était pas attendu à une telle mise en scène...

Les deux hommes échangèrent quelques paroles. Bohem tendit l'oreille et entendit quelques mots. Trinité répondait avec humilité aux courtes questions du Rouleur.

— Que faites-vous ?

— Le Tour de Gallica.

— Qui êtes-vous ?

— Les enfants de la Veuve.

Il répondait si vite que cela ne pouvait être qu'une leçon apprise par cœur, pensa Bohem. Une sorte de code secret pour vérifier l'identité des deux Compagnons. Il prêta à nouveau attention.

— Que cherchez-vous ?

— Hiram.

— Où le trouverez-vous ?

— Sous les gravats, recouvert d'une branche d'acacia.

Le Rouleur tapa sur l'épaule de Trinité et lui fit un large sourire.

— Vous êtes les bienvenus au *Pommier*, mais qui est le troisième qui vous accompagne ?

— C'est... C'est un louvetier. Il s'appelle Bohem. C'est un compagnon de route, et si la Mère le veut bien, nous aimerions qu'il soit logé ici ce soir. Nous paierons pour son séjour.

— Je vois, répondit le Rouleur en hochant la tête. Je vais lui demander. Attendez ici.

Trinité se retourna et leur fit un clin d'œil. Bohem resta silencieux. Il était très impressionné. Il commençait à comprendre pourquoi l'on faisait tant de mystère au sujet des Compagnons. Mais il aurait aimé saisir le sens de leurs paroles. Et il se demandait également pourquoi Trinité avait dit qu'il était louvetier. Cela ne lui plaisait pas vraiment. Peut-être était-ce une façon de justifier quelque peu sa présence... Un louvetier pouvait-il faire le Tour de Gallica ?

Le Rouleur réapparut rapidement à la porte.

— Vous pouvez entrer, dit-il en se poussant contre le mur pour les laisser passer.

Trinité fit signe à Bohem de le suivre, et Gautier ferma la marche. Tout sourire, ils entrèrent dans le petit mas. Une délicieuse odeur de viande flottait déjà dans l'air du vestibule. Le Rouleur les emmena dans la salle à manger où dînaient cinq autres Compagnons ainsi qu'une femme, assise au bout de la table.

— Ma mère, mes frères, voici Trinité Rivenois et Gautier Burgonnais. Ils sont accompagnés de Bohem le louvetier.

La femme se leva et s'avança vers les nouveaux venus. Bohem se dit qu'elle devait avoir l'âge de son père. Petite et replète, ses cheveux platine étaient tressés en une grosse natte derrière sa nuque ; elle avait un petit nez rebondi et de grands yeux marron. Elle portait à la taille un petit tablier blanc et au poignet un gros bracelet de fer.

— Eh bien ! Par Maître Jacques ! Voilà trois enfants qui ont l'air bien fatigués ! s'exclama-t-elle en les embrassant tour à tour. Allez, posez vos sacs et vos cannes et venez manger avec nous !

Ils s'installèrent à la grande table où régnait une ambiance fort chaleureuse, et partagèrent le repas de leurs hôtes. Bohem s'intégra facilement dans cette étrange famille. Il ne comprenait pas toujours ce que se disaient les convives, qui parlaient parfois par énigmes et qui faisaient référence à des choses qu'il ne connaissait pas, mais il s'amusait bien, et surtout, le repas était excellent.

La Mère avait préparé un plat que Bohem n'avait jamais goûté auparavant et qui était véritablement délicieux. Dans des tranches d'aubergines revenues dans l'huile, elle avait mis de l'oignon doré, de l'agneau haché, du pain trempé dans du lait et essoré, des olives émincées, des œufs et du persil. Le tout servi grillé avec une sauce à la tomate... Il n'en resta pas le moindre petit bout.

À la fin du repas, la Mère se tourna vers Bohem et lui demanda :

— Ainsi, tu es louvetier ?

Bohem haussa les sourcils.

— Pas tout à fait, balbutia-t-il.

— Bohem est un nouveau genre de louvetier, glissa Trinité en posant sa main sur l'épaule du jeune homme. Un louvetier qui a sauvé une Brume !

— Voilà qui est intéressant, répliqua la Mère en souriant. Un louvetier qui a sauvé une Brume ! Cela ne doit pas plaire beaucoup, par ici !

— Pas beaucoup, en effet, répondit Bohem.

Les convives se mirent à rire.

— C'est pour cela que notre ami est sur les routes, Mère.

— Très bien ! Ça me va, à moi ! Buvons à la santé du louvetier qui a sauvé une Brume !

— Buvons ! répondirent en chœur tous les Compagnons, et ils vidèrent cul sec leurs gobelets emplis de vin.

Bohem fit de même. Il ne savait que penser. Ses hôtes étaient en tout cas accueillants, et il avait envie de se détendre. De plus, ils semblaient jouir d'une liberté de pensée étonnante, eux qui ne s'offusquaient pas à l'idée qu'on veuille sauver une Brume plutôt que la sacrifier...

— Alors, dit la mère, explique-nous pourquoi tu as sauvé cette Brume.

— Je ne sais pas, avoua Bohem. C'est au fond de moi. J'ai vu mon père chasser les Brumes toute ma vie et je n'ai jamais compris pourquoi...

— Tu ne lui as pas demandé ? se moqua Trinité à côté de lui.

— Si, mais ses raisons ne me satisfont pas. Je crois en réalité qu'il le fait uniquement parce que son père le faisait, et que c'est une tradition qu'on lui a imposée. Et puis les primes nous permettent de vivre...

— Mais toi, tu n'en as pas envie ? insista la Mère.

— Non. Quelqu'un ici a-t-il déjà croisé une Brume dans la nature ?

Tous les convives firent non de la tête.

— Allons, vous qui voyagez à travers tout le pays, vous qui faites le Tour de Gallica, vous n'avez jamais croisé une seule Brume ?

— Non, Bohem, jamais.

— Et vous ne trouvez pas cela curieux ? Vous ne trouvez pas cela étrange qu'on nous répète que les Brumes sont des créatures dangereuses et que nous devons les éliminer alors que nous n'en croisons jamais ? On nous dit qu'elles attaquent nos troupeaux, mais nous-mêmes ne mangeons-nous pas de la viande ? Aurait-on plus de droits que les Brumes uniquement parce que nous sommes des hommes ? Non. Cela ne me satisfait pas.

La Mère sourit. Elle fit un signe de tête à Bohem, comme pour l'inviter à continuer son explication.

— Je crois qu'on nous ment au sujet des Brumes. Et je crois que, si personne ne les défend, il n'y en aura bientôt plus une seule dans tout le pays. J'ai croisé une Brume il y a quelques jours. Un loup, magnifique, et il ne m'a pas attaqué. Au contraire, je crois même que je peux dire qu'il m'a aidé, en quelque sorte. Et toutes ces créatures vont disparaître. Les loups, les chimères, les bayards, les griffons... Il n'y en aura bientôt plus. J'ai vu un griffon un jour, que mon père avait chassé. C'est une si belle créature ! En avez-vous déjà vu ?

— Moi oui, répondit l'un des Compagnons.

— Comment une créature si belle pourrait-elle être un démon ? Et si vraiment c'était un démon, comment mon père aurait-il pu si facilement l'abattre ? Non, je n'y crois pas un seul instant. Et une licorne... Quelqu'un a déjà vu une licorne ?

Personne ne répondit.

— Moi non plus. Et je rêve d'en voir une. Vivante. Libre. Pas l'approcher, juste la voir. Savoir qu'elle vit. Vraiment. Qu'elle a sa place, elle aussi.

Tous les convives étaient devenus soudain silencieux. Ils semblaient émus par le discours de Bohem. Et lui-même ne parlait pas d'une voix très assurée... Il n'avait jamais dit à voix haute toutes ces choses. Ces choses qui bouillaient au fond de lui depuis toujours.

— ... savoir qu'elle a sa place elle aussi, répéta-t-il tout doucement en hochant la tête.

La Mère le dévisagea un long moment, puis elle lui lança un regard d'une grande chaleur. Elle leva à nouveau son verre et invita les Compagnons à trinquer une fois encore.

— Buvons !

Ils s'exécutèrent, puis les conversations reprirent lentement leur cours. Bohem vit alors que les autres le regardaient différemment. Comme s'il faisait vraiment partie de leur famille à présent. Et il participa pleinement aux discussions qui suivirent. De plus en plus débridées.

Quand le repas fut terminé, que tout le monde eut bien chanté et bien ri, la Mère leur ordonna de monter se coucher. Les trois jeunes hommes, Trinité, Gautier et Bohem, furent placés au premier étage, dans la même chambre, où ils avaient chacun un lit, ce qui les enchanta.

C'était une petite chambre, simple mais confortable, plus confortable que la plupart des maisons de Villiers-Passant, songea Bohem. Les trois lits étaient en bois, surélevés, et chaque hôte bénéficiait d'un petit coffre personnel. Un luxe auquel Bohem n'avait jamais goûté.

Aux murs étaient fixés des outils dont il supposait qu'ils représentaient les différents métiers des Compagnons... Il en avait remarqué déjà dans les autres pièces. Ainsi que d'autres décors. Il commençait à s'habituer à tous ces symboles qui semblaient si importants pour les Compagnons.

Ils s'installèrent, puis Trinité éteignit les deux chandelles fixées près de la porte d'entrée. La pièce n'était plus éclairée que par les rayons dorés de la lune.

Bohem était sur le point de souhaiter une bonne nuit à ses compagnons quand il les vit se diriger vers la fenêtre de leur chambre. Les garçons s'installèrent sur le rebord, le dos contre le chambranle de bois.

Dehors, la lumière des étoiles secondait celle de la lune pour enrober la nuit dans un halo paisible. Le vent léger portait le chant des grillons.

Bohem vit Trinité sortir de son sac une petite poche de velours d'où il extirpa un long shilom de bois sculpté. Il prit au fond de la poche une petite pincée d'herbe qu'il laissa tomber au fond du fourneau, puis il recommença jusqu'à atteindre le haut du shilom. Il tassa délicatement l'herbe avec son petit doigt. Il prit alors dans sa poche un briquet à silex et un morceau d'amadou, et il alluma l'herbe en tirant sur le shilom. Le Compagnon prit plusieurs longues bouffées, soufflant paisiblement la fumée au-dessus de sa tête, avant de passer la pipe à Gautier.

Bohem se redressa sur son lit et s'assit contre le mur. La fumée du shilom flottait jusqu'à lui et inondait la pièce d'une odeur de corde brûlée.

— Oh, pardon, tu veux peut-être fumer ? demanda Trinité en voyant que Bohem n'était pas couché.

— Qu'est-ce que c'est ? demanda le jeune homme en fronçant les sourcils.

— Une herbe qui fait dormir.

Bohem haussa les épaules. Il n'avait jamais fumé de sa vie, et à part quelques marchands de passage, personne ne fumait à Villiers-Passant. Il était tellement fatigué qu'il n'avait certainement pas besoin d'une herbe pour dormir, mais il avait envie d'essayer tout de même. Il se leva et alla s'asseoir près des deux Compagnons.

Gautier lui passa le shilom. Bohem le mit dans sa bouche et aspira.

— Doucement ! l'arrêta Trinité en riant.

Bohem se mit à tousser bruyamment. La fumée l'avait étouffé et la gorge lui brûlait. Il grimaça et redonna le shilom à Gautier.

— Bahh ! maugréa-t-il. C'est abominable !

Et soudain, il sentit une vague de lourdeur qui lui montait à la tête. Comme si son crâne se remplissait d'eau. La chambre se mit à tourner, et il fut pris d'une brutale envie de se coucher. Il avait l'impression de ne plus pouvoir soutenir son propre corps.

Il se leva péniblement et alla jusqu'à son lit d'une démarche mal assurée. C'était comme si ses pieds étaient devenus de gros poids de plomb, comme si chaque pas lui demandait un effort considérable. Il entendait derrière lui les rires des deux Compagnons. Il avait l'impression d'être ivre, et il se mit à rire lui-même, puis il se laissa tomber sur son lit et plongea dans un profond sommeil.

*
* *

Je suis seul. Le temps s'est arrêté. Autour de moi, une vaste plaine et un beau ciel d'azur. Les nuages sont figés. Le vent ne souffle plus. Je ne vois pas mes mains. Je ne vois pas mon corps.

Derrière moi. Une présence. Je me retourne. Lentement. Et je le vois. Le loup. Le loup gris. Je reconnais son pelage. Je crois même que je reconnais ses yeux.

Il est magnifique. Debout sur un rocher. Penché vers moi comme s'il voulait lire dans mon âme. Il y a quelque chose de gravé sur le rocher. Sous ses pattes. Deux phrases. Je ne peux pas les lire. Je ne sais pas.

Le loup se retourne. Je comprends tout de suite. Il veut que je le suive. Il avance. Je flotte. Je traverse l'espace, peut-être le temps. Je ne sais à quelle vitesse nous avançons. La plaine, le ciel, tout devient flou. Les distances semblent s'étirer. Et je parviens à suivre le loup. Mon loup. Sans réfléchir. Comme si je connaissais déjà son chemin. Il est mon guide.

Je n'ai qu'à suivre la voie que m'ouvre la Brume.

Soudain elle disparaît. Le monde autour de moi s'éteint et se rallume, plusieurs fois, comme si je clignais lentement des yeux. Il n'y a toujours pas un bruit. À peine le battement de mon cœur. Bat-il vraiment ?

Je suis devant une forêt. Le long tapis d'herbe s'arrête à quelques pas, au pied d'un mur d'arbres touffus. J'attends. Je sais que je ne suis pas là par hasard. C'est mon loup qui m'a guidé. Et il sait où je dois me rendre.

Une silhouette se dessine à la lisière de la forêt. Une figure qui apparaît à l'orée du bois. Un homme. De petite taille. Haut comme un enfant. Fort. Il sort de l'ombre des arbres. Je le distingue mieux à présent. Il a une longue barbe blanche qui descend sur son ventre rond. Sur son dos, il porte un instrument que je ne connais pas. Il est vêtu d'une cotte de maille et d'une armure de cuir. À sa taille, il porte une courte et splendide épée. Et sur sa tête, un chapeau marron orné d'une longue plume d'oie blanche.

Il s'avance. Il sourit. On dirait qu'il me reconnaît. Mais je ne l'ai jamais vu, moi. Pourtant, j'ai l'impression de le connaître aussi. De l'avoir toujours connu. Comme un frère.

Il parle mais je ne l'entends pas. Je vois ses lèvres qui bougent, mais aucun son n'en sort. Il est tout près maintenant. Il tend son bras vers moi, le poing fermé. Il serre quelque chose dans le creux de sa main. Quelque chose qu'il veut me donner.

Lentement, il tourne sa main vers moi.

Et il ouvre les doigts.

Chapitre 3

AÏSHANS

— Votre ordre a essaimé à travers de nombreux pays, cher abbé.

Raymond VII était un homme petit et gras, à la peau mate, aux cheveux noirs, au regard brillant. Des pattes d'oies au coin de ses yeux lui donnaient un air souriant, mais on sentait qu'il n'était pas d'humeur facile. Sa petite taille ne l'empêchait pas d'avoir une autorité naturelle, un charisme imposant. C'était comme si sa présence occupait tout entière la grande salle du palais d'Al-Ksar.

— C'est vrai, répondit Pieter le Vénérable en s'inclinant. Vous avez chez vous quelques-uns de nos monastères.

Il se méfie. Ma venue le trouble, je le vois bien. Peut-être voit-il d'un mauvais œil l'essor de Cerly en son pays. En tout cas, il sait pourquoi je suis là, et il a déjà dû deviner que j'avais moi aussi un intérêt au mariage de Livain avec sa fille. Il ne sait pas lequel. Alors oui, il se méfie.

— Quelques-uns ? De plus en plus, vous voulez dire ! Notre regretté pape semblait apprécier beaucoup Cerly... Mais son successeur, ce fameux Nicolas IV qui nous vient de Brittia, l'avez-vous rangé à vos côtés lui aussi ?

Je dois changer de sujet. Il ne faut pas que Cerly ait un rapport avec notre conversation. Il ne doit pas me voir, moi, derrière les desseins de Livain.

— Cerly n'est pas un ordre politique, Majesté. Nous sommes de simples moines qui respectons la règle de saint Benoît et celles de la miséricorde envers les pauvres, les...

— Allons ! le coupa le roi de Chastel. Soyons sérieux ! Vous possédez la *liberta romana* ! Vos monastères sont autonomes et vous êtes assujettis au seul pape ; le nombre de paroisses dont vous avez hérité de la part de seigneurs bienveillants est considérable, sans parler des oblats qui vous font don de leurs biens... Ne me dites pas que vous ne faites pas de politique !

Inutile de tenter de le détromper. Il n'est pas idiot. Je peux toutefois essayer de le persuader que Cerly n'a rien à voir dans la mission que m'a fixée le roi.

— Je suis ici au nom du roi de Gallica, affirma le vieil abbé. Pas au nom de mon ordre. Livain n'a aucun intérêt dans Cerly, et s'il m'a envoyé moi, c'est qu'il me fait confiance en tant que messager probe, et non pas en raison de ma fonction.

— Soit, répondit Raymond VII en souriant. Alors que me veut-il, ce bon Livain ?

Il le sait très bien. Ma présence au nom du roi de Gallica ne peut avoir qu'une seule explication.

— Vous n'êtes pas sans savoir qu'il a répudié son épouse, Hélène de Quienne...

— Comment l'ignorer ? On ne parle que de ça !

— Livain cherche une nouvelle femme, qui puisse lui donner un fils.

— Et il vous envoie, vous, me voir, moi ?

— Votre Majesté, Livain VII vous demande la main de votre fille.

Le roi de Chastel resta silencieux un instant. Il avait bien sûr deviné depuis longtemps la raison de la visite de l'abbé, mais deviner était une chose, l'entendre dire en était une autre.

— Et pourquoi n'est-il pas venu en personne ? demanda-t-il finalement. Si le roi de Gallica désire tant ma fille, il pourrait au moins faire le déplacement, n'est-ce pas ?

Personnellement, cela m'aurait arrangé.

— Livain aurait bien sûr préféré venir jusqu'ici lui-même, ne serait-ce que pour le plaisir de s'entretenir avec vous. Malheureusement, ce n'était pas le moment de quitter le royaume... Le couronnement d'Emmer Capigesne au royaume de Brittia nous préoccupe particulièrement.

— Ha ! Et vous voulez que je marie ma fille à un roi qui doute pour la sécurité de son royaume ?

— Je n'ai pas dit qu'il doutait pour la sécurité de Gallica, Majesté. J'ai dit qu'il était *préoccupé* par ce couronnement. Car, comme le pensent beaucoup de princes de Gallica et de Brittia, il lui semble illégitime...

— Ce n'est pas la première fois qu'un roi illégitime arrive sur un trône...

— Non, mais cela prouve que ce roi n'a aucun scrupule, et nous n'aimons pas partager la frontière d'un roi sans scrupule...

— Partager la frontière ? s'exclama Raymond, moqueur. Vous faites bien plus que ça ! Le roi de Brittia possède près de la moitié des fiefs de votre pays !

Cela va être plus dur que je ne l'avais imaginé. Toutefois, s'il réagit ainsi, c'est peut-être que lui aussi craint Emmer Capigesne. Je dois jouer sur ce terrain-là...

— Vous avez raison. La force que Capigesne a acquise en épousant Hélène de Quienne est une véritable menace pour Gallica. Mais pour vous aussi. En unissant votre famille à celle de Livain, vous pourriez créer une alliance si forte qu'aucun ennemi n'oserait l'affronter. Pas même Emmer Capigesne.

— Je ne me sens pas menacé par Emmer.

— Depuis qu'il a épousé Hélène, vous avez pourtant une frontière commune : celle de la Quienne.

— J'en ai aussi une avec Livain par le comté de Tolsanne. Pourquoi devrais-je me méfier de l'un plus que de l'autre ?

— Si votre fille épouse Livain, vous n'aurez plus à vous méfier de lui !

— Est-ce une menace ?

— Majesté, je crois que...

À cet instant, Pieter le Vénérable fut coupé par une voix féminine derrière lui.

— Et si vous laissiez décider la personne la plus directement concernée ?

L'abbé se retourna lentement sur son fauteuil. Il découvrit alors le jeune visage lumineux de Camille de Chastel. Du haut de ses dix-huit ans, elle avait déjà le regard décidé des grandes dames. C'était une jeune femme splendide, aux cheveux châtains, légèrement ondulés, flottant sur ses épaules. Toute en formes, gracieuse, elle respirait l'énergie, la force, la volonté. Le menton fier, deux petits yeux verts malins. À sa façon de parler et de s'avancer vers son père, Pieter comprit aussitôt que ce n'était pas une jeune femme docile et se demanda s'il avait vraiment fait un bon choix pour le roi de Gallica. Après Hélène de Quienne, Livain n'avait pas besoin d'une autre effrontée.

— Ma fille, répliqua Raymond VII, fâché, vous n'avez rien à faire ici. Retournez, je vous prie, dans vos appartements.

— Rien à faire ici ? Il me semble qu'on parle de mon mariage...

— Eh bien non, justement, puisque je ne donnerai pas votre main à ce Gallicien...

— Et si moi je veux l'épouser ? rétorqua insolemment la jeune femme.

Raymond VII se leva d'un élan furieux.

— Camille ! Je vous ai dit de retourner dans vos appartements !

Mais la jeune femme ne se laissa pas impressionner. Elle s'avança vers Pieter le Vénérable.

— Donnons au moins une chance à cet abbé de nous expliquer en quoi ce mariage pourrait nous être utile... Vous disiez que c'était une alliance de choix ?

Le vieil homme acquiesça lentement, embarrassé. Elle le mettait dans une position délicate, entre elle et son père.

— Madame, je crois en effet que ce mariage serait pour vous, pour votre père, et pour le pays de Chastel tout entier un choix fort judicieux. Livain VII est un homme beau et fier, un mari attentionné, intelligent et pieux, et il est certainement le roi le plus puissant qui ait des terres mitoyennes avec celles de votre père...

— Vous avez déjà dit cela...

Je dois utiliser un dernier argument. Un argument de poids.

— D'autre part, ajouta Pieter d'une voix plus forte, le pape sacrera votre union.

Dieu pardonne mon mensonge ! Mais ce n'est sans doute qu'une vérité par anticipation. Je saurai persuader Nicolas IV. Et c'est le meilleur argument pour convaincre à la fois Raymond VII et sa fille. De plus, ils doivent me croire. Je suis l'abbé de Cerly. Raymond sait que mon ordre entretient des rapports privilégiés avec la papauté, il l'a rappelé lui-même tout à l'heure. C'est la meilleure carte que je puisse jouer.

Camille de Chastel tourna les yeux vers son père. Elle sourit. Puis elle regarda à nouveau l'abbé de Cerly.

— J'ai une dernière question, cher abbé. Quels sont les rapports de la couronne de Gallica avec le comté de Tolsanne ?

Pieter le Vénérable haussa les sourcils.

En quoi cela peut-il l'intéresser ? Évidemment, ce fief a une frontière commune avec le royaume de son père, je comprends qu'elle se soucie de cela, mais si elle me pose cette question en dernier, après ce que je viens de dire, c'est que c'est encore plus important. Étrange...

— Ils sont excellents, mentit Pieter. Allons, pour vous mettre dans la confidence, il y a de fortes chances que le comte épouse la sœur de Livain.

— Parfait, répondit Camille de Chastel. Parfait.

Elle se tourna à nouveau vers son père.

— Je serais heureuse, père, d'accepter cette demande en mariage. Et je suis sûre que vous aussi y trouverez un intérêt.

Au grand étonnement de Pieter, le roi de Chastel acquiesça lentement. Comme s'il venait de comprendre la motivation de sa fille. Mais Pieter, lui, ne comprenait pas. Et il n'aimait pas ça du tout. Qu'y avait-il au sujet du comté de Tolsanne qui pouvait pousser ainsi la jeune femme à vouloir épouser le roi de Gallica ?

Certes, il avait visiblement obtenu ce qu'il était venu chercher ici, mais soudain il se demandait si c'était une bonne chose. Cette Camille n'était pas du tout le personnage qu'il avait imaginé. Elle n'avait que dix-huit ans, mais semblait déjà toute politique. Et ce n'était pas vraiment bon signe. Mais il était trop tard. Il allait falloir assumer. Le roi avait trouvé une nouvelle femme qui lui apportait une alliance de taille. Pour le moment, c'était le plus important. Même si cette nouvelle femme risquait de gêner un jour la réalisation de certains de ses plans à lui... Mais après tout, c'était cela, la politique. Se battre. Toujours se battre pour gagner un petit peu de place. Un petit peu de pouvoir. Coûte que coûte.

*
* *

Bohem se réveilla en sursaut. Il faisait grand jour dans la chambre. Il était ébloui par un rayon de soleil diffusé à travers la fenêtre. Il tourna la tête sur le côté. Les deux autres lits étaient vides. Trinité et Gautier n'étaient plus là.

Le jeune homme se redressa. Combien de temps avait-il dormi ? Il était très reposé. Il se sentait en pleine forme. À vrai dire, il avait l'impression d'avoir dormi deux nuits complètes. Était-ce son état de fatigue qui lui avait permis de si bien dormir, ou bien l'herbe abominable que les deux garçons lui avaient fait fumer la veille ? Il ne pouvait savoir. Eux n'avaient visiblement pas dormi aussi longtemps...

Où étaient-ils, d'ailleurs ? Il tendit l'oreille. Il y avait des gens en bas, sur la terrasse, qui parlaient devant la maison.

Il sauta sur ses pieds, se frotta les yeux et s'habilla en vitesse. Il allait se faire remarquer et il avait horreur de ça. Dès qu'il fut prêt, il sortit de la chambre et dévala les escaliers.

— Ouh là ! Doucement, le louvetier ! s'exclama la Mère qui arrivait de la salle à manger.

Il descendit plus calmement les dernières marches. Elle s'approcha de lui et l'embrassa avec chaleur.

— Tout le monde est déjà debout, tu vois. Je suis contente que tu aies si bien dormi pour ta première nuit au *Pommier* ! Mais dépêche-toi, vous avez encore beaucoup de route à faire aujourd'hui ! Les garçons t'attendent sur la terrasse...

Bohem la remercia et s'apprêta à rejoindre les autres dehors, mais la Mère le rattrapa par le bras.

— Dis-moi, Bohem, de quel village viens-tu ?

Le jeune homme blêmit. Pourquoi cette question ? Était-elle au courant ? Un frisson lui parcourut l'échine. Il ne savait que répondre. Pouvait-il lui faire confiance ? Et si elle donnait cette information à ceux qui étaient sur ses traces ? Il hésita. Mais il ne pouvait lui mentir. Elle s'était montrée tellement accueillante. Et l'atmosphère était si singulière, dans cette cayenne. Une complicité profonde entre tous les gens qui franchissaient le seuil de cette porte. Quelque chose qu'il n'avait jamais connu. Et qui lui plaisait tellement ! Il décida de parler.

— De Villiers-Passant.

La Mère hocha lentement la tête.

Elle savait.

Bohem le comprit aussitôt. D'une façon ou d'une autre, elle avait appris ce qui s'était passé là-bas. Il le vit dans ses yeux. Et il y vit aussi un peu de compassion. Mais il ne put s'empêcher de prendre peur. Le souvenir du massacre lui revenait comme un cauchemar éveillé.

— Que savez-vous ? Et comment ? Je...

— Je sais ce qui s'est passé dans ton village, Bohem, chuchota la Mère en fronçant les sourcils. Et si tu es le louvetier que tu dis, alors je sais aussi qui tu es et pourquoi tu es là.

— Mais comment ? insista le jeune homme.

— Nous autres Compagnons avons nos propres moyens d'information. On parle beaucoup de ton histoire dans les cayennes...

Bohem chancela. La Mère lui serra le bras.

— Allons, Bohem, tu as fait ce que tu avais à faire. Et tu es entre de bonnes mains, à présent. Tu dois fuir. Va avec Trinité et Gautier.

— Mais... Je ne comprends pas... Expliquez-moi !

— Je ne peux pas t'en dire plus que ce que je sais, Bohem. Je sais que les gens qui sont après toi sont mauvais et dangereux, et que tu as donc sûrement raison de fuir. Ils te cherchent encore. Et on dit qu'ils viennent à présent dans notre direction. C'est tout ce que je sais. Ce que tu as dit hier soir sur les Brumes m'a beaucoup touchée. Je sais que tu es un bon garçon. Nous ferons tout ce que nous pourrons pour t'aider.

Bohem écarquilla les yeux. Il était terrifié. La soirée de la veille et cette longue nuit de sommeil lui avaient presque fait oublier. Et à présent, tout lui revenait. Et les choses semblaient pires encore. Plus urgentes.

— Mais qui sont-ils, ceux qui me poursuivent ?

— Tu ne le sais pas ? s'étonna la Mère.

— Non !

— On dit que ce sont des Aïshans.

— Qu'est-ce que c'est que ça ? s'exclama Bohem en secouant la tête, intrigué.

— Des barbares, venus de très loin. Ils ne sont pas de Gallica, ni même d'un pays voisin...

— Mais que peuvent-ils me vouloir ?

— Je n'en ai aucune idée, Bohem. Mais tu dois fuir.

Il tremblait. Et il n'était pas sûr de bien comprendre. Il n'arrivait pas à y croire. Cela devenait de plus en plus absurde.

— À présent, va rejoindre les autres dehors. Dépêche-toi de manger et partez.

Bohem acquiesça, hébété. Il se retourna lentement et se dirigea vers l'entrée. Il ouvrit la porte, et il resta un moment immobile, le regard dans le vide.

— Alors, on se réveille ?

Bohem tourna la tête. Gautier et Trinité étaient assis à une grande table en bois, leurs sacs et leurs cannes à leurs pieds. Ils lui firent un large sourire.

— Eh bien ! s'exclama Trinité en se levant. Ce n'est pas trop tôt ! Tu es un sacré ronfleur, toi ! Je ne te demande pas si tu as bien dormi, hein ?

— Je... Je suis désolé, je vous retarde...

Le grand Compagnon l'attira à la table et le fit s'asseoir.

— Ce n'est pas grave, louvetier, mais maintenant dépêche-toi de manger ! Regarde ces bonnes brioches ! Les autres ont failli tout manger, heureusement qu'on était là pour les en empêcher, hein ?

— Où sont-ils, les autres ?

— Partis travailler, tiens ! Tu crois que tout le monde passe son temps à dormir comme toi ? Ils participent à la charpente de l'église de Cornou.

Bohem hocha la tête. Il mangea aussi vite qu'il put pour ne pas retarder ses deux amis. Pendant tout le repas, il ne pensa qu'à une seule chose. Ces barbares qui le cherchaient. Les Aïshans. Il n'avait jamais entendu ce mot. Et il n'arrivait pas à croire qu'il pût être la proie de gens qu'il ne connaissait même pas.

Quand il eut fini, il informa les deux Compagnons qu'il était prêt à partir. Il ne savait pas s'ils étaient au courant de son histoire. Sans doute pas. La Mère n'avait pas encore pu leur dire. En lui posant ces questions, elle venait seulement d'avoir la confirmation qu'il était le jeune homme dont elle avait entendu parler.

Trinité alla donc prévenir le Rouleur qu'ils allaient quitter la cayenne. Celui-ci lui dit de patienter devant la porte.

Les trois garçons attendirent un instant, puis le Rouleur revint avec la Mère et un autre Compagnon, Bouchard, qui l'assistait dans la cayenne. Aussitôt, Trinité et Gautier se mirent à genoux et posèrent leurs sacs devant eux. Bohem les imita, sans savoir s'il était censé le faire ou non.

— Le travail de nos frères ici est terminé, commença solennellement le Rouleur, est-ce que quelqu'un ici a quelque chose à reprocher aux partants ?

— Non, non, répondirent en chœur Bouchard et la Mère.

Le Rouleur prit les sacs de Trinité et Gautier au sol et les posa sur leurs épaules. Puis il leur tendit les petites feuilles de papier qu'ils lui avaient remises la veille.

La Mère s'avança et posa une main sur l'épaule de Trinité, le plus grand des trois.

— Gloire à Dieu, honneur à Maître Jacques, respect à tous les braves Compagnons ! Soyez prudents, mes enfants. Les nouvelles ne sont pas bonnes, ces jours-ci, et les routes ne sont pas sûres. Restez ensemble. Entendu ?

— Oui, Mère, répondirent les trois garçons.

Bohem se surprit lui-même à répondre en même temps que les deux autres. Comme s'il était l'un des leurs.

La Mère acquiesça, puis s'approcha de lui.

— Bohem, toi surtout, le louvetier, sois prudent. Et prends ceci.

Elle se retourna et prit dans les bras de Bouchard un sac en peau de chèvre dans lequel elle avait glissé quelques affaires, vêtements, torches, galettes... Elle mit le sac sur les épaules de Bohem, puis elle glissa dans sa main une boucle d'oreille, la même que celle des deux autres Compagnons, au bout de laquelle pendait une petite équerre dorée.

— Porte-la tout le temps, dit-elle en lui faisant un clin d'œil. En souvenir du *Pommier*. Tu n'es pas Compagnon, Bohem, mais tu es de notre famille. Les Compagnons te reconnaîtront comme tel. Où que tu sois.

Bohem était fort ému. C'était idiot, mais à cet instant, en entendant les paroles réconfortantes de cette femme, il ne pouvait s'empêcher de penser à sa propre mère, qu'il avait perdue depuis si longtemps.

— Je ne sais comment vous remercier...

— En faisant attention à toi, répondit la Mère tout sourire.

Il hocha la tête, puis il lui demanda à voix basse :

— Je vous suis infiniment reconnaissant. Dites-moi, j'ai besoin de savoir... Comment vous appelez-vous ?

Elle sourit. Elle se pencha vers lui et répondit.

— Mère. Je m'appelle Mère.

Puis elle l'embrassa et retourna à l'intérieur de la cayenne sans rien ajouter. Bohem sentit son cœur battre plus fort. Il ferma les yeux un instant, troublé, puis Trinité lui tapa sur l'épaule pour lui faire signe de se relever.

Les trois garçons se mirent en route sans plus attendre. Une longue journée de marche les attendait.

*
* *

La cour des poètes et des troubadours de Pierre-Levée – en accord avec le conseil de ville et le bourgmestre – avait préparé une grande fête pour le retour d'Hélène de Quienne.

La duchesse, qui, comme son père, avait toujours vécu au cœur du comté de Pierevain, s'était absentée plusieurs semaines afin d'accompagner son époux en Brittia pour le couronnement. La nouvelle de son retour avait enchanté la ville entière, et tous les habitants de Pierre-Levée avaient accepté de participer aux festivités préparées par les troubadours. Elle était leur muse, leur sœur et leur mère à la fois. Leur reine, à nouveau ! Sa beauté et la splendeur de son âme avaient inspiré mille poèmes. Les peintres ne juraient que par sa beauté immortelle et la peignaient avec tendresse. Elle avait souvent sauvé ces créateurs incompris de la ruine ou de l'opprobre, et les artistes du pays savaient qu'ils étaient toujours bienvenus à la cour d'Hélène, comme ils l'avaient été à la cour de son père et à celle de son grand-père. Car dans la famille de Quienne, l'art était une histoire d'amour.

Pierre-Levée était toute l'année une ville de fête et de poésie, mais ce jour fut encore plus extraordinaire. Les troubadours, le conseil et les habitants de la cité voulaient manifester leur joie et peut-être aussi faire comprendre à la duchesse qu'ils espéraient qu'elle ne quitterait jamais définitivement le comté de Pierevain. À présent que son époux était roi de Brittia, ils craignaient qu'elle ne passe la majeure partie de son temps de l'autre côté de la mer. Or, ils n'imaginaient pas la vie sans elle.

Le bourgmestre avait fait décorer toute la ville. Des banderoles flottaient au-dessus des ruelles, des pavois étaient accrochés aux murs, des draperies tendues de fenêtre en fenêtre. On avait aligné des flambeaux sur le pavé des artères principales pour que la ville restât éclairée longtemps après le coucher du soleil. Les jongleurs et les funambules avaient envahi les allées, et sur les places on jouait à la lutte, aux barres, au cheval fondu ou à colin-maillard. On dansait ici et là au son de la vielle et du psaltérion. On chantait, on riait, et surtout, on buvait. On buvait beaucoup.

Hélène de Quienne traversa la ville avec son escorte sous les acclamations et les fleurs. Quand, enfin, elle arriva au Palais des Ducs, elle put mesurer l'immensité de la foule qui célébrait son retour. L'esplanade tout entière était noire de monde et la clameur ne semblait jamais vouloir s'arrêter. La duchesse frissonna. D'aussi loin qu'elle pût se souvenir, Livain VII lui-même n'avait jamais été aussi bien reçu dans aucune ville, pas même la capitale. Elle resta un instant sur le large perron pour savourer cet amour que les habitants de Pierre-Levée lui offraient. Son cœur battait à tout rompre. Elle se jura de ne jamais oublier ce moment. Il y avait quelque chose de si pur dans la joie de ces gens ! Une sincérité qu'elle ne connaîtrait sans doute jamais ailleurs, car le monde dans lequel elle évoluait à présent n'était que politique, pouvoir et manipulations.

Elle adressa un dernier regard à la foule et entra dans le Palais des Ducs. Depuis le temps qu'elle l'habitait, elle connaissait chaque pièce, chaque recoin du magnifique édifice. Mais, aujourd'hui, il avait retrouvé l'apparat des grands jours. Les troubadours avaient décoré toutes les pièces du palais, et elle fut enchantée par la flamboyance des couleurs qui habillaient les murs et les plafonds. Quand elle entra dans la grande salle de réception, elle témoigna sa gratitude en offrant à l'assemblée son plus beau sourire.

La fête commença aussitôt. Hélène était épuisée par le long voyage qu'elle venait de faire, mais elle ne le montra pas et se laissa emporter par l'humeur festive qui les habitait tous. Quand la duchesse eut salué la plupart des convives, ils passèrent à table. Hélène s'assit sur le trône disposé au milieu de la principale table. À ses côtés, elle retrouva ses proches et les personnalités les plus éminentes du comté. Philippe Demas, dit le « Peintre borgne », était juste à sa droite, et à sa gauche se trouvait le vicomte de Pierevain. Il y avait également l'évêque de Pierre-Levée, le bourgmestre, un certain Chrétien de Troyes, jeune clerc de vingt ans qu'Hélène avait déjà vu et qui venait enrichir ici son amour des belles lettres, quelques autres troubadours de renom, et, comme toujours, beaucoup de femmes. Les amies personnelles de la duchesse. Il n'y avait aucun autre fief dans tout le pays où les femmes occupassent une place aussi importante. Grâce à Hélène, elles avaient ici accès aux plus hautes fonctions de l'administration, et il s'en était fallu de peu l'année précédente que le vicomte ne fût remplacé par une vicomtesse. Car ce n'était pas aisé.

Offrir aux femmes le respect qu'elles méritaient dans ce monde d'hommes était un combat de chaque instant. Une guerre sans relâche, qu'Hélène menait avec foi et détermination. Elle avait hérité de son père un pouvoir considérable, la souveraineté sur certains des plus importants fiefs du royaume, et elle entendait bien mettre ce pouvoir au service de la gent féminine. Ce qui, bien sûr, ne lui valait pas que des amis. C'est aussi sans doute cette volonté d'émancipation qui avait agacé Livain VII, suffisamment pour qu'il la répudiât. Et elle en tirait une sorte de fierté. Elle n'avait pas cédé, même face au roi de Gallica. Jusqu'à sa mort elle défendrait cette cause. Comme elle défendait l'amour et le plaisir. Comme elle défendait la poésie.

Avant de commencer son repas, Hélène se pencha un peu pour voir les visages de ceux qui étaient à l'autre bout de la table. C'est alors qu'elle le vit.

Ses cheveux blonds frisés, son visage d'ange. Ses sourcils fins, ses lèvres délicates. Son corps léger, ses doigts d'artiste, effilés, gracieux, agiles. Ses gestes subtils. Son regard d'enfant surpris. Il écoutait en souriant les histoires des autres convives. Discret. Bienveillant. Puis lentement, il tourna les yeux vers elle. Si lentement ! Elle croisa enfin son regard. Bernart de Ventadorn.

Il était l'un des plus jeunes troubadours de sa cour, peut-être le plus talentueux. Ses poèmes ne parlaient que d'amour, ses chansons étaient pleines de ferveur, de passion et d'ivresse. Hélène ne se lassait jamais de l'entendre ; elle avait pour lui bien plus que la simple affection d'une duchesse pour l'un de ses sujets. On s'amusait souvent de la tendresse qu'avait Hélène de Quienne pour ses troubadours, l'on faisait courir bien des rumeurs sur le libertinage de sa cour. Mais les sentiments qu'elle éprouvait pour Bernart n'étaient plus un simple jeu. Et cela lui faisait presque peur, à présent.

Elle lui sourit et tourna rapidement la tête pour ne plus le voir, penser à autre chose. Elle commença son repas.

Musique, danse, poésie, moult festivités accompagnèrent le fantastique festin préparé par les plus grands cuisiniers du comté de Pierevain. Des petites cagouilles revenues dans du beurre avec quelques gousses d'ail, des matelotes d'anguilles du marais, du chevreau à l'ail vert garni de haricots blancs secs, toutes les spécialités de la région avaient été préparées pour souhaiter la bienvenue à la duchesse, et en dessert on servit des caillebottes et des tourteaux fromagers.

À la fin du repas, on fit soudain grand silence. Hélène tourna la tête. Son cœur trembla. Elle avait craint ce moment tout au long du repas. Elle avait bien sûr deviné ce qui allait arriver, car c'était presque une coutume à présent.

Bernart de Ventadorn se leva de table pour venir dire près d'elle un poème qu'il avait écrit pour l'occasion.

Il traversa lentement la grande pièce, sous le regard respectueux des convives. Hélène essaya de masquer son émotion. Mais elle ne pouvait détourner son regard. Elle aurait trahi son trouble. Alors, elle le dévisagea.

Le jeune homme vint se placer en face de la duchesse. La lumière des bougies entourait sa chevelure frisée d'un halo d'or et d'argent. Il posa un genou à terre et ferma les yeux. Hélène pencha la tête en souriant. Puis, en le touchant légèrement, elle fit savoir au troubadour qu'elle l'écoutait. Qu'il pouvait commencer.

Il déclama son poème d'une voix douce et chaude, dans la langue du pays de Quienne.

« Tant ai mo cor ple de joya,
Tot me desnatura.
Flor blancha, vermelh'e groya
Me par la frejura,
C'ab lo ven et ab la ploya
Me creis l'aventura,
Per que mos chans mont'e poya
E mos pretz melhura.
Tan ai al cor d'amor,
De joi e de doussor,
Per quel gels me sembla flor
E la neus verdura. »

Un long silence suivit. La dernière syllabe du poème résonna longtemps entre les murs avant de disparaître dans l'apaisement attentif des convives.

Hélène de Quienne était bouleversée. Le poème de Bernart était d'une grande pureté, comme il l'était lui-même. Elle aurait pu réciter ces vers à son tour, car ils étaient si justes, si parfaits qu'ils s'étaient inscrits dans sa mémoire. Gravés à jamais comme un nom sur une pierre tombale.

Elle se leva lentement et inclina la tête avec respect pour remercier le troubadour. L'assemblée l'acclama aussitôt et applaudit ardemment. Car même si certains l'enviaient et auraient aimé prendre sa place dans le cœur de la duchesse, nul ne niait qu'il était le plus grand poète du pays et peut-être même l'un des plus grands poètes de tous les temps. À la cour d'Hélène, on savait reconnaître le grand art.

À la fin de la soirée, avant de rejoindre ses appartements et après avoir remercié tous les convives, Hélène s'approcha de Bernart de Ventadorn. Les deux troubadours qui étaient à côté de lui s'écartèrent poliment.

— Bernart, lui chuchota-t-elle à l'oreille, qu'un poète comme vous puisse résider à ma cour est un honneur immense et je vous remercie pour les vers magnifiques que vous nous avez offerts ce soir.

— L'honneur est mien, duchesse, répondit le jeune poète en s'inclinant.

— C'est un plaisir que de revenir à Pierre-Levée et de retrouver cette magie qui n'existe nulle part ailleurs. Vous m'avez beaucoup manqué, Bernart.

— Vous avez beaucoup manqué, ici aussi.

La duchesse acquiesça. Ce n'était peut-être pas la réponse qu'elle aurait voulu entendre. Mais elle sourit tout de même. Puis elle se retira dans ses appartements.

Cette nuit-là, elle essaya d'oublier qu'elle était reine pour se laisser bercer par les rêves simples d'une jeune femme libre.

*
* *

Bohem et les deux Compagnons du Devoir marchèrent ensemble durant plusieurs jours, se rapprochant rapidement de la frontière avec le duché de Quienne. Chaque soir ils s'arrêtaient dans une nouvelle cayenne, et chaque soir Bohem demandait au Rouleur ou à la Mère si on avait entendu parler des Aïshans. La réponse était toujours la même. Oui. La rumeur disait qu'ils parcouraient la région. Qu'ils montaient même vers le nord.

Bohem dormait de moins en moins bien. La nuit, il se réveillait en sueur, pris de panique, persuadé qu'ils étaient là. Qu'ils l'avaient retrouvé. Puis il essayait de se rendormir. Et chaque fois, une image lui revenait. Le loup gris, veillant sur lui. La Brume qui tentait de le protéger, qui l'aidait à trouver le sommeil et qui lui offrait quelques heures de répit.

Le matin, les trois garçons partaient de plus en plus tôt. Et le jour, ils marchaient de plus en plus vite. Jamais ils ne parlaient de ce qui faisait fuir Bohem, mais la menace était bien là. Elle grandissait à mesure que le temps passait. Bohem se demandait s'il avait raison de rester avec les deux Compagnons. S'il n'aurait pas dû fuir plus vite, loin des routes. Mais il ne pouvait se résoudre à partir seul. À quitter ses deux amis avec lesquels il s'entendait de mieux en mieux. Et pour aller où ? Au fond, la présence des deux autres garçons lui donnait l'impression d'un semblant de sécurité.

Et puis, au moins, pendant leurs longues journées de marche, ils essayaient de parler d'autre chose. Les deux Compagnons voyaient bien que Bohem avait besoin d'être diverti. Les trois jeunes hommes avaient appris à mieux se connaître et les épreuves quotidiennes du voyage renforçaient l'amitié qu'ils étaient en train de faire naître.

Bohem s'entendait particulièrement bien avec Trinité, ce grand gaillard souriant, farceur, qui était plus ouvert, plus chaleureux. Gautier, plus réservé, ne semblait toutefois pas en concevoir la moindre jalousie. C'était apparemment un sentiment contre lequel les Compagnons avaient appris à se battre dès le début de leur formation. Et l'attachement qui existait déjà entre Trinité et Gautier semblait assez fort pour que ni l'un ni l'autre ne le sente menacé. Ils avaient vécu ensemble bien plus de choses qu'ils ne pourraient en vivre avec Bohem, et leur amitié se passait de réconfort. Elle se passait de preuves. Elle existait, forte, solide, indéracinable. Et Bohem trouvait cela éloquent. Cela en disait beaucoup sur leur générosité.

Et ce n'était pas tout. Les deux Compagnons lui offrirent bien plus que du réconfort. Ils partagèrent également leur passion avec lui. De la même façon qu'il avait su dire dès le premier soir son amour des Brumes, les Compagnons lui transmirent leur amour des pierres.

En effet, le deuxième soir, comme un maître tailleur de pierre était à la cayenne où ils s'étaient arrêtés, Trinité et Gautier avaient travaillé sous les yeux ébahis de Bohem. En quelques instants seulement, ils avaient chacun confectionné un volume géométrique complexe en taillant une pierre, selon une esquisse imposée par le maître. Et leur savoir-faire était déjà impressionnant. Sans gabarit, ils parvenaient à voir la forme à l'intérieur de la roche avant même de la tailler, et à l'en faire naître ensuite à coups de ciseau précis.

Comme Bohem avait manifesté ce soir-là un intérêt particulier pour leur travail, dès le lendemain les deux garçons commencèrent à lui parler plus clairement de leur métier. Pendant les trois jours qui suivirent, ils discutèrent plusieurs fois des différentes techniques de la taille de la pierre. Entre autre, ils lui expliquèrent que le façonnage de celle-ci commençait dès son extraction dans la carrière et que la relation entre le tailleur et le carrier était essentielle. Car la pierre brute n'était pas la même selon qu'elle devait devenir ornementale ou fonctionnelle, et de nombreux critères importaient dès le début, comme la dimension souhaitée, la dureté de la roche et la technique qui serait ensuite utilisée. Ils lui montrèrent et lui expliquèrent les fonctions des différents outils, comme le marteau taillant brettelé que Gautier portait toujours à sa ceinture, le ciseau ou le foret... Mais, comme il était fort curieux et qu'ils lui faisaient confiance, ils abordèrent aussi des sujets plus symboliques, propres à leur confrérie. Ces nombreux symboles que Bohem ne cessait de voir dans les cayennes ou dans les affaires de ses deux amis, assuraient, selon eux, une certaine communion de pensée entre les divers Compagnons. Ils lui expliquèrent pourquoi.

Ainsi, ils lui apprirent que l'équerre, qu'il portait à présent en boucle d'oreille, représentait la terre, la matière, et impliquait qu'avant toute chose, le Compagnon devait apprendre à maîtriser celle-ci. À la rendre juste, équilibrée, comme la première pierre de laquelle dépendait la stabilité de l'édifice tout entier. Ils lui expliquèrent que, selon leur enseignement, l'équerre ordonnait la matière et symbolisait donc la rectitude dont le Compagnon devait faire preuve. Et Bohem avait pu voir qu'en effet les enfants de Salomon montraient de la droiture en toute chose. Il comprit donc la force et le sens de ce symbole, comme de tous ceux que les deux garçons voulurent bien évoquer devant lui.

Le jeune homme était fasciné par le savoir et la passion de ses deux amis. Il apercevait la complexité de leur apprentissage et découvrait avec surprise qu'il n'était pas seulement technique, mais aussi philosophique. Une philosophie qui semblait lui plaire. Les deux Compagnons, tout simplement, parvenaient à lui communiquer l'amour de leur métier. Ce que son père n'avait jamais su faire.

Le quatrième jour, alors qu'ils s'étaient arrêtés pour manger, Trinité tendit un ciseau et un maillet à Bohem et lui demanda de dégauchir une pierre qu'il avait posée devant lui.

— Mais je n'en suis pas capable ! se défendit Bohem.

— Essaye ! insista Trinité.

Le fils du louvetier attrapa les outils que lui tendait son ami. Puis il les soupesa en hésitant.

— Qu'est-ce que je dois faire ?

— Tu dois écouter la pierre. C'est elle qui va te dire comment la tailler.

Bohem grimaça. Mais il avait envie d'essayer. Depuis trois jours, ils ne parlaient plus que de cela. De ces gestes simples. Transformer la matière. Trinité avait dû sentir que leur ami avait envie de passer à la pratique.

Il inspira profondément, puis plaça le ciseau sur la pierre et commença. Graduellement. Écoutant son instinct. Ou plutôt, comme l'avait dit Trinité, il essaya d'écouter la pierre.

Très vite, il sentit que quelque chose ne fonctionnait pas. Pas comme il le voulait, en tout cas. Le maillet cognait contre le ciseau. Brutalement. Sans logique. C'était deux objets étrangers, qui se heurtaient. Qui se repoussaient comme deux ennemis. Et cela n'allait pas. Il sentait que l'un et l'autre devaient faire corps. Et que ce corps-là ne devait faire qu'un avec sa main. C'était un ensemble, une union. Sa main, le maillet, le ciseau. Il essaya encore. Tentant d'oublier les trois pour ne plus penser qu'à un. Un seul outil. Sa volonté.

Il frappa. Encore. Se laissant guider par sa propre main. Par la pierre. Oui. Il lui semblait qu'elle répondait. Qu'elle lui parlait à chaque coup de ciseau. Et il se libéra.

Soudain, il s'arrêta et il releva la tête. Trinité le dévisageait, les yeux écarquillés. Gautier s'était approché, lui aussi.

— Quoi ? J'ai fait une bêtise ?

Les deux Compagnons s'étaient regardés, incrédules.

— Tu as déjà taillé une pierre auparavant ?

Bohem haussa les épaules.

— Non. Je n'ai jamais tenu un seul ciseau de ma vie !

Trinité ramassa la pierre et l'inclina devant lui. La face que Bohem avait dégauchie était parfaitement lisse. Droite. Sans aucun éclat, sans aucune écorchure.

— Tu es doué, Bohem. Très doué. Je... Je n'ai jamais vu ça.

Gautier avait presque l'air gêné. Il n'était pas seulement ébahi par la qualité de l'instinct de Bohem. Il était troublé. Incrédule.

— Normalement, intervint Gautier, il faut des semaines de pratique avant de parvenir à faire ce que tu viens de faire. Es-tu sûr que tu n'as jamais taillé de pierre avant ?

— Non ! Jamais ! Je vous le jure !

— Alors, c'est un miracle, Bohem ! s'exclama Trinité qui essayait de retrouver le sourire. Tu dois avoir ça dans le sang...

Bohem acquiesça, perplexe. Il n'avait pas l'impression d'avoir accompli quoi que ce fût de miraculeux. Certes, la pierre semblait lisse, mais il n'avait fait que suivre son instinct. Tout lui avait semblé naturel.

— Allons, dit Gautier, remettons-nous en route. La cayenne où nous voulons nous arrêter ce soir est encore bien loin.

Et ils reprirent leur longue marche à travers la garrigue. Le soir, ils arrivèrent à destination. Ils se rendirent à la cayenne, sans savoir malheureusement ce qui les y attendait.

*
* *

Le mariage de Livain VII et de Camille de Chastel fut célébré à Aurilian quelques jours avant la fin du mois de juin. La jeune femme arrivait directement du royaume de Chastel, et le roi de Gallica fit tout de même le geste d'aller au-devant d'elle en quittant Lutès.

Aurilian était près du centre du royaume, et c'était une ville magnifique que chérissait le roi. S'étendant sur les deux rives du Liger au milieu des grandes plaines céréalières, des étangs et des forêts immenses, c'était un centre de commerce et de culture rayonnant. Sa cathédrale était l'une des plus grandes de Gallica, et le pape put y célébrer dignement le mariage.

Camille vint accompagnée de dignitaires de Chastel, si bien qu'avant même la cérémonie, Livain put déjà avoir avec ses nouveaux alliés de nombreux entretiens politiques.

Pieter le Vénérable avait réussi son pari, et il savait qu'il avait sans doute gagné sa place de conseiller auprès du roi de Gallica. Non seulement la jeune femme était belle, mais en plus la promesse d'une alliance importante avec le royaume de Chastel se concrétisait enfin. Et surtout, comme l'avait espéré Pieter, le pape Nicolas IV ayant accepté de consacrer cette union, ce fut l'occasion pour le roi de Gallica de se rapprocher du chef de l'Église.

Le lendemain de la cérémonie, l'abbé de Cerly vit ses initiatives récompensées quand Livain VII le demanda auprès de lui au châtelet d'Aurilian.

— Pieter, commença le roi en accueillant le vieil homme dans un petit cabinet de l'aile nord, je voudrais vous féliciter. Vous m'aviez promis de réussir votre mission, et vous avez tenu votre promesse. D'autre part, je crois que le choix politique que vous m'aviez conseillé de faire était juste, car à moyen terme nous pourrons consolider notre alliance avec le royaume de Chastel. J'ai bon espoir.

— Majesté, répondit Pieter en s'asseyant avec précaution sur le fauteuil que lui tendait le roi, je suis votre serviteur.

— Ce voyage a dû vous éprouver considérablement, et je vous suis très reconnaissant d'avoir accepté de le faire. Toutefois, je ne m'étais pas trompé. J'avais la certitude que vous étiez l'homme de la situation.

C'est plus facile à dire aujourd'hui, pensa Pieter, moqueur. *Il voulait surtout voir jusqu'où allait ma dévotion. Je suis persuadé au contraire qu'il croyait que j'allais échouer.*

— Ce fut un honneur et un plaisir de vous servir, Majesté.

— Cependant, j'espère que vous avez repris des forces car je vais avoir encore besoin de vos conseils, cher abbé.

À présent, c'est sincère. Je crois qu'il me fait enfin confiance et qu'il a réellement besoin de moi. Mon tour est enfin venu.

— Bien sûr, Sire...

— Car même si la perspective de cette nouvelle alliance me réjouit, mon royaume est encore fragile et je ne sais comment le consolider.

Livain avait repris son ton grave des mauvais jours. Les festivités du mariage étaient à peine finies qu'il sombrait à nouveau dans le tourment politique. Le répit avait été de courte durée. Mais cela ne dérangeait aucunement Pieter. Au contraire.

— Votre sœur Constantine a-t-elle obtenu quelque résultat au comté de Tolsanne ?

— Oui, répondit le roi fièrement. Elle épousera Redhan le mois prochain. Elle est de dix ans son aînée, mais cela ne semble pas avoir dérangé le comte...

— Il doit être trop content de se rapprocher ainsi de la famille royale, Majesté.

— Oui. Encore une fois, vous aviez vu juste, Pieter...

— En tout cas, ceci devrait consolider votre autorité sur le sud du pays, là où nous en avons vraiment besoin.

— Certes. Mais cela suffira-t-il ? Si demain Emmer Capigesne attaque mon royaume, saurons-nous lui résister ? Le pays acceptera-t-il de se battre derrière moi ? Depuis le désastre de ma croisade, je crains que le peuple de Gallica ait perdu une grande part de sa confiance en mes capacités militaires.

Et pour cause ! Livain est bien loin d'avoir l'autorité et la clairvoyance de son père. Il est trop lâche, trop hésitant. Ce n'est pas ainsi que l'on dirige un royaume. Mais je peux sans doute, moi, en tirer profit.

— Le peuple de Gallica sait désormais que vous avez pour allié le roi de Chastel et que cela devrait suffire à prévenir le royaume d'une attaque d'Emmer.

— Je n'en suis pas convaincu, Pieter. Et, en tout cas, cela ne me suffit pas, à moi. Je sais que je suis encore vulnérable. Et le peuple n'est pas aussi stupide que vous semblez le croire... J'ai besoin de lui montrer un signe de ma force. De lui montrer que Dieu est avec moi.

— Il est avec vous, Majesté ! Vous avez maintes fois prouvé votre dévotion, et vous venez de vous rapprocher de notre bien aimé pape...

— Peut-être. Mais cela ne fait pas de moi un chef militaire crédible, Pieter. J'ai besoin de faire peur à mes ennemis et de rassurer mes sujets. J'aimerais que vous y réfléchissiez, Pieter. Prenez votre temps. Peut-être un coup d'éclat suffirait-il. Une démonstration de force. Ou bien dois-je entreprendre quelque voyage, pour montrer aux Galliciens que je suis bien là. Que je veille. Mon père a fait cela plusieurs fois lorsque j'étais jeune. Je m'en souviens. En somme, je veux que vous examiniez mes options, mon cher abbé.

C'est un grand pouvoir qu'il me donne ! Je ne dois pas laisser passer ma chance. Il semble que je sois aujourd'hui l'homme en qui le roi à la plus grande confiance. Je dois en profiter. Me servir de cette force pour m'offrir ce que son père n'a jamais pu m'offrir.

— Je suis à votre service, Majesté.

— Revenez me voir dans quelques jours avec votre opinion.

— Je n'y manquerai pas.

— Vous pouvez disposer, Pieter. Et tâchez de vous reposer un peu. Nous allons rester quelques jours en cette belle ville d'Aurilian. Profitez-en, vous aussi.

— Je suis attendu à Cerly, protesta le vieil abbé.

— Non, non. Vous êtes fatigué, et je veux que vous vous reposiez ici pour réfléchir à ce que je viens de vous dire. Envoyez un message à votre abbaye pour expliquer que le roi vous veut à ses côtés.

Pieter le Vénérable acquiesça. Il salua le roi et sortit du cabinet.

En refermant la porte, il tomba nez à nez avec la nouvelle reine. Camille de Chastel était juste devant lui. Immobile. La malice brillait au fond de ses yeux. Elle lui sourit.

— Votre Majesté, souffla respectueusement l'abbé en s'inclinant, quelque peu surpris.

Il s'éloigna en se demandant si la reine avait entendu leur conversation. Il ne pouvait oublier l'étrange impression que la jeune femme lui avait faite quand il était allé à Toledo.

*
* *

Mon nom est Bohem. Ainsi ai-je été nommé.

Je suis le louvetier. Ainsi ai-je été désigné.

Mais je ne me résume pas à mon nom et à ma désignation. Je veux être autre chose.

Je ferme les yeux. À présent je suis assis dans une grande pièce vide, sur un petit tabouret de bois, entre quatre murs couverts de panneaux de pin. Il n'y a rien sur ces murs, hormis une haute cheminée où brûle un feu muet et, là, à côté de moi, une fenêtre. Pas un bruit. Pas un murmure. Pas de vent contre la vitre. Pas de crépitement dans l'âtre. Un silence lourd et angoissant. Si j'essaie de crier, je sais qu'aucun son ne sortira de ma bouche. Alors, je n'essaie pas.

Mon nom est Bohem. Ainsi ai-je été nommé.

Il n'y a pas d'odeur non plus. Pas de fumée autour du feu. Il n'y a rien que cette vision et moi.

Non. Je ne peux pas être aussi seul. Je n'y crois pas. Il doit y avoir des choses que je ne vois pas. Des choses derrière les choses. Je ferme les yeux et je les ouvre à nouveau.

Il y a un tableau à présent.

Devant moi. Je ne le distingue pas bien. Il représente une forêt. Une jeune femme qui court dans un long manteau blanc.

Je referme les yeux. Puis je les ouvre encore. Là. Il y a un petit coffre sur le rebord de la cheminée. Un tout petit coffre à bijoux. Ouvert. Il y a un objet dedans. Il faudrait que je me rapproche pour voir. Mais je ne peux pas me lever. Je suis coincé sur mon tabouret. On dirait une bague.

Soudain, du coin de l'œil, je vois un mouvement sur ma droite. Derrière la fenêtre.

Je tourne la tête. C'est le loup. Le grand loup gris.

Il est là, dehors. Juste devant la maison où j'attends je ne sais quoi. Et il me regarde. Il s'agite. Il tourne sur lui-même.

Je sais ce que cela veut dire. Je l'ai déjà vu faire ça.

Il veut que je me lève. Que je le suive. Et vite. Car il est inquiet. Il est inquiet pour moi.

Mais je ne peux pas me lever. Mes jambes sont lourdes. Même mes bras sont coincés. Je ne peux pas bouger. Je vois le loup qui m'appelle mais je ne peux rien faire.

Je ne peux pas bouger. Je ne peux pas bouger.

Je dois me réveiller.

Mon nom est Bohem. Je ne suis pas ici. Je suis dans la cayenne. Je dois me réveiller.

*
* *

Bohem fut brusquement réveillé au beau milieu de la nuit par un grand craquement sourd. Il se redressa prestement sur son lit, les yeux grands ouverts.

Il était seul dans une petite pièce sous les combles de la cayenne. La Mère, qui semblait un peu plus sévère que celles qu'il avait croisées les soirs précédents, n'avait pas accepté qu'il passe la nuit dans la même pièce que les Compagnons. Trinité et Gautier dormaient en bas, dans le grand dortoir avec les autres visiteurs.

Soudain, Bohem eut la confirmation de ce qu'il avait craint. Il entendit des hurlements et d'autres coups sourds juste au-dessous de lui. Sous le plancher. Des bruits de meubles fracassés, des bruits de pas, une porte qu'on enfonçait, des secousses, d'autres chocs étouffés. Il se précipita hors de son lit, enfila ses vêtements à toute vitesse et se dirigea vers la porte.

Il était sur le point de sortir, mais il s'arrêta juste avant d'abaisser la poignée. Il ne pouvait pas descendre comme ça. Cela ne faisait aucun doute. C'étaient les Aïshans. Il reconnaissait aisément le bruit des grands coups d'épée.

Il était terrifié. Trinité. Gautier. Comment pourraient-ils survivre ? Il devait les aider. Mais il ne pouvait pas descendre. En bas, seule la mort l'attendait. Paralysé devant la porte, il essaya de résister à la panique. Fuir. Encore. Il n'avait rien de mieux à faire. En aucun cas il ne pourrait se battre. Il ne faisait pas le poids.

Et quand les Aïshans verraient qu'il n'était plus là, peut-être s'en iraient-ils en laissant des survivants. Peut-être.

Alors, oui. Il devait fuir. Mais comment ?

Il fit volte-face et s'approcha de la fenêtre. Il se plaqua contre le mur et se pencha avec prudence pour regarder au-dehors. Dès qu'il les vit, il rentra rapidement la tête pour ne pas se faire repérer. Ils étaient là. Des dizaines. À pied, à cheval. Fourrures sur les jambes, torse nu, muscles saillants. C'étaient bien eux. Les Aïshans. Devant la cayenne, et un peu plus loin, sur la route qui menait au village. Ils étaient partout. Aucune chance de s'échapper par là.

En bas, les hurlements étaient de plus en plus forts. Les Aïshans n'allaient pas tarder à arriver au pied de l'escalier. À monter. Vite. Il devait trouver un moyen de sortir de la cayenne sans être vu.

Il retourna vers la porte et l'entrouvrit délicatement. Il jeta un coup d'œil dans le couloir. Personne pour le moment. Il sortit. Une fenêtre donnait sur l'arrière de la maison. Il avança sans faire de bruit et se glissa vers la lucarne. Il regarda furtivement à travers la vitre. Il y avait plusieurs guerriers de ce côté aussi. Ils devaient tourner tout autour de la maison.

Bohem jura. Ses mains tremblaient. Comment faire ? Il n'y avait aucune issue. Il recula et entra à nouveau dans sa petite chambre. Il ferma la porte derrière lui et coinça une chaise sous la poignée. Au même moment, il entendit des bruits de pas dans l'escalier. Il sentit ses jambes chanceler. Non. Il ne devait pas flancher. Il chercha autour de lui. Il y avait sûrement un moyen. Cela ne pouvait pas finir ainsi. Pas comme ça.

Il souffla un grand coup pour reprendre courage. Il n'y avait plus qu'une seule solution. Là. À côté de lui. La cheminée.

Sans plus hésiter, il se précipita dans l'âtre. Heureusement, en plein été, il n'y avait pas eu de feu depuis longtemps. La cheminée était propre et froide. Il leva la tête. Le conduit était étroit, mais il pouvait passer. Il ne perdit pas un instant et commença à grimper. S'agrippant aux interstices entre les briques et plaquant ses pieds contre la paroi, il parvint à monter dans le passage obscur. Soudain, il entendit un bruit sec dans la chambre. Puis un deuxième. Ils étaient en train d'enfoncer la porte. Il accéléra. Tendit les bras aussi haut qu'il put pour monter plus vite.

En bas, la porte céda. Bohem poussa de toutes ses forces sur ses jambes et parvint à glisser ses doigts au-dessus du rebord de la cheminée. Il tira sur ses phalanges, monta encore un peu, passa une main, un bras, puis son corps tout entier. Alors il se laissa tomber dehors, sur le toit de la cayenne.

Il resta un moment allongé sur le dos, immobile, le souffle court. C'était une nuit claire, avec un ciel poudré d'étoiles. S'il se levait, il risquait de se faire découvrir. Mais il ne pouvait rester là. Les Aïshans allaient le trouver. Ils finiraient bien par penser à la cheminée et par monter sur le toit à leur tour.

Il fallait se dépêcher. Ne pas penser au reste. À ses deux amis. Non. Il n'était pas lâche. Il n'aurait rien pu faire. Il devait fuir. Il n'y avait pas d'autre solution.

Il roula sur le ventre et rampa sur les bardeaux de bois, vers l'arrière de la maison. Il jeta un rapide coup d'œil en bas. Ils étaient toujours là. Deux Aïshans. Bohem pesta. Il recula puis se tourna vers le flanc nord de la maison. Il avança à nouveau en se traînant, sans faire de bruit. Quand il fut au bord du toit, il se redressa sur les coudes pour regarder en bas. Il n'y avait personne de ce côté-là ! Pour le moment en tout cas.

Mais il y avait de nombreux oliviers. S'il s'élançait, il risquait de s'empaler sur les branches d'un arbre. Toutefois, avait-il le choix ? C'était la seule issue. Et il ne fallait plus perdre de temps. La voie ne resterait sans doute pas libre très longtemps. Bohem s'accroupit, serra les dents puis se jeta dans le vide.

Par chance, il tomba entre deux oliviers. Emporté par la violence de sa chute, il roula par terre au milieu des arbres. Sans se retourner pour voir si on l'avait repéré, il partit en courant vers le nord, le dos courbé pour rester dans l'ombre des oliviers.

Les poings serrés, le cœur battant, il courut aussi vite qu'il l'avait fait sur le mont Cruzy. Les mêmes ennemis, la même peur de mourir. Fuir à nouveau.

Il fila entre les arbres, se griffant le visage contre les branches que la nuit camouflait. Longtemps, aussi longtemps que son cœur put lui permettre. Quand il crut qu'il allait s'évanouir, il s'arrêta, se jeta par terre.

Il se recroquevilla et, haletant, jeta un coup d'œil vers la cayenne. On ne l'avait pas suivi. Cette fois encore, il avait réussi à s'enfuir. Par miracle. Vraiment ? Par miracle ? Ou bien était-ce ce rêve qu'il avait fait ? L'image du loup qui s'agitait derrière la fenêtre lui revint à la mémoire. Il chassa ce souvenir de sa tête.

Oui, il était parvenu à s'enfuir. Mais il s'en était fallu de peu. Et cela ne pourrait pas durer toujours.

Bohem gémit, enfouit son visage entre ses genoux. Il savait qu'il allait à nouveau devoir se cacher. Et se sauver. Plus vite cette fois. Plus loin.

Il savait aussi qu'il ne reverrait sans doute jamais Trinité et Gautier. Pire. Il y avait de grandes chances pour que les deux Compagnons aient perdu la vie. À cause de lui. Comme sa sœur. Comme son père. Comme beaucoup trop de gens. Et il ne comprenait toujours pas pourquoi. Il éclata en sanglots.

*
* *

Les six druides et leurs Magistels arrivèrent au cœur de la forêt de Norsuther un peu avant la tombée de la nuit.

Venus d'au-delà des mers, ils étaient loin à présent de leur terre d'origine. Ici, nul ne les connaissait. Nul n'avait entendu parler de leur ordre et de la gloire qu'il avait eue jadis dans ce pays lointain. Ils avaient été les hommes les plus puissants de ce monde révolu, respectés et craints, écoutés et obéis. Souverains, juges, médecins et professeurs à la fois, vêtus de leurs grands manteaux blancs, ils avaient imposé sur leur île leur pouvoir et leurs lois. Leur croyance, aussi : la Moïra, maîtresse des destins, fatalité menaçante qui avait pendant des siècles inquiété le peuple et profité à ces secrets politiciens. Ils avaient interdit l'écriture, ouvert des écoles où ils préparaient les druides de demain. Ils avaient fermé aux femmes l'accès à tous les pouvoirs. Elles n'avaient ni le droit d'étudier ni, bien sûr, celui de gouverner. Maîtres exclusifs d'une magie aujourd'hui disparue, les druides s'étaient entourés de mystère, réunis dans un palais inaccessible d'où leurs douze Grands Druides et leur Archidruide gouvernaient le monde en manipulant les barons et les rois.

Chacun avait à ses côtés un chevalier à la puissance légendaire. Les Magistels. Combattants aguerris auxquels ils s'unissaient par magie, se liant à eux pour lire dans leur esprit et leur accorder un peu de leur pouvoir. Les Magistels leur donnaient leur vie et les défendaient jusqu'à leur mort.

Mais aujourd'hui, les druides n'étaient plus que l'ombre de ces prêtres oubliés. Des inconnus qui attendaient le retour de leur gloire.

Les chevaux avaient galopé cinq jours et cinq nuits pour traverser le pays du nord au sud. Druides et Magistels ne s'étaient pas arrêtés pour dormir, pas une seule fois, et ils étaient épuisés. Mais ils avaient mieux à faire que succomber à la fatigue. Celle-ci n'était pas digne de leur quête.

Comme la forêt était devenue trop dense, ils avaient abandonné la veille les chevaux et avaient continué à pied jusqu'ici, à travers une végétation de plus en plus touffue. Les Magistels avaient ouvert la marche, taillant à travers les arbres à coups d'épée, écartant les lianes et les plantes qui leur barraient la route. Passant près des arbres immenses aux racines écartées, entre lesquelles, selon la légende, on pouvait guérir un enfant de sa maladie en le laissant toute une nuit...

Enfin, ils étaient arrivés au terme de leur long voyage. Le visage enfoui sous leurs hautes capuches blanches, les six druides se tenaient debout au milieu de la forêt. Devant eux se dressait le frêne immense. L'Armensul.

C'était le plus grand arbre qu'ils eussent jamais vu. Le tronc était aussi large qu'une maison, et une ouverture en son milieu laissait voir un escalier en colimaçon qui montait à l'intérieur. Ses branches s'enfonçaient et se croisaient dans les hauteurs invisibles de la forêt. Des lianes épaisses pendaient tout autour, comme les tresses d'une chevelure immense.

Il n'y avait plus de bruit, si profond dans le cœur de la forêt de Norsuther, en ce lieu secret, oublié des hommes et du temps. La forêt ne figurait sur aucune carte. Et son nom, même, n'avait plus été prononcé depuis des centaines d'années. Le chant des oiseaux s'était éteint depuis longtemps. Et le soleil, lui, n'avait jamais ici le droit de briller. La terre était noire et humide. Il faisait froid en plein été. Une odeur faisandée emplissait l'air.

Le plus vieux des six druides, celui qu'on appelait Henon, s'avança et fit demi-tour pour faire face à ses frères et aux Magistels. Le dragon brodé sur son manteau blanc était comme une ombre noire dans l'obscurité de la forêt. Derrière lui, le frêne ressemblait à un prodigieux donjon de bois.

— Nous y sommes.

Les druides acquiescèrent. L'un après l'autre, ils baissèrent leur capuche blanche et échangèrent des regards soucieux.

— Mes frères, reprit Henon en plantant son bâton de druide devant lui. Je vais devoir monter seul. Et vous, vous devez rester ici. Comme vous le savez, vous n'avez pas le droit de me suivre. Mais quand le jour se lèvera, si je ne suis pas revenu, venez me chercher.

— Que la Moïra te protège ! s'exclama l'un des druides en inclinant la tête.

Les autres l'imitèrent. Henon s'inclina à son tour, humblement. Il devinait l'inquiétude de ses frères, et savait qu'ils comptaient sur lui plus que jamais. Il reprit son bâton et se tourna vers l'arbre.

Derrière lui, les Magistels, étouffés par leurs énormes armures de plate, se dispersèrent pour installer un campement. La nuit allait être longue.

Henon, le visage grave, se dirigea lentement vers l'arbre. Malgré l'obscurité menaçante et l'atmosphère pesante qui régnait alentour, il était pressé d'accomplir ce qu'ils étaient venus faire.

Il s'avança vers l'ouverture au pied du gigantesque tronc, fit une pause devant la première marche, puis se décida à monter. Il pouvait sentir les regards anxieux de ses frères, posés sur sa nuque.

Il s'engagea enfin dans l'escalier, plaçant prudemment ses pieds sur les marches inégales qui s'élevaient à l'intérieur du frêne géant. Une à une. Lentement. Après quelques pas, il entra dans une obscurité complète. Plus aucun rayon de lumière ne pouvait pénétrer jusque-là. Mais il continua. Les poings serrés, les muscles tendus, il monta doucement vers le cœur de l'Armensul.

Oui, que la Moïra me protège. Puis, pour ne pas céder à la panique et pour focaliser son esprit, il récita tout bas les triades druidiques. *« Sont trois Unités primordiales, et il ne saurait y avoir qu'une de chacune. Un Destin, une Vérité, un point de Liberté, soit un lieu où toute opposition sera compensée. »* Les mots lui revenaient comme une voix dans sa tête. C'était comme s'il était au jour de son initiation. Ses mains tremblaient.

Bientôt il perdit le sens de l'orientation. À force de tourner, il ne parvenait plus à se repérer. Puis il perdit le sens du temps. Il lui semblait qu'il montait depuis des jours. Que cela ne finirait jamais. L'arbre jouait avec ses sens. Trompait sa raison. Mais il fallait résister et continuer d'avancer. Progresser dans l'opacité écrasante. Ne pas perdre espoir.

Enfin, il arriva sur la dernière marche et il vit à nouveau quelques rais de lumière. Il secoua la tête et se ressaisit. Là ! Un filet de lueur à ses pieds. Le bas d'une porte. Il tendit la main devant lui. Une poignée. Il appuya doucement dessus. La porte s'ouvrit sur une grande pièce où brillaient d'étranges lumières, petites boules fragiles qui flottaient dans l'air comme une nuée de lucioles.

C'était une salle haute et ronde, sculptée dans le ventre du frêne. Des runes et des fresques étaient gravées à même les parois. Le sol était un grand cercle d'estrades successives qui se terminait par un grand plateau où étaient disposés quelques objets et meubles étranges. Henon crut reconnaître un athanor, le fourneau des alchimistes, et d'autres instruments hermétiques.

Assis au milieu de ce mausolée de bois, un homme l'attendait, vêtu de peaux de bêtes.

L'homme qu'il était venu voir. Lui. Qui avait mille noms. Lailoken, Suileone-gelt ou Merlin. Le Sauvage. Celui qui était double, enfant et vieillard à la fois. Le Devin.

— Bonjour, druide, prononça l'homme d'une voix caverneuse. Asseyez-vous devant moi, que je puisse voir votre visage.

Henon frissonna. Mais il ne devait pas faiblir. Cet homme était leur dernier espoir. Ses compagnons et lui avaient traversé trois pays pour venir le voir. Et ils n'auraient pas de seconde chance.

Le vieux druide fit quelques pas et s'assit en face de Lailoken. Il essaya de le regarder droit dans les yeux.

On parvenait difficilement à discerner les traits du Devin. Il portait sur la tête un crâne de loup dont la mâchoire plongeait son front dans l'ombre. Sa peau était si brune qu'on peinait à distinguer sa figure, et il portait une barbe qui cachait son menton et son cou. On ne voyait que ses yeux. Des yeux d'aigle, perçants, profonds.

— Vous êtes Henon, n'est-ce pas ?

Le druide acquiesça. Il n'osait pas encore parler.

— Et vous êtes venu ici parce que le pouvoir que vous aviez jadis vous a quitté, c'est cela ? Vous n'avez plus aucune force en vous, je le vois.

Le pouvoir qu'ils avaient jadis. Le Saîman. Oui. L'énergie mystérieuse, que les druides avaient appris à contrôler, avait depuis longtemps disparu. Toute la magie avait quitté ce monde, depuis plus de vingt ans. Avec elle, les druides avaient perdu toute leur autorité. Ils étaient devenus des hommes comme les autres. Sans réel pouvoir. Plus personne ne les craignait. Le monde avait changé d'âge. La magie avait cédé devant la science et la politique. Et c'était un monde dans lequel les druides n'avaient plus leur place.

Henon se souvenait encore des derniers instants. Quand cette force profonde qui avait brûlé dans leur corps depuis la nuit des temps les avait quittés. Le Saîman, jour après jour, s'était éteint comme la flamme d'une bougie usée.

— En effet, confessa le druide, et dans sa voix transparaissait une douleur immense. Le Saîman nous a quittés.

— Je sais ce que vous ressentez, druide. Le Saîman ici aussi a disparu. Les Brumes, à présent, meurent les unes après les autres. Bientôt il n'en restera plus. Ni en Gallica ni ailleurs.

Le druide hocha la tête.

— On raconte qu'il reste encore un espoir... Que vous...

— Que je quoi ? reprit Lailoken en penchant la tête.

Henon hésita. Il ne voulait rien dire qui puisse gâcher ses chances. Mais il n'avait pas fait tout ce trajet pour rien.

— Nous sommes venus vous faire serment d'allégeance, Lailoken.

— Vraiment ? s'exclama le Devin en souriant. Qu'espérez-vous de moi ?

— On raconte...

— On raconte beaucoup de bêtises, Henon. Un druide ne peut se fier à toutes les rumeurs qu'il entend.

Henon soupira. Il savait que le Sauvage se jouait de lui. Qu'il le sondait, peut-être. Il n'avait pas l'habitude qu'on lui parle ainsi. Il se souvenait encore du temps où l'on craignait les druides. Mais il ne devait pas s'emporter. Il avait pleinement conscience du rapport de force qui se jouait ici. Ses chances de l'emporter étaient faibles. Il devait impressionner le Devin sans le faire reculer. Tout au moins l'intéresser. Une entreprise difficile.

— Cessons de jouer, Lailoken. Mes frères et moi n'avons pas traversé trois pays en nous fiant seulement à quelques rumeurs. Nous savons ce que vous voulez faire. Et nous savons aussi que vous êtes notre dernière chance.

— Je suis heureux de l'apprendre, railla Lailoken.

— Nous voulons vous proposer un pacte.

Henon plissa les yeux comme pour mieux voir dans la pénombre. Il voulait lire dans le regard du Devin.

— Et en quoi consisterait votre fameux pacte ?

— Nous nous soumettons à vous, Lailoken, nous vous aidons dans votre quête, et en échange nous demandons à pouvoir partager ce que vous en tirerez...

— Et en quoi pourriez-vous m'être utiles ?

— Nous n'avons peut-être plus le Saîman, Lailoken, mais nous connaissons ce que vous cherchez, et nos Magistels sont les plus redoutables guerriers que vous pourrez recruter.

— Qui vous dit que j'ai besoin de guerriers ? demanda Lailoken, narquois.

— Avez-vous retrouvé le jeune homme que vous cherchez ? répliqua Henon sans hésiter.

— Je vois que vous êtes bien renseignés.

— Oui. Cela devrait vous convaincre que nous pourrions vous être utiles, Lailoken. Mais vous n'avez pas répondu à ma question. Avez-vous retrouvé Bohem ?

— Non.

Henon savait qu'il venait de marquer un point. C'était sa seule ouverture. Sa seule chance de convaincre le Devin.

— Nos Magistels sont des pisteurs extraordinaires. Ils ne perdent jamais une proie.

— J'ai entendu dire cela, en effet.

— Notre aide vous serait précieuse, ajouta le druide qui sentait qu'il pouvait le convaincre.

— Peut-être.

— Unissons nos forces. Nous recherchons la même chose.

Le Devin eut un geste de recul et haussa les sourcils.

— Je croyais que vous vouliez me faire serment d'allégeance, et à présent vous parlez simplement d'unir nos forces...

— Non. Pas simplement. Comme je vous l'ai dit, nous sommes prêts à nous mettre à votre service, Lailoken.

Le Devin hocha lentement la tête. Henon crut deviner un sourire aux coins de ses lèvres.

— Mmmh. Des druides à mon service... Vous qui n'avez jamais été au service de personne. Comme le monde a changé !

— Inutile d'insister, Lailoken. Je sais ce que nous avons perdu, et nous ne serions pas ici aujourd'hui si nous n'avions pas besoin de vous... Mais je crois que vous aussi avez besoin de notre aide. Vos Aïshans ne me semblent pas capables de mettre la main sur ce jeune homme. Allons, je vous le demande pour la dernière fois. Acceptez notre pacte.

Le Devin soupira et passa plusieurs fois la main dans sa barbe. Il dévisagea longuement le druide, fit quelques grimaces avant de hocher la tête.

— Entendu, Henon. Vous pouvez aller dire à vos frères que j'accepte le marché.

— Vous ne le regretterez pas, Lailoken.

— Nous verrons cela très vite.

— Nous sommes à votre service, répliqua Henon.

— Alors, ne perdez pas de temps. Rejoignez les Aïshans, et trouvez-moi ce Bohem !

Henon se leva, souriant. Il salua le Devin et dit :

— Nous vous le ramènerons avant la fin de l'été, Lailoken.

— Vivant, répliqua le Devin. Il me le faut vivant.

Chapitre 4

LE TROUBADOUR

Livain VII, allongé sur le dos, avait fermé les yeux depuis bien longtemps, mais ne parvenait pas à dormir. Son esprit était préoccupé par des pensées qui le perturbaient et l'empêchaient de trouver le sommeil. Il venait d'étreindre sa nouvelle épouse, Camille, et il ne pouvait s'empêcher de penser à l'ancienne. Hélène de Quienne.

Pourquoi ? Quelle folie lui prenait de penser ainsi à la femme qu'il avait répudiée au moment même où sa nouvelle épouse le serrait contre son cœur ? Camille était si belle ! Si jeune. Pleine de fougue. Elle s'était donnée à lui avec, semblait-il, passion. Autant de passion qu'Hélène aux premiers jours ? Non. Certainement pas. Hélène était la plus passionnée des femmes du royaume, la plus libre et la plus aventureuse... Et sûrement la plus inventive pour les choses de l'amour. Mais il devait cesser de penser à elle !

Il devait chasser l'image de la duchesse qu'il avait répudiée et ne plus penser qu'à Camille. Si belle. En outre, elle était intelligente. Intéressée déjà par la politique. Allons, Livain ne pouvait rêver mieux ! Pourtant, chaque fois qu'il fermait les yeux, c'était le visage d'Hélène qui lui apparaissait.

Ce visage profond, différent. Ce regard qui savait, qui voyait au travers des choses et des gens. Le regard d'un sage dans un corps fait pour l'amour. Le regard d'un juge dans la chair d'une pécheresse. Elle l'avait rendu fou, chaque jour un peu plus, glissant entre ses mains, refusant de lui appartenir, s'évadant avec ses poètes et ses troubadours... Elle l'avait trompé mille fois sans doute. Oui, bien sûr. Mais elle lui manquait maintenant.

Non. Il ne devait pas penser à ça. Non. La traîtresse avait épousé Emmer Capigesne. Elle était son pire ennemi. Et l'un de ses pires souvenirs.

Mais aussi le meilleur.

— Vous n'arrivez pas à dormir, mon amour ?

Livain fut surpris par la voix de Camille. Il était persuadé qu'elle était endormie depuis longtemps. Elle était si calme. Si paisible. Ils avaient fait l'amour longuement, et il y avait pris beaucoup de plaisir. Cela ne lui était pas arrivé depuis longtemps. Depuis Hélène.

— Non, dit-il en posant une main sur l'épaule de sa jeune épouse.

Camille prit la main du roi dans la sienne.

— Je sais ce qui vous préoccupe, Livain.

Le roi se figea. Camille avait-elle deviné qu'il pensait à Hélène de Quienne ? Que la femme qu'il avait répudiée hantait encore son esprit ? Comment pouvait-elle savoir ?

— C'est ce dont vous parliez avec l'abbé de Cerly, n'est-ce pas ?

Livain fut soulagé. Non. Elle n'avait pas deviné.

— Sans doute, mentit-il en se retournant vers sa jeune épouse.

— Si je puis me permettre, mon roi, j'ai peut-être une solution au problème que vous évoquiez avec Pieter le Vénérable...

— Vous nous avez entendus ? s'étonna Livain.

Camille embrassa le roi sur le front.

— Oui. J'attendais derrière la porte que votre réunion soit finie pour venir vous voir, et j'avoue que j'ai surpris quelques-uns de vos derniers échanges.

Livain sourit. Camille était encore plus rusée qu'il ne l'avait imaginé. Mais cela ne le dérangeait pas. Hélène avait passé son temps à rêver de fêtes et de poésie et refusait de s'intéresser à la politique du royaume. Elle n'avait jamais su l'aider dans les choix difficiles que sa fonction l'amenait à faire. Camille, elle, semblait pouvoir changer tout cela. Et il avait besoin de cet appui. De ce partage.

— Et alors, reprit le roi, quelle est cette solution que vous évoquiez ?

Camille se colla contre son époux.

— J'ai entendu parler d'une histoire qui pourrait vous intéresser.

— Je suis tout ouïe.

Camille de Chastel avala sa salive, prit le visage de son époux entre ses mains et le fixa du regard à travers la pénombre.

— Il y a au comté de Tolsanne un jeune homme qui accomplit des miracles.

— Des miracles ? s'étonna Livain.

— Oui. J'avais déjà plusieurs fois entendu parler de ce jeune homme, jusqu'au royaume de Chastel ! Et comme je suis plutôt une femme méfiante, je n'y avais pas vraiment cru. Mais comme les rumeurs persistaient, j'ai demandé à mes gens de se renseigner un peu sur cette histoire...

— Et qu'avez-vous trouvé ?

— Il semblerait que ce ne soit pas une simple rumeur, Sire. L'évêque de Nabomar et plusieurs Compagnons ont confirmé deux histoires bien précises que j'ai entendues à son sujet.

— Ce sont en effet deux sources fort crédibles. Mais quelles sont ces histoires ? s'enquit le roi.

— Il semblerait que ce jeune homme ait des dons, Majesté. Il marcherait dans le feu et maîtriserait les arts sans les avoir appris.

— Il marche dans le feu ?

— Oui. Il a traversé sans se brûler un bûcher de la Saint-Jean. L'évêque de Nabomar a confirmé cette version des faits. Et pour ce qui est de sa maîtrise des arts, c'est une information qui circule chez les enfants de Salomon. On raconte qu'un jeune homme a fait preuve devant des Compagnons de dons innés pour les métiers. De dons surnaturels. J'ai vérifié, il s'agit du même garçon. Ce jeune homme n'aurait pourtant que dix-sept ans.

— C'est étonnant en effet. Mais pourquoi me racontez-vous cela ? En quoi cela a-t-il un rapport avec ce dont je parlais avec l'abbé de Cerly ? Cela n'a rien de politique et ce n'est pas ça qui va renforcer mon pouvoir militaire !

— En êtes-vous bien sûr ? Imaginez l'aura qu'aurait votre couronne si un garçon comme cela était à votre cour, Majesté !

— À ma cour ?

— Oui ! Si vraiment ce garçon accomplit des miracles, nous devons très vite le mettre de notre côté, avant qu'il ne tombe entre les mains de l'ennemi. D'Emmer Capigesne par exemple.

— Mais on ne sait rien de lui...

— On sait son nom : Bohem. Et on sait qu'il possède d'étranges pouvoirs.

— Vous me dressez là le portrait d'un démon ! s'amusa Livain.

— Ou d'un saint ! répliqua la jeune femme. Si Dieu a donné à ce jeune homme tous ces dons, tous ces talents, c'est sûrement pour qu'ils soient utilisés. Et je préférerais qu'ils ne le soient pas contre nous.

Livain resta silencieux quelques instants. Il réfléchit. Camille avait peut-être raison. Si ce jeune homme était réellement un envoyé de Dieu, mieux valait l'avoir de son côté, la chose était entendue ! En tout cas, il voulait en avoir le cœur net.

— Voilà qui est très intéressant, concéda-t-il enfin. Il s'appelle Bohem, dites-vous ?

— Oui. Bohem le louvetier. Et il vivrait dans le comté de Tolsanne.

— Bien. Je suis heureux que vous m'ayez parlé de cette histoire, Camille. À présent, dormons, j'aurai tout le loisir demain d'en discuter avec mes conseillers.

— Je n'en doute pas, Majesté. Bonne nuit.

Livain déposa un baiser sur le front de sa jeune épouse, puis il se retourna. La jeune Camille de Chastel ne cessait de l'étonner. Et cette conversation avait enfin chassé l'image d'Hélène de Quienne.

*
* *

Bohem n'avait pas voulu s'arrêter pour dormir. Après avoir pleuré comme un enfant, il s'était remis en marche, avait parcouru la garrigue dans l'obscurité de la nuit et avançait encore ce matin d'un pas rapide vers le nord. Il était furieux, plein de haine et épuisé. Le répit qu'il avait trouvé auprès des Compagnons n'avait été que de courte durée et il lui semblait qu'il sombrait à nouveau en plein cauchemar.

Les Aïshans n'abandonneraient-ils donc jamais ? Combien de temps devrait-il fuir ? S'il n'était plus à l'abri chez les Compagnons, vers qui pourrait-il se tourner à présent ? Personne, sans doute. Il était seul. Démuni. Et il ne voyait pas comment s'en sortir. Mais il devait tourner cela en sa faveur. En faire sa force. Se nourrir de sa solitude et de sa colère pour trouver la force de changer. Changer comme il avait voulu le faire tant de fois. Trouver sa voie et voyager. Traverser le pays, voir ce que les enfants de Villiers-Passant ne pouvaient jamais voir. Découvrir le monde par lui-même. Libre, sans attache.

Vers la fin de la matinée, il était encore perdu dans ses pensées quand il aperçut au loin une scène fort singulière.

Au beau milieu du chemin, deux hommes – des brigands à en juger par leur accoutrement et par leur situation – étaient en train de menacer un voyageur de leurs bâtons.

Bohem fit quelques pas en avant pour mieux voir. Il écarquilla les yeux. Il voyait à présent le visage de la personne qui était agressée. C'était une jeune femme. Du sang coulait sur son front. Les deux brigands l'avaient déjà frappée. Ils riaient, tournaient autour d'elle en la menaçant, et Bohem se doutait qu'ils n'en voulaient pas seulement à son argent.

Il s'immobilisa. La raison lui dictait de partir, ce n'était pas ses affaires. Mais il ne pouvait s'y résoudre. Il ne pouvait tourner le dos à ce spectacle pitoyable et révoltant. Ce n'était pas son genre. Et puis, il était de fort méchante humeur. Empli de colère. Et cette scène le rendait plus furieux encore.

Sans réfléchir davantage, il se précipita vers les brigands. Quand il arriva près d'eux, un des hommes l'entendit et se retourna. Mais Bohem ne s'arrêta pas pour autant. Il ne savait pas ce qu'il pourrait faire contre un homme armé d'un bâton, lui qui n'avait pas d'arme et qui ne savait pas vraiment se battre, mais il s'en moquait. Que le brigand le tue, s'il devait en être ainsi ! Bohem était si emporté et si plein de désespoir qu'il n'avait plus peur de rien. Plus envie de fuir. De céder. Il se jeta sur son opposant comme un bélier en furie.

Il eut juste le temps de voir l'homme donner un grand coup circulaire. Trop tard : Bohem avait déjà bondi. Il ne pourrait éviter le choc. Dans un claquement sec, le bâton se brisa sur son épaule, et il poussa un cri de douleur. Mais il ne fut pas dévié de sa course. Il tomba sur le brigand de tout son corps et le fit basculer en arrière.

Comme il roulait avec lui sur le sol, il se mit à hurler. Hurler de colère, de rage folle et de souffrance. Et ce cri décupla sa force, si bien qu'il parvint à passer par-dessus son opposant et à le coincer sous son poids. Hors de lui, il se saisit d'un caillou sur le chemin et frappa le brigand au visage. Une fois. Le bruit de la pierre contre l'os du crâne de sa victime l'horrifia et lui fit reprendre quelque peu ses esprits. Alors qu'il était sur le point de donner un deuxième coup, il arrêta son geste et releva la tête.

Le second brigand avait fui, terrorisé sans doute par la violence de Bohem. La jeune femme, quant à elle, était plaquée contre une butte de terre sur le bord du chemin, et elle le regardait en tremblant.

Bohem baissa les yeux. Le bandit, entre ses genoux, ne bougeait plus. Le coup de pierre l'avait assommé. Un filet de sang coulait de sa tempe.

Le jeune homme se releva. Il laissa tomber la pierre par terre. Il était essoufflé, et un peu hébété. Il n'avait pas l'impression que c'était lui qui venait de faire tout ça. Comme s'il avait perdu un moment le contrôle de lui-même. Bizarrement, même s'il était persuadé d'avoir bien fait, il se sentait coupable. C'était la première fois qu'il frappait un homme au visage, si violemment. Et cela lui glaçait le sang.

Il reprit sa respiration, se frotta l'épaule, puis se tourna vers la jeune femme. Elle ne bougeait toujours pas et le dévisageait encore, les yeux écarquillés. Il s'avança lentement vers elle.

— Ça va ? demanda-t-il en tendant la main.

Elle resta immobile encore un moment, puis, comme si elle revenait à elle, elle secoua la tête et se redressa.

— Oui... Ça va. Je... Merci, balbutia-t-elle en essuyant ses vêtements.

Bohem haussa les épaules.

— De rien... Ton front est ouvert, tu saignes.

— Ce n'est rien, dit-elle.

Elle lança un regard au brigand par terre. Il ne bougeait toujours pas. Puis elle s'agenouilla, ouvrit le sac en tissu qui était à ses pieds et prit un morceau d'étoffe à l'intérieur pour se nettoyer le front.

Bohem s'accroupit à côté d'elle. Il regarda le front de la jeune femme et grimaça. Il prit une petite gourde qui dépassait du sac.

— Attends, il faut mettre un peu d'eau.

Il lui prit l'étoffe des mains et l'imbiba d'eau, puis il essuya délicatement son front. Les gouttes de sang coulaient sur ses sourcils. Tout en la soignant, il se dit qu'elle était fort belle. Elle avait les cheveux blonds, mi-longs, très légèrement bouclés. Des yeux fins et couleur noisette, un joli petit nez de chat. Elle était grande, presque autant que lui, et mince et gracieuse, sans paraître fragile toutefois. Elle devait avoir son âge. Mais surtout, ce qui avait tout de suite saisi Bohem, c'était sa voix. Une voix douce, délicieuse, chaude et délicate à la fois.

— Tu es arrivé à temps, dit-elle. Je ne pense pas que j'aurais pu me défendre toute seule... Comment t'appelles-tu ?

Bohem baissa les yeux vers la jeune femme. Il hésita. Devait-il continuer de donner son nom ainsi aux gens qu'il rencontrait, ou bien était-ce devenu trop dangereux ?

La jeune femme parut surprise qu'il ne réponde pas plus vite. Il se sentit obligé...

— Je m'appelle Bohem. Et toi ?

— Vivienne.

Elle fronça les sourcils et arrêta la main du jeune homme qui la soignait encore.

— Pourquoi as-tu hésité à me donner ton nom ? C'est ton vrai nom, au moins ?

— Bien sûr.

— C'est étrange, comme nom, Bohem.

— C'est que... Je...

Le jeune homme hésita. Il libéra sa main et recommença à éponger le front de la jeune femme. Il n'aimait pas parler de cela. D'habitude il n'en parlait jamais. De son nom. De l'origine de celui-ci. Il changea de sujet.

— Voilà, dit-il, ça ne saigne plus. La coupure n'est pas très profonde.

— Merci, Bohem.

Elle avait insisté sur son nom, en souriant. Elle avait sans doute deviné que le jeune homme ne voulait pas trop aborder ce sujet.

*
* *

— Majesté, dit Pieter en s'avançant sur son fauteuil, si je peux me permettre, cette histoire est un peu farfelue et je crains que vous ne dépensiez votre temps et votre énergie pour rien. Comme nous en parlions dernièrement, vous avez des affaires bien plus importantes à régler...

Livain VII avait réuni un conseil exceptionnel pour exposer sa nouvelle préoccupation. Les paroles que Camille avait prononcées la veille au soir dans leur lit l'avaient travaillé toute la matinée, et l'histoire de ce jeune homme étrange l'obsédait. Il se disait que c'était peut-être un signe de Dieu qu'il ne devait pas ignorer. En tout cas, il avait besoin de savoir.

Pieter le Vénérable, abbé de Cerly, avait donc été convié à cette réunion impromptue, ainsi qu'Alice, la mère du roi, Domitien Lager, le connétable, et plusieurs autres conseillers. Au bout de la table, à côté de Livain, Camille de Chastel faisait sa première apparition dans un entretien politique de la cour de Gallica. Et elle semblait parfaitement à son aise.

— Farfelue ? Je n'en suis pas si sûr, répliqua Livain VII.

— Je suis assez bien placé, répliqua Pieter, pour savoir que les Galliciens aiment à raconter des histoires surnaturelles tous les jours, croyez-moi... Pourquoi prêter tant d'attention à cette histoire ?

J'ai entendu parler de ce jeune homme, il y a fort longtemps. Je crois me souvenir que cette histoire est arrivée il y a quelques années au sud du comté de Tol-

sanne. Dans la région des hérétiques. Je me demande ce que le roi va chercher sur ce terrain dangereux.

— Parce que ce n'est pas simplement une histoire racontée par les Galliciens. Elle nous a été confirmée par l'évêque de Nabomar en personne, expliqua Camille de Chastel.

Voilà ! Cela vient d'elle. J'en étais sûr ! C'est elle qui a mis cette idée saugrenue dans la tête du roi. Mais pourquoi ? Cette fille me paraît bien étrange ! J'aurais dû me méfier à Toledo, quand elle a manifesté cet intérêt curieux pour le comté de Tolsanne ! C'est le comté des hérétiques. Les ennuis vont commencer. Je ne sais pas ce qu'elle cherche, mais si je la laisse continuer, cette jeune écervelée va faire sombrer le roi dans le paganisme le plus obscur !

— Mais a-t-elle été attestée par le pape ? Car, si quelque chose de surnaturel s'est produit sur votre royaume, il s'agit d'un miracle, d'un acte de Dieu ou bien d'un acte du démon. Ce serait, il me semble, au pape d'en décider, et non pas à l'évêque de Nabomar. Sa Sainteté était encore là hier soir, pourquoi ne le lui avons-nous point demandé ?

La mère de Livain prit la parole à son tour. Elle avait depuis longtemps l'habitude de se mêler des affaires politiques du royaume et Livain l'écoutait toujours avec beaucoup d'attention.

— Mon fils, je dois vous confesser que je suis plutôt de l'avis de l'abbé de Cerly. Cette histoire de garçon qui traverse les flammes ne me semble pas très sérieuse. En outre, elle a sûrement été transformée, exagérée, et quand bien même, je ne vois pas en quoi elle concerne la Couronne...

— Comment ? s'offusqua le roi. Un jeune homme accomplit des miracles sur mon royaume et je ne devrais pas m'y intéresser ?

— Allons, Majesté, il est un peu tôt pour parler de miracle ! répliqua Pieter. Ce jeune homme aurait marché dans les flammes, dit-on. Et alors ? Le Christ lui est-il apparu ? Est-il mort en martyr pour défendre une noble cause ? Non. On raconte simplement, je m'en souviens à présent, qu'il a libéré une Brume du bûcher de la Saint-Jean. Ce n'est pas un miracle, c'est un acte blasphématoire ! Comme toutes ces histoires que l'on raconte au sud du royaume. Les légendes païennes ne manquent pas, dans cette région... Ainsi, par exemple, pendant la nuit de la Saint-Jean, les villageois du comté de Tolsanne attendent encore avec horreur la venue du Sauvage ! N'oubliez pas que cette histoire est arrivée dans ces territoires-là. Dans la région même où les hérétiques envahissent nos églises avec une liturgie démoniaque et des rites païens. Et que l'évêque qui la confirme est l'évêque de Nabomar, qui est justement la cité des hérétiques !

Camille secoua la tête.

— Je pense que ce jeune homme n'a rien à voir avec les dissidents dont vous parlez, Pieter. C'est un cas isolé, dans un petit village...

Elle ne laisse pas Livain réagir. Elle essaye de s'emparer de la conversation. Cette reine sait comment arriver à ses fins. Livain est plus faible qu'elle. Je dois retourner le débat vers lui.

— Mais c'est arrivé il y a plusieurs années, Majesté, pourquoi vouloir revenir aujourd'hui sur cette vieille histoire sans grande importance ? Il y a eu, depuis lors, de nombreux témoignages de véritables miracles et vous ne vous en êtes jamais soucié...

— Je m'y intéresse parce que ce jeune homme fait à nouveau parler de lui aujourd'hui, expliqua Livain.

— Mon fils, intervint Alice, je comprends votre intérêt, mais un jeune homme qui accomplit des miracles, si c'est vraiment le cas, l'abbé a raison, ce n'est pas une affaire d'État. C'est une affaire d'Église. Pourquoi ne demandez-vous pas au légat du pape de s'occuper de cette affaire ?

Parfait. Alice est de mon côté. Et elle a raison. Si nous ne voulons pas que Livain se fasse entraîner dans ces obscures histoires païennes, il faut confier l'affaire au pape.

— Mais justement parce que ce garçon m'intéresse, répondit le roi. Et que visiblement, je ne suis pas le seul...

Pieter fronça les sourcils. Le roi n'avait donc pas encore tout dit. Il y avait autre chose. Bien sûr.

— Connétable, reprit Livain, voulez-vous bien répéter ici ce que vous m'avez dit tout à l'heure ?

— Oui, sire, répondit Domitien en se raclant la gorge. Des informations nous sont parvenues du sud de Gallica au sujet d'un massacre qui aurait eu lieu dans le village de Villiers-Passant. Apparemment, tous les habitants de ce castrum ont été tués par une horde d'Aïshans qui rôde encore dans la région.

— Quel est le rapport avec notre histoire ? s'enquit Alice.

— C'est le village où habitait ce jeune garçon, expliqua Camille de Chastel. Apparemment, il serait parvenu à s'échapper et aurait trouvé refuge auprès d'un groupe de Compagnons du Devoir.

Le Connétable acquiesça.

— C'est intrigant en effet, reconnut la mère du roi.

Voilà qu'Alice cède à son tour ! Ça y est ! Camille a rallié tout le monde à sa cause ! Non seulement elle manipule une histoire d'hérétiques qui ne me plaît guère, mais en plus elle me vole ma place de conseiller auprès du roi ! Je ne dois pas la laisser faire...

— Majesté, intervint Pieter. Je pense qu'il serait plus sage de confier cette affaire au légat du pape. C'est une affaire d'Église, et nous pourrions froisser Nicolas IV si nous ne passions pas par lui pour résoudre une affaire qui, de toute évidence, me semble théologique.

— Non, Pieter. Je veux que nous retrouvions ce jeune homme, dit alors Livain, d'une voix calme et autoritaire. Cette affaire a eu lieu sur mon royaume, je veux la régler moi-même. Connétable, occupez-vous de cette question.

Le roi se leva.

— Cette réunion est terminée, dit-il simplement.

Tous les participants se levèrent poliment et quittèrent la pièce, sauf Camille qui resta auprès du roi.

Pieter sortit le dernier. Il était furieux. Il avait amené lui-même à la cour une femme qui était en train de devenir sa plus grande ennemie. Et elle avait déjà plus d'influence que lui sur ce roi qu'elle ne connaissait pourtant que depuis quelques jours...

*
* *

Bohem se pencha sur le corps immobile du brigand. Il respirait encore, mais il était assommé. Le jeune homme le traîna sur le bord du chemin. Puis il se retourna vers la jeune femme.

— Que fais-tu ici, seule, sur la route ?

Vivienne fronça les sourcils. Elle enfonça l'étoffe maculée de sang dans son sac.

— En quoi cela te regarde-t-il ? Et toi, que fais-tu ?

Bohem sourit. La jeune femme n'avait apparemment pas un caractère facile. Elle semblait encore plus méfiante que lui.

— Moi ? répondit-il. Je m'enfuis.

Vivienne parut étonnée. Elle ne s'était pas attendue à ce genre de réponse...

— Vraiment ? dit-elle. Alors nous sommes deux ! Que fuis-tu ?

Bohem hésita. Elle rechignait à se livrer mais elle lui posait tout un tas de questions. Et si elle savait qui il était ? Si elle lui posait ces questions pour en savoir davantage ? De toute façon, il lui avait déjà donné son nom. Ça ne servait plus à grand-chose de mentir !

— Des hommes qui ont massacré les habitants de mon village et qui me cherchent.

— Ah ! Je suis désolée, dit-elle, et elle paraissait sincère. Je crois que j'ai entendu parler de cette histoire. Ce sont les Aïshans qui rôdent dans la région, n'est-ce pas ?

Bohem hocha la tête. Tout le monde semblait au courant !

— Mais pourquoi te cherchent-ils ?

— Si seulement je le savais !

— Et pourquoi fuis-tu ? Pourquoi n'es-tu pas allé voir le seigneur du village voisin ou la Garde du roi ? Tu dois expliquer ce qui est arrivé et trouver protection !

— Je ne sais pas qui aller voir ! Je ne sais plus trop à qui faire confiance. Mais je préfère ne pas parler de tout ça...

— Allons ! Tu peux faire confiance à la Garde du roi, tout de même ! Qu'as-tu fait de si mal pour craindre même le pouvoir royal ?

— Quelque chose. Dont je n'ai pas envie de parler.

— D'accord, dit Vivienne. Je peux comprendre.

Bohem sourit. Il avait eu peur que la jeune femme soit embarrassée par sa volonté de silence, qu'elle le prenne pour un horrible criminel, mais elle semblait respecter son choix.

— Et toi ? Tu viens d'où ? demanda-t-il à son tour.

— De Tolsanne.

— Tu as de la chance ! Il paraît que c'est une ville extraordinaire !

— C'est vrai...

— Mais alors, pourquoi fuis-tu ?

Vivienne pencha la tête. Elle semblait hésiter elle aussi à se confier à lui.

— À cause de mes parents, dit-elle finalement.

— Vraiment ? Pourquoi ?

— Je veux être troubadour.

Bohem écarquilla les yeux.

— Toi ? Troubadour ? Mais les femmes ne sont pas troubadours !

— C'est exactement ce que me disent mes parents ! s'énerva-t-elle. Et c'est pour ça que je suis partie !

— Mais, se défendit Bohem, je ne veux pas t'offenser, Vivienne, toutefois je pense qu'ils ont raison, non ? Je ne crois pas qu'il y ait de femmes troubadours...

— Là où je vais, si !

— Ah bon ? Et où vas-tu ?

— À Pierre-Levée, à la cour de la duchesse Hélène de Quienne.

— Il y a des femmes troubadours, là-bas ?

— Bien sûr ! Toute la famille de Quienne est une famille de troubadours !

— Eh bien ! Ce doit être une drôle de duchesse !

— Tu n'as jamais entendu parler d'elle ?

— Non, reconnut Bohem.

— Elle est l'épouse d'Emmer Capigesne, qui vient d'être couronné roi de Brittia. Tu as au moins déjà entendu parler de Brittia ?

— Non, répéta Bohem, qui commençait à être un peu vexé.

— C'est le principal ennemi de la Couronne ! s'exclama-t-elle. Tu dois bien avoir entendu parler d'Emmer Capigesne, quand même !

— Non, répéta Bohem à nouveau, mais en souriant cette fois. Et si c'est vraiment notre pire ennemi, pourquoi veux-tu aller voir cette duchesse qui l'a épousé ?

Vivienne leva les yeux au ciel.

— Les choses ne sont pas aussi simples, Bohem ! Ce n'est pas parce qu'elle a épousé l'ennemi du royaume qu'elle est devenue notre ennemie ! La politique, heureusement, est plus subtile que ça...

— Si tu le dis, mais ce n'est pas la peine de me parler comme à un crétin...

Vivienne éclata d'un rire désolé.

— Tu as raison, excuse-moi ! Je me moque de savoir que tu connaisses Capigesne et le pays de Brittia, Bohem ! Et je te suis fort reconnaissante d'être venu m'aider.

Bohem ne répondit pas. La jeune femme l'avait un peu agacé. Elle lui avait paru aimable, d'abord, mais il commençait à se demander si elle n'était pas un peu suffisante...

— Alors, où comptes-tu aller ? demanda-t-elle de sa voix la plus douce.

— Je ne sais pas, confessa Bohem. Loin des Aïshans.

— Pourquoi ne viens-tu pas avec moi ? Nous pourrions nous aider l'un l'autre, et Hélène de Quienne pourrait peut-être te tirer de là.

— Une duchesse ? M'aider ? Tu plaisantes !

— Je t'ai dit que ce n'était pas une duchesse comme les autres ! Je t'assure ! S'il y a quelqu'un dans ce pays qui peut t'aider, c'est bien elle !

Bohem soupira. Il ne savait rien de cette dame dont parlait Vivienne, et Pierre-Levée se trouvait très loin d'ici. Mais de toute façon, il ne savait plus où aller. Et puis la jeune femme, même si elle l'avait agacé, avait quelque chose d'original qui l'intriguait. Dans sa voix. Dans ses gestes. Et dans la liberté qu'elle semblait avoir, surtout. Une troubadour ! Femme ! Et jeune qui plus est !

— Vivienne, dit-il finalement, j'aurais aimé accepter, mais je ne peux t'accompagner.

— Pourquoi ?

— Parce que... tu vas me ralentir. Les hommes qui me poursuivent sont très rapides, et ils sont sur mes traces. Je dois fuir au plus vite.

— Je suis pressée moi aussi, et je vais beaucoup plus vite que tu ne sembles le croire. Je n'ai pas l'intention de traîner sur ces routes mal fréquentées...

— Je ne veux pas te mettre en danger. Je risque ma vie, je ne veux pas risquer la tienne.

— À deux, nous serions moins en danger, Bohem. Et de toute façon, tu as besoin de moi. Regarde ! Tu n'as pas de sac, et probablement pas d'argent. Comment vas-tu manger ? Comment vas-tu payer ce dont tu auras besoin ? Allons. Faisons la route ensemble. J'ai besoin de toi pour me protéger, et tu m'as prouvé à l'instant que tu en étais capable. Toi, tu as besoin de moi parce que tu n'as plus rien. En outre, faire la route à deux est tout de même moins ennuyeux.

— Ce n'est pas l'ennui qui me fait peur, Vivienne.

La jeune femme soupira.

— Très bien, dit-elle. Je n'insiste pas. Adieu, alors !

Elle mit son sac sur son dos. Bohem l'aida, gêné. Il avait l'impression de ne pas être très courtois. Mais avait-il le choix ? Il aurait aimé passer plus de temps avec elle, bien sûr. Mais il ne voulait plus être un danger pour ceux qu'il croisait sur sa route. Les dernières personnes dont il avait accepté l'aide étaient sans doute mortes aujourd'hui, par sa faute...

— Encore merci, dit-elle en lui serrant la main. Je pars vers le nord, je veux arriver ce soir à Sarlac, je ne dois pas perdre de temps. Si tu changes d'avis, tu peux toujours me rejoindre là-bas.

Bohem acquiesça. Puis il la regarda partir avec regret.

Le soleil allait bientôt atteindre le zénith. C'était déjà le milieu de la journée. Et il n'avait toujours pas mangé. Son ventre se mit à gargouiller. Il grimaça et regarda le soleil, puis le chemin, avant de grimacer à nouveau.

Puis il se demanda s'il avait bien fait. Pourquoi résistait-il ainsi ? Vivienne lui avait dit qu'elle voulait l'accompagner. Qu'elle était prête à se dépêcher pour ne pas retarder sa fuite. Que demandait-il de plus ?

Sa voix lui manquait déjà. Son regard aussi. Il ne pouvait imaginer ne jamais la revoir. *On ne croise pas deux fois une fille pareille sur les routes de Tolsanne,* pensa-t-il. Quel imbécile il faisait !

Puis il se mit à courir vers la jeune femme, abandonnant derrière lui le corps inanimé du brigand.

— Vivienne ! cria-t-il. Attends-moi ! Je t'accompagne !

*
* *

Pieter le Vénérable fit appeler auprès de lui Savinien, le jeune moine qui l'assistait depuis son départ de Cerly. Assis dans un large fauteuil dans les appartements où le logeait le roi, en plein cœur de la ville, le vieil abbé réfléchissait en buvant un verre de vin d'Aurilian. La règle de saint Benoît n'interdisait pas l'alcool, à condition d'en goûter avec mesure, une mesure dont Pieter s'accommodait parfaitement.

Le vin de la région, composé le plus souvent de cabernet franc, était tannique, puissant et épicé. Celui-ci, que le bouteiller du roi lui avait fait porter, avait passé quelques années en cave où il avait pris un peu de rondeur. Pieter le trouva honorable, même s'il préférait cent fois les vins du sud de Gallica, plus riches, plus corpulents. Et à son âge, il se méfiait des vapeurs de ce rouge malicieux !

Le vieil abbé prit une nouvelle gorgée de vin et poussa un long soupir. Savinien tardait à venir ! Or, il n'avait pas envie d'attendre. Il était toujours furieux depuis le conseil auquel l'avait convié le roi. Les nouvelles préoccupations de Livain lui semblaient bien païennes ! Mais ce n'était pas ce qui l'énervait le plus. Non. Ce qui inquiétait vraiment Pieter, c'était la place que Camille de Chastel était en train de prendre à la cour. La reine semblait avoir l'intention de jouer un rôle politique de premier ordre, au moment où Pieter croyait enfin avoir le champ libre ! Toute sa vie il avait vécu dans l'ombre de Courage de Blanval, et, à présent que celui-ci était mort, la reine qu'il avait lui-même choisie pour Livain lui volait la place qu'il attendait ! Cela le mettait hors de lui ! Qu'à son âge il puisse être menacé par une jeune femme de dix-huit ans lui était insupportable ! Il devait trouver une solution.

D'abord, il fallait empêcher le roi de mettre la main sur ce jeune homme étrange. Car il y avait là un vrai danger, pensait Pieter. Ce Bohem était sûrement un hérétique, et le faire venir à la cour servirait la cause de ces infâmes dissidents ! Gallica n'avait pas besoin d'un trouble supplémentaire. Il ne manquerait plus que le roi accordât du crédit à cette nouvelle Église qui pullulait au sud du comté de Tolsanne ! Non. Il devait empêcher cela. Et il avait déjà une idée sur la façon de procéder.

Ensuite, il faudrait s'occuper de Camille. Ne pas la laisser prendre la place qu'il était, lui, sur le point d'acquérir après tant d'années de convoitise. À la droite de Livain VII. Et cela pourrait s'avérer difficile. Il y avait sûrement des moyens de barrer la route à la jeune femme. De la disqualifier. Il faudrait tout de même se méfier car elle était rusée. Mais lui, abbé de Cerly, avait l'expérience, et surtout, il disposait d'un réseau dans ce pays qu'elle ne pouvait pas encore avoir tissé, elle qui venait seulement d'arriver du royaume de Chastel. Il y avait un espoir...

Soudain, on frappa trois coups à la porte.

— Entrez ! ordonna le vieil homme.

Savinien apparut à l'autre bout de la pièce.

— Tout de même, se plaignit l'abbé. Je vous attendais beaucoup plus tôt !

— Je suis désolé, monsieur l'abbé. Les ruelles d'Aurilian sont un labyrinthe que je ne connais guère. Je me suis un peu perdu.

— Ça va, ça va. Prenez place.

Le jeune moine vint s'asseoir en face de l'abbé.

— Écoutez-moi bien, Savinien. Je veux que vous fassiez quelque chose pour moi.

— Oui, maître ?

— Je veux que vous alliez à Lutès trouver le légat du pape et que vous lui fassiez savoir que je voudrais m'entretenir avec lui de façon très urgente.

— Que j'aille à Lutès ? Mais quand ?

— Aujourd'hui même, Savinien. Aujourd'hui même. Je ne sais combien de temps encore le roi va nous retenir ici. Dites au légat que je dois le voir en secret.

— En secret ? Ici ?

— Oui. Qu'il vienne à ma rencontre à la périphérie d'Aurilian, dès que possible. Est-ce entendu ?

Le moine hocha la tête, mais il était fort désemparé. Il n'avait pas l'habitude de partir en mission secrète pour l'abbé de Cerly, et l'idée ne lui plaisait guère. Surtout que le légat risquait de ne pas voir la chose d'un très bon œil. Mais il n'avait pas vraiment le choix. Il voulait se faire bien voir de Pieter le Vénérable, car il savait que l'abbé avait tout pouvoir au sein de Cerly.

— Je suis à votre service, monsieur l'abbé.

— Bien. C'est très important, vous comprenez ? Je compte sur vous.

— Vous pouvez, répondit Savinien, comme pour se convaincre lui-même.

— Alors ne perdez plus de temps. Partez à l'instant même.

Le jeune moine se leva et quitta la pièce un peu perplexe.

Pieter le Vénérable finit le verre de vin qu'il avait encore à la main. Il grimaça. En revenant de Toledo, quand il avait accompli sa mission pour le roi, il croyait avoir fait le plus difficile. Mais les choses seraient sans doute encore plus compliquées qu'il ne l'avait prévu...

*
* *

Vivienne n'avait pas menti. Elle était capable de voyager vite. Elle avait compris la peur et la détresse de Bohem, et savait qu'ils ne devaient pas traîner. De plus, elle était pressée d'arriver à Pierre-Levée. Ne serait-ce que pour lui prouver qu'elle avait eu raison de le convaincre de l'accompagner, et qu'Hélène de Quienne pourrait sûrement l'aider. Mais la cour de la duchesse était encore bien loin. Elle savait que le voyage serait long et pénible.

Bohem, quant à lui, essayait par fierté de ne pas montrer sa fatigue. Il était épuisé. Les Aïshans avaient attaqué la cayenne au milieu de la nuit, et il fuyait depuis lors. Il avait mal aux jambes, au dos et à la nuque, son épaule le faisait atrocement souffrir après le coup que lui avait porté le brigand, mais il refusait de se plaindre. Il voyait bien que Vivienne faisait un effort pour marcher vite et il lui avait même proposé de porter son sac.

Régulièrement, il se retournait pour voir s'ils n'étaient pas suivis. Si l'on distinguait au loin les silhouettes sombres des Aïshans. Il savait qu'un jour ou l'autre ils seraient là. À cheval, ils allaient sûrement plus vite qu'eux. Mais il essayait de ne pas trop y penser.

Ils gardèrent toute la journée le rythme élevé de leur marche et échangèrent peu de paroles. Quelques sourires, quelques regards reconnaissants, et un peu de compassion pour leur fatigue réciproque.

Vers la fin de la journée, ils firent une courte pause. Bohem ne pouvait s'empêcher de regarder la jeune femme. Il la trouvait de plus en plus belle. Et de plus en plus énigmatique. Il n'avait jamais ressenti ce genre de chose pour une fille de Villiers-Passant.

— Comment as-tu su que tu voulais être troubadour ? lui demanda-t-il alors qu'elle était sur le point de se relever pour repartir.

Vivienne haussa les sourcils.

— Que veux-tu dire ?

— Qu'est-ce qui t'en a donné l'envie ? Moi, je ne sais toujours pas ce que je veux faire, et toi...

— La poésie, le coupa-t-elle. La poésie !

— C'est-à-dire ?

— Comment ça ? Tu sais ce que c'est qu'un poème ?

— Quand même ! répondit Bohem en levant les yeux au ciel. Mais de là à vouloir devenir troubadour...

Vivienne sourit. Elle devait avoir l'habitude de recevoir ce genre de regard. De lire cette perplexité au fond des yeux des gens. Car ils ne savaient pas. Ils ne comprenaient pas.

— Tu veux vraiment savoir ?

— Oui, répondit Bohem, bien sûr !

La jeune femme ferma les yeux. Elle se pencha en avant, puis de sa voix la plus douce elle dit un poème à l'oreille de Bohem.

« Chanter m'estuet, car pris m'en est corage,
Non pas por ce que d'amer mi soit rien,
Car je n'i voi mon preu ne mon damage
Ne n'i conois ne mon mal ne mon bien ;
Et se je chant, li deduit en sont mien,
Si chanterai sanz amors, par usage ;
Je ne dis pas qu'Amors ne face bien
Au chief dou tor foloier le plus sage. »

Le jeune homme resta bouche bée. Il était troublé. Le poème était si beau ! Et la voix de Vivienne si délicate ! Elle le disait si bien !

Il avala sa salive, leva les yeux vers la jeune femme aux cheveux blonds et sentit le rouge lui monter aux joues.

Vivienne éclata de rire.

— Allons, mon ami ! Ne perdons pas de temps !

Ils se remirent en route. Bohem n'ouvrit plus la bouche jusqu'au soir. Il se sentait tellement idiot. Comment une jeune femme d'une telle finesse pouvait-elle accepter de faire la route avec lui, qui n'était que le fils d'un louvetier ? Combien de temps encore accepterait-elle de voyager en sa compagnie ? Elle méritait mieux pour partager sa route... Et pourtant. Pourtant il espérait qu'elle ne le quitterait plus.

Le soir enfin, alors que le soleil venait de disparaître derrière les vignes, ils arrivèrent devant Sarlac.

C'était une belle cité dorée, qui s'élevait au bord d'une petite rivière et se dressait au-dessus d'une végétation dense et colorée. Les maisons de calcaire, hautes et étroites, étaient coiffées de lauzes et semblaient se soutenir mutuellement au-dessus des petites ruelles circulaires.

Dès qu'ils entrèrent dans la ville, Bohem eut le sentiment qu'on les observait. Il se demanda si la peur et l'angoisse qui l'habitaient ne lui jouaient pas des tours. Toutefois, il ne pouvait s'empêcher de penser que quelqu'un les espionnait. Il fronça les sourcils et s'approcha de Vivienne.

— Tu sais où nous allons ? demanda-t-il tout bas.

— À peu près. Il y a une petite auberge de l'autre côté de la ville, dont mon père m'a souvent parlé. Elle n'est pas trop chère, elle est discrète, et je crois que nous y serons en sécurité.

Bohem acquiesça. Il lui était reconnaissant. La jeune femme avait pris son histoire très au sérieux, et elle semblait vouloir l'aider à tout prix. Bien sûr, ce devait être sa façon à elle de le remercier de l'avoir défendue contre les brigands. Mais elle ne pouvait ignorer qu'en l'aidant ainsi elle mettait sa vie en danger, et Bohem était vraiment touché.

À mesure qu'ils avançaient dans les venelles de la cité, il lui semblait que certaines personnes se retournaient sur leur passage, ou que les commerçants qui fermaient leurs échoppes les regardaient avec insistance. Était-ce à cause de la grande beauté de Vivienne ? Non. Ce n'était pas ce genre de regard. Très vite, il eut le réflexe de baisser les yeux. Quelque chose n'allait pas, il en était sûr. Il se demandait si Vivienne s'en rendait compte. En tout cas, elle marchait vite.

Ils arrivèrent bientôt au centre de la ville, où, malgré l'heure tardive, il y avait encore beaucoup de monde. Bohem se sentait de plus en plus mal à l'aise. Ils passèrent devant la tour Saint-Courage, qui se dressait au-dessus de l'enclos monastique et se terminait en un élégant cône de pierres. Puis ils contournèrent l'abbatiale Saint-Sacerdos et ses statues mystérieuses... En essayant toutefois de ne pas se faire remarquer, Bohem ne pouvait s'empêcher de lever les yeux vers les magnifiques édifices qui jalonnaient les allées sinueuses de Sarlac. Chaque nouvelle rue était source d'émerveillement. Mais d'inquiétude aussi.

Soudain, au détour d'une ruelle, Vivienne attrapa Bohem par le bras et l'attira sous le porche d'une petite maison.

— Bohem ! Cachons-nous !

Elle se plaqua contre le mur et tira le jeune homme vers elle. Il l'imita.

— Que se passe-t-il ? chuchota-t-il.

— Je viens de voir un écriteau sur ce mur ! Il y a un portrait de toi et ton nom écrit en dessous !

— Tu es sûre ? s'étonna le jeune homme qui, ne sachant pas lire, n'aurait pu vérifier par lui-même.

Mais cela confirmait l'impression qu'il avait depuis qu'ils étaient entrés dans la ville.

— Oui, je suis sûre ! Je ne pense pas qu'il y ait beaucoup de garçons qui s'appellent Bohem qui soient recherchés dans la région, et le portrait est plutôt ressemblant !

Bohem grimaça.

— C'est pour ça que les gens nous dévisagent... Tu as remarqué ?

— Oui !

Elle se pencha en avant et jeta un coup d'œil dans la ruelle. Puis elle se retourna vers le jeune homme, l'air grave.

— Il y a le sceau royal au bas de l'écriteau, Bohem ! C'est le roi qui te recherche !

— Le roi ? Mais ce n'est pas possible ! Les hommes qui ont attaqué mon village n'étaient pas des soldats de la Garde royale, Vivienne ! C'était des Aïshans ! Des barbares !

La jeune femme haussa les épaules.

— Le roi les a peut-être employés comme mercenaires...

— Pour me trouver, moi ? Mais c'est impossible !

— Bohem... Je ne sais pas ce que tu as fait, mais il semble que tu sois très recherché ! Pour que le roi de Gallica parvienne à faire afficher ton nom jusqu'ici, de l'autre côté de la frontière, c'est qu'il veut vraiment te trouver !

— Vivienne, je t'assure que je ne mérite pas ça. Sincèrement, je ne comprends pas... Je...

Elle posa un doigt sur les lèvres du jeune homme et lui fit signe de se taire. Quelqu'un passait dans la ruelle. Quand les pas se furent éloignés, Bohem prit la jeune femme par l'épaule et la regarda droit dans les yeux.

Il la dévisagea longuement, puis il poussa un soupir et, d'une seule traite, il lui raconta toute son histoire. Il raconta la nuit de la Saint-Jean, puis l'attaque du village, la Brume, les rêves qu'il faisait, il raconta tout à la jeune femme, d'une voix chargée de panique, sans reprendre son souffle. Il ressentait un besoin énorme de se confier. Tout ceci lui semblait tellement injuste ! Vivienne écoutait, les yeux écarquillés, sans oser l'interrompre.

Quand il eut fini, Bohem s'adossa au mur et ferma les yeux.

— Voilà, conclut-il tout bas. Tu sais tout maintenant !

Puis il tourna les yeux vers elle.

— Tu crois que c'est pour ça qu'on me recherche, Vivienne ?

La jeune femme le dévisagea à son tour. Elle n'avait pas dit un mot pendant la longue tirade de Bohem. Et ses yeux semblaient de plus en plus inquiets.

— Je ne sais pas, dit-elle finalement.

Elle jeta à nouveau un coup d'œil dans la ruelle. La voie était libre.

— Je ne sais pas, répéta-t-elle. Mais tu ne le mérites pas. Il faut vraiment que tu viennes avec moi jusqu'à Pierre-Levée, Bohem. Je suis sûre qu'Hélène de Quienne pourra faire quelque chose pour toi.

Bohem posa sa tête contre le mur. Il espérait que la jeune femme avait raison. Il se demandait s'il devait lui faire confiance. Comment pouvait-elle être si sûre d'elle ? L'étau était en train de se refermer sur lui, sans qu'il sache ce qu'on lui voulait. La jeune femme se rendait-elle vraiment compte de ce qui lui arrivait ? N'était-ce pas plutôt à lui de choisir où il devait aller ? Mais il n'en avait aucune idée. Il aurait voulu être davantage maître de son destin. Ne pas remettre son sort entre les mains d'une jeune femme qu'il ne connaissait que depuis quelques heures.

Mais avait-il le choix ?

— Bohem ! dit Vivienne en l'attrapant par l'épaule. Alors, que fait-on ?

— Je ne sais pas, répondit le jeune homme. Mais partons d'ici en tout cas. Je ne veux pas rester dans cette ville, c'est beaucoup trop dangereux. Toi, tu n'as rien à craindre. Si tu veux passer la nuit ici, je le comprendrai très bien. Tu n'es pas obligée de m'accompagner. Je ne veux pas t'exposer...

— Je t'accompagne, Bohem. Tu auras besoin de moi pour aller jusqu'à la cour d'Hélène de Quienne.

Bohem acquiesça. Il enfonça la tête dans ses épaules, prit Vivienne par le bras et l'entraîna rapidement dans la ruelle.

*
* *

Les druides avaient pris possession de vieilles ruines au nord du comté de Tolsanne. C'était une ancienne bastide oubliée, que le temps avait recouverte de plantes et de sable. Le vent s'engouffrait entre les murs détruits et par moments faisait siffler l'édifice tout entier. Il n'y avait personne à la ronde, pas un village, pas une maison, et même les Brumes ne s'aventuraient plus sur ces terres perdues.

Henon attendait depuis le matin, sur un vieux trône de pierre fendu, dans ce qui avait dû être jadis la plus belle pièce du vieux château. La tête enfoncée dans son grand manteau blanc, les lèvres pincées derrière sa barbe grise, il s'impatientait.

Il espérait qu'il ne s'était pas trompé. Qu'il avait eu raison d'entraîner ses frères jusqu'ici. Les derniers druides de Gaelia. Il ne restait plus qu'eux. Les autres étaient morts ou avaient quitté l'ordre quand était venue la fin du Saîman. La fin de tout.

Il fallait que Lailoken réussisse. Le Devin était leur dernière chance et ils devaient tout faire pour l'aider. Ils perdaient déjà du temps. Malgré eux.

Attendre. Encore. Mais il ne voulait plus attendre. Il avait attendu pendant plus de vingt ans déjà. À voir changer le monde. Partir les gens. Où était le monde meilleur qu'avait annoncé cette peste d'Aléa ? La science ? La connaissance ? Toutes les écoles et les universités qui s'ouvraient à travers le pays et qui étaient censées libérer les gens... Hommes et femmes. Tout cela avait-il mérité une telle révolution ?

Si seulement il avait pu l'arrêter ! Mais il était trop tard à présent, et les regrets ne servaient à rien. L'espoir. Voilà ce qui comptait. Croire encore à l'œuvre de Lailoken. Et ce n'était pas un pari si stupide. Car Lailoken était seul. Il ne ferait pas les erreurs que les druides, eux, avaient commises en se déchirant. Et il était beaucoup plus puissant.

Soudain, Henon aperçut une ombre à l'autre bout de la pièce, derrière les colonnes en ruine. Il leva les yeux. C'était bien lui. Celui qu'il attendait.

Addham, fils de la terre rouge. Le seigneur des Aïshans.

Des runes semblables à celle que Henon avait vues dans le ventre de l'Armensul étaient peintes sur son torse et ses bras, couleur de sang. À la taille, il portait des fourrures et du lin qui tombaient sur ses jambes, un fouet et une large hache.

Henon savait que les Aïshans étaient de terribles guerriers. Ils n'avaient certes pas la maîtrise et la discipline des Magistels, mais ils avaient une rage au fond d'eux, toujours prête à exploser, qui les rendait peut-être aussi dangereux. Le visage d'Addham était déjà une menace. Anguleux, fier, comme taillé dans le roc. Il portait la longue moustache des hommes de son clan, et ses yeux, fins et bleus, fixaient Henon sans sourciller.

— Bonjour, Addham, dit le druide en le saluant.

Le guerrier traversa la grande pièce et s'arrêta devant le vieux druide. Il joignit ses deux mains devant lui en signe de respect. Comme tous les Aïshans, il était muet. À l'adolescence, on coupait la langue aux hommes du clan qui devenaient guerriers. C'était le symbole de leur dévotion au chef. Les Aïshans n'étaient plus des hommes doués de parole. Ils étaient des machines à tuer. Obéissantes. Efficaces. Silencieuses.

— Vous n'avez pas retrouvé le jeune homme, dit Henon.

Ce n'était pas une question. Un reproche, plutôt. Mais le druide se ravisa. Il savait qu'il devait faire attention. Il ne pouvait pas traiter l'Aïshan comme un simple soldat sous ses ordres. Addham obéissait à Lailoken, et à Lailoken seulement. Il ne fallait surtout pas susciter la moindre hostilité.

— Nous aimerions aider votre clan, Seigneur des Aïshans. Nous servons le même maître.

Addham sourit. Comme s'il devinait les pensées du druide.

— Lailoken nous a demandé de vous rejoindre dans votre quête. Nos Magistels pourront vous être d'une aide précieuse.

L'Aïshan acquiesça. Il connaissait sans doute la réputation des guerriers qui accompagnaient les druides depuis la nuit des temps.

— Je suis sûr qu'ensemble nous réussirons, ajouta Henon. Mais nous ne devons pas perdre de temps. À présent que nous sommes réunis, nous pouvons reprendre les recherches. Addham, fils de la terre rouge, que la Moïra protège votre clan ! Les druides sont à vos côtés. Ils se battront toujours dans le même sens que vous. Ils feront toujours face au même ennemi. J'en fais le serment.

Le guerrier inclina la tête et joignit à nouveau les mains devant lui. Il se redressa, adressa un dernier regard au druide, puis il fit demi-tour pour rejoindre les siens. Il marchait vite et l'on devinait la puissance de son corps à chacun de ses pas.

Henon se leva du trône. Il attrapa son bâton de druide posé à côté de lui. La traque pouvait commencer. Elle lui rappelait des souvenirs anciens. Les souvenirs d'une époque révolue. D'un autre combat. Mais cette fois-ci, il devrait en sortir vainqueur.

Chapitre 5

MILICES

Soudain, alors qu'ils venaient de traverser le centre de la ville, Bohem s'immobilisa. Il retint Vivienne par le bras. Au bout de la rue, deux soldats marchaient dans leur direction. Sur leur surcot, ils portaient un blason que Bohem n'eut aucune peine à reconnaître. Des fleurs de lys dorées sur fond bleu nuit.

— Des gardes du roi ! souffla-t-il.

Les deux jeunes gens firent volte-face. Les soldats les avaient-ils repérés ? Bohem ne pouvait en être sûr. Il accéléra le pas, tenant fermement le coude de Vivienne, mais il n'osait courir. C'était le meilleur moyen d'attirer l'attention des gardes.

— Ils nous ont vus ? demanda la jeune femme, affolée.

— Je ne sais pas.

Mais quand ils arrivèrent au coin de la rue, ils entendirent un cri derrière eux.

— Arrêtez-les !

Bohem n'eut pas besoin de se retourner pour savoir ce qui se passait. Oui, les gardes l'avaient reconnu. Cela ne faisait aucun doute. Il jura. Puis il fit signe à Vivienne. Ils se mirent à courir de concert.

Ils tournèrent dans la première ruelle sur leur gauche. C'était une petite allée étroite et sombre. Guère rassurante. Mais au moins il n'y avait personne par ici. Pour le moment en tout cas. Il faisait nuit et ils ne connaissaient pas la ville. Leurs chances de s'enfuir étaient très minces. Bohem en était parfaitement conscient. Mais il n'avait pas échappé deux fois aux Aïshans pour se laisser prendre si facilement par la Garde royale.

Le jeune homme courait plus vite que Vivienne, mais il ne lâcha pas sa main. Elle allait aussi rapidement qu'elle pouvait, et on pouvait voir sur son visage qu'elle était désolée de le ralentir ainsi. Bohem essaya de lui lancer un regard réconfortant.

— Allez ! l'encouragea-t-il, le souffle court. Là, il y a une autre rue ! Si on arrive à temps, ils ne nous verront pas tourner !

Elle accéléra sa course derrière lui. Mais cela ne suffit pas. Ils arrivèrent trop tard. Ils entendirent le bruit métallique des cottes de maille derrière eux avant de tourner. Les deux soldats les avaient vus s'engouffrer dans le passage.

— Arrêtez-vous ! cria l'un d'eux.

Bohem courut encore plus vite, tirant Vivienne par le bras. La jeune femme peinait à respirer. Elle était épuisée. Mais ils ne devaient pas abandonner. Ils avaient encore une chance ! Là. À gauche, une allée. Ils s'y précipitèrent. Une autre. Puis une galerie qui passait sous les vieilles maisons. Leurs pas claquaient sur le pavé, résonnaient entre les hautes demeures. Ils se faufilèrent de l'autre côté, dans l'ombre. Mais pas encore assez vite. Les soldats se rapprochaient.

Les fuyards débouchèrent soudain sur une rue plus grande et éclairée. Les gens s'écartèrent sur leur passage, surpris. Une femme qu'ils avaient bousculée leur cria des insultes, mais ils l'entendirent à peine tant ils étaient accaparés par leur course. Bohem donna un rapide coup d'œil des deux côtés. À droite. Oui. Il semblait y avoir plus d'intersections. Pas le temps d'hésiter. Il entraîna Vivienne derrière lui.

— Viens !

La jeune femme courait de moins en moins vite. Bohem sentait qu'il devait tirer plus fort sur sa main pour qu'elle le suive. Il était désolé de l'avoir mise dans une situation pareille. Mais il fallait semer les gardes !

Les fugitifs tournèrent brusquement dans une petite rue sur leur droite. Malheureusement, ils découvrirent trop tard qu'elle montait. Très haut. Bohem pesta. Un escalier ! Il jeta un coup d'œil à son débouché. Il menait vers une autre rue, à un niveau supérieur de la ville. Pas le choix. Ils allaient devoir monter les marches. C'était encore plus fatigant, mais ils ne pouvaient pas faire demi-tour.

Bohem se précipita dans l'escalier et fit signe à Vivienne de se dépêcher. La jeune femme secoua la tête. Elle n'en pouvait plus.

— Vivienne ! Encore un effort ! Quand nous serons en haut, ils ne verront pas de quel côté nous partirons. C'est notre dernière chance ! Viens !

Elle acquiesça. Bohem ne put s'empêcher d'admirer son courage. Elle qui n'avait rien à voir avec tout cela !

Elle le suivit dans l'escalier, enjambant les marches deux par deux. Quand ils furent au milieu de la montée, ils aperçurent les soldats tout en bas. Ils n'étaient vraiment plus loin. Bohem serra la main de Vivienne dans la sienne. Pour la rassurer. Ou pour se rassurer lui-même. Il n'y croyait plus. Ils allaient finir par se faire rattraper. C'était inévitable. Et alors...

Il ne préférait pas penser à ce qui leur arriverait.

Ils parvinrent enfin en haut de l'escalier, dans une rue obscure et vide. Bohem tourna la tête vers la gauche et s'immobilisa. Vivienne fronça les sourcils et suivit son regard. Alors, elle comprit.

Un jeune homme, le crâne rasé, leur faisait signe depuis une trappe au ras du pavé. L'entrée d'une cave, sans doute, à même le sol.

— Venez ! siffla-t-il.

Bohem hésita. Il était sûr d'avoir déjà vu le jeune homme. Tout à l'heure. Dans la ville. Il avait croisé son regard.

Il ne savait que faire. C'était peut-être un piège. Mais peut-être aussi leur seule chance de s'échapper. Il tourna les yeux vers Vivienne et l'interrogea du regard. Elle haussa les épaules. Elle avait des larmes au bord de ses petits yeux marron, et elle se tenait le ventre de douleur.

Bohem entendit le bruit de pas des soldats qui allaient bientôt arriver en haut de l'escalier. Il reprit la main de Vivienne et l'entraîna vers la trappe.

*
* *

— Pieter, ce n'est pas dans mes habitudes de me rendre à un rendez-vous clandestin. Si je suis là, c'est que j'ai beaucoup d'estime pour votre œuvre, cher abbé, et pour votre fonction, mais sachez que je n'apprécie guère la forme de ce rendez-vous. Vous ne pouvez me convoquer ainsi en secret par le biais de vos laquais.

Le légat du pape avait rejoint l'abbé de Cerly dans une petite église à la périphérie d'Aurilian. Pieter le Vénérable avait réquisitionné la crypte afin d'être sûr qu'il pourrait parler tranquillement.

Il a pourtant sûrement déjà participé à de nombreuses réunions secrètes par le passé. Du temps de notre regretté pape, les manœuvres n'en terminaient jamais. Peut-être veut-il me dire que le nouveau pape est moins intrigant ? Non. Je n'y crois pas un instant.

— Je ne me serais pas permis de vous faire déplacer et de tenir ce rendez-vous secret si je n'avais eu une bonne raison de le faire, Votre Excellence.

— Je l'espère, Pieter, je l'espère.

— J'ai à vous transmettre certaine information que, je pense, vous voudrez porter à la connaissance de Notre Sainteté le Pape Nicolas IV.

— Vous plaisantez ? s'emporta le légat. Il était ici il y a quelques jours seulement ! N'auriez-vous pas pu profiter de sa présence pour lui transmettre vous-même votre précieuse information ? Si je ne m'abuse, c'est par votre intermédiaire que le pape a accepté de venir consacrer les épousailles de Livain VII...

— Ce que j'ai à vous dire, Votre Excellence, je ne l'ai appris qu'après le départ de Sa Sainteté.

Le légat fronça les sourcils.

— C'est bien fâcheux. Soit. Je vous écoute. Mais faites vite. Je ne veux pas passer la nuit à Aurilian. Je suis attendu dans la capitale...

Cela ne va pas être facile. Il n'a pas l'air de me porter dans son cœur. Mais il a fait le déplacement. Il sait sûrement que, maintenant que Courage de Blanval est mort, je suis sans doute l'homme d'Église dont Livain se sent le plus proche...

— Notre bon roi Livain VII est sur le point de faire quelque chose que, me semble-t-il, le pape devrait savoir.

— Cessez donc de faire tout un mystère et dites-moi enfin de quoi il s'agit.

— Avez-vous entendu parler du jeune homme qui s'appelle Bohem ?

Le légat soupira. Il s'impatientait.

— Non.

— Il y a quatre ou cinq ans, l'évêque de Nabomar avait envisagé d'excommunier ce jeune homme.

— Pourquoi ?

— Pour hérésie. Il s'était jeté dans les flammes du bûcher de la Saint-Jean afin de sauver la vie d'une Brume que le prêtre de son village allait sacrifier.

— La région de Nabomar pullule d'hérétiques... Qu'y a-t-il de si nouveau qui puisse intéresser le pape ?

Son manque de patience commence à m'agacer. Il ne faudrait pas que cela devienne un manque de respect. Il a beau être légat du pape, je suis aussi abbé de Cerly, et ce n'est pas de son autorité que je dépends, mais de celle de Nicolas seulement. Il faut que je le remette à sa place.

— Votre Excellence, laissez-moi finir ! La patience, il me semble, est une vertu que des hommes de notre rang se doivent de posséder. Si vous ne voulez pas écouter ce que j'ai à vous dire, cela ne sert à rien de venir jusqu'ici. Je pense que cette affaire intéressera le pape, et s'il le faut, si vous refusez de m'entendre, j'irai m'entretenir moi-même avec lui.

Le légat parut choqué. Mais il ne répondit pas.

Je crois qu'il a compris le message. Il va m'écouter à présent. Mais avant de finir, il faut que je le rassure. Car je vais avoir besoin de lui.

— Si je vous ai appelé, reprit l'abbé, c'est aussi parce que je vous respecte et que je n'ai pas jugé utile de vous contourner. Voulez-vous donc m'entendre ?

— Je vous écoute, abbé, dit le légat d'une voix beaucoup plus calme.

— Bien. Je disais donc que ce jeune garçon était sur le point d'être excommunié après avoir agi comme un hérétique dans son village. Finalement, cédant aux supplications du père de ce jeune homme, qui se trouve être l'un des louvetiers les plus réputés du comté de Tolsanne, l'évêque a renoncé à l'excommunier.

— Vous voulez que le pape révise cette décision ?

— Non. Vous n'y êtes pas. Car ce n'est pas tout. Voilà qu'aujourd'hui, ce jeune hérétique fait à nouveau parler de lui. Tous les habitants de son village ont été massacrés par une horde d'Aïshans, et le jeune homme n'a pas été retrouvé.

— Où voulez-vous en venir ?

— Livain VII est obsédé par ce jeune homme et veut le faire venir à sa cour. Camille de Chastel a réussi à persuader le roi que les pouvoirs supposés de ce garçon pourraient renforcer l'autorité royale. Quelque aberration de ce genre... Vous imaginez, Excellence ? Un hérétique aux côtés de Livain ?

— C'est grotesque ! Livain se rendra vite compte que ce jeune homme est un charlatan ou un hérétique, il se débarrassera de lui...

— Je n'en suis pas si sûr. Livain est fasciné par cette histoire. Et son épouse l'est encore davantage. Votre Excellence, je crois que nous devons faire quelque chose pour empêcher cela.

— Ne pouvez-vous donc vous débrouiller seul ? Je suis désolé, cher abbé, mais il n'y a rien là-dedans qui puisse justifier que je dérange Sa Sainteté...

— Je ne peux m'en sortir seul. Je ne peux aller seul contre la volonté de Livain.

— Alors, laissez-le faire. Ce jeune homme ne me semble pas si important que ça...

C'est le moment de le convaincre. De lui présenter mon dernier argument. Il est mûr. Il ne pourra plus refuser après cela.

— Je crois, au contraire, qu'il l'est. Je ne vous ai pas tout dit à son sujet, Votre Excellence.

— C'est-à-dire ?

— Après avoir mené une petite enquête, j'ai découvert sur ce jeune homme quelque chose d'incroyable. Quelque chose qui devrait vous faire changer d'avis. Et qui, j'en suis sûr, intéressera le pape au plus haut point.

— Je vous écoute...

*
* *

Le jeune homme referma la trappe au-dessus de leurs têtes et, dans la pénombre, leur fit signe de ne faire aucun bruit. Bohem ferma les yeux et serra les dents. Ils avaient sauté dans cette cache au dernier moment. En faisant cela, ils avaient pris un grand risque. Les soldats les avaient-ils vus entrer ? Impossible de le savoir pour le moment. Son cœur battait à tout rompre. Des gouttes de sueur coulaient sur son front et sur sa nuque. Il avait peine à reprendre sa respiration. Il ouvrit les yeux et regarda Vivienne, à côté de lui. Son visage était à peine éclairé par un faible rayon de lumière qui passait par l'interstice de la trappe. La jeune femme était encore plus essoufflée que lui. Elle posa ses mains sur sa bouche pour ne pas faire de bruit.

Soudain, ils entendirent les pas des soldats qui approchaient. Ils couraient. Vers eux. Vers la trappe. Bohem reconnut sans peine le bruit de leurs cottes de maille et de leurs épées. Ils n'étaient plus qu'à quelques pas. Et ils ne s'arrêtaient pas. Ils devaient les avoir vus. Ils allaient ouvrir la trappe. Leurs chaussures claquèrent violemment sur le panneau de bois. Bohem ferma les yeux et sentit son cœur s'arrêter. Mais les bruits de pas s'éloignèrent. Aussi vite qu'ils étaient arrivés. Ils étaient passés au-dessus d'eux. Ils avaient couru sur la trappe sans s'arrêter.

Sauvés.

Bohem poussa un soupir de soulagement.

Le jeune homme qui les avait secourus alluma deux bougies derrière eux, sur un chandelier. Une douce lumière emplit la pièce où ils étaient réfugiés. C'était une petite salle voûtée, en pierres, à peine plus haute qu'eux, très humide. Bohem aperçut une porte sur le mur en face de lui.

Il regarda le jeune homme et sourit. C'était un garçon qui devait avoir leur âge, à peu près. Le crâne entièrement rasé, les yeux brillants, il était un peu fort et pas très grand. Deux fossettes creusaient ses joues dodues. Il avait à l'oreille une boucle dorée au bout de laquelle pendait une petite enclume. À la taille il avait un joli poignard. Bohem hocha la tête. Un Compagnon. Un apprenti forgeron, sans doute.

Il lui tendit la main.

— Merci. Comment t'appelles-tu ? demanda Bohem avec un regard plein de reconnaissance.

— Mes frères m'appellent Fidélité La Rochelle. Et toi ?

— Bohem. Le louvetier. Et voici Vivienne.

Le jeune homme lâcha la main de Bohem.

— Tu n'es pas Compagnon ? s'étonna-t-il en fronçant les sourcils. Pourquoi portes-tu ce pendentif ?

— J'ai voyagé avec des tailleurs de pierre, expliqua Bohem, un peu gêné, et j'ai été reçu dans plusieurs cayennes. C'est une Mère qui me l'a offert et qui m'a demandé de ne jamais le quitter.

Le Compagnon acquiesça. Cela lui suffisait, visiblement.

— Je vous ai vus tout à l'heure à l'entrée de Sarlac et il m'a semblé reconnaître ton portrait. La boucle d'oreille, tes yeux, la cicatrice sur ton arcade... Il y a des écriteaux dans toute la ville. Vous n'êtes pas très discrets !

— Je ne savais pas que j'étais recherché, expliqua Bohem. Pas par le roi en tout cas.

— Quand je vous ai vus courir en bas des escaliers, je me suis dit que vous alliez avoir besoin d'aide. Vous avez de la chance que je me sois trouvé là.

— Oui. Beaucoup de chance. Merci encore. Où sommes-nous exactement ?

— Dans une cave. Dans le temps, les commerçants de Sarlac entreposaient leurs marchandises dans ces sous-sols. Il y a tout un réseau de souterrains secrets qui relie les principales caves de la ville.

— Parfait ! On devrait pouvoir s'enfuir.

— Peut-être... Mais ça ne va pas être si facile que ça. Les souterrains ne sont plus utilisés depuis longtemps, car certains se sont écroulés et c'est devenu très dangereux...

— On se débrouillera ! De toute façon, on n'a pas vraiment d'autres solutions. Il faut qu'on sorte de cette ville sans que les soldats nous voient. Merci beaucoup pour ton aide, Fidélité !

— Comment ça ? s'étonna le Compagnon. Vous n'espérez quand même pas vous en sortir tout seuls ! Vous allez vous perdre là-dedans, vous ne savez même pas où aller ! Non, je crois qu'il vaudrait mieux que je vous accompagne...

— Non, non, répliqua Bohem. C'est trop dangereux...

— Ce sera moins dangereux si je suis avec vous !

— On ne voudrait pas te causer de problème. Ne te sens pas obligé...

— Si tu portes cette boucle d'oreille, c'est que quelqu'un a estimé que tu méritais qu'on te traite comme un frère. Alors, je t'accompagne. Pas de discussion inutile.

— D'accord, dit simplement Bohem, ému.

Il ne pouvait s'empêcher de penser à Trinité et Gautier. En fin de compte, c'était grâce à eux s'il portait cette boucle d'oreille aujourd'hui. Et ils étaient sans doute morts à cause de lui. Il avala sa salive et essaya de chasser cette idée de sa tête.

— Merci, répéta-t-il.

— Tu me remercieras quand nous serons sortis de là sains et saufs. Bien. Dans quelle direction devez-vous aller ?

— Vers le nord.

Le jeune forgeron hocha la tête. Il prit le chandelier et se dirigea vers la porte qui était au fond de la pièce.

Bohem tourna les yeux vers Vivienne. Elle n'avait pas encore récupéré. Elle respirait péniblement et elle avait l'air très inquiet. La jeune femme ne devait pas avoir l'habitude de se faire pourchasser par des soldats du roi. Lui non plus, d'ailleurs.

— Ça va ? lui demanda-t-il doucement en lui prenant la main.

Elle fit signe que ça allait, oui, mais elle ne semblait pas vraiment y croire.

— Vivienne, reprit Bohem, ils ne sont pas à ta recherche, tu n'as rien à te reprocher. Rien ne t'oblige à m'accompagner. Tu en as déjà fait beaucoup pour moi. Reprends ta route tranquillement et...

— Non, non ! protesta-t-elle. Tu ne vas pas recommencer ! Je t'ai dit que je voulais venir avec toi...

Bohem sourit. Il se dit qu'il avait beaucoup de chance. D'abord Trinité et Gautier, ensuite Vivienne, et maintenant ce Fidélité La Rochelle. Tant de gens qui acceptaient aveuglément de l'aider. C'était si réconfortant ! Et troublant à la fois. Il ne s'était jamais trouvé dans une situation pareille...

— Bon alors ? intervint La Rochelle qui venait d'ouvrir la petite porte. Dépêchez-vous, les tourtereaux ! Il se fait tard ! On n'est pas sortis de ces souterrains, vous pouvez me croire !

Bohem se retourna, un peu vexé. *Tourtereaux !*

Mais le Compagnon avait raison. Il n'y avait pas de temps à perdre. Bohem avait déjà beaucoup de chance que Fidélité accepte de les aider ainsi. Ils se mirent donc en route sans plus attendre...

*
* *

— Je voulais vous revoir, Pieter, parce que votre réaction lors de notre dernière entrevue m'a quelque peu étonné, dit le roi en regardant droit devant lui.

Les deux hommes marchaient côte à côte dans les jardins du châtelet, lentement, profitant des couleurs que l'été imprimait aux arbres et aux fleurs et se laissant guider par le chant céleste des oiseaux. À l'ombre d'une longue haie touffue, ils souffraient moins de la chaleur presque insupportable qui régnait à l'intérieur de l'édifice.

— Que voulez-vous dire, Majesté ? dit Pieter en feignant la surprise.

Mais il savait parfaitement de quoi le roi voulait parler.

— J'ai l'impression que cela vous dérange que je veuille trouver ce jeune homme.

Il a donc vu que cela m'importe. Il est plus perspicace encore que je ne le pensais. Mais il ne doit pas comprendre pourquoi. Il doit se demander si je cache quelque chose. Je ne suis pas sûr qu'il se rende compte de ce que sa nouvelle épouse est en train de faire.

— Majesté, rien de ce que vous pourrez décider ne me dérange ! Je veux seulement vous conseiller du mieux que je peux, et je me dis que cette affaire n'est pas des plus urgentes...

— C'est à moi d'en juger, Pieter...

— Bien sûr, Majesté.

De toute façon, je ne pourrai l'en dissuader. Plus je lui parlerai de ce Bohem, plus je lui donnerai envie de le rencontrer. Je dois trouver un moyen de lui donner d'autres préoccupations. Il faut qu'il se sorte cette obsession de la tête.

— Vous m'avez demandé l'autre jour de réfléchir à ce qui pourrait renforcer votre autorité au sein de votre royaume, Majesté...

— Et alors ? Vous y avez réfléchi ? Cela a-t-il un rapport avec vos réticences ?

— Disons que je pense que vous avez des moyens plus aisés, et toutefois plus urgents, d'asseoir votre autorité.

— Lesquels ? s'enquit le roi en s'arrêtant de marcher pour montrer à l'abbé qu'il l'écoutait avec attention.

Il faut que j'attise sa curiosité. C'est le meilleur moyen de lui faire oublier Bohem.

— Je crois que j'ai trouvé une idée qui devrait à la fois renforcer votre autorité et vous débarrasser de certaines choses qui nuisent à votre État depuis trop longtemps.

— Je vous écoute, s'impatienta Livain.

— Vous devez livrer un combat que le peuple approuvera et que vous serez sûr d'emporter.

— Mais encore ?

— Vous voulez faire la preuve de votre autorité et de votre force, n'est-ce pas ?

— Certes.

— Toutefois, il serait dangereux d'engager une guerre contre n'importe lequel de vos ennemis les plus directs. Pour le moment, vous ne pourriez être certain de la victoire.

— Vous doutez donc vous aussi de ma puissance ? dit Livain en feignant de s'indigner.

Il me teste. Il veut voir jusqu'où va ma franchise. Voir si je vais céder à la complaisance dans l'unique but de le convaincre...

— Allons, Majesté, soyons réalistes. Votre alliance avec le royaume de Chastel ne fait que commencer, elle n'est pas encore scellée. Si vous attaquiez aujourd'hui

Emmer Capigesne, vous savez aussi bien que moi que vous ne pourriez l'emporter.

— Vous me juriez le contraire il y a quelques semaines à peine, quand vous m'avez conseillé d'épouser Camille...

— Non, Majesté. Je vous ai dit que cette alliance suffirait à vous protéger du roi de Brittia, pas qu'elle vous donnerait le moyen de remporter une guerre contre lui. Ne confondons pas force politique et force militaire...

Le roi sourit.

— J'aime quand vous me donnez des leçons de politique, mon cher abbé...

— Tout ce que je sais, je l'ai appris de votre père, répliqua malicieusement Pieter.

Le roi de Gallica lui tapa gentiment sur l'épaule d'un air complice et se remit à marcher.

— Alors que me conseillez-vous ?

— Il vous faut combattre un autre ennemi, déclara solennellement l'abbé de Cerly.

— Mais qui ?

Voilà. Je crois que j'ai aiguisé sa curiosité. Il m'écoute avec attention. Et il me fait toujours confiance. Il n'a pas encore oublié le succès de mes derniers conseils. Camille de Chastel ne m'a pas encore complètement effacé...

— Un ennemi qui ronge votre autorité de l'intérieur, ajouta Pieter habilement.

— Mais qui donc ?

— Le paganisme. L'hérésie.

Le roi s'arrêta à nouveau et fronça les sourcils. Il semblait déçu.

— L'hérésie ? Mais vous n'avez que ce mot à la bouche, mon pauvre abbé !

— Courage de Blanval ne vous incitait-il pas lui-même à combattre l'hérésie en votre royaume ? Cet ennemi fait bien plus de tort à votre autorité que vous ne semblez le voir, Majesté !

— C'est ce que disait Courage, en effet, mais je crois que c'est surtout à vous, hommes d'Église, que les hérétiques font du tort...

— Détrompez-vous, Livain. Dans les villes du sud, les Églises dissidentes prennent peu à peu la place du pouvoir politique. Les hérétiques ont de plus en plus de velléités indépendantistes.

Le roi hocha la tête. Il savait que Pieter avait en partie raison. Il était prêt à en entendre davantage.

— Toutefois, ce n'est pas un ennemi si difficile à vaincre, reprit l'abbé, bien plus facile en tout cas que le roi de Brittia. Et ce serait une façon de montrer à vos sujets que vous êtes maître de ce qui se passe chez vous.

— Que voudriez-vous que je fasse ?

— Vous devez attaquer sur deux fronts, Majesté. D'abord, les hérétiques eux-mêmes. Demandez au comte de Tolsanne de sévir contre les hérétiques – il devrait vous obéir, maintenant que vous avez accepté de vous rapprocher de lui en lui accordant la main de votre sœur. Les Églises séditieuses agissent sur son fief, il doit montrer l'exemple en réprimant l'hérésie partout où elle s'enracine.

— Cela devrait être possible, concéda le roi. Ensuite ?

— Ensuite, vous devez vous attaquer aux dernières traces du paganisme. Majesté, les Galliciens ne sont pas encore débarrassés de leurs vieilles superstitions. Vous devez montrer la force de votre foi en écrasant les ultimes stigmates des croyances de jadis.

— Comment ?

— Faites exécuter les sorcières, les magiciens, les alchimistes, faites brûler les ouvrages hermétiques... Vous pourriez aussi achever l'éradication des Brumes, Majesté. Certes, il y en a chaque année un peu moins et il semble que ces créatures démoniaques ne puissent plus se reproduire... Mais leur disparition prend encore trop de temps.

— Est-ce si important ?

— Oui, Majesté. La présence des Brumes sur votre royaume est une insulte à la chrétienté. Vous pourriez impressionner les Galliciens en montrant votre détermination. Augmentez la prime des louvetiers et faites-leur savoir que vous voulez que toutes les Brumes soient exterminées une bonne fois pour toutes dans votre royaume.

— Croyez-vous vraiment que cela renforcera mon autorité ?

— Je crois que cela montrera que vous êtes capable de mener à bien ce que vous entreprenez, tout en affirmant la force de votre foi chrétienne. Les Galliciens restent sur le souvenir de votre échec pendant la dernière croisade. Montrez-leur que vous êtes capable de remporter un combat au nom du Christ. Le combat contre les Brumes, contre ces démons qui courent encore impunis sur les terres de votre royaume.

Le roi acquiesça lentement. L'idée semblait lui plaire. Pieter espérait en tout cas que cela pourrait le divertir quelque temps de son autre préoccupation. De Bohem. Et qu'il aurait le temps, lui, de régler cette affaire-là avant le roi.

Le roi ne prononça plus un mot pendant tout le reste de leur promenade. Il semblait réfléchir à tout ce que l'abbé venait de lui dire. Pieter espérait que ce mutisme était un signe favorable. Il avait fait de son mieux.

C'était à Dieu maintenant de décider du lendemain.

*
* *

Quand ils eurent franchi la petite porte, ils pénétrèrent dans un couloir obscur que les deux petites bougies du chandelier de La Rochelle peinaient à éclairer. Bohem laissa Vivienne passer devant lui pour fermer la marche lui-même. Il ne voulait pas la laisser seule derrière.

Elle le doubla en lui adressant un sourire reconnaissant. En la regardant passer, Bohem vit qu'elle tremblait. L'idée du souterrain ne semblait pas lui plaire du tout. Mais elle ne se plaignit pas. Il fallait avancer.

Ils s'enfoncèrent dans l'obscurité sans parler. Bohem posa ses mains sur les parois de chaque côté du passage. Sur la droite, le mur était en pierres de taille, et de l'autre côté il était creusé directement dans la roche. Ici, le soleil ne brillait jamais. Tout était humide. Il y avait même quelques petites flaques d'eau par terre et l'air était empli d'une légère odeur de moisissure.

— Ici, ça va, expliqua La Rochelle en se retournant.

Les bougies éclairaient seulement son visage et dessinaient des ombres sur son front et sous ses yeux. Avec son crâne chauve et son regard malicieux, il avait l'air d'un petit diable.

— Tout tient encore debout, reprit-il. Mais nous sommes dans le haut de la ville.

— Et alors ?

— Vous allez voir. Dans les parties basses, c'est une autre affaire...

Bohem devina la grimace de Vivienne.

Le Compagnon se remit en route, et ses protégés le suivirent de près. Ils passèrent devant quelques portes, percées dans le mur de gauche, qui devaient mener dans d'autres caves, puis le souterrain se mit à descendre. Ils continuèrent silencieusement, frôlant les murs et traînant les pieds pour éviter de tomber. La pente s'inclinait de plus en plus, le couloir tourna légèrement vers la gauche.

Le virage semblait ne jamais vouloir se terminer. Bohem se demandait depuis combien de temps ils avançaient. Depuis le temps qu'ils marchaient dans ce couloir, ils devaient avoir parcouru une bonne partie de la ville ! Il ne s'était pas imaginé que le souterrain pût être aussi long.

Enfin, ils arrivèrent devant un escalier qui descendait probablement dans les fameuses parties basses de Sarlac.

Il y eut à cet instant un courant d'air qui souffla l'une des deux bougies de La Rochelle. Le Compagnon s'immobilisa.

— Qu'est-ce que c'est que ça ? jura-t-il.

Il grogna et ralluma la bougie.

— Allez, reprit-il, vous êtes prêts ? On descend.

Il venait de poser le pied sur la première marche de l'escalier quand ils entendirent le claquement d'une porte tout en haut du passage. Bohem sursauta. Vivienne faillit perdre l'équilibre devant lui. Elle lui attrapa le bras.

L'écho du fracas résonna longtemps tout au long du couloir. Puis ils entendirent des voix indistinctes.

— Je croyais que plus personne n'utilisait les caves, chuchota Bohem.

— Normalement, oui... C'est peut-être les soldats qui sont à nouveau sur nos traces !

— Peste ! jura Vivienne, qui était visiblement à bout de nerfs.

— Dépêchons-nous, suggéra le Compagnon en se précipitant dans l'escalier.

Bohem guida la jeune femme devant lui en tenant son épaule pour la rassurer. Elle se dépêcha de rattraper La Rochelle en essayant de ne pas tomber dans les marches. C'était un petit escalier en colimaçon, qui s'enfonçait dans les entrailles de la ville. Il n'en finissait pas de tourner, tourner. Les trois jeunes gens descendaient aussi vite qu'ils pouvaient. Bohem, qui avait encore moins de lumière que les autres, glissa plusieurs fois et faillit tomber. Il se rattrapa aux parois humides en s'écorchant les mains.

Les voix sourdes se rapprochaient derrière eux, et l'on percevait même à présent des bruits de pas qui couraient.

— Vite ! s'exclama Bohem.

Ils arrivèrent enfin en bas de l'escalier. Bohem, encore sur la dernière marche, entendit le bruit visqueux des pas de Vivienne et La Rochelle qui s'enfonçaient dans le sol. La jeune femme poussa un grondement de dégoût.

— Je vous avais prévenus, glissa le Compagnon en se retournant. Essayez de marcher sur les bords, et attention à vos têtes, il y a des pierres saillantes un peu partout.

— Parfait ! ironisa Vivienne.

Ils s'avancèrent dans le passage boueux. Leurs chaussures étaient aspirées par la vase chaque fois qu'ils levaient un pied. Ici et là, ils heurtaient une pierre enfoncée dans le sol. Ils devaient se méfier à chaque pas.

Soudain, Vivienne poussa un cri d'horreur.

— Ah ! s'exclama-t-elle en retrouvant son calme. Il ne manquait plus que ça !

Bohem entendit alors le petit cri d'un rat. Non. De plusieurs rats. Qui couraient le long du mur. Qui frôlaient leurs jambes. Vivienne donna un violent coup de pied dans la boue. Puis tous se remirent en marche.

Ils continuèrent ainsi prudemment dans le couloir insalubre. Le passage ne cessait de zigzaguer. Leurs pieds s'enfonçaient de plus en plus. Ils avaient à présent de la boue jusqu'aux chevilles et ils marchaient péniblement.

Quand ils furent assez loin de l'escalier, Bohem se retourna et tendit l'oreille. Les voix s'étaient tues derrière eux. Mais il entendit bientôt des bruits de pas. Ils lui parurent beaucoup plus proches que tout à l'heure ! Les soldats devaient déjà être dans le couloir derrière eux ! Ils n'étaient plus très loin en tout cas. Le couloir était tellement sinueux que Bohem ne pouvait savoir exactement à quelle distance ils étaient. Peut-être tout près. Soudain, il aperçut un halo de lumière contre le mur derrière eux.

— Ils arrivent ! s'exclama-t-il. Courez !

La Rochelle s'exécuta aussitôt. Et ils le suivirent aussi vite qu'ils purent. Il était presque impossible de courir dans cette boue immonde, et il y avait de plus en plus de débris par terre. Ils risquaient de se tordre les chevilles à tout moment. Mais c'était peut-être mieux que de tomber entre les mains des soldats. Alors, ils filaient. Aussi vite que possible. Au milieu des éclaboussures de fange.

Tout à coup, les deux bougies de La Rochelle s'éteignirent. Ils furent dans l'obscurité totale.

— Malheur ! s'exclama le Compagnon. J'ai laissé tomber le chandelier !

Il y eut un moment de silence. Le temps pour Vivienne et Bohem de comprendre ce que cela signifiait vraiment. Le temps de se laisser submerger par la panique.

Bohem sentit la main de Vivienne qui lui attrapait le bras. Elle était terrifiée. Ils étaient plongés dans le noir le plus absolu. Plus opaque que la plus sombre des nuits.

— Il faut continuer, chuchota Bohem. Tout droit. Donnons-nous la main tous les trois. La Rochelle, on te suit.

— Allons-y, confirma le Compagnon.

Ils s'enfoncèrent dans les ténèbres, main dans la main. Voyant qu'ils ne pouvaient plus courir, Bohem se dit qu'ils étaient perdus. Qu'ils n'échapperaient pas aux soldats. Pourtant, quand il se retourna, il ne vit plus aucune lumière derrière eux. Soit les soldats avaient pris un peu de retard, se dit-il, soit ils avaient aussi perdu leur éclairage. Peu importait. Il fallait continuer d'avancer.

Ils marchaient toujours serrés l'un derrière l'autre quand ils entendirent une voix loin devant eux, qui semblait venir du fin fond du passage.

*
* *

Livain VII ordonna enfin que l'on rentre à Lutès. Le roi et sa cour avaient passé suffisamment de temps à Aurilian, et de nombreuses affaires attendaient les uns et les autres dans la capitale. De plus, Camille de Chastel, la reine, n'avait toujours pas vu le palais royal où elle devait s'installer pour le reste de ses jours et elle était impatiente de le découvrir et de prendre possession de ses appartements.

Pieter le Vénérable, quant à lui, fut autorisé par le roi à prendre congé. Le vieil abbé retourna donc à l'abbaye de Cerly.

Il n'était pas mécontent de retrouver le calme de sa résidence, les dernières semaines ayant été particulièrement agitées. Beaucoup trop agitées pour un homme de son âge.

Les choses étaient arrivées trop tard dans sa vie, il était vieux, fatigué et se demandait s'il serait capable de mener à bien ses ambitions politiques. En trouverait-il la force ? Il préférait ne pas trop y penser. Il espérait seulement que quelques jours de quiétude dans le silence de l'abbaye de Cerly lui permettraient d'y voir plus clair et, surtout, de se reposer suffisamment.

Il était heureux, simplement, de revoir l'abbatiale magnifique qui était le berceau de son ordre. La troisième reconstruction de l'édifice, débutée près d'un siècle plus tôt, venait de s'achever, sous l'abbatiat de Pieter, et il en était particulièrement fier. C'était, sans aucun doute, la plus grande abbatiale de toute la chrétienté. Elle avait été inspirée en songe à un moine de l'ordre cent ans plus tôt, et les architectes et les Compagnons qui l'avaient bâtie sur plusieurs générations s'étaient attachés à respecter ce rêve divin.

La nef immense comprenait onze travées et s'élargissait de doubles collatéraux interminables. Élevée sur trois niveaux, l'église était couverte par une voûte brisée, soutenue à l'extérieur par une longue rangée de contreforts évidés qui donnait à l'ensemble une majesté inhabituelle pour une abbatiale. La croisée du grand transept était couverte par une splendide coupole à l'intérieur, et une haute tour au-dehors.

Chaque partie de l'édifice semblait témoigner de la puissance et du rayonnement de l'ordre à travers le monde. Les tours, les clochers, le chœur, le déambulatoire... Un soin infini avait été apporté à chaque fragment de ce joyau incomparable. Les colonnes, les murs et les chapiteaux étaient couverts de sculptures symboliques plus fines les unes que les autres. Celles des chapiteaux du chœur étaient sans doute les préférées de Pieter ; elles représentaient les huit tons du chant grégorien, et il venait souvent se recueillir devant elles.

Pieter resta un moment devant l'église, se délectant de cette image qui lui avait manqué, puis il se remit en route. Il traversa le cloître et se dirigea vers son cabinet, qui était juste à côté de la salle capitulaire, où les moines l'avaient élu abbé il y avait si longtemps déjà !

En entrant dans la pièce, il aperçut aussitôt la missive posée sur son bureau. Elle avait sans doute été placée là par Savinien, le moine qui lui servait d'assistant. Il s'approcha, se pencha au-dessus et reconnut aisément le sceau dans la goutte de cire brune. C'était une lettre du légat du pape. La réponse qu'il attendait avec impatience, assurément.

Il s'empressa de la décacheter, s'assit à son bureau et étala délicatement le papier devant lui. Le texte, en latin, était court. Il espérait que c'était bon signe. Il inspira profondément et le lut d'une seule traite.

« Cher abbé,

Je tiens à vous annoncer que le pape vous est fort obligé d'avoir porté à notre connaissance l'information que vous savez. J'espère que vous pardonnerez l'impatience dont j'ai fait preuve lors de notre entrevue près d'Aurilian ; si j'avais seulement deviné l'importance de ce que vous aviez à me dire, il va sans dire que je me serais montré beaucoup plus mesuré. Mais vous savez sans doute que ma charge me donne beaucoup de tourment et je suis certain que vous saurez me pardonner.

Sa Sainteté ayant estimé que nous devons en effet éviter à tout prix que ce jeune homme tombe entre de mauvaises mains et, puisque vous nous certifiez qu'il est impossible de raisonner Livain, nous avons décidé de vous confier cette affaire.

Ainsi, par ordre de Sa Sainteté le pape Nicolas IV, vous devez à tout prix capturer Bohem avant le roi, afin qu'il puisse nous être présenté dans les meilleurs délais. J'ai demandé à Andreas Dumont Desbardes, Grand-Maître de la Milice du Christ – qui nous est entièrement dévoué – de vous assister dans cette tâche difficile. En la circonstance, vous comprendrez aisément que la plus grande discrétion sera de mise et que vous ne devrez en rapporter qu'au pape directement ou à moi-même.

Tenez-nous informés aussi souvent que possible et ne perdez plus un seul instant, Sa Majesté Livain VII ayant déjà pris beaucoup trop d'avance sur nous.

Que Dieu vous bénisse. »

La lettre se terminait par la signature majestueuse et inimitable du légat.

Pieter le Vénérable enroula la lettre et la glissa dans son bureau, puis il recula contre le dossier de son large fauteuil en poussant un soupir de soulagement. La chance tournait à nouveau de son côté.

*
* *

Compagnon ! Mon frère !

Bohem parvenait à comprendre à présent les paroles chuchotées dans l'obscurité par cette voix inconnue. Elles flottaient jusqu'à eux comme le souffle irrégulier du vent dans les branches d'un arbre.

— Qu'est-ce que c'est ? s'inquiéta Vivienne.

— La Rochelle, intervint Bohem, on dirait quelqu'un qui te cherche.

— Et si c'était un piège ? reprit Vivienne.

— Je vais voir. Essayons de nous approcher encore un peu de l'endroit d'où vient cette voix.

Ils se remirent en marche dans le cœur des ténèbres. Fidélité progressait à tâtons, trébuchait, manquait de perdre l'équilibre. Tous trois se serraient la main de plus en plus fort, sans vraiment s'en rendre compte. Ils avaient passé trop de temps dans ces souterrains. La tête commençait à leur tourner. Et l'envie de sortir se faisait plus impérieuse.

Bohem entendit soudain du bruit derrière lui. Très proche. Il se retourna aussitôt. Mais il ne pouvait rien voir. Étaient-ce les soldats ? Ils étaient peut-être juste derrière eux. Ou bien était-ce seulement l'écho de leurs propres pas ? Il se remit en marche en serrant les dents. Il s'attendait à tomber à tout moment sous les coups de leurs poursuivants. Il était crispé de la tête aux pieds, craignant à chaque pas de sentir tout à coup sur son épaule la main justicière des gardes du roi.

Mon frère ! Es-tu là ?

La voix était de plus en plus proche et se répercutait contre les parois du couloir.

— Il doit y avoir une issue là-bas, dit La Rochelle, regardez !

Bohem se pencha sur le côté. Il aperçut en effet un rayon de lumière qui vacillait au loin. Enfin ! La lumière d'une flamme. Beaucoup plus vive que celle des bougies que La Rochelle avait perdues.

— Méfions-nous, dit-il toutefois. Ce sont peut-être des soldats...

— Il y a un moyen simple de savoir, répondit La Rochelle. Avançons encore un peu.

Ils avancèrent droit vers la lumière. Beaucoup plus vite à présent. Les parois commençaient à s'éclairer un peu, et bientôt ils purent voir à nouveau où ils mettaient les pieds.

Quand ils ne furent plus très loin de la source de lumière – qui venait d'une ouverture dans le plafond du couloir – La Rochelle leur fit signe de s'arrêter.

— Qui êtes-vous ? chuchota-t-il en posant ses deux mains autour de sa bouche en porte-voix.

— Un honnête Compagnon, enfant de Maître Jacques ! répondit la voix de l'autre côté du couloir.

— Votre mot de passe ? demanda La Rochelle, d'un ton solennel.

— Dites-moi le vôtre, je vous dirai le mien !

— Jaquin, répliqua La Rochelle aussitôt.

— Boaz !

La Rochelle se retourna vers eux, un sourire aux lèvres.

— C'est bien un Compagnon. Je ne connais pas sa voix, mais au moins nous sommes sûrs que c'est un frère. Dépêchons-nous !

— Par ici !

Ils se précipitèrent vers la lumière. C'était bien une trappe, dans le plafond au milieu du passage, et qui donnait sur la rue. Un Compagnon, beaucoup plus âgé qu'eux, une torche à la main, les attendait, accroupi devant l'ouverture. Il tendit une main à La Rochelle et l'aida à sortir.

Puis Bohem porta Vivienne pour qu'elle puisse grimper au dehors. La jeune femme leva les mains vers La Rochelle qui la tira jusque dans la rue. Bohem jeta un dernier coup d'œil derrière lui. Il ne vit rien, mais il était certain d'entendre à nouveau des voix qui venaient du couloir. Il attrapa le bras du Compagnon au-dessus de lui et sortit à son tour.

L'homme qui venait de les aider leur fit signe de ne pas faire de bruit et de le suivre. Ils coururent de l'autre côté de la rue, traversèrent une venelle obscure puis se précipitèrent derrière une grande porte qui donnait sur des écuries abandonnées.

Le Compagnon referma la porte derrière eux. Bohem se demanda un instant si ce n'était finalement pas un piège... Mais l'homme prit enfin la parole.

— Une habitante de Sarlac vous a vus passer tous les trois par la trappe et vous a dénoncés aux soldats de la Garde. Ils doivent vous chercher dans les souterrains.

— En effet, confirma La Rochelle. Ils étaient juste derrière nous. Mais comment avez-vous su que...

— Le bruit a couru qu'un Compagnon était en train d'aider deux jeunes gens à s'enfuir par les souterrains. Nous nous sommes dit que vous auriez sans doute besoin d'assistance. Nous vous cherchons depuis un bon bout de temps. Nous sommes une quinzaine, répartis dans toute la ville. Nous avons essayé quasiment toutes les caves que nous connaissions. Je m'étais dit que cette trappe-là était ma dernière chance...

— Et nous en avons eu, de la chance ! répondit Bohem en souriant.

Il adressa un regard à Vivienne pour voir comment elle allait. Comme lui, elle était couverte de boue et très fatiguée, mais elle semblait contente d'être enfin sortie du souterrain.

— Tu es Fidélité La Rochelle, n'est-ce pas ?

— C'est ainsi que mes frères m'appellent, confirma le Compagnon.

— Enchanté, La Rochelle. Honneur à Maître Jacques !

— Honneur à Maître Jacques ! répondit La Rochelle.

— Tu as été courageux et avisé de porter secours à ce jeune homme. La Mère nous a dit que Bohem... c'est bien ton nom ? dit-il en se tournant vers lui.

— Oui...

— ... que Bohem le louvetier devait être protégé à tout prix, reprit le Compagnon. Alors, tu as bien fait. Mais j'ai une mauvaise nouvelle pour toi, La Rochelle.

— Je t'écoute.

— J'ai bien peur que tu doives t'enfuir, toi aussi, à présent.

— Et pourquoi ?

— Ton signalement a été donné aux soldats. Tu as aidé Bohem alors qu'il est recherché par le roi. Tu vas être poursuivi pour trahison...

— Ici ? Mais nous ne sommes même pas dans un fief de Livain ! protesta l'apprenti forgeron.

— Même si ce fief appartient à Hélène de Quienne, et donc au roi de Brittia, en théorie, on est tout de même en Gallica... En tout cas, les soldats de la Garde royale ne se gênent pas pour se comporter ici comme chez eux !

— Vous ne pouvez pas le cacher dans votre cayenne le temps que tout cela se calme ? demanda Bohem, embarrassé.

— Non, non, intervint La Rochelle. Il a raison. Je dois fuir. Je ne veux pas attirer d'ennuis à la cayenne de Sarlac.

Le Compagnon lui adressa un regard d'approbation.

— De toute façon, vous n'êtes pas encore sortis de la ville, reprit La Rochelle en se retournant vers Bohem et Vivienne. Vous aurez besoin d'un guide. Quant à moi, je n'ai pas de chantier ici, j'étais sur le point de partir. Finalement, cela tombe presque bien. Où allez-vous ?

Bohem lança un regard à la jeune femme. Il était gêné d'avoir entraîné le jeune Compagnon dans leur mésaventure. *Un de plus ! Je ne sais pas si je peux me permettre d'inviter tous ces inconnus dans ce cauchemar !* Mais au fond, un voyageur supplémentaire n'était pas pour lui déplaire... Ils avaient en tout cas besoin d'aide pour sortir de Sarlac. Il fit signe à Vivienne.

— À Pierre-Levée, répondirent-ils en chœur.

— Pierre-Levée ? s'exclama La Rochelle. Mais c'est loin, ça !

— Tu n'es pas obligé de venir avec nous jusque là-bas, répliqua Bohem. Tu es déjà très généreux de bien vouloir nous aider à sortir de Sarlac...

— Mais si tu cherches du travail en tant que forgeron, ajouta Vivienne, tu trouveras sûrement quelque chose. Nous allons à la cour d'Hélène de Quienne...

Le Compagnon sourit. Il n'avait pas l'air de croire la jeune femme. Mais il haussa les épaules.

— Soit. On verra bien. Pour l'instant, nous allons essayer de sortir de Sarlac sans nous faire prendre.

— Je peux vous y aider, intervint le Compagnon qui les avait sauvés du souterrain. Je pense savoir comment faire.

*
* *

Andreas Dumont Desbardes, Grand-Maître de la Milice du Christ, était un homme que les croisades avaient endurci. Il ne souriait jamais, travaillait beaucoup, et prenait très au sérieux sa fonction au sein de l'ordre. Tout entier dévoué à sa confrérie, il était d'une exigence absolue. Âgé d'une cinquantaine d'années, les traits sévères, une barbe noire finement taillée, c'était un véritable soldat, un chevalier, qui n'avait jamais eu peur de se battre, jamais renoncé.

Ainsi, il avait décidé de mener lui-même l'opération qu'avait commanditée Pieter le Vénérable au nom du pape.

Retrouver un jeune homme en fuite dans le royaume de Gallica ne lui semblait pas une tâche trop difficile. Lui, qui avait plusieurs fois croisé le fer avec les infidèles pour défendre le tombeau du Christ en Orient, était persuadé que cette affaire ne durerait que quelques jours et qu'il pourrait livrer rapidement le jeune homme à l'abbé de Cerly.

Il avait pris avec lui une brigade de chevaliers de la Milice du Christ. Quinze moines guerriers à ses ordres, dûment armés et portant l'uniforme impressionnant de la confrérie, cape blanche décorée de la croix pattée, rouge, sur l'épaule gauche, au-dessus du cœur, cotte de maille complète avec chausses et gantelets, écu en amande et lourde épée où était rappelée la forme de cette croix qui était leur symbole. Ils étaient les enfants chéris de Courage de Blanval, les défenseurs de la Terre sainte. Et de redoutables combattants.

Déjà, alors qu'ils n'avaient quitté leur commanderie que depuis deux jours, ils venaient d'apprendre où le jeune homme avait été aperçu pour la dernière fois. À Sarlac. Et qu'il avait échappé de justesse aux soldats de la Garde royale. Ce qui était plus ennuyeux. Car en aucune manière – Pieter le Vénérable l'avait bien spécifié – les hommes du roi ne devaient mettre la main sur le jeune homme avant eux.

Desbardes avait souhaité commander la brigade de Miliciens lui-même parce qu'il se doutait que la mission – malgré son apparente facilité – était très importante. Il était évident que, dans cette affaire, le pape s'opposait au roi de Gallica, ce qui n'était ni banal ni fréquent. Il devait donc y avoir là-dessous une raison de grand intérêt et le Grand-Maître voulait se rendre compte par lui-même. Si la capture de ce garçon était tellement importante pour le roi comme pour le pape, c'est qu'elle cachait sûrement quelque chose. Qui était ce jeune homme ? Était-il une menace ou un atout pour ceux qui désiraient à tout prix le capturer vivant ? Peut-être pourrait-il le découvrir en accomplissant sa mission.

Mais Desbardes se ravisa. Il n'était pas là pour se poser ces questions. Avant tout, il devait obéir à Pieter le Vénérable et servir le pape. Il devait se contenter de capturer le jeune homme dans la plus grande confidentialité, avant les soldats du roi.

Il regarda la rangée de Miliciens à ses ordres. Montés sur leurs chevaux d'Orient, droits comme des piquets, ils avançaient en formation à travers la campagne gallicienne. La plupart d'entre eux l'avaient accompagné au tombeau du Christ lors de la dernière croisade. Ils n'avaient plus à prouver leur valeur. C'étaient des soldats d'exception, aguerris et portés par leur foi en Jésus. Leur fidélité à l'ordre. Fidèles à leur devise, inscrite sur leur étendard de sable et d'argent. *Non nobis domine sed nomini tuo da gloriam*[1].

Ils étaient encore loin de Sarlac. Et nul doute que quand ils arriveraient là-bas, le jeune homme aurait disparu depuis longtemps. Mais ce n'était pas grave. Ils le retrouveraient. Ils avaient des informateurs dans presque toutes les villes de Gallica, surtout ici, dans le sud, où se trouvaient leurs principales commanderies. Quant à leurs chevaux, ils étaient parmi les plus rapides du royaume. Le jeune homme ne pourrait pas leur échapper. À condition toutefois qu'ils arrivent avant la Garde royale. Car il s'agissait bien d'une course. Une course contre les soldats du roi, qui n'étaient certes pas de taille, mais qui avaient pris de l'avance.

Et celui qui remporterait cette course, Andreas n'était pas tout à fait sûr de savoir ce qu'il découvrirait...

---

1. *Non pour nous, Seigneur, mais à la gloire de Ton Nom.*

Chapitre 6

LA PREMIÈRE PIERRE

Le Compagnon de Sarlac escorta les trois jeunes gens jusqu'à la rivière et les invita à se cacher dans une longue barque sur laquelle il tendit ensuite une bâche de cuir.

— Restez cachés là-dessous et laissez-vous porter par le courant. Les soldats du roi ne sont pas très nombreux dans la ville pour le moment, et il y a peu de chance qu'ils pensent à surveiller la rivière de ce côté-ci. Nous sommes presque sortis de Sarlac. Bonne chance !

Ils le remercièrent en essayant de masquer leur inquiétude. Après leur aventure dans les souterrains, ils n'étaient pas très rassurés de tenter une nouvelle fuite, si insolite... Mais ils n'avaient pas de meilleure solution. Le jeune homme poussa la barque de toutes ses forces pour qu'elle s'éloigne de la rive.

Bohem ferma les yeux. Il écouta quelques instants le clapotis contre la paroi de bois. C'était reposant. Tout comme le doux tangage de la barque au milieu de la rivière. Il entendait la respiration enfin calme de Vivienne à côté de lui. Très calme. Il se demanda si la jeune femme dormait déjà. L'idée le fit sourire.

Mais lui aussi était à bout de forces. Il se laissa bercer par le rythme de ses pensées.

Il aurait aimé comprendre ce qui lui arrivait vraiment, et il essaya de faire le point. Car il avait deux ennemis à présent. Deux forces qui le pourchassaient sans qu'il puisse comprendre pourquoi. Les Aïshans et les soldats de la Garde royale. Et quelque chose lui disait qu'ils n'étaient pas ensemble. Que ces deux ennemis étaient bien distincts. Mais qu'ils voulaient sans doute le capturer pour la même raison. Et il n'arrivait pas à croire que cela pût être uniquement pour ce qui s'était passé pendant la nuit de la Saint-Jean. Ce n'était pas possible. Il y avait autre chose. Et au fond de lui, il devait savoir. Allons ! Il ne pouvait pas ne pas savoir !

La réponse était en lui. Forcément. Il inspira profondément. Il accepta de fouiller au fond de sa mémoire. De chercher dans sa conscience, dans ces zones d'ombre qu'il rechignait à visiter. Oui. Il savait. Ce devait être cette impression étrange qu'il avait toujours eue au fond de lui. Cette petite voix inconsciente qui lui avait toujours dit qu'il n'était pas comme les autres. Qu'il avait quelque chose en lui qui n'était pas ordinaire. *Quelle suffisance !* De quel droit pouvait-il se croire différent ? Et pourtant...

Pourtant, il y avait ces rêves. Ces rêves étranges qu'il faisait de plus en plus souvent. Et puis il y avait les Brumes. La sympathie naturelle qu'il avait pour elles. Cette force qui l'avait poussé le soir de la Saint-Jean. Il y avait le regard des gens. Ceux qui le craignaient. Et ceux qui voulaient tant l'aider, lui. Enfin, il y avait cette autre chose.

Cet autre souvenir auquel il n'aimait pas penser. Le plus ancien de tous. Qu'il avait toujours essayé de chasser de sa mémoire. De repousser dans des coins obscurs. Non. Il ne voulait pas y penser.

Ne pas y penser.

Cela ne pouvait pas être un hasard. Une coïncidence. Toutes ces différences qui l'avaient séparé des autres. Cela devait bien venir de quelque part. Et cela ne venait pas de Martial. Non. Voilà. Il devait l'assumer à présent. Il devait y penser. Cela faisait partie de sa vie.

Martial n'était pas son père. Et la mère qu'il avait perdue quelques années plutôt n'était pas non plus sa véritable mère. Pas plus que Catriona n'était sa sœur.

Il l'avait toujours su, et il l'avait toujours nié.

Bohem. L'enfant trouvé.

Mon nom est Bohem. Ainsi ai-je été nommé.

Bien sûr. Tout venait sûrement de là.

C'étaient peut-être ses véritables parents qui le cherchaient à présent ! Peut-être. Comment savoir ? Tout ce qu'il savait, c'était qu'il ne supportait plus tout cela. Il ne supportait plus qu'une intrigue se tramât dans son dos sans pouvoir en saisir les motifs.

C'était à lui de comprendre. À lui de chercher. Il ne voulait plus être la proie. Il ne voulait plus être le chassé, mais le chasseur. Il était le louvetier. *Ainsi ai-je été désigné.* Il devait chercher lui-même les réponses.

Lentement, il posa sa main sur celle de Vivienne à côté de lui. Elle tourna doucement la tête. Elle ne dormait pas.

— Je fais des rêves étranges, dit-il à la jeune femme comme elle le regardait, intriguée. Et je suis sûr qu'ils signifient quelque chose.

— Sans doute, chuchota-t-elle en réponse. Pourquoi me dis-tu cela ?

— Parce que tu es une troubadour, Vivienne, peut-être comprends-tu les rêves.

La jeune femme sourit.

— Non, Bohem. Je connais quelques poèmes, voilà tout. Je ne suis pas encore troubadour. Mais à Pierre-Levée, tu trouveras peut-être une réponse, si c'est ce que tu cherches. Il y aura sûrement quelqu'un là-bas.

— Oui. À Pierre-Levée. Il faudra que je trouve une réponse. Une explication.

— Nos destins sont unis, Bohem. Cette ville est la réponse que nous attendons tous les deux aux questions qui nous animent.

— Tu cherches une réponse, toi aussi ?

— Bien sûr, répondit Vivienne. Je veux savoir si je suis vraiment troubadour. J'ai cela au fond de moi depuis que je suis toute petite, Bohem. Je ne pourrais pas t'expliquer. J'ai toujours su que c'était ce que je voulais faire. J'ai toujours su que je devais répondre à cet appel au fond de mon âme. Mais j'ai peur. On m'a tellement dit que ce n'était pas possible. Tellement dit que les femmes ne pouvaient pas faire cela. Comme pour toutes les petites filles de Tolsanne, mes parents attendaient de moi que je fasse comme eux. Comme ma mère, et comme sa mère avant elle...

— Oui. Je vois *exactement* ce que tu veux dire, glissa Bohem.

— Que je me marie, que j'aie des enfants, et que je les élève en prenant soin d'eux et de leur père. Mais ce n'est pas ce que j'ai envie de faire, Bohem. Je veux écrire, je veux donner un nouveau sens aux choses qui m'entourent, ouvrir les yeux des gens, toucher leur âme, soulever leur cœur. Je veux être poète. Je me moque d'être mère.

— Je comprends, Vivienne, dit Bohem en la regardant. Et si c'est ce que tu veux faire, tu seras poète.

Vivienne hocha légèrement la tête. Elle serra la main de Bohem dans la sienne un peu plus fort, puis ferma à nouveau les yeux.

Bohem la regarda s'endormir. Elle était si belle. Et il se sentait si proche d'elle !

Il redressa la tête sans faire de bruit pour regarder le Compagnon. La Rochelle, les mains posées sur son ventre rond, dormait profondément lui aussi. La rivière les berçait en silence comme une mère bienveillante.

Il ferma les yeux à son tour et ne fut pas long à trouver le sommeil.

*
* *

Domitien Lager, le connétable du royaume de Gallica, fut conduit dans un bureau du palais de l'Île de la Cité où l'attendait Livain VII.

— Majesté, s'inclina-t-il respectueusement.

— Asseyez-vous.

Le connétable prit place dans l'un des six grands fauteuils.

Le roi était debout de l'autre côté du bureau. Les mains dans le dos, il tournait lentement autour d'un petit meuble sur lequel étaient posés plusieurs documents que le connétable ne pouvait voir.

— Domitien, je vous remercie de votre promptitude légendaire.

— À votre service, Majesté.

Le roi s'immobilisa et regarda son interlocuteur droit dans les yeux. Le connétable était à peine plus âgé que lui, mais il avait déjà travaillé pour son père. C'était un homme honnête, discret et fidèle. Pas un conseiller, car il se refusait à prendre part aux décisions du roi, mais un adjoint dévoué, le seul peut-être dont Livain savait qu'il ne le trahirait jamais. Les cheveux bruns et courts, un bouc soigneusement taillé et le ventre bien rond, il portait sur ses traits les marques de sa droiture et de sa bonté.

— Où en sont vos recherches, connétable ?

— Majesté, je suis au regret de vous annoncer que le jeune homme a échappé, il y a peu, à nos soldats, alors qu'il traversait la ville de Sarlac.

— Comment a-t-il pu vous échapper ? s'offusqua le roi. Un jeune homme seul contre des soldats de la Garde ?

— Il a été aidé par des Compagnons de Sarlac, Majesté.

— Des Compagnons ? Encore ! Je croyais que les corporations mettaient un point d'honneur à respecter la loi et assuraient leur fidélité à la Couronne de Gallica !

— Il semble que certains d'entre eux aient décidé de faire une petite exception cette fois-ci...

— Mmmh, marmonna le roi. C'est très étrange. À Sarlac, dites-vous ?

— Oui.

— Et ce jeune homme vient de Villiers-Passant, n'est-ce pas ?

— Absolument, Majesté.

— Ce qui veut dire qu'il se dirige vers les fiefs...

— D'Hélène de Quienne, Majesté, c'est également ce que je me suis dit.

Le roi frappa du poing sur le marbre de la petite table ronde à côté de lui.

— Ce n'est pas possible ! On ne doit pas le laisser faire ! Il est en train de fuir Gallica et il sera sans doute bientôt sous la protection de la duchesse.

— Le jeune homme vient d'entrer dans le duché de Quienne, certes, mais rien ne nous indique clairement qu'il va aller se réfugier à Pierre-Levée, à la cour de la duchesse.

— Mon instinct, connétable. Mon instinct me l'indique. Hélène aime jouer les protectrices de ce genre de personnage. Elle les attire irrésistiblement.

Le roi prit un document sur la petite table et l'apporta au chef des armées. C'était une carte de Gallica.

— Regardez, dit-il en traçant du doigt un trait entre Villiers-Passant et Sarlac. Je suis convaincu qu'il se dirige vers Pierre-Levée. Croyez-moi, Domitien, cette femme n'a jamais eu de cesse de me contrarier !

Le connétable hocha la tête.

— Vous allez redoubler vos efforts, mon brave. Vous devez intercepter le fugitif avant qu'il n'atteigne la cour de la duchesse.

— Je vais envoyer plus d'hommes, Majesté. Mais nous allons bientôt rencontrer une autre difficulté que nous n'avions pas prévue...

— La Milice du Christ ? répliqua le roi avec un sourire au coin des lèvres.

— Vous êtes donc au courant ? s'étonna Domitien Lager.

— Bien sûr. Pieter le Vénérable me prend pour un imbécile, mais je sais parfaitement qu'il a informé le pape de notre petite affaire.

— En effet, Majesté, je voulais justement vous prévenir. Il semble en outre que ce soit le Grand-Maître en personne qui mène l'opération.

— Dumont Desbardes ? Oui. J'aurais dû m'en douter. Mais ce n'est pas grave, Domitien. Ils sont en retard. Et nous avons pour le moment un avantage sur eux. Ils ne savent pas que nous sommes au courant de leur manœuvre. C'est mieux ainsi. Je dois continuer de faire croire à Pieter que je suis dupe.

— Cela me paraît une bonne stratégie, Majesté.

Le connétable ne donnait pas souvent son avis de la sorte. Le roi apprécia le geste. Il comprit ce que cela signifiait dans la bouche de Domitien Lager. Il était choqué par l'attitude de Pieter et voulait l'assurer de son soutien.

— Pour ne pas éveiller ses soupçons, reprit Livain, je vais suivre les conseils ridicules qu'il m'a donnés hier.

— Et quels sont-ils ?

— Il veut détourner mon attention de ce jeune Bohem et m'a donc recommandé de m'occuper des hérétiques et des païens. Il pense que cela me fera oublier l'histoire de ce jeune homme. Je ne sais pas pourquoi cela le dérange tellement. De toute façon, il se trompe. Mais je veux qu'il croie que je me suis laissé influencer... Pour l'exemple, faites arrêter quelques alchimistes, organisez une ou deux interventions dans des Églises dissidentes du comté de Tolsanne, et annoncez que le roi double la prime des louvetiers pour chaque prise d'une Brume.

— Vous voulez la doubler ? s'étonna le connétable.

— Oui, répondit le roi en souriant. Ne vous inquiétez pas. Cela ne me coûtera pas bien cher, il ne reste presque plus une seule Brume dans tout le royaume...

— Parfait.

Le roi alla reposer la carte sur le guéridon avant de s'asseoir à son bureau. Puis il leva la tête vers le connétable.

— Vous pouvez disposer, Domitien. Vous savez ce que vous avez à faire.

*
* *

Bohem se réveilla au bruit du clapotis. Allongé sur le ventre, il se retourna lentement dans la barque et ouvrit les yeux. Ébloui par un puissant soleil, il cligna des paupières pour s'habituer à la vive lumière et poussa un grognement.

Il se redressa péniblement sur les coudes et aperçut les deux autres sur la rive. Vivienne et La Rochelle. Ils avaient attaché le bateau à un poteau enfoncé dans l'herbe et étaient en train d'allumer un feu en riant.

— Bonjour ! lança Vivienne en le voyant émerger de la barque.

Il fronça les sourcils. Il était encore un peu hébété et les rayons du soleil lui brûlaient toujours les yeux.

— Où sommes-nous ? demanda-t-il en se levant laborieusement.

— Au nord de Sarlac, répondit le Compagnon. Et plus loin que je ne le pensais. La barque a filé assez vite, il faut croire, et nous avons tous les trois bien dormi. Tant mieux !

Bohem sortit prudemment de l'embarcation pour rejoindre la terre ferme.

— Et les soldats ? s'enquit-il.

La Rochelle haussa les épaules.

— On ne peut pas traîner ici, dit Bohem en arrangeant ses vêtements. Et je ne suis pas sûr que ce soit une bonne idée de faire un feu...

— Écoute, Bohem, répliqua La Rochelle. Si vous voulez aller à Pierre-Levée, ça fait un sacré long voyage. Moi, j'ai besoin de bien manger pour être en forme...

— Je comprends, mais tu n'as pas l'air de te rendre compte ! Les gens qui me poursuivent...

— Calme-toi, le coupa le Compagnon. Il y a un instant à peine tu dormais encore à poings fermés au fond de ta barque...

— Justement, on a assez perdu de temps comme ça... Je suis désolé, Fidélité, je sais à quel point nous te sommes redevables, mais en ce qui me concerne, je ne peux pas traîner ici, et ce feu que vous venez d'allumer risque de faciliter grandement la tâche des gens qui me recherchent.

Le Compagnon soupira.

— On a quand même le temps de prendre un petit déjeuner !

— Pas moi. Je sais de quoi sont capables les Aïshans, et je ne suis pas loin de penser que les soldats de la Garde royale ne sont pas beaucoup plus tendres. Mon père et ma sœur sont morts à cause de moi, ainsi que d'autres personnes qui voulaient m'aider. Je ne veux pas que cela se reproduise. Mes poursuivants m'ont déjà rattrapé plusieurs fois parce que je n'ai pas pris ma fuite assez au sérieux, je ne vais pas leur faciliter la tâche à nouveau.

Bohem regarda Vivienne.

— Je comprends très bien que vous ne ressentiez pas la même urgence, et je ne vous en voudrais pas si vous voulez prendre votre temps. Mais moi, je dois partir tout de suite, m'éloigner de la rivière, et fuir vers le nord au plus vite.

Vivienne pencha la tête en grimaçant. Elle adressa un regard gêné au Compagnon, debout devant le feu qu'il venait d'allumer.

— Je crois qu'il a raison. Et j'ai promis de l'accompagner jusqu'à Pierre-Levée...

— Eh bien, allez-y ! Moi, je reste ici et je prends tranquillement mon petit déjeuner ! J'ai faim et j'ai horreur de voyager sans avoir bien mangé.

Bohem hocha la tête.

— Tu fais ce que tu veux, La Rochelle. Moi, je n'ai pas le choix.

Il ramassa le sac de Vivienne pour le porter lui-même, puis quand elle fut prête ils saluèrent le Compagnon.

— Encore merci de ton aide, dit Bohem. Prends garde à toi.

Vivienne resta silencieuse. Elle semblait extrêmement gênée de laisser La Rochelle ainsi derrière eux. Mais elle s'était promis d'accompagner Bohem.

— Ne t'en fais pas pour moi, louvetier ! répliqua le forgeron en s'asseyant devant le feu. Et bonne route !

Bohem tourna les yeux vers Vivienne. Il vit qu'elle était mal à l'aise. Mais elle s'approcha et lui dit :

— Allons-y.

Les deux jeunes gens se mirent en route vers le nord. Ils marchèrent toute la matinée sans échanger un seul mot.

*
* *

À l'aube, alors que la ville dormait encore, trois grands coups résonnèrent sur la petite porte en bois de la cayenne de Sarlac.

Dame Barteli, la Mère, se réveilla en sursaut. Elle jeta un coup d'œil vers la fenêtre. Il n'y avait pas encore beaucoup de lumière dehors. Le jour était tout juste en train de se lever. Qui pouvait bien frapper si tôt à la porte de la cayenne ?

Elle se leva rapidement, enfila une longue chemise et partit dans l'entrée. Le Rouleur était déjà là, perplexe. On frappa à nouveau à la porte. Violemment.

— Que dois-je faire ? demanda le Rouleur, indécis.

— Eh bien ouvre ! s'exclama la Mère en levant les bras au plafond.

Le jeune homme s'exécuta. À peine eut-il ouvert la porte que deux Miliciens du Christ s'engouffrèrent à l'intérieur en le bousculant. Le Rouleur se plaqua contre le mur, sidéré. La Mère, quant à elle, recula dans la salle à manger, les yeux écarquillés.

— Que... que voulez-vous ? balbutia-t-elle en cherchant l'appui de la table derrière elle.

Un troisième homme apparut derrière les deux Miliciens. À en juger par ses vêtements, il devait être leur chef. Dame Barteli en eut rapidement la confirmation.

— Madame, je suis Andreas Dumont Desbardes, Grand-Maître de la Milice du Christ.

— Que voulez-vous ? répéta la Mère d'un ton plus sévère.

— Nous savons que vous avez aidé un jeune homme à s'enfuir de la ville. Il s'agissait d'un hérétique recherché par Sa Sainteté Nicolas IV. Vous vous êtes donc rendue coupable d'une faute grave dont vous êtes justiciable devant l'Église. Cependant, j'aimerais vous laisser une chance de vous expliquer. De vous racheter, et de nous dire où a fui ce garçon.

La Mère se laissa tomber sur une chaise. Elle tourna les yeux vers le Rouleur et lui fit signe de les laisser. Le jeune homme s'éclipsa aussitôt et monta prévenir les Compagnons qui logeaient dans la cayenne, pour éviter qu'ils ne descendent. Dame Barteli voulait sûrement régler cela toute seule.

— Je n'en ai pas la moindre idée, monsieur, dit-elle en regardant le Grand-Maître droit dans les yeux.

Le Milicien grimaça.

— Non, non, dit-il. Ce n'est pas la réponse que j'attends de vous, madame. Allons, ne m'obligez pas à faire ce que je n'ai pas envie de faire. Soyons raisonnables. Au nom du Christ et pour l'amour de Dieu, parlez ! Je sais que vous l'avez vu. Un jeune homme. Très beau, beau comme un diable pourrait-on dire. Avec des yeux d'un bleu turquoise et des cicatrices sur le visage.

La Mère savait pertinemment de qui il parlait. Mais elle ne savait pas où avaient fui Bohem et ceux qui l'accompagnaient. Quelque part vers le nord, sans doute, mais elle n'aurait su dire où exactement. Et même si elle l'avait su, elle n'aurait pas livré ces jeunes gens à la Milice. Sous aucun prétexte. Et certainement pas au nom du Christ !

Ces moines guerriers prétendaient défendre la chrétienté, et ils venaient la menacer ici, dans une cayenne !

Elle ne parvenait pas à y croire. La suffisance et l'orgueil des Miliciens du Christ n'étaient un secret pour personne. Les privilèges que Courage de Blanval leur avait obtenus du pape les avaient vite rendus arrogants. Ils étaient devenus beaucoup plus guerriers que moines, beaucoup plus violents que pieux.

Dame Barteli était une femme intelligente. Elle savait qu'elle ne pourrait rien dire pour apaiser la rage du Milicien, rage inconsidérée qui n'allait sans doute pas tarder à exploser. Quoi qu'elle pût dire, il ne la croirait pas, car pour lui, une seule réponse comptait, et cette réponse, elle ne la lui donnerait jamais. En somme, elle savait très bien comment allait finir cette entrevue. Alors elle décida de dire ce qu'elle pensait. Parce qu'elle n'avait plus rien à perdre. Et que la franchise était un devoir pour les enfants de Salomon.

— Je ne parle pas, moi, au nom du Christ, monsieur, ni pour l'amour de Dieu. Je parle en mon nom propre et pour l'amour de mes enfants. Et je vous le répète, je ne sais pas où est le jeune homme dont vous parlez. Vous insinuez que je vous mens, sachez qu'une Mère en sa cayenne ne ment jamais.

— Vous ne parlez pas pour l'amour de Dieu ? s'offusqua le Grand-Maître. Vous n'avez donc aucun respect pour l'Église ?

— Je n'ai aucun respect pour les gens qui entrent chez moi de la sorte et me parlent comme vous le faites...

— Alors, vous préférez protéger un hérétique.

— Je ne connais pas d'hérétique. En revanche je suis en train de me demander si je n'en ai pas un en face de moi.

Le Grand-Maître éclata de rire. Un rire étrange que la Mère n'aimait pas. Et soudain il se saisit de son épée, la dégaina d'un seul coup et l'abattit de toutes ses forces. La lame se planta dans l'épaisse table de chêne, juste à côté de la main de dame Barteli.

La Mère rouvrit les yeux. L'espace d'un instant elle s'était crue morte. Elle n'avait pas bougé. Des gouttes de sueur coulaient sur son front.

— Je crois, madame, que nous ne nous sommes pas bien compris...

La Mère ne répondit pas. Elle était tétanisée.

— Je suis ici sur ordre de Sa Sainteté le pape, et j'ai pour instructions de faire tout ce qui est en mon pouvoir pour retrouver ce jeune homme. Et tout ce qui est en mon pouvoir, cela inclut couper la tête d'une traîtresse et mettre le feu à sa misérable cayenne, s'il le faut. Vous voyez ce que je veux dire ?

Dame Barteli acquiesça.

— Alors, pour la dernière fois, je vous le demande, dites-moi où est parti ce maudit jeune homme.

À ce moment, la Mère comprit qu'elle allait mourir. Mourir par la main d'un homme qui se disait moine. Serviteur de Dieu. Elle comprit qu'elle ne pourrait rien faire. Et elle l'accepta. Des larmes montèrent à ses yeux. Elle espérait seulement que les enfants seraient épargnés. Et que tout cela en valait la peine.

— Monsieur le Milicien, pourquoi retarder ce que vous êtes venu faire ? Vous êtes venu tuer une femme. Faites-le donc, vous qui êtes si courageux. Allons, tuez-moi, car de toute façon je ne parlerai pas.

Le Grand-Maître se mit encore à rire.

— Vous voulez mourir en martyre ? Pour le sauver, c'est ça ? Comme c'est brave !

— Je ne peux sauver personne, répliqua la Mère. Mais je suis prête à échanger ma vie contre votre dignité. Ce qu'il vous en reste en tout cas.

Le Grand-Maître enleva d'un coup son épée de la table. Il resta quelques instants immobile devant la Mère, à la dévisager.

Puis il fit volte-face et s'approcha de l'un de ses deux Miliciens.

— Frappez-la. Elle finira bien par parler.

*
* *

Au milieu de l'après-midi, alors qu'ils n'avaient toujours pas échangé une seule parole, Vivienne et Bohem s'arrêtèrent un instant pour se reposer. Il n'y avait pas un seul souffle de vent, et il faisait terriblement chaud. Ils restèrent un moment ainsi, écrasés par la chaleur, silencieux. La nature autour d'eux était resplendissante. Mais sur leur cœur pesait un poids qu'ils ne parvenaient pas à enlever.

Finalement, la jeune femme se décida à parler.

— Tu as été un peu dur avec La Rochelle. Après tout, il nous a sauvé la vie...

Bohem poussa un long soupir. Ils avaient marché sans cesse depuis le matin, en faisant attention à rester aussi loin que possible des routes et des villages, ce qui avait rendu leur voyage encore plus fatigant. Il était épuisé. Mais ce soupir n'était peut-être pas un soupir de fatigue. De soulagement plutôt. Il avait attendu toute la journée de prendre la parole. Et il n'avait su que dire. Alors, il avait espéré que Vivienne parlerait. Qu'elle briserait le silence.

— Je ne pense pas qu'il ait compris à quel point nous sommes en danger, se justifia-t-il. Je n'ai plus envie de prendre de risques. Il y a déjà eu trop de morts...

Mais il savait que c'était elle qui avait raison. Et que malgré tout elle était là. À côté de lui.

Il ne s'était pas montré très courtois envers le Compagnon, ni suffisamment reconnaissant. Il se demandait pourquoi. Parce qu'il avait réellement peur que les soldats ou les Aïshans les rattrapent à nouveau ? Oui. Peut-être. Mais pas seulement. Il ne pouvait le nier. Il y avait une autre raison...

Ce matin, en voyant Vivienne et La Rochelle ensemble, qui riaient en allumant le feu, il avait eu l'impression de perdre quelque chose. De perdre le lien discret qu'il était en train de nouer avec la jeune femme. Il n'avait jamais éprouvé pour aucune fille ce qu'il éprouvait pour Vivienne. Et ce depuis le premier instant où il l'avait vue. Bien sûr, il avait déjà par le passé remarqué les regards insistants de certaines filles de Villiers-Passant. Quelques-unes s'amusaient même, parfois, à le faire rougir en lui disant qu'il était beau garçon. Mais il n'avait jamais ressenti quoi que ce soit en retour, à part de la gêne. Cette fois-ci, c'était différent.

Vivienne était comme lui. Elle avait un secret. Quelque chose de singulier. Une force invisible au fond d'elle. Une lueur magique dans le regard. Elle était belle, tout simplement, avec ses cheveux d'or qui retombaient sur ses épaules, son regard sombre et doux à la fois, et sa voix était un enchantement. Il ne voulait pas la perdre. Pire. Il ne voulait pas la partager !

Quel imbécile ! Quel égoïste surtout ! Vivienne ne ressentait sûrement pas la même chose pour lui, il n'avait aucun droit sur elle, et il était absolument ridicule d'avoir voulu écarter La Rochelle... Cela risquait même d'avoir déçu Vivienne, elle à qui il voulait tellement plaire !

— Je... Je suis désolé, dit-il finalement. Tu as raison. Je suis un peu désorienté en ce moment. Il m'est arrivé tellement de choses en si peu de temps ! Et tous ces gens qui m'ont aidé, Trinité, Gautier, les Mères des cayennes, toi, La Rochelle... Même cela me bouleverse un peu. Je n'ai pas l'habitude.

— Tu n'as pas l'habitude qu'on t'aide ?

— Disons que j'ai perdu cette habitude...

— Pourtant tu inspires confiance, Bohem. Moi, ça ne m'étonne pas qu'il y ait tant de personnes qui t'aident. Ce doit être tes yeux.

Bohem ne put s'empêcher de pouffer. Mais au fond, il était enchanté.

— Je t'assure ! renchérit Vivienne. Tes yeux bleus sont tellement... profonds qu'ils doivent impressionner les gens.

Cette fois, Bohem sentit le rouge lui monter aux joues. Il aurait voulu retourner le compliment à la jeune femme. Lui dire qu'elle était la plus belle personne qu'il eût jamais vue. Mais il n'osa pas. Ce n'était pas le moment.

— Allons, remettons-nous en route, proposa Vivienne comme si elle avait deviné la gêne du jeune homme.

Bohem acquiesça et ils se remirent en route vers le nord. Ils marchèrent ainsi jusqu'à la tombée de la nuit et, si cette fois ils n'échangèrent pas un seul mot, ce n'était plus pour la même raison.

*
* *

Henon vint placer son cheval à côté de celui de Kalan, le plus jeune des six druides. Ils avaient galopé toute la matinée pour remonter vers le nord, et maintenant les chevaux étaient trop fatigués pour garder un rythme aussi soutenu. Ils avançaient au pas depuis midi, traversant la garrigue en une longue file sinueuse. Les Magistels ouvraient la marche, pistant inlassablement Bohem. Puis venait la horde décousue des Aïshans. Et c'étaient eux, les druides, qui fermaient cette longue colonne de cavaliers.

— Henon, dit le jeune druide en se penchant vers son aîné. Je crois que nos frères sont en train de perdre confiance.

Je me demandais au bout de combien de temps ils allaient se plaindre, pensa le vieux druide. *Je sais ce qui les dérange. Les Aïshans. Mais je dois empêcher à tout prix qu'il y ait un conflit.*

— Je vous remercie, Kalan, mais je suis capable de juger moi-même de ce genre de choses. Je sais ce que pensent mes frères.

— Vraiment ? Et que pensé-je, moi, par exemple ?

Quelle impertinence ! Il n'aurait jamais osé me parler ainsi jadis. Mais les choses ont changé. Je ne peux plus asseoir mon autorité sur les anciennes valeurs de l'ordre. C'est en moi-même que je dois trouver la force de l'impressionner. De l'obliger à m'écouter et à me faire confiance. L'impressionner. Oui. Je dois encore pouvoir faire ça.

— Vous pensez que nous avons traversé toutes ces terres, tous ces pays, que nous avons trouvé Lailoken, que nous avons fait notre serment, et qu'aujourd'hui, pour seule récompense, nous ne sommes que de vulgaires soldats de plus, pourchassant un jeune homme derrière les Aïshans.

— En effet, admit le jeune druide.

Nous avons peut-être perdu notre Saîman, jeune homme, mais moi je n'ai pas perdu ma clairvoyance. Je lis dans vos cœurs aussi facilement qu'avant, pauvre fou !

— Mais vous oubliez le plus important, Kalan.

— Notre récompense ?

Il n'est pas si fou que ça... Peut-être ne m'a-t-il provoqué que pour trouver un peu de réconfort. Il a besoin que je le rassure, que je lui rappelle ce qui nous attend. Évidemment. Tout cela paraît si lointain. Si irréel. Nous en rêvons depuis si longtemps !

— Bien sûr, Kalan. Notre récompense. Le Saîman. Vous avez peut-être oublié, mon cher, mais moi je sais ce que cela signifie. J'y ai goûté si longtemps que je garderai à jamais le goût du Saîman au tréfonds de mon âme. Je sais aussi ce que cela nous a coûté de le perdre. Souvenez-vous. Vous étiez là, Kalan. Vous étiez peut-être le plus jeune d'entre nous, mais vous étiez là. Le prix que nous payons aujourd'hui pour retrouver le Saîman n'est rien à côté du prix que nous avons payé en le perdant.

— Oui, Henon, mais si nous ne le retrouvions pas ?

— Je ne pense pas à cela pour le moment, Kalan, je me concentre sur notre mission.

— Un druide ne doit-il pas prévoir toutes les éventualités...

Il se moque de moi. Parce qu'il ne peut rien faire de mieux. Il sait que de toute façon, j'ai raison. Que nous n'avons pas d'autre choix que de chercher Bohem, aussi ingrate que soit cette tâche !

— Nous ne sommes plus des druides, Kalan, nous ne sommes plus que les ombres de ce que nous fûmes jadis. Des marionnettes sans fils, tombées des mains de la Moïra. Et si nous voulons retrouver notre dignité et notre pouvoir, mon frère, nous ne devons plus penser qu'à une chose, aider Lailoken à accomplir ce qu'il doit accomplir. Même si pour cela nous devons fouiller le pays de Gallica tout entier.

— Certes. Je suis conscient de cela, Henon, mais je ne peux m'empêcher de penser à ce qui se passerait si nous échouions. Car c'est notre dernière chance, Henon. Si nous ne réussissons pas, nous n'aurons plus rien, même plus ce rêve, à quoi nous accrocher.

— C'est pour cela que nous n'avons d'autre choix que de réussir. Que nous devons retrouver ce Bohem. Nous réussirons, cette fois-ci. Nous avons appris en échouant la première fois. À présent nous sommes prêts. Nous ne laisserons pas passer notre chance.

— Que la Moïra nous aide ! soupira le jeune druide.

— Ne comptez pas sur la Moïra, Kalan. Nous ne pouvons compter que sur nous-mêmes.

Comme je suis devenu cynique ! Je n'aurais jamais osé dire cela par le passé. Et pourtant. Pourtant c'est la vérité.

— Si vous ne croyez plus en notre mission, reprit Henon, quittez ce rang à l'instant même. Croyez-moi, nous ne pouvons compter que sur nous-mêmes ! Allons, nous avons perdu assez de temps à bavarder, Kalan. Concentrez-vous sur nos recherches.

Le jeune druide acquiesça. Il n'était pas rassuré, mais il avait apprécié la franchise de Henon. Et il était convaincu que, même s'ils avaient peu de chances de réussir, ils devaient tout tenter. Ne jamais abandonner.

Au même moment, un Magistel arriva vers eux au galop.

— Henon, dit-il en saluant respectueusement le druide. Nous avons retrouvé leur trace.

— Leur trace ? Bohem n'est donc pas seul ?

— Non, répondit le Magistel. Ils sont trois à présent. Ils ont fait un feu ici il y a peu.

— Parfait, répliqua le druide. Parfait.

Il lança à Kalan un regard plein de satisfaction.

*
* *

— Je n'ai plus rien dans mon sac que nous puissions manger, annonça Vivienne d'un air désolé. Mes derniers biscuits ont dû prendre l'eau dans la barque, il n'en reste presque rien.

Le soleil était descendu à l'horizon et embrasait les arbres tout autour d'eux. À bout de forces, épuisés par la marche et la fournaise de l'été, ils avaient enfin décidé de s'arrêter. Ils venaient de quitter les landes immenses de la Quienne, ses marécages et ses dunes de sable, et se trouvaient à présent au beau milieu d'une forêt de pins aux parfums mélangés de fougère, de résine et de bruyère.

Bohem avait ressenti quelque chose d'étrange en entrant dans cette forêt, quelque chose qu'il n'arrivait pas à expliquer. Une impression vague, comme un souvenir, un sentiment ou une humeur vagabonde, si subtil qu'il n'arrivait pas à le saisir. En tout cas, il ne pouvait pas mettre un nom dessus. C'était pourtant une émotion profonde.

Voilà. L'impression d'être chez lui.

Oui. C'était cela. L'impression d'être ici à sa place. En harmonie. C'était comme si la forêt le reconnaissait. Ou si elle l'accueillait. Et c'était troublant. Mais trop vague pour qu'il puisse en parler à Vivienne. Elle l'aurait pris pour un fou.

— Il va falloir se débrouiller avec ce que nous pourrons trouver alentour, répondit-il simplement.

La jeune femme acquiesça d'un air inquiet. Ils n'avaient pas mangé la veille au soir et s'étaient contentés pendant toute la journée de ses derniers biscuits. Ils avaient besoin d'autre chose à se mettre sous la dent.

— Je donnerais n'importe quoi pour manger de la viande ! dit-elle en s'asseyant par terre.

— Moi aussi, avoua Bohem en s'installant près d'elle.

La jeune femme tourna la tête vers lui.

— Dis-moi, tu es louvetier, non ? Un louvetier, ça doit savoir chasser...

Bohem haussa les sourcils.

— Je suis le contraire d'un louvetier, Vivienne. De plus, les louvetiers ne chassent pas du gibier, ils chassent les Brumes !

— Ça doit être à peu près pareil, et tu as bien dû voir comment faisait ton père !

— Oui mais...

— J'ai très faim, le coupa Vivienne, suppliante.

— J'ai compris, Vivienne, moi aussi, mais je ne sais pas chasser...

— Tu ne *sais* pas ou tu ne *veux* pas ?

Bohem grimaça.

— Disons que je ne *sais* pas et que je ne m'en porte pas plus mal.

— Oui, sauf que là, nous avons très faim !

Bohem ne put s'empêcher de rire. Vivienne avait de la suite dans les idées. Mais il devait reconnaître qu'il aurait, lui aussi, bien aimé manger un peu de viande.

— De toute façon, si tu veux manger de la viande, il faudra la faire cuire, et pour la cuire, il faudra faire un feu, et je préférerais éviter...

— Allons, Bohem, nous sommes en pleine forêt, notre feu ne se verra pas de si loin que ça ! Et nous allons nous rendre malades si nous ne mangeons pas un vrai repas...

— C'est dangereux de faire un feu dans une forêt de pins, surtout en plein été !

— Tu as faim, oui ou non ? N'essaye pas de trouver mille excuses, Bohem ! Je me charge de faire un feu sans danger, si tu veux, mais toi, *va nous chercher à manger !*

Vivienne avait crié comme si elle était au bord du désespoir. Puis elle adressa à Bohem un sourire implorant.

— Bon, concéda-t-il, je vais voir ce que je peux faire. Mais franchement, je ne te promets rien. Je n'ai même pas d'arme !

— Tu n'as qu'à te fabriquer un arc...

— Ah oui ? Alors, non seulement il faut que je m'improvise chasseur, mais maintenant tu veux que je devienne armurier ? dit-il en posant les mains sur ses hanches.

— Je croyais que les Compagnons avaient été impressionnés par ton incroyable habileté ?

— Comment veux-tu que je fabrique la corde d'un arc, comme ça, sans rien ?

— J'ai du lin dans mon sac, je m'en occupe.

Bohem secoua la tête. Elle avait réponse à tout.

— Je vais voir ce que je peux faire.

— Très bien. Pendant ce temps, je te fais ta corde. Ensuite, je prépare un feu. Et ne t'en fais pas, je vais choisir un bon emplacement pour ne pas risquer d'incendier la forêt entière pendant que tu chasses.

Bohem se releva, prit le petit couteau dans le sac de Vivienne et partit chercher de quoi faire un arc, sous le regard amusé de la jeune femme.

Il tourna longtemps parmi les arbres pour trouver le bout de bois idéal. Il fallait un frêne ou un noisetier, facile à équilibrer, de la bonne longueur, de la bonne largeur, facile à sculpter et suffisamment solide. Quand par chance il eut trouvé son bonheur, il commença à tailler le bois pour lui donner une forme adéquate. Vivienne avait raison. Il avait déjà longuement observé son père, et il savait parfaitement comment un arc doit être fait. Le dos de l'arc, qui subit toute la force d'extension, doit être taillé de façon à suivre un même cerne de croissance. En le taillant, il faut suivre le grain du bois pour éviter qu'il se fende. La poignée doit être située au parfait point d'équilibre, et les extrémités dessinées avec attention. Elles doivent être les plus fines et les plus légères possibles pour minimiser le choc au moment de la décoche, mais il ne faut pas non plus qu'elles plient... Bohem se laissa à nouveau guider par son instinct. Comme il l'avait fait avec le maillet et le ciseau en taillant la pierre que lui avait donnée Trinité. Lentement, en essayant de sentir le bois, de l'écouter, il tailla son arc avec précision. Puis il fit quelques flèches dans le même bois, bien droites et aiguisées.

Quand il eut fini, il retourna voir Vivienne qui lui donna la fine corde en lin qu'elle avait confectionnée. Il coupa le cordelet à la bonne taille, plus court que l'arc afin que celui-ci soit bien tendu, s'y reprit à plusieurs fois pour équilibrer l'ensemble, puis il regarda Vivienne en poussant un long soupir.

— Bon, eh bien voilà, dit-il. J'ai un arc.

La jeune femme, qui était en train de faire un cercle de pierres pour préparer son feu, lui adressa un sourire complice.

— Bravo, se moqua-t-elle. Il est magnifique. Maintenant, ramène-nous un chevreuil !

Bohem éclata de rire.

— Bien sûr ! Si j'arrive à ramener ne serait-ce qu'un rat on sera déjà bien heureux !

Il se mit en route à travers la forêt, fort sceptique.

*
* *

Cela faisait longtemps déjà que Bohem déambulait dans la forêt de résineux, et il n'avait toujours rien chassé. Il n'avait tiré qu'une seule flèche, en croyant voir un lièvre passer derrière un buisson, mais elle s'était lamentablement brisée contre un arbre et il n'était pas certain que ce lièvre ait vraiment existé.

Non, décidément, il n'était pas fait pour la chasse. Mais ce sentiment étrange qui l'habitait depuis tout à l'heure se faisait de plus en plus précis. Il avait l'impression... l'impression que la forêt vivait, et qu'elle le regardait. Qu'elle le regardait d'un œil bienveillant. Il se demanda s'il n'était pas en train de devenir fou. Toutes ces histoires l'avaient perturbé, il était peut-être en train de perdre la raison. Par moments, il se retournait brusquement, pour voir s'il n'était pas suivi, ou si on l'observait. Mais il n'y avait personne, bien sûr. Juste les arbres. La forêt.

De plus en plus troublé, il se dit qu'il était peut-être temps de retourner voir Vivienne, même s'il était bredouille, en espérant qu'elle saurait lui pardonner. Il avait tourné en rond suffisamment longtemps !

Il était sur le point de faire demi-tour quand il entendit le craquement d'une branche un peu plus loin au nord. Un craquement sec qui résonna dans le grand cœur de la forêt. Cette fois-ci, il n'était pas fou, il avait bien entendu quelque chose. Il en était certain.

Bohem s'accroupit et resta immobile quelques instants. Il fronça les sourcils. C'était peut-être enfin du gibier. La chance allait-elle tourner ? Il essaya de voir d'où était venu le bruit. Il se redressa un peu, s'arc-bouta et posa un regard circulaire sur la forêt devant lui. Rien. Mais il commençait à faire nuit et les ombres grandissaient. Il avança un peu, le plus délicatement possible pour ne pas faire de bruit, posant tout doucement ses pieds sur le parterre d'aiguilles séchées. Il tenait fermement son arc de la main gauche, les doigts croisés sur une flèche encochée, comme il avait vu faire son père des dizaines de fois. Il fit quelques pas de côté pour essayer de remonter en biais vers l'endroit d'où le bruit avait semblé venir.

Soudain, il vit une ombre bouger derrière un grand pin sombre. Un autre bruit. Il releva la tête. Et il vit passer une forme. Une fourrure. Un gros animal. À moins que ce ne fût une Brume. Un loup ? Non, il lui semblait que la bête qui venait de passer entre les arbres était beaucoup plus grosse qu'un loup. Mais alors, quoi ?

Il sentit son cœur battre. Il était venu chasser un lièvre ou du petit gibier. Il ne s'était pas attendu à croiser un animal aussi gros. À vrai dire, il n'était pas très rassuré, avec son arc ridicule dont il savait à peine se servir. Mais il était intrigué aussi. Il voulait savoir ce que c'était. Il avait un pressentiment. Alors, il se remit à avancer. Plus rapidement cette fois. Mais toujours en essayant de contourner l'animal. Ne pas arriver de front.

Il courut d'arbre en arbre, s'arrêtant de temps en temps, caché dans l'ombre d'un pin, pour jeter un coup d'œil. La bête était là. Il la devinait encore. Elle avançait. Hésitait. Il ne savait pas si elle l'avait vu. Il continua, tête baissée. Tous les sens en éveil. Mais chaque fois qu'il s'approchait, la bête s'éloignait. Comme si elle voulait garder une certaine distance. Elle devait l'avoir vu. Ou bien elle le sentait. Soudain, il l'aperçut. L'espace d'un instant. Dans un bref rayon de lumière. Comme une apparition.

Il n'avait jamais vu de créature pareille, mais il sut tout de suite ce que c'était. On ne pouvait pas se tromper. Cette crinière autour d'une large gueule. Ce corps de félin, musclé, anguleux, au court pelage blanc. Cette crête dorsale, dressée de pics aiguisés, qui se terminait sur sa queue de reptile.

Une chimère.

Bohem écarquilla les yeux. Il ne pouvait y croire. Une Brume, à nouveau, sur son chemin. Ici. Alors qu'il n'en cherchait pas. Non. Ça ne pouvait pas être une coïncidence. On ne voyait jamais les Brumes dans la forêt. Jamais. Seuls les plus grands louvetiers, après des jours et des jours de traque, parvenaient à les surprendre. Et lui, en quelques jours à peine, il en croisait deux sur son chemin. Un loup, et maintenant une chimère. Ce n'était pas possible !

Il se ressaisit et essaya à nouveau de s'approcher. Son cœur battait de plus en plus fort. Car les chimères étaient bien plus terribles que les loups. Son père le lui avait expliqué mille fois. Il avait réellement peur. Le loup s'était peut-être montré amical, l'autre jour, mais rien ne prouvait que la chimère en ferait de même.

Elle avait le droit de l'attaquer.

Elle pouvait bondir d'un instant à l'autre. Le tuer d'un seul coup de griffes, ou l'égorger d'un coup de crocs. Il devait être prudent. Mais il ne pouvait pas faire demi-tour. Ne voulait pas.

Il avança lentement. Et à nouveau, la Brume recula. Cela ne faisait aucun doute, à présent, elle l'avait vu. Il s'arrêta et réfléchit. Si elle l'avait vu et qu'elle ne l'attaquait pas, c'est qu'elle était peut-être dans les mêmes dispositions que le loup. Bohem sourit. Il espérait que ses rêves n'étaient pas insensés. Que la pitié instinctive qu'il ressentait pour ces bêtes n'était pas si absurde. Mais pourquoi reculait-elle ainsi ? Pourquoi restait-elle dans l'ombre ? Il aurait voulu la voir. Simplement l'admirer... Il ne lui voulait aucun mal.

Alors il comprit. Pourquoi elle reculait. Bien sûr. Son arc ! C'était son arc qui faisait fuir l'animal. Délicatement, sans faire de gestes brusques et sans quitter des yeux l'ombre de la Brume qu'il distinguait entre les arbres, il posa son arme par terre.

Il se redressa. S'avança. Elle sortit à la lumière. Et il put enfin l'admirer.

*
* *

Il était déjà tard quand Bohem reparut là où il avait laissé Vivienne. La jeune femme avait allumé un petit feu de cuisson et l'attendait, visiblement avec une impatience grandissante, assise près des flammes.

Quand elle le vit arriver, elle se précipita à sa rencontre.

— Alors ?

Bohem grimaça.

— Euh... Non. Je n'ai rien trouvé.

— Oh non ! lâcha la jeune femme, terriblement déçue. Je vais mourir ! J'ai mal au ventre tellement j'ai faim !

Bohem haussa les épaules. Il était vraiment désolé. Et affamé lui aussi. Mais il avait la tête ailleurs. Il était encore bouleversé.

— Je ne sais pas si cela te consolera, dit-il un peu hagard, mais je peux en revanche te raconter une histoire. Il m'est arrivé quelque chose d'incroyable !

— Quoi ? marmonna Vivienne, sceptique.

— J'ai vu une Brume.

— Dans la forêt ?

— Oui. Une chimère.

— Mais c'est horrible ! s'exclama Vivienne. On ne peut pas rester ici !

— Comment ça c'est horrible ? s'étonna Bohem. C'est magnifique au contraire !

— Magnifique ? Mais tu es fou ! Elle risque de venir nous attaquer cette nuit, il faut qu'on sorte de cette forêt tout de suite !

— Calme-toi, Vivienne ! rétorqua Bohem en sortant de sa torpeur. Elle ne va pas nous attaquer. Je viens de passer un long moment à l'observer, et elle à me regarder. Elle ne m'a pas attaqué. Regarde. Je suis là. Les Brumes n'attaquent jamais les êtres humains, Vivienne, c'est une légende !

— Tu es resté devant une Brume sans rien faire ?

— Oui, et ce n'est pas la première fois, Vivienne. Il y a quelques jours j'ai même joué avec un loup.

— Allons ! Tu te moques de moi !

— Non, je t'assure. Les Brumes sont des créatures extraordinaires, et...

— Oui, eh bien j'aurais préféré que tu nous rapportes à manger, plutôt que de passer ton temps à regarder une Brume...

— Je suis désolé...

— Bah, ce n'est pas grave, lâcha finalement la jeune femme. Je n'aurais sûrement pas fait mieux. Mais ton histoire de Brume...

— Fais-moi confiance, Vivienne. Tout ce qu'on nous a toujours raconté sur les Brumes est faux.

— Eh bien, tu fais vraiment un drôle de louvetier !

— Sans doute. Mais tu es bien un drôle de troubadour, toi, non ?

La jeune femme sourit en hochant la tête.

— Quelle équipe ! Allez, viens, j'ai ramassé quelques plantes dont on peut faire bouillir les racines, ce sera toujours ça...

Bohem grimaça.

— Formidable, railla-t-il.

Soudain, une voix derrière eux les fit sursauter.

— Vous ne préférez pas un peu de mouton ?

Ils se retournèrent en même temps, perplexes, et aperçurent celui qui venait de parler. Fidélité La Rochelle. Il était là, devant eux, avec son ventre rond, son regard taquin et son crâne rasé. Il tenait d'une main sa canne de Compagnon, et de l'autre, contre son épaule, le corps immobile d'un gros mouton. Du sang coulait encore sur le poignard à sa taille.

— La Rochelle ! s'écria Vivienne en lui tendant les bras. Eh bien, nous sommes contents de te voir !

— De me voir, moi ou ce gros mouton ?

— Le mouton, surtout ! répliqua la jeune femme en souriant.

— Je suis désolé pour ce matin, intervint Bohem d'une voix gênée.

— Oui, répliqua La Rochelle, surtout que si j'ai bien entendu, tu fais un piètre chasseur !

Bohem leva les mains d'un air désolé.

— Allons, ne vous en faites pas, maintenant que *monsieur Bohem* accepte qu'on allume des feux, je veux bien partager ce mouton avec vous...

— Fabuleux ! s'exclama Vivienne. Je meurs de faim !

Ils se réunirent autour de la petite flambée. Le Compagnon prépara fièrement l'animal puis ils le firent cuire tout en discutant tous les trois. Bohem était encore honteux.

— Comment as-tu fait pour nous retrouver ?

— Mais ! se moqua La Rochelle. Je vous ai suivis toute la journée ! Je ne suis pas parti longtemps après vous, tu sais. Juste le temps de prendre un vrai petit déjeuner.

— Je suis sincèrement désolé, répéta Bohem, de m'être comporté ainsi ce matin. Je t'avoue que je suis surpris que tu aies tout de même décidé de nous rejoindre, malgré mon manque de courtoisie...

— Allons, j'ai bien entendu la première fois, tu ne vas pas t'excuser toute la soirée ! Je comprends très bien que tu sois sur les nerfs et, si je suis là ce soir, c'est bien que je ne t'en veux pas. C'est aussi parce que je n'ai pas envie de faire la route tout seul !

— Eh bien, tant mieux ! Tu es le bienvenu parmi nous ! Il va falloir que tu m'expliques comment tu as trouvé ce mouton...

— Je ne préfère pas, ricana La Rochelle. Je ne suis pas particulièrement fier de cet épisode-là !

— Je vois !

Ils discutèrent ainsi longuement, retrouvant l'ambiance simple d'une amitié naissante et Bohem oublia presque ses soucis, l'espace d'une soirée. Quand le mouton fut enfin prêt, ils mangèrent avec appétit et bonne humeur, puis ils s'endormirent tous trois, épuisés par leur long voyage.

*
* *

Je suis à nouveau dans mon rêve. Mais est-ce vraiment un rêve puisque je sais que c'est moi, puisque je sais que c'est un rêve ? Non.

Je ne crois pas que ce soit seulement un rêve. Je crois que c'est autre chose. Car je reconnais de mieux en mieux cet endroit. Je comprends de mieux en mieux les règles qui le régissent. J'arrive à bouger. À me déplacer. À contrôler mes gestes par la pensée. Je commence à prendre conscience de moi. Et de ces choses qui m'entourent. À me réveiller dans mon propre rêve. Et je suis sûr que bientôt je pourrai parler. Je le sens. Ce n'est pas possible pour l'instant, mais cela viendra. J'en suis certain.

Je suis là où j'étais la première fois. Au milieu de cette plaine silencieuse. La lande. Le sable. Le silence. Et je sais que si je me retourne, il sera là. Le loup.

Je me retourne.

Il est là. Oui. Mais il n'est pas seul. À côté de lui, qui tourne en rond comme un fauve enfermé, la chimère. Blanche. Impressionnante. Elle est donc là elle aussi à présent. Pourquoi ? Parce que je l'ai vue aujourd'hui ?

Parce que nous sommes entrés en contact ?

Les deux Brumes me regardent. Fixement. Comme pour capter mon attention. Elles se retournent. Je dois les suivre à nouveau. Bien sûr. Elles vont me guider là où le loup m'a déjà guidé. Devant la forêt.

La forêt. Chez moi.

Je traverse l'espace. Peut-être le temps. La plaine, le ciel, tout devient flou. Les distances semblent s'étirer. Je parviens à les suivre. Le loup, la chimère. Je n'ai qu'à prendre la voie que m'ouvrent les Brumes.

Soudain, elles disparaissent. Et je reconnais le lieu aisément. Je suis devant la forêt. La même forêt. J'attends. Je sais que je ne suis pas ici par hasard. Sa silhouette se dessine à la lisière du bois. L'homme de petite taille. Sa longue barbe blanche, son ventre rond, l'instru-

ment sur son dos, sa cotte de maille, son épée, la plume à son chapeau. Il s'avance. Il sourit. Il me reconnaît. Bien sûr. Il parle mais je ne l'entends toujours pas.

Il tend son bras vers moi, le poing fermé. Il serre quelque chose dans le creux de sa main. Quelque chose qu'il veut me donner. Toujours cette même chose. Que je n'ai pas vue la dernière fois.

Lentement, il tourne sa main vers moi. Et il ouvre ses doigts.

Enfin, je la vois. Une bague. Une bague dorée avec un symbole gravé dessus. Je la vois.

Il disparaît. S'évanouit dans la forêt.

Et je suis seul à nouveau. Non. Je ne suis pas seul. Il y a quelqu'un, quelque chose, qui me regarde, depuis longtemps. Qui me menace.

*
* *

— Bohem ! Réveille-toi ! Vite !

Le jeune homme ouvrit péniblement les yeux, encore prisonnier de ses rêves profonds.

— Que se passe-t-il ? balbutia-t-il.

— La Rochelle a aperçu de l'autre côté de la forêt une troupe de cavaliers qui viennent dans notre direction.

Bohem se redressa d'un bond.

— Les soldats du roi ? demanda-t-il, la voix emplie de panique.

— On ne sait pas. Sans doute. Allons, nous ne pouvons pas rester là ! Lève-toi.

Bohem se mit aussitôt debout. Il secoua la tête pour se réveiller.

Il regarda derrière lui. Il vit alors La Rochelle qui était en train de masquer autant que possible les traces de leur passage. Les pierres, le feu et les amas de brindilles qui leur avaient servi de couche. Il se précipita pour lui prêter main-forte.

— Cette fois-ci, je suis d'accord, pas de petit déjeuner ! glissa le Compagnon en lui adressant un sourire.

Bohem acquiesça et lui retourna son sourire. Mais au fond, il n'avait pas envie de plaisanter. Cela ne cesserait donc jamais ? Ils auraient beau fuir encore et encore, on finirait toujours par les retrouver ! Il était désespéré. Mais il essaya de ne pas le montrer. Après tout, c'était à lui de montrer l'exemple. C'était lui qui les avait emmenés jusqu'ici, c'était à lui de leur donner un peu d'espoir. Il essaya de trouver l'énergie suffisante.

Il regarda la forêt autour d'eux. Et il repensa à l'impression qu'il avait eue la veille. Elle était encore là aujourd'hui. Plus claire. Simple. Il était ici chez lui. Dans cette forêt. Dans toutes les forêts, sans doute. Alors, il devait les guider. Comme La Rochelle les avait guidés à Sarlac. Cette fois-ci, c'était son tour.

— Allons-y ! dit-il. Tant pis s'il reste encore des traces. Le plus important, c'est que nous soyons loin quand ils arriveront ici.

Il se retourna vers la jeune femme.

— Vivienne, donne-moi ton sac.

— Non. Je peux le porter. Prends plutôt ton arc. Il pourrait te servir malgré tout. Et le sac te gênerait.

Inutile de discuter. La jeune femme avait raison. Ils auraient peut-être bientôt besoin de se défendre. La Rochelle avait sa canne et son poignard à la ceinture. Lui son arc. Pas vraiment de quoi lutter contre une armée de cavaliers, mais c'était toujours mieux que rien.

Ils se mirent rapidement en route tous les trois, et pour la première fois, Bohem passa devant eux. Il voulait choisir le chemin. Ouvrir la route. Écouter la forêt. Peut-être lui dirait-elle où aller. Où fuir. Mais non ! À quoi pensait-il ? Il était en train de devenir fou ! Comment pouvait-il penser une chose tellement insensée ?

Il se mit à courir, se retournant pour voir si les deux autres le suivaient. Ils ne se firent pas prier, ils coururent à leur tour. On pouvait lire l'angoisse dans leurs yeux. Sans doute venaient-ils de prendre conscience de l'imminence du danger. Leurs poursuivants étaient beaucoup moins loin qu'ils ne l'avaient cru, et ils étaient sur leur piste, à n'en pas douter.

Ils coururent longtemps. Ils coururent derrière Bohem, se faufilant entre les pins, glissant sur le tapis fauve de la forêt. Le cœur battant, le vent de la peur soufflant dans leur dos. Puis quand Bohem vit que Vivienne et La Rochelle commençaient à perdre de la distance, il décida de s'arrêter un instant pour les laisser reprendre leur souffle.

Mais à peine eurent-ils retrouvé une respiration plus calme qu'ils entendirent déjà le battement sourd des sabots qui foulaient la terre. Les cavaliers se rapprochaient de plus en plus. Ils allaient bientôt les rattraper. S'abattre sur eux.

— Ils sont à cheval et nous à pied, souffla Vivienne. Nous n'avons aucune chance !

— Il faut qu'on trouve un endroit où se cacher ! proposa La Rochelle.

— Non, répondit Bohem, ils sont sur notre piste, ils nous trouveront tout de suite. Impossible !

— Alors quoi ? On ne va quand même pas les attendre ici sans rien faire !

Bohem secoua la tête. Il y avait sûrement une solution. Il devait les sortir de là. Vivienne et La Rochelle le dévisageaient. Ils comptaient sur lui, à présent. Quelque chose avait changé dans leur regard. Comme s'ils avaient placé tous leurs espoirs entre ses mains. Pourquoi ? Parce qu'il avait couru devant eux pour la première fois ? Non. Ce ne pouvait pas être seulement pour ça. Peut-être avaient-ils remarqué qu'il était étrange depuis qu'il était entré dans la forêt. Peut-être avaient-ils compris qu'il ressentait quelque chose ici, au milieu des arbres. Mais il n'avait pas le temps de comprendre. Pas le temps de se poser la question. Les deux autres comptaient sur lui, et il devait faire quelque chose, voilà tout.

Quelque chose. Pour les sauver. Sauver les autres, pour la première fois. Ne plus se sauver lui-même.

Mais comment faire ?

L'écho des chevaux galopant sur la terre sèche se rapprochait. Comme une vague qui allait les emporter. Les soldats seraient là d'un instant à l'autre. Ils auraient fait toute cette route pour rien. Ceux qui les avaient aidés l'auraient fait en vain. Non. Ce n'était pas possible. Bohem ne pouvait pas accepter que les choses se terminent ainsi.

Il se laissa tomber sur les genoux. Et, sans comprendre pourquoi, guidé par cet instinct qui lui avait fait tailler la pierre de Trinité, il plongea ses mains dans la terre.

Comme un geste ancestral, inné. Et il appela. Dans sa tête. Il appela la forêt. Chez lui. De toutes ses forces.

Elle devait les sauver. La forêt devait les sauver. Elle qui posait sur lui ce regard bienveillant. Elle qui l'avait accueilli.

Il ferma les yeux. Ses ongles s'enfoncèrent dans le parterre d'aiguilles. Ses doigts crispés déchirèrent la terre. Et des larmes coulèrent sur ses joues.

— Bohem ! appela une voix qui semblait venir d'un autre monde.

C'était Vivienne. Derrière lui. Mais il n'ouvrit pas les yeux. Il devait se concentrer. Comprendre. La forêt. Les Brumes. Elles étaient liées. Tout était lié. À lui. Ce n'était pas possible autrement. Ces deux Brumes. Le loup. La chimère. Et cette impression étrange qui l'avait saisi dès son entrée dans la forêt. Il devait y avoir une explication. Un sens. Une réponse.

Soudain, il entendit des bruits de sabots. Proches. Trop proches.

Il ouvrit les yeux et se dressa d'un bond. Prêt à se défendre. S'attendant à voir enfin le visage de ceux qui les avaient poursuivis jusqu'ici. Il se retourna pour les voir. Les affronter.

Mais ce n'était pas eux.

Pas encore. Non. Il le comprit dans le regard halluciné de ses deux compagnons qui fixaient quelque chose par-dessus son épaule.

Il se retourna à nouveau, lentement. Et il les vit, là, à quelques pas à peine. Deux chevaux. Blancs. Si blancs ! Lumineux, presque. Et si grands !

Il sourit. Des bayards. La forêt. Était-ce possible ? Elle l'avait entendu ! Elle avait répondu à son appel !

Il s'avança prudemment vers les Brumes. Ne pas les effrayer. L'une d'elles poussa un hennissement, mais elles se laissèrent approcher. Lentement, Bohem posa sa main sur l'encolure du premier bayard. Et il sut aussitôt que l'animal l'attendait. Qu'il était là pour lui. Pour eux.

Il monta dessus. La Brume ne bougea pas. Elle était prête. Prête à partir. Il n'avait qu'à demander...

Bohem fit signe à ses deux amis de le rejoindre. Ils hésitèrent, incrédules. Ils n'avaient jamais vu chevaux si grands, si somptueux, et au pelage aussi brillant. Et ils savaient, comme lui, ce qu'ils étaient. Des Brumes. Des bayards. Des créatures de légende qu'on voyait rarement. Presque jamais. Mais elles étaient bien ici, devant eux. Venues comme par miracle.

Ils avaient vu les gestes de Bohem. Ses larmes. Ses mains enfoncées dans le sol. Mais ils ne pouvaient pas y croire. Était-ce vraiment lui qui avait appelé les deux créatures ? Commandait-il aux Brumes ? Lui, le louvetier ?

— Dépêchez-vous ! s'exclama Bohem en voyant qu'ils ne bougeaient pas. Les voilà !

Vivienne se retourna. Et elle les vit. Comme ils devaient la voir. Une dizaine. Peut-être plus. Se rapprochant à travers les arbres. Galopant vers eux. Des cavaliers aux surcots blancs. Leurs heaumes droits étincelant à travers les feuillages. Leurs chevaux qui soulevaient des nuages de poussière dans les halos de la lumière du matin. Ils fonçaient droit sur eux.

Sans plus réfléchir, elle se précipita vers les Brumes et grimpa derrière Bohem. La Rochelle se décida à son tour et monta sur le deuxième bayard.

Les deux Brumes se mirent aussitôt au galop, leurs sabots déchirant le sol. Leurs jambes puissantes les précipitèrent à travers la forêt, comme poussées par une force invisible, portées par un vent divin. Plus vite, beaucoup plus vite qu'aucun cheval au monde ne pouvait galoper.

Chapitre 7

LE BESTIAIRE DE THAON

Ils marchaient depuis près d'une semaine à travers les bocages de la Quienne. Les bayards les avaient amenés de l'autre côté de la forêt et s'étaient enfuis dès le premier soir, à la tombée de la nuit. Comme s'ils n'avaient pas voulu quitter l'abri des arbres. Comme s'ils avaient accompli tout ce qu'ils pouvaient faire. Mener Bohem et ses compagnons aussi loin que possible.

Et ils étaient loin maintenant. Grâce aux Brumes, ils avaient même nettement distancé leurs poursuivants.

Toutefois, ils se dépêchaient car ils savaient qu'ils risquaient de perdre rapidement leur avance, maintenant qu'ils étaient de nouveau à pied. Alors ils marchaient vite, en faisant peu de pauses, courant presque parfois. Ils dormaient peu. Ils n'avaient pas le temps.

Le soir, Bohem et La Rochelle chassaient ensemble. Ils commençaient à se faire la main et trouvaient de plus en plus souvent du gibier. La Rochelle s'était confectionné une fronde, parfaite pour les petits animaux. Ils avaient appris à attendre la meilleure heure, au crépuscule, à pister les animaux en cherchant les sentiers, l'herbe piétinée ou tout autre indice. Ils avaient appris à se placer par rapport au vent pour que leurs proies ne puissent renifler leur présence, et à attendre, immobiles, que l'animal soit à portée de leur tir. Ils s'étaient même habitués à localiser les nids et les tanières en observant les allers et retours des animaux qui en ce début de l'été ne s'éloignaient pas trop de leur habitat.

Vivienne, elle, se perfectionnait chaque jour dans la préparation de la viande. Avec de plus en plus d'assurance, elle écorchait les bêtes et les vidait sous le regard ébahi des deux garçons. Elle laissait reposer l'animal dans un endroit froid jusqu'à ce que puces et insectes le délaissent. Puis elle le suspendait à un arbre, tête en bas, tranchait la gorge et laissait couler le sang dans un petit récipient, avant de le faire bouillir pour accompagner la viande. Ensuite, elle faisait une incision autour des articulations du gibier, puis une autre en Y du postérieur à la gorge, en faisant attention à ne pas entailler la chair. Après avoir découpé les organes génitaux, elle enlevait la peau comme un gant, puis elle éventrait l'animal pour le vider de bas en haut, ne gardant que les rognons, le foie, le cœur et le gras des intestins. Ensuite, elle faisait bouillir la viande, puis frire ou rôtir. Elle avait rapidement pris le coup de main. Et très vite, ils eurent tous les soirs de quoi manger.

Comme ils trouvaient de plus en plus de gibier, Vivienne commençait même à fumer la viande pour la conserver, ce qui leur permettait d'en manger aussi à midi.

Pouvoir manger à leur faim rendait le voyage beaucoup moins difficile, mais ils étaient tout de même épuisés car ils maintenaient un rythme soutenu. Et, même si leur amitié se renforçait à mesure qu'ils rencontraient de nouvelles épreuves, il y avait de plus en plus de tension entre eux. Bohem avait l'impression qu'un malaise s'était installé entre lui et les deux autres.

En vérité, il n'y avait jamais de discorde entre Vivienne et La Rochelle. Seulement entre lui et les deux autres. Des petits riens. Des brouilles futiles et stupides. Mais tout de même. Il avait l'impression que son intimité avec Vivienne se délitait chaque jour un peu plus.

Ils n'avaient pas reparlé de ce qu'il s'était passé dans la forêt, et Bohem sentait que les deux autres le regardaient différemment. Qu'ils étaient encore gênés, troublés. Il aurait voulu leur expliquer, les rassurer, mais il n'était pas sûr de comprendre lui-même. Et cela le bouleversait sans doute autant qu'eux. Comment pouvait-il les réconforter s'il se faisait peur à lui-même ?

Le soir du septième jour, ils arrivèrent en vue de Pierre-Levée.

Installée sur un promontoire rocheux qui dominait une vallée verdoyante, la grande ville se dressait derrière des remparts de pierre, entre les lits de deux rivières sinueuses. Émergeant derrière l'enceinte grise, on apercevait de nombreux clochers, dressés vers le ciel comme un salut à Dieu. Au centre de cette forêt de pierre, assis sur la ville tel un souverain sur un trône, le Palais des Ducs resplendissait parmi les toits rouges et bleus.

— Voilà, dit Vivienne avec un grand sourire. Pierre-Levée, la cité des troubadours !

Elle avait le regard brillant, le visage lumineux. C'était l'aboutissement d'un voyage si important pour elle ! Elle avait tout quitté, sa famille, ses proches, et la belle ville de Tolsanne rien que pour ça. Pour rejoindre cette cité de légende qui nourrissait tous ses espoirs.

— C'est magnifique, dit Bohem, sincèrement émerveillé.

Il n'avait jamais vu de ville aussi grande de toute sa vie. Jamais vu pareil spectacle. De la colline où ils s'étaient arrêtés, ils pouvaient embrasser du regard la cité tout entière, et c'était un tableau unique. Même La Rochelle, qui avait pourtant vu du pays, semblait impressionné.

— Dépêchons-nous ! les invita Vivienne. On peut encore arriver à temps.

À temps pour quoi ? Bohem ne savait pas. Mais ils descendirent rapidement la longue pente qui menait au premier pont de la ville. Et, avant la tombée de la nuit, ils entrèrent au royaume des poètes.

*
* *

Bastian était entré à la louveterie de Roazhon à la mort de son père, le jour de ses seize ans. Deux ans plus tard, il était toujours l'un des plus jeunes louvetiers du duché de Breizh, mais aussi l'un des meilleurs. Ils étaient six pour toute la ville, et en deux ans il avait touché plus de primes que les cinq autres réunis. Si bien qu'il n'était pas le mieux intégré de l'équipe, à présent. On ne lui facilitait pas la tâche, car on enviait sa réussite. Mais il ne s'en souciait guère. Il passait la plupart de son temps loin de la ville, dans les forêts du duché, et il vivait seul, sans rendre de compte à personne. Il ne parlait jamais, ne répondait pas aux provocations des autres louvetiers et, même dans la ville, on ne le voyait jamais dans les tavernes. Il vivait avec le souvenir de son père et ne se souciait que d'une chose, accomplir son métier du mieux qu'il le pouvait pour honorer sa mémoire.

Assis, seul au fond de la louveterie, il avait écouté comme les autres le discours que le bourgmestre était venu leur faire ce matin-là. Les louvetiers avaient accueilli avec joie l'annonce du doublement de la prime décidée par le roi de Gallica, et qui était valable sur l'ensemble du pays, y compris sur les fiefs du roi de Brittia. Mais Bastian, lui, n'était pas certain que cela fût vraiment une bonne nouvelle.

Car il pensait savoir ce que cachait cette mesure. Pas besoin d'être un devin pour comprendre ce qui allait arriver. La fin des Brumes était proche. Le roi encourageait un dernier effort, car il savait qu'il ne restait pratiquement plus aucune Brume sur Gallica, et qu'il espérait en finir une bonne fois pour toutes. Livain VII doublait la prime en sachant pertinemment qu'il n'aurait plus à en payer beaucoup étant donné le nombre probablement infime de Brumes qu'il restait sur ses terres. En outre, viendrait bientôt le temps où il n'aurait plus à en payer aucune, quand ces créatures auraient complètement disparu.

Et que feraient-ils, alors, tous ces louvetiers qui ne vivaient que de ça, depuis plusieurs générations ? Non seulement ils perdraient leur source de revenus, mais sans doute aussi leur statut, la place qu'ils avaient acquise dans la société, et probablement leur dignité, par la même occasion.

À force de chasser les Brumes, les louvetiers avaient détruit peu à peu leur propre raison d'être. Bastian ne pouvait s'empêcher de penser à l'ironie de leur sort.

Mais ce n'était pas le moment de tergiverser. Ainsi, le temps était compté. La course aux dernières Brumes était ouverte. Il ne restait aux louvetiers que quelques semaines, peut-être moins, pour assurer leurs dernières primes.

Bastian se leva et sortit de la louveterie sans saluer ses confrères ni le bourgmestre. Ces imbéciles ne se rendaient pas compte. Une seule chose comptait à présent. Tuer les dernières créatures. Être le premier sur le terrain pour être le premier à tirer. Occire un maximum de Brumes avant qu'il ne soit trop tard.

Il se mit en route vers sa maison pour préparer son expédition. Sa dernière chasse, peut-être. *Dieu fasse qu'elle soit la plus belle !*

*
* *

La nuit tombait, déjà. Les bougies et les torches s'allumaient à travers toute la ville, halos de lumière jaune qui grandissaient un à un derrière les nombreuses fenêtres. Les jeunes gens traversèrent prudemment le Pont Neuf, mais d'un pas vif toutefois. Ils gardaient tous les trois un assez mauvais souvenir de leurs aventures à Sarlac et s'attendaient à tout moment à devoir fuir à nouveau. Le roi n'avait peut-être pas osé pousser son avis de recherche jusqu'à la ville de la duchesse qu'il avait répudiée, mais mieux valait rester sur ses gardes. Certains pouvaient avoir vu ailleurs les écriteaux qui décrivaient Bohem...

Ils arrivèrent devant la grande porte au bout du pont, où l'on arrêtait les commerçants pour leur faire payer le tonlieu. Ils passèrent discrètement de l'autre côté des remparts, en essayant, les yeux baissés, de ne pas attirer l'attention des gardes qui surveillaient cette entrée de la ville.

Ils savaient exactement où se rendre. Ils avaient vu de loin le Palais des Ducs, sur les hauteurs de la ville, et ils traversèrent la cité sans hésiter. Bohem et La Rochelle se demandaient comment ils allaient pouvoir entrer dans la demeure de la duchesse de Quienne, mais Vivienne ne semblait pas se poser cette question et ils la suivirent sans protester.

À mesure qu'ils avançaient vers le centre de la ville, Bohem était de plus en plus persuadé qu'ils allaient se faire repousser à la porte du palais, mais il n'osait pas arrêter Vivienne, qui semblait si sûre d'elle. Si pleine d'espoir. Comment pouvait-elle être aussi naïve ? Ou bien était-ce lui qui était devenu trop méfiant ? Trop défaitiste ?

Il se contenta d'admirer la splendeur de la ville aux cent clochers. Les dimensions des rues et des bâtiments n'avaient rien à voir avec Villiers-Passant, ni même avec Sarlac. C'était encore plus vaste qu'il ne l'avait imaginé, et malgré la nuit, les avenues étaient bondées de gens, éclairées par les nombreuses torches et par la lumière qui venait des fenêtres. Ils passèrent au milieu des tours et des bastions, entre les maisons à encorbellement, qui étaient si serrées par endroits qu'elles ne laissaient voir qu'un petit morceau du ciel noir.

Les festivités qui avaient célébré le retour d'Hélène venaient de s'achever, mais la foire de juin n'était pas terminée et la ville restait animée jusque tard dans la nuit. Il y avait même quelques boutiques encore ouvertes à cette heure, et les petites rues étaient encombrées d'éventaires où les marchands exposaient des bibelots bigarrés. La chaleur poussait les gens dehors, les femmes et les enfants se retrouvaient en bas des maisons pour bavarder ou jouer. Les taverniers haranguaient les passants pour les inviter à venir boire avec les étudiants et les aigrefins qui peuplaient leurs salles obscures. Au coin des ruelles sombres, les ribaudes avinées aguichaient leurs clients potentiels en leur promettant le septième ciel pour de la menue monnaie. Des mulets chargés de grands sacs de toile traversaient lentement les grandes avenues, croisant carrosses et voitures, nobles à cheval et itinérants. C'était comme si la ville ne connaissait pas le sommeil, et que loin des champs l'homme avait oublié de vivre avec le soleil.

Ils passèrent devant le baptistère Saint-Jean, vieille abbaye, ronde et trapue, puis, un peu plus haut, ils aperçurent sur leur droite un immense chantier plongé dans l'ombre, vide et silencieux, qui semblait annoncer la construction d'un édifice colossal.

— Ce doit être la cathédrale qu'Hélène a décidé de faire construire, expliqua Vivienne en voyant le regard curieux de Bohem.

Le jeune homme ne put s'empêcher de penser à Trinité et Gautier. Comme il aurait aimé qu'ils fussent là aujourd'hui ! Eux qui rêvaient de participer un jour à un projet comme celui-là.

Ils tournèrent, enfin, dans la rue du Marché, qui montait jusqu'au Palais des Ducs. Le gigantesque édifice se dessina peu à peu devant eux, voilé de jaune à la lumière des torches. Ils s'arrêtèrent un instant pour l'admirer. Ses cheminées de pierre, son donjon rectangulaire, orné à chacun de ses angles d'une tour polygonale, ses vitraux, ses tourelles, ses jardins...

Bohem se demanda s'ils allaient enfin trouver ce qu'ils cherchaient tous les trois. Une place parmi les poètes pour Vivienne, un chantier pour le forgeron, et pour Bohem, des réponses et, peut-être, la protection de la duchesse. Il espérait qu'elle serait aussi bienveillante que l'avait promis Vivienne. Mais comment pouvait-elle savoir ?

Ils se remirent en marche vers le palais. Il faisait nuit noire quand ils arrivèrent devant la porte d'entrée principale.

— Que voulez-vous ? leur demanda l'un des quatre gardes en les regardant d'un air surpris.

Bohem tourna les yeux vers Vivienne. Il n'osait pas répondre lui-même. Tout cela lui semblait tellement saugrenu. Comment pouvaient-ils espérer entrer ainsi au palais ?

— Nous souhaiterions obtenir une entrevue avec Hélène de Quienne, répondit la jeune femme, sans complexe.

Le garde éclata de rire.

— C'est une plaisanterie ? demanda-t-il en lançant des regards amusés aux autres soldats.

— Pas du tout, répondit Vivienne. Nous souhaiterions la voir ce soir même.

Le garde s'arrêta aussitôt de rire.

— Écoutez, mademoiselle. Bravo, c'était très drôle, je suis sûr que vos amis ont bien ri eux aussi, mais maintenant je vous serais obligé de bien vouloir quitter le parvis.

Bohem poussa un soupir. Il lança un regard désolé à Vivienne. Comment avait-elle pu croire un seul instant qu'ils pourraient entrer au palais de l'une des plus importantes femmes du royaume ? Il s'apprêtait à faire demi-tour et à aller chercher un endroit en ville où passer la nuit quand Vivienne reprit la parole.

— Monsieur le garde, je vous prie d'aller trouver la duchesse de Quienne et de lui dire que Vivienne de Châtellerault demande à la voir immédiatement. Je suis sa nièce.

*
* *

Les trois jeunes gens furent rapidement conduits jusqu'au cabinet d'Hélène de Quienne, perché au-dessus de la grande bibliothèque du palais.

Bohem et La Rochelle se lancèrent tout au long du trajet des regards incrédules. Ils ne s'étaient pas imaginé, ni l'un ni l'autre, que leur amie pût être née de noble famille, et ils se sentaient gênés, non seulement d'entrer ainsi dans le palais d'une duchesse, mais surtout d'avoir tutoyé sans le savoir, et depuis plus d'une semaine, une jeune femme de haut rang.

Le jeune louvetier était ébahi. Il ne savait s'il devait se sentir trahi ou flatté. Trahi parce que Vivienne ne lui avait jamais avoué qui elle était vraiment, flatté parce que la nièce d'une reine avait accepté de voyager avec lui et même de lui porter secours. Il se dit qu'il ne pourrait plus jamais la regarder de la même façon. Et il se rendit compte de l'ironie de leur situation. N'était-ce pas ce que la jeune femme, aussi, avait dû se dire quand elle l'avait vu appeler les bayards au cœur d'une forêt de pins ? Étaient-ils devenus des étrangers l'un pour l'autre ? Il aurait aimé lui parler tout de suite, mais il ne pouvait pas, bien sûr. Un valet de la duchesse les conduisait à travers les couloirs du palais, et Bohem n'osait dire un seul mot. Il était empli de honte. Ils puaient, ils étaient sales, leurs vêtements étaient en lambeaux, et voilà qu'on les accueillait dans un bâtiment plus somptueux que ce que Bohem avait vu de sa vie tout entière.

Ils arrivèrent enfin dans le petit cabinet, au décor luxueux, où on leur demanda d'attendre. Les trois jeunes gens se regardèrent, mal à l'aise, et aucun n'osa prendre la parole en premier.

— Vivienne ! C'est bien toi !

Bohem sursauta. Il se retourna et fut saisi par la beauté de la duchesse de Quienne à l'instant même où elle entra dans le cabinet pour venir voir elle-même ces étranges visiteurs.

Le jeune homme se dit qu'elle devait avoir plus de trente ans, mais dans ses yeux brillait une fraîche jeunesse, comme Bohem n'en avait jamais vu dans le regard d'une femme. Sa belle chevelure rousse, bouclée, encadrait son large front. Elle avait de magnifiques yeux verts où l'on devinait son assurance et son tempérament. Elle portait une belle robe plissée, en soie d'Orient, serrée à la taille et aux manches.

— Oui, ma tante, répondit Vivienne en s'inclinant.

Bohem et La Rochelle se lancèrent un regard, puis s'inclinèrent à leur tour, maladroitement.

— Comme tu as changé ! s'exclama la duchesse avec admiration. Mais quel âge avais-tu quand je t'ai vue pour la dernière fois ?

— Six ans, madame.

— Allons ! répliqua la duchesse en souriant. Ne m'appelle pas ainsi ! Et qui sont ces deux garçons ?

— Bohem le louvetier et Fidélité La Rochelle, de très bons amis. Ils m'ont accompagnée jusqu'ici depuis le comté de Tolsanne.

— Vous êtes Compagnons ?

— Mon ami l'est, en effet, répondit Bohem en voyant que La Rochelle n'osait pas répondre. Mais pas moi. Cette boucle d'oreille m'a été offerte par une Mère...

— Je vois. Je vous remercie d'avoir accompagné Vivienne jusqu'ici, et je vous souhaite la bienvenue au palais de Pierre-Levée !

— Ma tante, intervint Vivienne, ils ne sont pas venus uniquement pour m'accompagner, même si je ne serais sans doute jamais arrivée ici si Bohem ne m'avait pas porté secours. Ils ont l'un et l'autre, comme moi, une faveur à vous demander.

— Bien sûr. Je me doute bien que tu n'aurais pas fait tout ce trajet loin de tes parents, et sans eux, si tu n'avais pas une bonne raison, Vivienne ! J'espère qu'il ne vous est rien arrivé, à toi et tes parents... Mais avant tout, je vois sur vos visages que vous devez avoir très faim, et, si je puis me permettre, vous avez tous les trois besoin d'un bon bain et de vêtements neufs ! Laissez le chambellan vous donner à chacun une chambre, prenez soin de vous et nous nous retrouverons tout à l'heure dans la petite salle à manger. Je n'ai pas encore soupé, moi non plus, et vous pourrez m'expliquer tout cela autour d'un bon repas.

Les trois jeunes gens s'inclinèrent, reconnaissants et confus, puis ils suivirent le chambellan à travers le palais.

*
* *

À la tombée du soir, alors que les Miliciens avaient établi leur campement pour la nuit à la lisière de la forêt, le sergent Fredric demanda au Grand-Maître s'il pouvait le recevoir.

Dumont Desbardes se doutait des motifs de l'entrevue que demandait son subalterne, et il n'était pas enchanté à l'idée de devoir lui parler. Il était assez préoccupé comme ça, et avait besoin d'être seul, pour réfléchir. Il n'avait aucune envie de répondre aux inquiétudes évidentes de ses hommes. Mais il le fallait. La cohésion de la brigade en dépendait sûrement.

Il poussa un long soupir et fit chercher le sergent.

— Grand-Maître, dit l'officier en entrant dans la tente, je vous remercie de m'accorder cet entretien.

Dumont Desbardes connaissait ce sergent depuis près de dix ans. Ils n'avaient jamais eu le moindre conflit, le moindre désaccord, et avaient appris à se respecter l'un l'autre. Mais cette mission sur les terres mêmes de l'ordre, loin de l'Orient, prenait une tournure étrange.

— Que voulez-vous, Fredric ? le pressa Dumont Desbardes qui voulait en finir au plus vite.

— Je pense, Maître, que vous avez deviné la raison de ma présence ici...

Est-ce de l'arrogance que j'entends dans sa voix ? C'est plus grave que je ne le pensais. Il ne m'a jamais parlé comme ça ! Je dois le remettre à sa place, et lui rappeler que, malgré le respect que j'ai pour lui, je suis tout de même son supérieur.

— J'ai en effet une petite idée, sergent, mais j'espérais me tromper, car je n'ai pas besoin d'être dérangé en ce moment, voyez-vous.

— Les chevaliers se demandent ce qui s'est passé dans la forêt.

Il parle au nom de ses hommes, mais je sais que c'est lui, surtout, qui est inquiet. Comme moi. Pourquoi ne me parle-t-il pas franchement ? Aurait-il perdu sa confiance en moi ?

— Ce qui s'est passé dans la forêt ? Nous avons perdu la trace des trois jeunes gens, voilà ce qui s'est passé.

— Comment est-ce possible, Maître ? Nous suivions leur piste depuis le matin, nous ne cessions de nous rapprocher d'eux, nous étions sur le point de les rattraper, et soudain, ils ont disparu. Comme par... miracle.

— C'est donc cela ? Vous vous demandez si nous avons assisté à un miracle, mon cher ? s'exclama le Grand-Maître d'un ton moqueur, mais au fond de lui, il devait avouer qu'il s'était posé la même question.

Car oui, c'était vrai. Comment avaient-ils pu disparaître ? Fuir, soudain, aussi vite ?

— Maître, ne vous demandez-vous pas la même chose ?

Il lit dans mes pensées. Il me connaît bien. Mais je peux encore le surprendre. Le tromper.

— Non, Fredric. Sa Sainteté le pape nous a demandé de retrouver ce jeune homme, au nom de Dieu. S'il s'est passé quelque chose d'étrange dans cette forêt, ce n'est certainement pas l'œuvre de Dieu ! Dieu est avec nous, sergent, pas contre nous !

— Voudriez-vous dire que c'est l'œuvre du démon ?

— C'est peut-être tout simplement que ces jeunes gens ont réussi à se cacher en masquant leurs traces et que nous les avons perdus...

— Sauf votre respect, Maître, vous savez bien que c'est impossible.

Cette fois-ci il va trop loin. Ce n'est pas à moi de me justifier devant lui.

— Cela fait deux fois, ce soir, que vous mettez ma parole en doute ! s'emporta Dumont Desbardes en se levant. Que se passe-t-il, sergent ? Auriez-vous perdu la confiance que vous m'accordiez jadis sur les routes d'Orient ?

L'officier ne répondit pas. Le Grand-Maître fronça les sourcils.

Il reste silencieux, s'étonna-t-il. *Serait-ce donc vraiment qu'il ne croit plus en mon jugement ?*

— Sergent ! Je vous ai posé une question !

— Vous dites que Dieu est avec nous, Maître, mais...

— Mais quoi ?

L'officier se mordit les lèvres.

— Parlez ! s'écria le Grand-Maître, fou de rage.

— Vous dites que Dieu est avec nous, mais je ne suis pas certain que ce que nous avons fait à Sarlac était conforme à notre ligne...

Dumont Desbardes resta bouche bée. En dix ans de collaboration, c'était la première fois que le sergent lui faisait un reproche, indirect, certes, mais un reproche tout de même. Il resta silencieux un moment, les yeux grand ouverts. Ce que venait de dire le sergent était grave, et il ne s'était pas attendu à un tel affront.

— Sergent, seriez-vous en train de m'accuser, moi, Grand-Maître de la Milice du Christ, de n'avoir pas respecté la règle de saint Courage ?

— Maître, nous avons tué une Mère pour la faire parler. Une Mère ! Une chrétienne ! Tuer un chrétien n'est-il pas une faute grave selon cette règle ? répliqua le Milicien.

— Cette femme, en refusant de répondre et en protégeant le jeune homme que nous cherchons, s'est déclarée ennemie du pape. Or, qui est ennemi du pape est ennemi du Christ, et notre rôle, sergent, est de combattre les ennemis du Christ.

— Mais...

— Cela suffit ! s'écria Dumont Desbardes hors de lui. Vous parlez de notre règle ? Dois-je vous rappeler l'un de ses principaux articles ? “*Il convient, car rien n’est plus cher au Christ, que les chevaliers qui sont proférés, pour accomplir leur service, pour obtenir la gloire béatifique ou pour éviter le feu de l’Enfer, observent une obéissance sans faille envers leur Maître.*”

Le sergent hocha lentement la tête.

— Alors, faites preuve d’un peu plus d’obéissance, sergent ! Maintenant sortez d’ici, et estimez-vous heureux que je ne vous relève pas de vos fonctions ! Nous allons retrouver ce jeune homme, coûte que coûte, et je ne veux plus entendre la moindre remarque ni le moindre doute, de votre part ou de la part de n’importe lequel des Miliciens qui sont devant cette tente. Le premier qui faillira à cet ordre, sergent, sera exécuté sur place, et par ma propre main ! Sortez !

*
* *

— Ma tante, je dois vous avouer que j’ai fui de chez moi. Ma mère, votre cousine, ne sait pas que je suis ici, même si elle s’en doute peut-être...

Ils étaient tous les quatre, Vivienne, les deux jeunes hommes et la duchesse, dans la petite salle à manger du palais.

Bohem se demandait encore s’il ne rêvait pas. Le chambellan leur avait donné à chacun une chambre immense et luxueuse, ils avaient pu prendre un bain et ils étaient maintenant vêtus d’habits qu’aucun habitant de Villiers-Passant n’aurait probablement pu s’offrir. Les yeux rivés sur le festin devant lui, il se demandait s’il était à sa place... Il n’avait jamais vu de couverts aussi précieux, jamais bu de vin aussi délicieux, et les quantités de nourriture que les serviteurs ne cessaient d’apporter sur la table étaient absolument faramineuses. L’idée même d’être servi par des valets lui paraissait invraisemblable.

— Tu t’es enfuie ? Quelle idée !

— Ma tante, je me suis enfuie parce que mes parents refusaient que je vienne vous voir, et que je voulais, moi, m’entretenir avec vous.

— Ma cousine a refusé que tu viennes me voir ? Mais pourquoi cela ?

— Elle pensait que vous auriez une mauvaise influence sur moi.

La duchesse ne put s'empêcher de rire.

— Eh bien, elle n'a peut-être pas tort ! Mais toi, pourquoi voulais-tu t'entretenir avec moi ?

— Je veux être troubadour.

La duchesse écarquilla les yeux.

— Vraiment ? C'est donc bien du sang de Quienne qui coule dans tes veines ! Et je comprends à présent que ta mère ait voulu t'empêcher de venir ici.

— N'ai-je pas eu raison de venir vous voir, puisque je veux être troubadour ? demanda la jeune femme d'un air inquiet.

Bohem serra les poings. Il espérait que la duchesse répondrait favorablement à Vivienne. Car il savait combien cela comptait pour elle. Il savait qu'elle ne vivait que pour cela, et qu'un rejet la rendrait plus malheureuse que tout.

— Quel âge as-tu, Vivienne ? demanda la duchesse, d'une voix plus sérieuse.

— Dix-sept ans, ma tante.

— À dix-sept ans, jeune femme, on est assez grande, je crois, pour juger soi-même de ses actes. Ce n'est pas à moi de te dire si tu as eu raison de venir ici...

— Mais vous, qu'en pensez-vous ? insista Vivienne.

Hélène de Quienne pencha la tête.

— Tu veux être troubadour ? répéta-t-elle.

— Je l'ai toujours voulu. Je ne rêve que de ça, ma tante ! Je veux apprendre la poésie, je veux apprendre le trobar, apprendre à chanter et à réciter, Je veux jouer d'un instrument, ou de plusieurs, même !

— Alors, une chose est certaine, ma fille, tu es venue au bon endroit.

Vivienne poussa un soupir de soulagement. C'était ce qu'elle avait voulu entendre, ce qu'elle avait espéré depuis si longtemps ! Bohem lui adressa un sourire complice.

— Mais tu ne parles là que de forme, Vivienne, reprit la duchesse. La poésie n'est pas qu'apparence, tu sais, elle est aussi raison, sens... Elle doit dire de profondes choses, dire ce que l'on croit et que l'on veut partager. Si tu ne fais des poèmes que pour la beauté des rimes, cela ne sert à rien de les dire. Tu es une femme, Vivienne, et si tu veux être troubadour dans un pays où les femmes n'ont aucun droit, tu devras trouver un sens à ce que tu veux dire. Tu devras toucher les gens.

La jeune femme hocha lentement la tête, le regard intense, comme si elle venait de recevoir sa première leçon.

— Oui, ma tante, dit-elle de sa douce voix. Je comprends. Mais j'ai des choses dans mon cœur, et je trouverai.

— Parfait. À présent, je sais pourquoi tu es là, et je suis heureuse, Vivienne. Je te présenterai demain les meilleurs troubadours qui sont à ma cour ; je suis sûre que tu trouveras en eux de bons professeurs. Mais parlons maintenant de tes amis. Tu disais qu'ils avaient eux aussi quelque faveur à me demander... La Rochelle ? Que puis-je faire pour vous qui avez accompagné ma nièce jusqu'ici ?

— Madame, je... Je suis fort gêné...

— Allons, détendez-vous, jeune homme !

— J'essaie, dit le Compagnon timidement.

— Je comprends que vous soyez mal à l'aise, et j'ai l'impression que ma nièce vous a joué un vilain tour... N'est-ce pas, Vivienne ? Quelque chose me dit que tu ne leur as pas avoué que tu étais ma nièce en venant ici ?

— Non, confessa la jeune femme. Je suis désolée, Bohem, La Rochelle. Je voulais être autre chose que la nièce d'une duchesse à vos yeux... J'espère que vous ne m'en voulez pas.

Les deux garçons ne répondirent pas. Ils étaient de toute façon beaucoup trop mal à l'aise pour dire ce qu'ils pensaient vraiment. En outre, ils ne savaient sans doute pas que penser...

— Ne t'en fais pas, Vivienne, reprit la duchesse. Je suis sûre qu'ils comprennent. Je pense, moi, que c'était fort courageux de ta part de ne pas le dire, et je comprends pourquoi tu l'as fait. Mais je conçois aussi que ces jeunes gens soient paralysés à présent ! Vous ne vous attendiez sans doute pas à être ici ce soir ! Mais rassurez-vous. Sans vouloir me vanter, je ne suis pas une duchesse tout à fait comme les autres. Si mon époux était là, vous auriez raison d'être gênés, et je crois de toute façon, pour être tout à fait honnête, qu'il aurait préféré que vous ne mangiez pas à sa table. Mais avec moi, vous devez vous sentir à l'aise. Considérez-moi pour ce que je suis, au fond. La tante de votre amie.

La Rochelle ne put s'empêcher de sourire.

— Oui, oui. Nous allons essayer, promit-il sans grande conviction.

— Alors je vous écoute, La Rochelle. Vous vouliez, je crois, me demander quelque chose...

— C'est-à-dire que, enfin, ce n'était pas à vous directement que je voulais demander, bafouilla-t-il. Disons que j'accompagne votre nièce, et que maintenant que je suis là, il faudrait que je trouve un chantier car j'ai besoin de travailler, et Vivienne me disait qu'à Pierre-Levée je trouverais sûrement du travail. Mais voilà, je...

— Vous avez une enclume pour pendentif, Compagnon, coupa la duchesse. Dois-je en conclure que vous êtes du métier des forgerons ?

— En effet, répondit le jeune homme.

— Très bien. Je demanderai demain à l'intendant de voir si l'on peut vous placer au palais. Cela vous conviendrait-il ?

— Au palais ? s'exclama La Rochelle, incrédule.

— Eh bien, oui ! Notre forgeron a sûrement besoin d'un apprenti.

— Madame, ce serait trop d'honneur, je ne sais comment vous remercier...

— Allons, ce n'est rien. Et ainsi vous resterez auprès de Vivienne, qui, je suis sûre, ne sera pas mécontente d'avoir un ami au palais. Et vous, Bohem ?

— Moi, madame ?

— Oui, vous aviez vous aussi à me demander...

— Non, madame, j'ai accompagné votre nièce, voilà tout, je...

— Mais enfin ! coupa Vivienne, sidérée. Bohem ! Ma tante peut sûrement te venir en aide...

— Non, Vivienne, je ne crois pas. Je ne préfère pas. Je... Je préfère me débrouiller seul. Je...

Il hésita. Les trois autres le regardaient.

— Je ne pense pas que je sois vraiment à ma place ici, dit-il finalement.

Et il était sincère. En vérité, il avait ressenti l'impression parfaitement opposée à celle qu'il avait eue dans la forêt des bayards. Là-bas, il s'était senti chez lui. En harmonie avec les arbres. Avec la terre. Ici, c'était tout le contraire. Il était incroyablement mal à l'aise.

Certes, la duchesse était d'une bienveillance qui lui faisait honneur et à laquelle Bohem ne s'était pas attendu, mais cela ne changeait rien. Il était embarrassé dans ce luxe, dans ces vêtements, devant cette table. Rien ici ne lui ressemblait. Et il y avait même dans le regard de Vivienne quelque chose qu'il ne reconnaissait pas.

— Excusez-moi, dit-il en se levant, je dois vous sembler extrêmement impoli, et toi, Vivienne, tu ne dois pas comprendre... Je vous suis fort reconnaissant pour votre accueil, mais je ne peux pas rester ici. Je suis désolé...

Vivienne le regardait, ébahie. Bohem semblait ému, mais il était sincère ; il ne voulait pas mentir. Et il se sentait réellement mal.

— Je comprends, jeune homme, répondit finalement la duchesse en souriant. Vous devez suivre votre chemin, Bohem. Suivez votre instinct, comme Vivienne a suivi le sien. Allez où votre cœur vous conduit.

Bohem hocha la tête. La duchesse parlait avec chaleur. Elle ne mentait pas, elle ne disait pas cela simplement pour lui faire plaisir. Non. On voyait au fond de ses yeux que cela lui faisait plaisir, à elle, de le voir se lever ainsi et refuser une hospitalité qui le mettait mal à l'aise.

Cette femme est extraordinaire. On ne m'a jamais regardé avec tant de respect.

— Bohem, reprit toutefois Hélène de Quienne. Accordez-moi juste une faveur.

Le jeune homme s'inclina.

— Tout ce que vous voudrez, madame.

— Je comprends que vous deviez partir, et je suis heureuse que vous ayez eu le courage de me le dire, malgré la peine que, vous le savez, cela doit faire à Vivienne. Mais restez au moins cette nuit. Juste cette nuit. Je serais malheureuse de vous laisser partir ainsi. Vous avez une mine terrible et vous avez besoin de dormir au moins une nuit dans le calme et le confort. Je vous en prie, Bohem. Restez ici ce soir. Demain, vous pourrez nous quitter dès l'aube, et je vous donnerai un cheval.

Bohem hésita. Oser avouer qu'il voulait partir parce qu'il était trop mal à l'aise dans ces murs lui avait demandé en effet un courage considérable, et il en tremblait encore. Et il ne pouvait faire l'affront à la duchesse de refuser. Peut-être avait-elle raison, en outre. Peut-être avait-il besoin d'une bonne nuit de sommeil.

— Comme il vous plaira, madame, et je vous remercie de votre hospitalité. Je resterai ici cette nuit. Puis-je me retirer à présent ?

Il voulait fuir le regard de Vivienne. Ne plus voir l'incompréhension dans les yeux de la jeune femme qui n'avait cessé de le dévisager depuis qu'il parlait avec la duchesse.

Comme elle devait lui en vouloir ! Et comme il s'en voulait à lui-même ! Mais il ne pouvait se mentir. Sa place n'était pas ici. Elle ne le serait jamais.

— Je vous en prie, Bohem. Rejoignez votre chambre. Bonne nuit, et encore merci pour Vivienne.

Bohem la salua, adressa un regard confus à Vivienne et se retira sans rien ajouter.

*
* *

— Majesté, je viens vous annoncer une mauvaise nouvelle.

Livain resta agenouillé sur son prie-Dieu, devant l'autel de la petite chapelle du palais de l'Île de la Cité. Il avait entendu le connétable entrer. Du moins il avait deviné que c'était lui. Personne d'autre au palais n'aurait osé venir le déranger dans la chapelle, au milieu d'une prière. En outre, Livain connaissait la raison de sa présence.

— Je sais, Domitien, dit finalement le roi quand il eut fini sa prière.

— Vous savez ? s'étonna le connétable.

— Oui. Le jeune homme est arrivé à Pierre-Levée.

— En effet, Majesté, répondit l'officier, interloqué. Mais comment savez-vous ?

— Camille, la reine, m'a déjà mis au courant.

— Mais comment pouvait-elle le savoir, je viens de l'apprendre à l'instant ?

Le roi se redressa et tourna la tête vers le connétable.

— Il faut croire que mon épouse a su déjà tisser un réseau de renseignements plus efficace que le vôtre, mon ami.

L'officier ne sut que répondre. Il arrivait à peine à y croire. Camille de Chastel n'était là que depuis quelques semaines et déjà...

— J'étais en train de demander conseil à Dieu, mon cher Domitien. Il semble être le dernier vers lequel je puisse me tourner puisque Pieter joue contre moi, et puisque vous n'êtes même pas en mesure de me transmettre ces informations plus rapidement que mon épouse, alors que vous êtes mon plus haut responsable militaire...

— Je suis impardonnable, Majesté. Je m'en vais de ce pas trouver l'explication de tout ceci. Ce retard est en effet inexcusable. J'en tirerai les conséquences et...

— Allons, Domitien, nous avons mieux à faire pour le moment. Même si je vous avoue que le zèle et la célérité de Camille commencent à me troubler un peu.

— Que voulez-vous dire ?

— Je ne sais pas. Ce n'est rien, sans doute. Nous verrons. Mais nous allons devoir prendre une décision en ce qui concerne ce jeune homme. Je ne peux laisser Hélène s'emparer de lui.

— C'est en effet ce que nous voulions éviter, Majesté.

Livain hocha la tête. Il avait l'air particulièrement soucieux.

— Le pays entier court après ce garçon ! s'exclama-t-il. Il y a les Miliciens lancés par le pape, les Aïshans, venus d'on ne sait où, mes propres soldats, incompétents, et maintenant Hélène. Et Pieter voulait me faire croire que ce jeune homme n'avait pas d'importance ! Je suis le roi de ce pays, Domitien. C'est à moi qu'il revient d'interroger ce jeune homme. Je veux qu'on le fasse venir à ma cour. Il n'a rien à faire chez la duchesse de Quienne, reine de Brittia !

— Cela risque d'être difficile, Majesté.

— Difficile ne signifie pas impossible, connétable. Rien ne doit être impossible au roi de Gallica ! Organisez un nouveau conseil. Je veux voir vos deux généraux, le bailli, vous-même, et ce traître de Pieter le Vénérable !

— Vous voulez qu'il participe au conseil ?

— Bien sûr. Nous ne sommes pas censés être au courant qu'il nous a trahis, Domitien. Au contraire, je suis curieux de voir ce qu'il dira lors de cette réunion. De voir jusqu'où va sa traîtrise ! Allons, ne perdez pas de temps, organisez au plus vite ce conseil.

— À vos ordres, Majesté.

Le connétable se retira sans plus attendre, abandonnant le roi au silence de la petite chapelle.

*
* *

Bohem ne cessait de se retourner dans son lit. Sur le ventre, sur le dos, sur le côté. Rien à faire ! Il ne parvenait pas à trouver le sommeil sur cet immense matelas. Il faisait chaud, beaucoup trop chaud, et il entendait trop de voix dans sa tête, pensait à trop de choses. Trop de questions. Il se redressa brusquement en grognant, puis regarda la grande pièce dans laquelle le chambellan l'avait installé. Les murs infinis. Le plafond et ses moulures flamboyantes. Les tableaux. Les meubles magnifiquement sculptés, couverts de fines feuilles d'or. Le tapis brodé. Les vases en cristal. Les bibelots. Partout où se posait son regard, il découvrait un luxe dont il n'avait jamais supposé l'existence. Jamais il n'aurait imaginé un tel étalage de splendeur. Et il ne pouvait pas le supporter. Il tourna la tête et vit son image dans un haut miroir somptueusement encadré. Il adressa une moue dégoûtée à son propre reflet. Il avait l'impression de regarder un inconnu.

Il se leva d'un bond, enfila ses vêtements et ses chaussures, et sortit de la chambre. Il essaya de se souvenir du trajet qu'il avait suivi pour arriver là. Après deux tentatives, il finit par retrouver le grand escalier qui descendait vers les jardins. Il dévala rapidement les grandes marches de pierre blanche et se précipita dehors.

L'air était beaucoup plus frais hors du palais, la lune plongeait le parc dans une belle ambiance bleutée.

Bohem inspira profondément. Les voix s'étaient tues dans sa tête. Il avait l'impression d'être sorti d'une grande antichambre bruyante, bien qu'il n'y eût pas un seul bruit. Il se sentait libre.

Il se mit à marcher, lentement, dans les petites allées, entre les plates-bandes et les bosquets qui décoraient les jardins du palais. La ville était silencieuse, à présent. Les habitants devaient avoir enfin décidé qu'il était temps de dormir. Ici, dans l'enceinte du palais, on entendait seulement quelques bruits qui venaient des écuries. Le souffle des chevaux. Par moments, un coup de sabot contre les barrières de bois.

Bohem traversa le parc et alla s'allonger auprès d'un arbre, sur une petite butte d'herbe verte, au pied de la grande tour carré. Il ne voulait pas s'en aller. Il avait promis à la duchesse de rester ici cette nuit. Mais il avait besoin d'être dehors. Il s'installa confortablement sur le sol, laissant tomber ses bras sur l'herbe fraîche. Et il regarda les étoiles par-delà les voûtes de pierre du palais.

Le ciel était magnifique. C'était le même que celui qu'il voyait à Villiers-Passant, se dit-il. Noir océan d'étoiles, coupole bienveillante. *Le ciel est partout pareil...*

— Bohem !

Le jeune homme sursauta. Mais il avait reconnu la voix de Vivienne. Il se redressa et aperçut la jeune femme, à quelques pas.

— Qu'est-ce que tu fais là ? chuchota-t-il, interdit.

Elle sourit.

— Eh bien, tu ne manques pas de culot ! C'est plutôt à moi de te poser cette question. Je t'ai entendu descendre les escaliers, et je t'ai suivi, voilà tout ! Mais toi, qu'est-ce que tu viens faire dans les jardins ?

— Tu m'as suivi ?

— Oui, reconnut la jeune femme en haussant les épaules. Je n'arrivais pas à dormir, j'ai entendu des pas dans le couloir, et je me suis douté que c'était toi...

— Je vois. Moi non plus, je n'arrivais pas à dormir.

— Oui, mais moi, c'était à cause de toi !

Bohem haussa les sourcils.

— De moi ?

— Oui ! Qu'est-ce qui t'arrive, Bohem ? Hélène t'offre son hospitalité, dit qu'elle est prête à t'aider et tu quittes la table, sans véritable explication ! J'ai l'air d'une imbécile, moi ! Depuis tout ce temps que je t'accompagne pour te mener ici...

— Je suis désolé, Vivienne. Je... Je ne sais pas comment t'expliquer.

— Essaie ! Parce que je n'arriverai pas à dormir tant que tu ne l'auras pas fait ! J'ai tout de même droit à une explication !

Elle le dévisagea longuement, d'un air sévère, mais il resta silencieux. Elle poussa un soupir et vint s'asseoir à côté de lui. Ils restèrent ainsi sans parler, puis Bohem se décida, sans vraiment savoir ce qu'il allait pouvoir dire. C'était tellement flou dans sa tête.

— Vivienne, j'ai quelque chose à accomplir. Je ne sais pas quoi. Mais j'ai quelque chose à faire. Et je ne peux pas le faire ici.

— Je ne comprends rien à ce que tu me dis, Bohem.

— Oui, je sais, c'est bizarre. Mais ta tante, elle, semble comprendre...

— Peut-être. Mais elle a l'habitude de voir des illuminés dans ton genre. Moi pas ! Alors explique-moi plus clairement, parce que ça me rend folle !

— Je fais ces rêves étranges. Et puis, tu as bien vu, dans la forêt, les Brumes...

— Oui, j'ai vu ! Et ça aussi, j'aimerais que tu m'expliques !

— Comment t'expliquer ce que je ne comprends pas moi-même ? Tout ce que je peux te dire, c'est qu'une voix au fond de moi me dit que je ne dois pas rester ici. Cette voix, ou cet instinct – je ne sais pas – me hante, me pousse à faire des choses que je ne maîtrise pas vraiment. Comme cette histoire dans la forêt. J'ai appelé les Brumes, Vivienne. Je les ai appelées dans ma tête. Et tu as vu. Elles sont venues...

— Ce... Ce n'est pas possible, dit Vivienne.

Mais elle savait au fond d'elle qu'il ne mentait pas. Elle l'avait vu, de ses propres yeux. Et il ne pouvait y avoir aucune autre explication. Mais cela dépassait l'entendement.

— Tous ces gens qui me recherchent, Vivienne, il y a sûrement une raison. Le roi, les Aïshans, et ces cavaliers blancs dans la forêt. Encore d'autres ennemis ! Pourquoi me pourchassent-ils ? Je veux comprendre. Or, je ne comprendrai pas ici.

— Tu n'en sais rien ! protesta Vivienne. Je t'ai dit que les troubadours auraient peut-être une réponse...

— Non, Vivienne. Je ne crois pas. Et de toute façon, je ne suis pas à l'aise ici. Je sais que cela te fait de la peine, mais je ne me sens pas bien dans ces murs, dans tout ce luxe.

— Mais pourquoi ? Hélène t'offre son hospitalité, il y a beaucoup de gens qui aimeraient être à ta place, Bohem !

— Justement. C'est bien ce qui me dérange.

Et il n'ajouta pas un seul mot. Vivienne le dévisageait. Comme si elle comprenait peu à peu ce qu'il voulait dire. Ils restèrent sans bouger et sans parler pendant un long moment, l'un à côté de l'autre, sous la pâle lumière d'une nuit de juin.

— Je vais dormir ici, déclara finalement Bohem.

Il était sur le point de s'allonger à nouveau quand Vivienne le retint par le bras. Elle le fixait encore, droit dans les yeux. Mais sur son visage s'était dessinée une sérénité nouvelle. Elle s'approcha lentement de lui. Sans quitter son regard. Elle amena sa bouche près de celle de Bohem. Puis elle l'embrassa. Délicatement. Longtemps.

Bohem sentit le goût salé d'une larme sur ses lèvres. La jeune femme pleurait. Il voulut caresser sa joue, essuyer ses larmes, mais elle se leva, et elle lui adressa un tendre sourire.

— Dors bien, Bohem. Adieu.

Puis elle fit demi-tour et retourna dans le palais des Ducs.

*
* *

— *Tu ne dois pas partir.*

Cette fois-ci j'entends sa voix. Tout autour de moi. Comme si je nageais dedans. Enfin. Le son me parvient. Je le vois, il me parle, je l'entends.

Le loup et la chimère m'ont emmené au même endroit, comme chaque soir. Je les ai suivis. Et l'homme de petite taille est apparu. À nouveau. Au bord de la forêt.

Mais il n'a pas la bague dans les mains. Il n'est pas venu me montrer quelque chose. Il est venu me parler. Juste me parler. Et je l'entends.

Je ne l'avais jamais entendu avant. Comme je n'ai jamais pu parler, non plus. Mais puisque je l'entends, peut-être puis-je prononcer quelques mots moi aussi. Me faire entendre à mon tour. Je dois essayer. Il faut que je me concentre. Parler. Cela paraît si simple. Mais ce n'est pas le même monde, ici. Je ne maîtrise rien. Comment faire ? Je sais. Il faut que je me voie parler. Que j'imagine ma voix.

Je dois essayer.

— Pourquoi ?

Était-ce ma voix ? Est-ce moi qui viens de dire cela ? L'homme me sourit. Oui. Il m'a entendu.

— Tu dois attendre. Attendre encore un peu.

— Attendre où ?

— Là où tu es, là où tu es.

— Chez la duchesse de Quienne ?

Il acquiesce. On dirait qu'il ne peut pas dire le nom. Il ne peut pas dire duchesse de Quienne. *Un nom de l'autre monde. De mon monde à moi. C'est étrange. Il parle bizarrement.*

— Pourquoi ?

— Tu dois m'attendre, oui.

— Mais qui êtes-vous ?

— Celui qui vient te voir. Ça, oui.

— Je ne comprends pas.

— Je viens te voir. Là où tu es. Tu ne dois pas partir.

Pourquoi me parle-t-il ainsi ? On dirait que ses mots sont comptés. Qu'il ne peut pas parler librement. Mais il ne m'en a pas assez dit. Je ne sais pas qui il est, ni pourquoi il dit qu'il vient me voir. Son image se trouble. Sa silhouette s'éloigne. Je n'ai pas compris. Non. J'en ai assez d'attendre ! De ne pas comprendre ! Assez qu'on se joue de moi ! Qu'on se serve de moi comme d'un pion ! Je veux qu'on m'explique !

— Attendez ! Je n'ai pas compris ! Pourquoi venez-vous me voir ? Vous venez à Pierre-Levée, c'est ça ? Mais qui êtes-vous ? Attendez ! Ne partez pas !

Il est trop tard. Son image n'est déjà plus là. Il n'est plus qu'un souvenir. Et je suis seul à nouveau. Seul comme toujours. Dans le silence.

Non. Je ne suis pas seul. Je ne peux pas dire ça. Je sais qu'elles sont là, derrière moi. Les Brumes. Toujours.

Et cette autre présence, encore, que j'avais ressentie la dernière fois. Comme un regard distant, plongé sur ma nuque, et qui n'a pas la bienveillance des Brumes. Loin de là. Cette autre présence qui me terrifie.

*
* *

Le conseil demandé par le roi se tint dans la grande salle des écussons du palais de l'Île de la Cité. C'était une salle tout en longueur, aux murs entièrement pavés de terre cuite. Le parquet était en caissons chevillés en chêne, magnifique. Et, au-dessus de la grande cheminée, étaient peintes toutes les armoiries des fiefs de Gallica.

Ceux qui avaient été conviés à cette réunion étaient assemblés autour d'une grande table, de chêne elle aussi, au bout de laquelle siégeait le roi, majestueux, vêtu de son armure étincelante, ses longs et fins cheveux peignés avec soin.

Domitien Lager, le connétable, était là, avec ses généraux, ainsi que le bailli, Alice, la mère de Livain, des prévôts, des aides de camp, et, bien sûr, Camille, l'épouse du roi.

Pieter le Vénérable était assis à l'autre bout de la table, en face de Livain VII. Pourquoi l'avait-on placé là ? Il aurait aimé être à la place du connétable, à la droite du roi. Mais il s'était passé quelque chose. Le roi, quand il était entré, avait semblé fuir son regard.

Il arrivait tout juste de Cerly et il était épuisé. Peut-être se faisait-il des idées. Trompé par sa fatigue. Il se demandait s'il n'était pas de plus en plus fatigué, d'ailleurs. Son âge commençait à lui jouer des tours. Et cela l'inquiétait. Aurait-il la force de profiter de l'opportunité que lui offrait la nouvelle configuration du royaume ? Il n'en était plus certain. Surtout depuis que Camille de Chastel avait montré son ambition. Elle était tous les jours auprès du roi. Il ne faisait nul doute qu'elle allait prendre la place qu'il avait tant espérée pour lui-même. Mais il ne fallait pas abandonner. Il avait encore des cartes à jouer. Et le pape était de son côté.

— Le jeune Bohem a été recueilli par la duchesse de Quienne, annonça le roi d'une voix grave et sévère. Nos soldats n'ont pu l'intercepter à temps.

Mon Dieu ! C'est donc pour cela qu'il nous a réunis. Cela explique peut-être son regard. Il est furieux. Voilà une nouvelle fort désastreuse ! Pourquoi le Grand-Maître Dumont Desbardes ne m'a-t-il pas mis au courant ? Peut-être ne le sait-il pas encore lui-même. J'ai du mal à y croire. Il est sûrement mieux informé que les soldats de la Garde royale !

— Nous avons pris trop de retard à Sarlac, expliqua le connétable, où il nous a échappé. Des Compagnons semblent lui avoir prêté main-forte. Il nous a été ensuite impossible de le rattraper. La vitesse à laquelle il est arrivé à Pierre-Levée est assez troublante. Nous pensons qu'il a bénéficié de soutiens extérieurs.

Le roi poussa un soupir, puis il posa un regard circulaire sur l'assemblée.

Il ne s'était pas attendu à ce que cela soit si dur. Mais moi non plus. Je pensais que les Miliciens mettraient facilement la main sur Bohem, avant la Garde royale. Mais ni les uns ni les autres ne semblent en mesure de le faire. Ce garçon est une véritable anguille ! Nous l'avons tous sous-estimé. Mais que peut-il bien faire chez Hélène de Quienne ? Le pape risque de ne pas apprécier la nouvelle...

— Jusqu'à présent, expliqua Livain, je considérais ceci comme une affaire intéressante, certes, mais rien de plus. Je voulais voir ce jeune homme, c'est tout. Mais cette affaire est en train de prendre des proportions inattendues. Je viens, en outre, d'apprendre quelque chose qui me plonge dans la stupéfaction la plus totale.

Il fit une pause pour marquer son effet. Les participants écoutaient attentivement.

— Ce n'est plus seulement les Aïshans qui poursuivent ce jeune homme. Les chevaliers de la Milice du Christ se sont mis à sa recherche, eux aussi. Et sans m'en informer !

Il est donc au courant ! Sait-il que je suis impliqué ? Ce serait catastrophique pour moi. Un acte de trahison. Il ne me regarde pas. Il l'aurait sans doute fait s'il m'avait soupçonné. Pour voir ma réaction. Peut-être ne sait-il pas que je suis impliqué. Mais je dois rester sur mes gardes. Ou bien le prendre à contre-pied. Désamorcer la chose. Un demi-mensonge pourrait me blanchir en partie. Oui. C'est un risque à prendre. Car au cas où il me soupçonne, mieux vaut prendre les devants.

— Majesté, intervint Pieter en se raclant la gorge, il se peut que cela soit de ma faute.

— Comment ça ? s'indigna le roi.

Il sait. Il sait que je suis impliqué. Il n'a pas l'air surpris. Il prétend l'être, mais je peux lire dans ses yeux. Il n'est pas réellement étonné. Il devait me soupçonner. C'est normal. Les Miliciens dépendent du pape, et du pape uniquement. Tout comme Cerly. Il a dû faire le rapprochement. Je dois me disculper. Feindre la franchise pour qu'il croie que je ne l'ai pas sciemment trahi.

— Dès mon retour à Cerly, j'ai cru bon de prévenir le pape, afin qu'il sache ce qu'il se passait avec ce jeune homme. Il a sans doute donné l'ordre aux Miliciens d'enquêter sur cette affaire pour en savoir un peu plus...

— En sachant que je le cherchais moi-même ? Il aurait dû me prévenir !

— Peut-être ne voulait-il pas vous alarmer davantage. Ses miliciens ont sûrement l'ordre de ne pas contrevenir à vos desseins, Majesté.

— Et vous ? insista le roi. Vous auriez pu me tenir au courant ! De quel droit avez-vous parlé de cela au pape, sans mon accord ? Je croyais que vous étiez mon conseiller, pas un espion de Sa Sainteté...

— Majesté, vous ne m'avez pas dit que cela était secret. Je croyais même que c'était l'Église qui était à l'origine de l'information qui vous a permis de vous intéresser à ce fameux Bohem. N'est-ce pas l'évêque de Nabomar qui vous a confirmé son existence ?

— Certes, mais le choix politique que j'ai ensuite fait de retrouver ce jeune homme ne regardait que moi, et vous n'aviez pas à en référer au pape ! Au service de qui êtes-vous, abbé ?

— Je suis au service de Gallica et de Dieu, Majesté, tout comme vous ! C'est en croyant vous aider dans vos recherches que j'ai parlé de cette affaire au légat. Je voulais voir s'il était au courant, et notamment s'il savait quelque chose au sujet de cette excommunication annulée. Je ne pensais pas que tout ceci prendrait de telles proportions...

Le roi fronça les sourcils.

Il ne me croit pas. Ou, en tout cas, il a encore des doutes. Je dois trouver un moyen de me sortir de cette situation. Je pourrais jouer sur les deux tableaux...

— Voulez-vous que je demande au pape ce qu'il en est réellement ? proposa l'abbé de Cerly. Si vraiment ses Miliciens sont aussi sur cette affaire, peut-être pourrions-nous échanger des informations avec lui. Vous pourriez vous associer au pape pour retrouver Bohem... Je pourrais être votre intermédiaire.

Le roi tourna la tête vers le connétable.

Il avait donc déjà parlé de cela avec Domitien. Ils m'ont invité à ce conseil pour me piéger. Mais je pense que je m'en suis bien sorti. Ils ne s'attendaient pas à ce que j'avoue avoir parlé au pape avant même qu'ils ne me posent la question. J'ai bien fait de parler. Je n'ai peut-être pas regagné leur confiance, mais au moins je les fais douter. Je dois pouvoir obliger le roi à impliquer le pape dans cette affaire.

— Monsieur l'abbé, intervint soudain Camille, qui semblait s'inquiéter du tour que prenait la conversation. Tout a commencé dans le comté de Tolsanne. C'est une affaire qui concerne le roi, pas le pape. Il me semble que le roi avait été assez clair sur ce sujet...

Livain parut surpris par l'intervention de sa femme. Il lui adressa un regard réprobateur.

— Ma chère, je parle avec l'abbé de Cerly, s'il vous plaît.

La jeune femme haussa les sourcils. Elle ne s'était certainement pas attendue à ce que le roi la réprimande ainsi. Devant tous les participants. C'était sans doute la première fois qu'il le faisait. Mais elle était allée trop loin. Elle devait apprendre à se taire. À écouter. Et à ne pas parler avant le roi...

Pieter le Vénérable jubilait.

— Majesté, reprit-il d'une voix qui se voulait rassurante, je vais faire dire au pape que vous souhaiteriez qu'il vous informe de ses recherches, et qu'en aucun cas ses Miliciens ne doivent entraver la mission de vos soldats.

Le roi hocha la tête, mais il avait encore le regard méfiant.

— Faites, monsieur l'abbé, faites. Je ne veux aucun conflit avec Sa Sainteté. Car un autre conflit se prépare qui me préoccupera bien assez. Je n'ai pas besoin de cela.

— Un conflit ? intervint Alice, interloquée.

Le roi se tourna vers elle.

— Oui, ma mère.

Puis il s'adressa à l'assemblée tout entière, et d'un ton emphatique, il s'expliqua.

— J'envoie ce soir mon ost à Pierre-Levée.

En dehors du connétable, qui visiblement était le seul prévenu, tous les présents montrèrent leur grand étonnement.

— Comment ?

— Je ne laisserai pas Hélène de Quienne mettre la main sur ce jeune homme. J'ai pris la décision de voir ce garçon, et il est hors de question qu'il serve maintenant la cause de mes ennemis. Je vais demander à la duchesse de Quienne de me le livrer, et si elle refuse, l'ost a pour ordre d'attaquer le Palais des Ducs. Purement et simplement.

— Mais, vous plaisantez, mon fils ? s'exclama Alice.

— Majesté, surenchérit Pieter, c'est de la pure folie ! Hélène est reine de Brittia ! Vous attaqueriez Emmer en faisant cela...

— Je n'attaque personne. Je libère du palais un enfant de mon royaume.

— Vous ne pouvez pas être sérieux, Majesté !

— Très sérieux, au contraire. Maintenant que j'ai la confirmation de son importance, je veux ce garçon coûte que coûte. Mais rassurez-vous, je ne crois pas que nous aurons à en arriver là. Hélène ne cherchera pas le conflit.

Il tourna la tête vers Camille. Il n'aimait pas parler de son ancienne épouse devant la jeune femme.

— Je la connais bien, reprit-il en détournant son regard. Elle préférera me livrer ce Bohem plutôt que mettre en péril sa cour de troubadours. Et elle saura que je tiendrai ma promesse. Je veux ce jeune homme, et rien d'autre. Aussitôt qu'elle me l'aura livré, mon ost quittera le comté de Pierevain.

— Majesté, vous vous rendez bien compte que cela pourrait déclencher une guerre sans précédent ?

— C'est un risque que je suis prêt à prendre.

— Juste pour cet enfant ?

Le roi se leva lentement. La tête haute, le regard fier, il posa un regard sur les membres du conseil. Il n'avait jamais paru si décidé.

— Ce n'est pas un simple enfant, annonça-t-il de sa voix la plus grave. Bohem est bien plus que ça.

*
* *

— Monsieur, Mademoiselle de Châtellerault m'a demandé de vous dire qu'elle quittait Pierre-Levée.

L'intendant venait d'arriver dans la cour, suivi de près par un palefrenier qui tenait un magnifique cheval. Le cheval que la duchesse de Quienne avait promis à Bohem.

— Pardon ?

— Votre amie a quitté Pierre-Levée ce matin, et elle ne sera de retour que dans quelques jours.

— Où est-elle partie ? demanda Bohem, surpris.

— Elle accompagne la troupe de Romain de Saint Hilaire, qui se rend dans le comté d'Andesie. Elle va suivre avec lui des cours de poésie et découvrir la vie des troubadours. C'est sa tante qui l'a envoyée là-bas. Mais elle reviendra bientôt, m'a-t-elle demandé de vous dire.

Comment avait-elle pu partir aussi vite ? Sans même lui dire au revoir ? Bohem ne pouvait oublier le baiser de la veille. La tendresse dans son regard. Peut-être lui en voulait-elle trop d'avoir décidé de quitter Pierre-Levée ? Ou bien était-ce une façon pour elle de ne pas le voir partir.

— Mais, balbutia-t-il bêtement... Mais pourquoi n'est-elle pas venue me dire au revoir ?

L'intendant resta silencieux, bien sûr. Il n'avait aucune réponse satisfaisante à donner au jeune homme. Bohem poussa un soupir. Puis il se demanda si Vivienne, au contraire, ne lui jouait pas un tour. Voulait-elle l'obliger à rester ici ? À l'attendre ? Ce baiser de la veille n'avait-il été qu'une ruse pour que Bohem restât au Palais des Ducs ?

— Quant à votre ami Compagnon, reprit l'intendant en souriant, il travaille déjà auprès de notre maître forgeron. Et avant que vous partiez, il aimerait, je crois, que vous passiez le saluer.

— Bien sûr, répondit Bohem, encore perdu dans ses pensées. Bien sûr.

— Voulez-vous que nous préparions votre cheval pendant que vous allez saluer Monsieur La Rochelle ?

Bohem hésita. Il n'avait pas vraiment écouté la question de l'intendant. Il était ailleurs. Il ne pouvait se débarrasser de l'image de Vivienne qui l'avait embrassé.

— Euh, oui, répondit-il finalement. Oui. S'il vous plaît.

— Voulez-vous que je vous accompagne à la forge ?

— Non, non, répliqua Bohem. Je sais où elle se trouve, derrière les écuries.

Le jeune homme salua l'intendant et se dirigea d'un pas rapide vers le côté opposé du parc. Il traversa les jardins du palais, puis la grande cour pavée.

Il ne pouvait pas partir sans dire au revoir à La Rochelle. Bien sûr. Mais il était troublé, toutefois. Il espérait que le Compagnon n'essaierait pas de le convaincre de rester, à son tour. Et il ne savait pas vraiment que lui dire. Comment expliquer son départ ? Il avait tenté, la veille, d'expliquer à Vivienne, mais il n'était pas sûr qu'elle ait compris.

Il ne savait même pas où il irait exactement. Pour l'instant, il voulait retourner dans une forêt. Pour voir les Brumes. Essayer de comprendre... La Rochelle serait sûrement plus compréhensif, lui. Et peut-être se moquait-il de le voir partir, après tout. Leurs relations s'étaient un peu dégradées, les derniers jours. La jalousie de Bohem avait refait surface. Et les railleries du Compagnon n'arrangeaient rien. Mais il l'aimait beaucoup, malgré tout. Il lui devait sans doute la vie. De toute façon, il fallait au moins aller lui dire au revoir.

Soudain, alors qu'il n'était plus très loin de la forge et qu'il apercevait justement La Rochelle en train de travailler, une voix derrière lui l'arrêta.

— Bohem ?

C'était la duchesse. Hélène de Quienne. Il reconnaissait son timbre, presque aussi doux que celui de sa nièce. Il se retourna.

— Madame ?

— Alors vous partez vraiment ?

Bohem la regarda droit dans les yeux. Il se dit qu'elle ressemblait un peu à Vivienne. En tout cas, elles avaient toutes deux de nombreux points communs. La voix, la profondeur du regard, et une certaine malice au fond de celui-ci...

— Oui, madame. Je vous remercie de votre hospitalité, mais je dois partir à présent.

— Mon hospitalité ? Le chambellan m'a dit que vous aviez dormi dehors ! se moqua la duchesse.

— Vos jardins sont très confortables, plaisanta Bohem.

— Je suis honteuse de n'avoir pas su mieux vous recevoir, Bohem. Je voudrais vous faire un présent.

— Mais...

— Allons, le coupa-t-elle, ne dites rien. Tenez, c'est pour vous.

Elle lui tendit un paquet, emballé dans un grand carré de peau brune. Bohem s'en saisit, fort gêné, et l'ouvrit délicatement. C'était un manuscrit. Un manuscrit somptueux, dans une reliure de cuir, avec des fermoirs à lanières et des agrafes de bronze en forme de têtes d'animaux.

Le jeune homme ne sut que dire. Il était tellement embarrassé ! La duchesse ignorait peut-être qu'il ne savait pas lire... Mais il n'osait le lui dire. Et il était tout de même comblé. Il tourna maladroitement les premières pages et admira la beauté des textes qui couvraient les parchemins, rassemblés en cahiers cousus. Puis il vit les premières enluminures. Elles étaient d'une grande pureté, et certaines comportaient même de fines couches d'or.

— C'est... C'est magnifique, mais pourquoi m'offrez-vous ce livre ? Je...

La duchesse sourit.

— C'est le *Bestiaire de Thaon*, Bohem. Un exemplaire unique que Philippe de Thaon en personne a offert à la famille de mon époux.

— C'est vraiment très beau. Je vais vous paraître idiot, mais qu'est-ce que c'est, plus précisément ?

— Un très long poème sur les Brumes, illustré de nombreuses gravures, décoratives ou explicatives. Et je pense que le propos de Philippe de Thaon vous intéressera, jeune homme, car à travers ces animaux merveilleux il fait, je crois, une belle analyse de l'âme humaine...

— Ces *animaux merveilleux* ? s'étonna Bohem. Vous ne pensez pas que les Brumes sont des démons ?

La duchesse éclata de rire.

— Bien sûr que non ! Ce sont les plus belles créatures que le monde ait portées...

— Je le crois aussi, Madame, dit Bohem, qui n'en revenait pas.

Il pensait être le seul fou au monde à penser cela de ces créatures maudites par les hommes. Mais non, bien sûr ! La duchesse pensait sûrement différemment des autres gens ! Elle qui avait l'esprit si libre ! Il aurait dû s'en douter.

— C'est ce que j'ai cru comprendre, répondit-elle. C'est très généreux de ta part, et très clairvoyant aussi, de vouloir sauver les Brumes.

Sauver les Brumes ? Il n'avait jamais vraiment formulé la chose ainsi. Il en avait sauvé une, oui. Il se rappela alors les paroles de la Mère dans la première cayenne où les Compagnons l'avaient emmené. C'était il y a quelques jours à peine, mais cela lui paraissait si loin ! Le lendemain, elle lui avait dit une chose qui l'avait beaucoup marqué. *« Ce que tu as dit hier soir sur les Brumes m'a beaucoup touchée. Je sais que tu es un bon garçon. Nous ferons tout ce que nous pourrons pour t'aider. »* C'était à peu près ce que venait de lui dire la duchesse. Alors, non, il n'était pas le seul fou à penser ainsi. Il en prenait de plus en plus conscience.

— Voilà pourquoi je voulais t'offrir ce livre, continua Hélène. Car je crois que tu y trouveras peut-être des réponses aux questions que tu sembles te poser. Ces livres sont de plus en plus rares, Bohem. Il y a vingt ans, Courage de Blanval et le chapitre général de l'ordre de Cistel ont interdit aux copistes les représentations humaines et animales, les belles lettres colorées et même les fermoirs ! Et surtout, ils ont interdit que l'on peigne des Brumes... Quels imbéciles ! Ce livre est donc bien plus précieux encore.

— Mais...

— Mais tu ne sais pas lire, le coupa la duchesse d'une gentille voix. Je sais cela aussi, Bohem. Toutefois...

Elle s'arrêta de parler et lui fit un sourire malicieux.

— Toutefois il y a ici des gens qui pourraient sûrement t'aider à le lire et à le comprendre.

Bohem comprit alors le sourire de la duchesse. Elle lui offrait certes un cadeau d'une valeur inestimable, mais elle en profitait sans doute pour mettre en place une manœuvre habile qu'elle avait dû préparer avec sa nièce pour le décider à rester. Il ne put s'empêcher de sourire à son tour.

— Madame, je sais que Vivienne aimerait que je reste, et j'aimerais beaucoup lire ce livre, mais j'ai déjà pris ma décision...

— Je sais, répondit la duchesse. Je devais quand même tenter ma chance. J'ai promis à ma nièce d'essayer !

— Je comprends. Mais je ne peux pas rester ici. J'espère toutefois que je pourrai la revoir bientôt, avoua-t-il en baissant les yeux.

— Elle sera ici dans quelques jours. Je lui ai dit qu'elle ne devait pas rater la visite de mon prochain invité...

— Pourquoi ?

— C'est un musicien et un poète extraordinaire, dont on me parle depuis fort longtemps... Il n'est pas originaire de notre pays, mais j'ai appris le mois dernier qu'il était en Gallica. Je lui ai fait savoir que j'aurais aimé le recevoir quelques jours à ma cour, et il a accepté. Je suis enchantée et impatiente ; j'ai dit à Vivienne de revenir à temps pour rencontrer cet homme d'exception. Il n'est vraiment pas ordinaire. C'est un nain...

— Pardon ?

— Un nain. Un homme de petite taille.

Bohem écarquilla les yeux. Était-ce une coïncidence ? Ou bien pouvait-il s'agir de l'homme auquel il pensait ?

— De quel instrument joue-t-il ? s'empressa-t-il de demander à la duchesse.

— De la cornemuse, pourquoi ?

— Et comment est-ce, une cornemuse ?

— Eh bien, je ne suis pas sûre, je n'en ai jamais vu. Il n'y en a que dans cette île lointaine dont il vient. Mais je crois que c'est un instrument à vent, une sorte de petite poche de cuir dans laquelle on souffle à travers...

— À travers des tuyaux ?

— Oui, c'est ça. Il y a un tuyau dans lequel on souffle, et d'autres, percés de trous, par lesquels sort le son... Je suis pressée de découvrir cet instrument. Tu sembles le connaître ?

Mais Bohem ne l'écoutait plus. Ce ne pouvait être que lui ! L'homme de petite taille. Son instrument sur le dos. Il n'y avait pas de doute. C'était bien celui qu'il voyait en rêve presque chaque nuit. Celui qui lui avait montré la bague.

Et qui lui avait dit de l'attendre. De l'attendre ici.

Bohem tremblait. La duchesse fronça les sourcils.

— Quelque chose ne va pas ? demanda-t-elle, inquiète.

— Madame, je... Si. Je vais bien. Je... Comment s'appelle-t-il, ce musicien ?

— Eh bien, il s'appelle Mjolln Abbac. Mais les troubadours l'appellent le "Cornemuseur".

Chapitre 8

LA PORTE DU FORGERON

Quand Bastian vit les empreintes dans la terre humide au pied du tertre forestier, il sut immédiatement qu'il était sur la piste d'une vouivre. Serpent de vie aux yeux de diamant, aux pattes d'oiseau et aux ailes de dragon, la vouivre laissait sur le sol une signature unique. On ne pouvait la confondre avec aucune autre bête. Mais elle était aussi l'une des Brumes les plus difficiles à capturer, et Bastian se demanda s'il ne ferait pas mieux de trouver une autre piste.

De toute sa vie, il n'avait capturé qu'une seule vouivre, et il gardait sur la joue un souvenir impérissable de ce combat. Ne risquait-il pas de perdre trop de temps à chasser celle-là ? Pire, il pouvait échouer... et ne rien capturer du tout.

Mais cela faisait trois jours qu'il parcourait la forêt au sud de Roazhon, et c'était la première piste qu'il trouvait. Il pouvait s'estimer heureux. C'était peut-être même la dernière Brume qu'il y avait dans toute la région ! Non, il ne pouvait pas se permettre d'abandonner cette piste. Il n'avait aucune garantie d'en trouver d'autres. Il devait capturer cette vouivre.

Il remit son heaume de louvetier, abaissa le bassinet devant ses yeux, arma son arbalète et se remit en route. Il fallait être vigilant. Il allait bientôt faire nuit, et les vouivres, comme toutes les Brumes, étaient plutôt nocturnes.

C'était le meilleur moment pour la surprendre. Ou essayer en tout cas.

Bastian savait qu'il ne pourrait sans doute pas suivre sa trace jusqu'à son nid, car ces petits dragons se logeaient entre les rochers, traversaient des zones rocailleuses où ils ne laissaient pas d'empreinte. Il faudrait tendre l'oreille. Leurs petites ailes produisaient un bruit bien particulier. Et c'était souvent ainsi, quand on avait l'habitude, qu'on pouvait les repérer.

Il marcha lentement, s'arrêtant régulièrement pour inspecter le sol et regarder les rochers tout autour de lui, plongés dans l'ombre. Il scrutait l'horizon obscur, écoutait attentivement les bruits du soir et tenait fermement son arme des deux mains.

Si la vouivre apparaissait, il ne fallait surtout pas la rater. En général, on n'avait qu'une seule chance. Un seul tir. Après... la Brume fuyait, ou bien elle vous attaquait. Bastian grimaça.

À vrai dire, elles attaquaient rarement. Il fallait bien le reconnaître. Mais ce n'était pas le genre de choses qu'un louvetier devait dire. D'abord parce que cela eût enlevé un peu de gloire au métier. Ensuite parce que cela n'était pas tout à fait conforme à l'image que l'on donnait des Brumes. À l'image que *l'Église* donnait des Brumes. Et Bastian ne voulait rien avoir à faire avec cela. Ce n'était pas son rôle. Il n'avait pas à juger.

Et ce n'était donc pas le genre de question qu'il voulait se poser. Il faisait son métier, comme son père l'avait fait, et il essayait de ne pas trop réfléchir.

Car cela pouvait être dangereux.

*
* *

— Livain VII a levé son ost, madame. Ses hommes sont en marche vers Pierre-Levée, et ils seront bientôt à nos portes.

Debout à l'entrée de son cabinet de travail, la duchesse de Quienne resta interdite un long moment. Elle n'arrivait pas à y croire. Le maître d'artillerie se moquait-il d'elle ? Non. Bien sûr ! Et il avait dû faire vérifier cette information plusieurs fois. Elle était trop grave pour être prise à la légère. Alors, ce devait être vrai. Aussi incroyable que cela pût paraître.

— Vers Pierre-Levée, vous êtes sûr ?

— Oui, madame.

Comment le roi osait-il ? Certes, Livain et elle s'étaient séparés en fort mauvais termes, mais enfin, c'était lui qui l'avait répudiée ! Il avait sans doute très mal pris la nouvelle du couronnement d'Emmer, et donc de son couronnement à elle, mais de là à venir l'attaquer jusqu'ici, c'était impensable ! Elle n'arrivait pas à comprendre.

— Sait-on pourquoi ?

Le maître d'artillerie hocha la tête. Il était visiblement embarrassé.

— Livain VII veut que vous lui livriez une personne qui est présente à votre cour. Un jeune homme, louvetier.

— P... Pardon ? balbutia la duchesse, sidérée.

— Madame, je crois que le roi en a après le jeune Bohem.

La duchesse ouvrit la porte derrière elle et fit signe au maître d'artillerie de la suivre dans le cabinet. Elle referma la porte après lui. Elle ne voulait sans doute pas qu'on les entende. Elle traversa la petite pièce et se laissa tomber sur son fauteuil. Elle resta un long moment sans parler, les yeux perdus dans le vague.

— Qu'en pensez-vous, Valérien ?

Le maître d'artillerie haussa les sourcils.

— Que voulez-vous dire, madame ?

— Vous pensez que le roi de Gallica serait prêt à m'attaquer sur mon propre territoire pour capturer Bohem ?

— Tout dépend de la valeur que ce jeune homme a à ses yeux, madame.

La duchesse hocha lentement la tête. Elle avait toujours le regard dans le vide, aspirée par ses pensées.

— C'est évidemment la question. Vous avez raison. Sa *valeur*. Décidément, ce Bohem est plein de mystère ! Que cache-t-il qui puisse intéresser autant le roi ?

— De toute façon, madame, vous n'avez pas réellement de soucis à vous faire... Le jeune homme n'a-t-il pas annoncé qu'il ne voulait pas rester ici ?

La duchesse sembla sortir de ses pensées, tourna la tête vers le maître d'artillerie et lui adressa un cynique sourire.

— Eh bien, justement, non ! Il a changé d'avis, Valérien. Bohem a décidé de rester jusqu'à la venue de Mjolln Abbac... Mais, quand bien même il aurait décidé de partir, je me ferais du souci ! Pour lui. Ce jeune homme cache peut-être quelque inavouable secret, mais c'est un honnête garçon. Il a le cœur bon. Je ne voudrais pas qu'il lui arrive quoi que ce soit...

— Vous voulez donc le protéger ?

— Comment ça, Valérien ? Vous ne pensez tout de même pas que je vais le livrer à Livain ?

— Non, évidemment que non. Mais vous pourriez lui conseiller de fuir et vous éviter ainsi de prendre part à tout cela.

— Est-ce ainsi que vous me voyez, Valérien ? Est-ce vraiment la réaction que vous attendez de moi ?

Le maître d'artillerie sourit.

— Non. Bien sûr.

— Alors ne dites pas de bêtise !

La duchesse passa une main sur son grand front, l'air soucieux.

— Y a-t-il toutefois une chance que Mjolln Abbac arrive avant l'ost de Livain ? demanda-t-elle.

— Je n'en ai aucune idée, madame. Nous ne savons pas où se trouve le musicien que vous attendez. Mais nous ne pouvons compter sur le hasard. Nous devons réfléchir à la tactique que nous adopterons si Bohem est encore ici le jour où l'ost de Livain arrivera.

— En effet. Quelle tactique ? Je ne veux aucune effusion de sang, Valérien. Aucune. Et nous devons aussi décider de prévenir ou non Bohem.

Le maître d'artillerie acquiesça.

— Cela en fait, n'est-ce pas, des décisions difficiles ! reprit la duchesse en voyant le regard inquiet de son conseiller.

Puis Hélène ferma les yeux, comme pour mieux réfléchir. Elle ne s'était vraiment pas attendue à cela, même si elle savait depuis le début qu'il se passait quelque chose d'étrange avec ce jeune garçon. Comment sa nièce avait-elle pu se trouver mêlée à tout ça ?

Après tout, se dit la duchesse, c'était peut-être une chance pour Vivienne. Elle semblait être tombée amoureuse de Bohem... Et ce n'était pas un garçon ordinaire.

Bien des jeunes femmes auraient rêvé trouver un amour aussi singulier. Mais les amours les plus belles étaient souvent les plus dangereuses. Hélène le savait.

Elle n'avait en tout cas nulle envie qu'il arrivât quoi que ce fût à ce jeune homme. Elle devait le protéger.

— Voulez-vous que nous envoyions un message à Emmer ? intervint le maître d'artillerie en voyant que la duchesse était indécise. Peut-être aura-t-il une opinion sur ce que nous devrions faire...

— Valérien, répliqua la duchesse d'une voix sèche, je ne suis pas le genre de femme qui a besoin des conseils éclairés de son mari chaque fois qu'elle doit prendre une décision grave...

— Je suis désolé, madame, ce n'est pas du tout ce que je voulais dire... Mais en envoyant son ost sur vos terres, le roi de Gallica doit bien se douter qu'il fait en même temps un grave affront au roi de Brittia...

— Emmer est encore là-bas, Valérien, de l'autre côté de la mer. Non. Nous n'avons pas besoin de lui. Pas pour le moment en tout cas.

Le maître d'artillerie acquiesça. Il se rendait compte qu'il avait été maladroit. Hélène n'était pas une femme ordinaire. Même si elle le choquait parfois, il était plein d'admiration pour cette duchesse qui avait à la fois plus de charisme, de force et de bonté que bien des hommes à la tête d'autres fiefs. Elle avait hérité de domaines nombreux et complexes, mais n'avait jamais montré la moindre faiblesse dans sa façon de les gouverner. Elle avait en outre su conserver la grande tradition de la famille de Quienne en entretenant à Pierre-Levée sa célèbre cour de poètes et de troubadours. C'était une duchesse formidable. Et une femme d'exception.

— Madame, pour ce qui est de Bohem, je pense que vous avez pour habitude de parler aux gens avec franchise. Si je puis me permettre, je pense que vous devriez lui dire ce qui se passe.

— Vous espérez qu'il décidera alors de quitter Pierre-Levée, répondit la duchesse, quelque peu méfiante.

— Non, madame, c'est que ce jeune homme, d'après ce que vous nous en avez dit, s'est montré très franc avec vous dès le premier soir, et qu'en outre vous avez pour lui beaucoup d'estime. Vous ne pouvez lui cacher une information si importante à son sujet.

— Vous avez raison, Valérien, vous avez raison. De plus, je crois qu'il est fort habile dans ses choix, et il saura quoi faire. Je pense d'ailleurs qu'il restera.

— Pourquoi ?

— Parce qu'il ne sait pas vraiment ce qui lui arrive, qu'il est complètement perdu. J'ai l'impression qu'il est persuadé que Mjolln Abbac pourra lui donner des réponses. Je ne comprends pas vraiment pourquoi. Mais en tout cas, je sens qu'il va vouloir rester. Et ce n'est pas l'unique raison. Il est amoureux de ma nièce. Il doit avoir envie de la revoir.

— Je vois. Nous devons donc préparer ce que nous dirons aux soldats de Livain quand ils seront aux portes de la ville.

— Oui, Valérien. J'espère simplement que nous gagnerons du temps. Car s'ils veulent entrer, ils le feront. Je n'ai pas d'armée, ici. Notre armée est en Brittia, avec Emmer. Je ne pourrai pas me défendre contre l'ost du roi autrement que par la ruse.

*
* *

Bohem était seul au centre de la bibliothèque du Palais des Ducs. Il était resté un long moment debout devant une petite table, à admirer cette salle incroyable, tout en bois sombre, qui était gardée en permanence par deux soldats.

Sous ce haut plafond sculpté, il y avait des milliers de volumes, peut-être même des dizaines de milliers, dressés les uns à côté des autres le long de la paroi ronde du donjon. C'était l'une des plus belles bibliothèques de Gallica, que la famille de Quienne avait fait grandir avec amour, génération après génération. Les ouvrages étaient classés par genre. Bibles, psautiers, livres d'heures, vies des saints, chroniques, herbiers, ouvrages sur l'antiquité, études, bestiaires, et enfin, bien sûr, romans et recueils de poèmes, certains uniques, offerts en main propre à Hélène ou à ses aïeux. Les œuvres poétiques de Marcabru, de Jaufré Rudel ou de Wace, la *Chanson de Roland* ou les poèmes de *fin'amor*... Les plus beaux textes en langue de Quienne ou en gallicien étaient réunis là.

Mais ce qui intéressait Bohem, aujourd'hui, c'était ce livre que la duchesse lui avait offert. *Le Bestiaire de Thaon*, qu'il tenait tout contre lui, interdit par les responsables religieux, parce qu'il traitait des Brumes. Quelle ironie ! Il avait lui-même risqué l'excommunication en voulant sauver l'une de ces créatures... Que pouvait-il donc y avoir dans ce volume ?

Il s'installa confortablement sur une petite chaise et posa le volume devant lui. Il passa ses doigts sur le cuir de la reliure. Puis il ouvrit le livre et se laissa submerger par sa seule beauté. Il tourna les pages une à une, s'arrêtant à chaque image, les observant longuement. Les peintures étaient merveilleuses, précises, élégantes, colorées. Les traits si fins ! Un chapitre entier semblait consacré à chaque Brume. Un chapitre sur les loups, un chapitre sur les bayards... Comme il aurait aimé savoir lire ! Comprendre les phrases calligraphiées en dessous des illustrations, et ces longs paragraphes qui livraient sans aucun doute un savoir ancien sur ces créatures merveilleuses...

Il en arrivait même à s'extasier devant le bruit que faisaient les pages quand il les tournait. Il sentait le parchemin, l'encre déposée dessus. Il avait l'impression de tenir entre ses mains l'objet le plus précieux du monde.

Bientôt il arriva au chapitre consacré à la Licorne. Celui-ci s'ouvrait par une illustration somptueuse, peut-être la plus magique du recueil. La Licorne était représentée couchée, corne dressée, blanche, pure et si puissante à la fois ! Bohem passa délicatement ses doigts sur le parchemin, comme s'il avait voulu caresser la Licorne. Le grain de l'encre lui effleura la peau. Il frissonna. Il n'avait jamais vu bête aussi gracieuse. Comment l'Église pouvait-elle voir en un tel animal l'œuvre d'un démon ? Il poussa un soupir.

Puis ses yeux se posèrent sur le texte qui jouxtait l'illustration. Et soudain il fut saisi par une impression étrange.

Il fronça les sourcils. Comment en être sûr ? Il lui semblait qu'il avait déjà vu ce texte ! Mais il ne savait pas lire.

Pourtant, il était presque sûr de reconnaître les premiers mots. Non... Mieux que ça. Les deux premières lignes. Oui. Il en était certain, à présent. Il avait vu ces vers. Et il se souvenait où.

Sur le rocher. Gravés sur le rocher. Sous les pattes du loup. Oui, il les avait vues en rêve, ces deux phrases. Il ne pouvait pas se tromper.

Il se leva brusquement. Cela faisait trop de coïncidences. Comment était-ce possible ? Comment avait-il pu rêver de ces phrases avant même de les avoir vues sur ce livre ? Qu'est-ce que cela signifiait ? Il fallait qu'il aille trouver Hélène. Qu'il lui montre le texte. Et qu'elle le lui lise. Qu'elle lui explique !

Il referma rapidement le livre et s'apprêta à partir, mais au même instant un jeune homme au crâne tondu entra dans la bibliothèque. Bohem le regarda. Ses vêtements, son crâne rasé. C'était un clerc, à n'en pas douter. Que faisait-il ici ? Il lui adressa poliment un salut de la tête, mais le jeune homme avançait droit vers lui. C'était lui qu'il venait voir.

— Bonjour, dit l'inconnu en souriant.

— Bonjour, répondit Bohem, méfiant.

— Vous êtes Bohem, n'est-ce pas ?

— Oui.

— La duchesse m'a demandé de vous rejoindre ici.

— Vraiment ?

— Oui. Elle m'a dit que vous auriez peut-être besoin d'aide pour déchiffrer un manuscrit...

Bohem ne put retenir une moue incrédule. Hélène lui avait en effet promis que des personnes de sa cour pourraient lui lire le bestiaire, s'il le voulait. Mais il avait pensé qu'elle parlait des nombreux troubadours qui l'entouraient au palais. Pas d'un clerc ! Et encore moins d'un clerc si jeune ! Il ne devait pas être beaucoup plus âgé que lui... Aurait-il la connaissance suffisante pour l'aider ?

— Comment vous appelez-vous ? demanda le louvetier.

— Chrétien.

Un clerc qui répondait au nom de Chrétien ! Cela ne manquait pas d'ironie. Bohem se dit qu'un tel homme d'Église risquait de ne pas apprécier *le Bestiaire de Thaon* ! Mais il se ravisa. C'était Hélène qui l'avait envoyé ici. Il devait faire confiance à la duchesse. En tout cas, il devait laisser une chance au jeune homme.

— La duchesse vous a dit de quel manuscrit il s'agissait ? demanda-t-il au clerc en serrant contre lui le volume.

— Bien sûr. C'est pour ça qu'elle m'a envoyé ici, Bohem. J'ai connu Philippe de Thaon. J'ai étudié auprès de lui. Je connais déjà *le Bestiaire* que vous tenez contre vous.

— Vraiment ? s'étonna Bohem. Vous, un clerc ?

Chrétien fit un large sourire.

— Oui, pourquoi ?

— J'ai cru comprendre que ce qu'il y a dans ce manuscrit n'est pas très conforme à ce que prêche l'Église...

— Ah ! Je vois ! Mais je ne suis pas l'Église, moi, Bohem. Je suis un étudiant. Et puis, s'il fallait faire l'inventaire de ce que les clercs, les moines, les abbés, les prêtres et les évêques font qui n'est pas conforme à ce que prêche l'Église, il n'y aurait pas assez de place dans cette bibliothèque !

Bohem sourit à son tour. Au moins, ce clerc-là ne manquait pas d'impertinence. Cela lui plaisait.

— Qu'est-ce que vous étudiez ? demanda-t-il en se rasseyant enfin et en invitant Chrétien à prendre place en face de lui.

— Eh bien, la littérature !

— La littérature ?

— Oui. Il n'y a rien de plus passionnant !

— Mais que ferez-vous quand vous aurez fini de l'étudier ? Vous voulez enseigner ?

— Non. Je veux écrire des poèmes et des romans !

Bohem hocha la tête. Il ne put s'empêcher de songer à Vivienne. Quelque chose dans ce jeune clerc le faisait penser à elle. Il lui avait semblé reconnaître cette lumière au fond de ses yeux quand Chrétien avait dit qu'il voulait écrire : c'était celle qui brillait dans le regard de Vivienne. La passion. La vocation.

— Vous voulez être troubadour ? demanda Bohem, curieux.

— Non, pas du tout. Je ne suis ni musicien ni orateur. Non, ce que je veux, c'est écrire, tout simplement !

Le jeune clerc débordait d'un enthousiasme étonnant. Les yeux exorbités, les mains posées sur la table, il le fixait du regard, et parlait comme s'il lui livrait un grand secret.

— J'ai pour projet de réunir des légendes et des mythes venus de tous les horizons, Bohem. Du duché de Breizh aux contrées lointaines de Gaelia. Je veux réunir une grande matière, puisée dans nos contes, nos chroniques, nos mémoires. Une matière universelle, qui fasse rêver les lecteurs, aujourd'hui, demain ! Des hommes, des héros, des Brumes. Et puis Dieu. L'amour ! Je veux donner à cette matière un sens et une composition ! Quelque chose qui n'a jamais été fait. Je ne veux pas conter à la manière des troubadours. Je veux prendre une certaine distance, mettre en scène le merveilleux et... Mais je vous ennuie sûrement. Nous ne sommes pas là pour parler de mes rêves. Vous avez parcouru *le Bestiaire* ?

— Oui, répondit Bohem, qui était, en vérité, enchanté par la tirade de son interlocuteur.

— Il est merveilleux, n'est-ce pas ? Philippe est un grand artiste, un visionnaire !

— Mais que sait-il des Brumes ? demanda Bohem sans aucune malice.

— La vérité sur les Brumes, Bohem, est cachée dans les livres. Dans les livres comme celui-là. Et c'est dans ces livres qu'elles survivront.

— Que voulez-vous dire ?

— Philippe de Thaon l'a bien compris. C'est ce qu'il explique dans son *Bestiaire*. Les Brumes ne seront bientôt plus là. Elles disparaissent, elles meurent, une à une. Car elles ont perdu le pouvoir de se reproduire. Les femelles ne mettent plus bas depuis près de vingt ans.

— Pourquoi ?

— Je ne sais pas, avoua le clerc. Tout ce que je sais, c'est que Philippe estime que dans très peu de temps, il ne restera plus une seule Brume en Gallica ni ailleurs. Elles ne vivront plus que dans les livres, mon ami. Et dans la mémoire des gens comme vous.

Bohem hocha lentement la tête. Oui. Cela lui paraissait évident. Depuis qu'il était tout petit, son père ne cessait de lui dire qu'il y avait de moins en moins de

Brumes. Cela venait peut-être de là. Son affection pour ces créatures de légende. Son envie de *sauver les Brumes*, comme avait dit la duchesse. L'idée de voir s'éteindre tous ces êtres lui paraissait insupportable. Alors, oui, cela expliquait sans doute ce qu'il ressentait... Mais ce n'était pas aussi simple.

Il hésita. Il regardait son manuscrit, posé sur la table.

— Chrétien, dit-il d'une voix hésitante... Voudriez-vous bien me lire un texte que j'ai vu à l'intérieur ?

— Mais bien sûr, Bohem, je suis venu pour ça !

Le louvetier ouvrit *le Bestiaire de Thaon* devant lui, détachant délicatement les fermoirs de cuir. Il tourna les pages une à une, tout doucement, jusqu'au chapitre sur la Licorne. Puis il tourna le volume vers Chrétien.

Le jeune clerc sourit.

— Joli choix ! dit-il. C'est la plus belle enluminure du recueil, et le plus beau texte de Philippe. Et c'est normal.

— Pourquoi ?

— La Licorne, Bohem, c'est la reine des Brumes. Il n'y en a qu'une, vous savez ? Une seule Licorne. Elle est le symbole de l'unique, de la pureté. Une seule corne. Une seule Licorne...

Bohem acquiesça. Cela expliquait sans doute que son père n'avait jamais vu cet animal merveilleux, et que très peu de gens avaient dû le voir.

— Philippe de Thaon a-t-il déjà vu cette Licorne ?

— Non. Je ne crois pas. Vous voulez que je vous lise ce texte-là ? demanda Chrétien en indiquant le texte qui jouxtait l'illustration.

— Oui.

— D'accord. C'est un poème de Philippe. Très beau. Il raconte la légende de la Licorne.

Le jeune clerc passa sa langue sur ses lèvres, inspira profondément, et commença à lire.

« Monosceros est beste,
Un cor at en la teste,
pour ça issi a num,
De bucket at façun.
Par pulcele est prise ;
Or oyëz en quel guise :
Quant om le volt chacier
Et prendre et enginier,

Si vient en la forest
U sis repaires est,
La met une pulcele,
Hors des sein sa mamele ;
Et par l'odurement
Monosceros la sent ;
Dunc vient a la pulcele
Si baise sa mamele,
En sun devant se dort,
Issi vient a sa mort. »

— C'est magnifique ! s'exclama Bohem. Mais d'où vient cette légende ? Comment Philippe de Thaon pouvait-il connaître ces choses sur la Licorne, puisqu'il ne l'a jamais vue ?

— Je ne sais pas. C'est une légende très ancienne, Bohem. Cette idée selon laquelle seule une pucelle peut approcher la Licorne, par exemple, je l'ai déjà lue dans d'autres bestiaires... Ce n'est peut-être qu'un mythe, que Philippe a rappelé pour embellir son texte. Ce poème ouvre le chapitre sur la Licorne, les textes qui suivent sont plus réalistes, je pense.

— Vous pouvez me les lire ?

— Bien sûr !

Chrétien reprit la lecture d'une voix calme et posée. Le clerc et le louvetier restèrent ainsi ensemble jusqu'à la fin de la journée, se plongeant avec délice dans l'œuvre merveilleuse de Philippe de Thaon.

*
* *

Le sergent Fredric entra prudemment dans la tente du Grand-Maître Dumont Desbardes.

Il n'avait plus la même aisance qu'autrefois, ni la même liberté quand il s'adressait à son supérieur. Depuis l'affaire de Sarlac, leur relation avait changé. Même s'il ne devait plus être question de cette affaire, même si le sergent s'était forcé à redonner confiance à ses hommes en leur assurant que le Grand-Maître savait ce qu'il faisait, il n'avait plus, lui, confiance en Dumont Desbardes. Et il s'en voulait de n'avoir pas le courage de partir.

Mais pouvait-il quitter ainsi la Milice du Christ sous prétexte qu'il était en désaccord avec son Grand-Maître ? N'était-ce pas cela, la lâcheté ? Non. Il devait faire confiance à son ordre. Et à la grâce de Dieu !

Il avait toutefois du mal à oublier la Mère qu'ils avaient fini par tuer, dans la petite ville de Sarlac, sous prétexte qu'elle refusait de parler. Il voyait encore son visage ensanglanté, et le dernier regard accusateur qu'elle leur avait adressé. Il ne pourrait jamais oublier ce regard ! La détresse et la colère. Justes. Profondes. Qu'il avait ressenties lui aussi.

— Maître, dit-il en saluant son supérieur. Nous venons malheureusement d'avoir la confirmation que nous redoutions. Bohem et ses deux acolytes se trouvent bien au Palais des Ducs de Pierre-Levée.

Dumont Desbardes poussa un long soupir. Assis sur une chaise de fortune, il avait un plan de Pierre-Levée sous les yeux. Il s'était attendu à cette nouvelle, et était déjà en train de réfléchir à une stratégie. Quand ils avaient retrouvé la trace des jeunes gens et qu'ils les avaient pistés jusqu'à la capitale du comté de Pierevain, le Grand-Maître s'était douté qu'ils trouveraient refuge chez Hélène de Quienne. Cette païenne attirait à elle tous les forcenés du royaume.

— Ce n'est pas tout, Maître, reprit le sergent Fredric.

— Quoi d'autre ? demanda Dumont Desbardes, visiblement irrité.

— Les soldats de la Garde royale et l'ost de Livain viennent de se réunir de ce côté-ci de la frontière. Tout semble indiquer qu'ils sont prêts à attaquer le Palais des Ducs.

Le Grand-Maître parut surpris. Il n'avait pas prévu cela.

— Livain est donc prêt à aller jusque-là ? s'étonna-t-il. Affronter la reine de Brittia ? Ce jeune homme doit avoir pour lui une importance capitale !

— C'est peut-être une façon pour le roi de se venger de la femme qu'il a répudiée et qui a ensuite épousé son pire ennemi, le roi de Brittia...

— Peut-être, Fredric. Mais c'est courir un gros risque pour une simple vengeance, non ? Je crois plutôt que ce Bohem est suffisamment important pour que le roi ne recule devant rien. Et si nous sommes ici, sergent, c'est que le pape, lui aussi, a estimé que la capture de ce jeune homme était essentielle. C'est pour cette raison que nous devons attaquer le palais avant les soldats du roi.

— Pardon ? s'exclama le sergent Fredric, incrédule.

— Nous devons nous préparer pour attaquer Pierre-Levée.

— Mais, Grand-Maître, nous ne sommes qu'une petite brigade, et...

— Il y a suffisamment de commanderies dans cette région, nous devrions rapidement pouvoir réunir assez d'hommes. Nous attaquerons par surprise, Fredric, et nous ne rencontrerons pas beaucoup de résistance, j'en suis sûr. Le roi de Brittia est encore de l'autre côté de la mer. Et de toute façon, je ne veux pas une grande bataille. Nous n'avons pas besoin de défaire l'ennemi, seulement de pénétrer dans le palais pour capturer ce Bohem.

Le sergent Fredric n'en croyait pas ses oreilles. À présent, il en était sûr, le Grand-Maître était devenu fou.

— Maître, nous ne pouvons attaquer sans avoir au moins prévenu le pape ou l'abbé de Cerly, et je me permets de penser que Sa Sainteté n'approuverait pas...

Dumont Desbardes sortit soudain de ses gonds. Il se leva brusquement et se précipita vers le sergent, qui n'osa même pas se défendre. Le Grand-Maître le saisit par le cou et le poussa en arrière, hors de la tente, contre un arbre.

— Fredric ! Je vous avais déjà demandé de ne plus jamais me contredire ! hurla le Grand-Maître, la voix pleine de fureur.

Les Miliciens tout autour s'immobilisèrent et regardèrent la scène, interloqués. Le Grand-Maître était en train d'étrangler le sergent, sous leurs yeux !

— Notre mission ici est de la plus haute importance ! grogna Dumont Desbardes, les yeux emplis de sang. Je ne peux plus accepter ce genre de comportement, sergent ! Vous comprenez ?

Fredric, le visage pourpre, était sur le point d'étouffer. Il hocha péniblement la tête, coincé contre l'arbre.

Dumont Desbardes le relâcha d'un seul coup. Le sergent tomba à genou en toussant et en se tenant la gorge.

— Sergent, je vous relève de vos fonctions !

Le Grand-Maître se tourna vers les Miliciens. Il posa sur eux un regard circulaire. Pas un seul ne bougeait. Le Grand-Maître n'était pas un commandant permissif, mais ils ne l'avaient jamais vu s'énerver à ce point.

— Judicaël, reprit-il d'un ton calme, comme s'il ne s'était rien passé. Vous voilà donc sergent.

Le jeune milicien, embarrassé, s'inclina devant le Grand-Maître.

— Escortez le frère Fredric à la commanderie de Malleyrand, où il sera jugé pour désobéissance à la règle de saint Courage. Ensuite, je veux que vous réunissiez là-bas tous les chevaliers prêts à se battre, ainsi que ceux des commanderies avoisinantes. Demain soir, au plus tard, nous attaquerons Pierre-Levée.

— À vos ordres, maître.

— Et envoyez un messager prévenir l'abbé de Cerly ainsi que le légat du pape.

— Nous ne pourrons les prévenir à temps, maître.

— Je sais, sergent, je sais.

*
* *

— Je ne peux vous mettre en danger plus longtemps, madame, j'ai décidé de partir à l'instant même.

Le louvetier avait demandé au chambellan de lui obtenir une entrevue avec Hélène de Quienne et, comme à son habitude, la duchesse l'avait reçu dans l'heure, malgré les nombreuses affaires qu'elle avait à gérer en ces temps de crise. Elle était d'une disponibilité sans égale, et de jour en jour Bohem découvrait les qualités profondes de cette femme peu ordinaire. Il avait presque oublié son malaise des premiers jours. Ou, en tout cas, il arrivait à se faire une raison. Non, il n'était pas à sa place, mais il avait encore des choses à effectuer ici. De plus, l'hospitalité de la duchesse était sincère et désintéressée.

Il en avait donc profité pour discuter un peu chaque jour avec Chrétien, et pour rendre visite de temps en temps à La Rochelle, qui s'épanouissait dans l'atelier du maître forgeron.

Mais à présent, les choses se compliquaient, et l'arrivée annoncée de l'ost du roi de Gallica changeait tout. Ce n'était plus seulement qu'il ne se sentait pas à sa place dans le luxe d'un palais ducal, mais il se trouvait à nouveau dans la terrible situation des semaines précédentes. Il devenait un danger pour les autres. Pour des gens qui l'avaient aidé, recueilli, protégé. Et il refusait d'assumer cela une nouvelle fois.

— Bohem, répondit Hélène de sa voix douce, Vivienne est censée revenir cette nuit. Vous devriez au moins l'attendre. Je vous assure que vous ne nous mettez pas en danger. Je ne crois pas que le roi osera attaquer ainsi mon palais, sans sommation. Je dois pouvoir faire durer les négociations avec le général qu'il enverra. Le temps pour vous de revoir Vivienne et de partir ensuite.

— Non, madame, c'est trop dangereux. Je ne peux mettre en péril votre ville tout entière juste pour revoir votre nièce...

— Vous l'aimez, n'est-ce pas ?

Bohem baissa les yeux. Ce n'était pas le genre de choses dont il avait l'habitude de parler. Mais on ne mentait pas à une femme comme Hélène de Quienne. Oui, il aimait Vivienne. Comme il n'avait jamais aimé aucune femme. Et l'idée de ne pas la revoir lui paraissait insupportable.

— Je le crois, madame...

— Alors attendez-la, Bohem ! Attendez-la. La passion vaut tous les risques, jeune homme.

— Mais ce n'est pas ma vie seule que je risque, c'est celle de vos sujets, la vôtre, que sais-je ?

— Si le roi doit m'attaquer, il m'attaquera. Cela aura de graves conséquences qui vont bien au-delà de votre sort à vous, Bohem. Vous ne devez pas vous sentir responsable de ce conflit. C'est à moi de le régler avec ce fou de Livain. Vous n'avez rien à voir avec ça.

— C'est moi que ses soldats viennent chercher.

— Ce n'est qu'un prétexte, Bohem. Le roi m'en veut à moi.

— Justement, je ne souhaite pas lui servir de prétexte.

— Bohem, allez-vous m'obliger à dire à ma propre nièce que vous avez fui quelques heures avant qu'elle ne revienne ? Voulez-vous donc que je lui apporte cette nouvelle qui, j'en suis convaincue, lui brisera le cœur ?

Le jeune homme soupira. La duchesse était tellement généreuse ! Car il savait très bien ce qu'elle était en train de faire. Elle était en train de risquer un conflit juste pour permettre à ces deux jeunes gens de se revoir une dernière fois. Elle faisait cela par amour de l'Amour. Et il trouvait cela incroyable. Tellement beau, tellement... libre !

— Madame, dit-il, soit. Mais je partirai à l'instant même où j'aurai pu la revoir. Je ne veux risquer plus longtemps de vous porter malheur.

— Parfait, Bohem. Vous faites le bon choix. Et qui sait ? Vivienne décidera peut-être de partir avec vous.

— Sa place est ici, parmi les troubadours. La mienne est ailleurs.

La duchesse sourit. Elle n'en semblait pas aussi sûre que lui. Elle lui prit la main et la serra entre les siennes.

— Jeune homme, dit-elle, vivez ! Vivez chaque instant ! Et si Vivienne veut vous suivre, ne la repoussez pas ! Sous aucun prétexte ! C'est à elle de faire ce choix comme c'est à vous de faire celui de l'attendre avant de quitter Pierre-Levée.

— Oui, madame.

Elle serra encore sa main affectueusement, puis elle retourna vers son cabinet où l'attendaient ses conseillers, de plus en plus inquiets.

*
* *

Bohem fut réveillé au milieu de la nuit par un grand vacarme et des bruits de sabots qui résonnaient dans la cour du Palais des Ducs.

Refusant toujours, entêté, le luxe des grandes chambres, il avait pris l'habitude de dormir au-dessus des écuries de la duchesse, dans une petite grange d'où il pouvait voir le ciel. Il se précipita vers le bord de la grange, derrière une large poutre pour observer la cour.

Il reconnut aussitôt les soldats qui venaient d'entrer en force dans le palais. Ils portaient sur leurs surcots et sur leur bannière les fleurs de lys du roi de Gallica.

Ainsi, ils avaient attaqué ! Sans sommation, contrairement à ce qu'avait cru la duchesse ! Beaucoup plus tôt que quiconque n'aurait pu le prévoir, en petit nombre, et par surprise. Le plus gros de l'ost était sans doute resté à l'entrée de la ville, prêt à intervenir si cette avant-garde ne revenait pas avec ce qu'elle était venue chercher : lui, Bohem.

Il frappa la poutre de son poing, comme pour s'assurer qu'il ne rêvait pas. Car c'était pire qu'un cauchemar. Mais pourtant, c'était bien vrai. Les soldats du roi étaient entrés chez Hélène de Quienne. Si facilement. Sans rencontrer d'autre résistance que celle de la grande porte d'entrée.

Soudain, les gardes de la duchesse parurent à leur tour dans la cour, à la lueur de la lune. Et la bataille commença. Le bruit des épées s'éleva dans la nuit. Les premiers soldats tombèrent, sous son regard incrédule. Bohem jura.

Il se leva d'un bond. Il ne pouvait assister à cette bataille sans intervenir ! C'était lui qu'on venait chercher ! Il n'avait qu'à se rendre ! Il n'allait pas laisser mourir ces hommes à cause de lui. Encore une fois ! Et la duchesse ? Qu'adviendrait-il de la duchesse ? Et Vivienne ? Peut-être était-elle rentrée ! Peut-être était-elle dans les murs du palais !

Il courut vers la petite échelle de l'autre côté de la grange et se laissa glisser pour descendre dans les écuries. Il chercha autour de lui une arme, quelque chose pour se défendre si les soldats ne le laissaient pas se rendre, mais il fut interrompu par un bruit derrière lui. La porte de l'écurie. Quelqu'un venait d'entrer.

Il fit volte-face et se mit en garde, prêt à se battre. Mais ce n'était pas un soldat du roi. Malgré l'obscurité, il reconnut le Compagnon. C'était La Rochelle.

— Bohem ! Suis-moi, il y a une sortie derrière l'atelier du forgeron.

— Mais pourquoi ?

— Tu dois fuir !

— Non ! protesta Bohem. Je ne peux pas les laisser faire ça. Je dois me rendre. Ou me battre !

— Non ! Si tu restes, tu compromets la duchesse, Bohem. Ils ne doivent pas te trouver ici !

— Mais ils vont massacrer tout le monde !

— Non. C'est toi qu'ils cherchent. La duchesse va leur prouver que tu n'es pas là, et ils seront contraints de partir. Ensuite elle pourra réclamer justice. Mais s'ils te trouvent, tu leur donnes raison et tu la compromets !

Bohem donna un coup de pied dans un seau devant lui. Il était furieux. Mais La Rochelle avait raison. De toute façon, il ne pouvait se battre contre les soldats du roi. Ils étaient trop nombreux. En se rendant, il impliquait, en effet, la duchesse. Il ne voulait pas la mettre en danger.

Mais Vivienne ? Où était-elle ? Il ne pouvait partir sans l'avoir vue. L'emmener avec lui, peut-être. Loin d'ici. Loin de la folie du roi.

— Je ne peux pas partir ! s'exclama-t-il. Vivienne ! Elle doit arriver cette nuit. Si je pars, il va lui arriver quelque chose !

— Non, Bohem, je la protégerai ! Je suis son ami, moi aussi. Tu peux compter sur moi.

Bohem fronça les sourcils. Il voulait tellement revoir Vivienne ! Et être là pour s'assurer qu'il ne lui arriverait rien. Mais il savait que ce n'était pas raisonnable. Il devait faire confiance au Compagnon, malgré les tensions qui s'étaient installées entre eux. De toute façon, il n'avait pas le choix. Même s'il restait, il ne pourrait sans doute pas protéger Vivienne. Les soldats le trouveraient sûrement avant qu'elle n'arrive.

Mais l'idée de partir, sans pouvoir lui parler, sans pouvoir lui dire qu'il l'aimait, et de laisser La Rochelle s'occuper d'elle, cela le rendait fou !

— Les voilà !

Le Compagnon se précipita sur Bohem et le poussa vers l'échelle qui montait dans la grange. Le jeune louvetier aperçut, à travers les portes de l'écurie, des soldats du roi qui arrivaient vers eux. Il grimpa les barreaux de l'échelle aussi vite que possible, bascula sur le plancher de la grange puis tendit la main à La Rochelle pour l'aider à le rejoindre.

— Et maintenant, qu'est-ce qu'on fait ? marmonna Bohem.

La porte des écuries s'ouvrit à nouveau, juste en dessous d'eux, mais beaucoup plus violemment. Les deux jeunes hommes se couchèrent à terre. S'ils ne faisaient pas attention, on risquait de les voir d'en bas. Ils entendirent le bruit des armures devant les boxes des chevaux. Qui s'approchaient de l'échelle.

— Le toit, chuchota La Rochelle en indiquant la trappe à l'autre bout de la grange.

Bohem hocha la tête. C'était dangereux, mais ils n'avaient pas d'autre solution. Il ne perdit pas un seul instant, roula sur le côté et rampa vers le mur opposé de la grange, vers l'enceinte du palais.

Ils avancèrent le plus rapidement possible, en essayant de ne pas faire de bruit, poussant sur leurs coudes au milieu de la paille. Quand ils arrivèrent devant la trappe, ils entendirent un soldat qui commençait à monter à l'échelle. Il n'y avait plus de temps à perdre.

La Rochelle passa le premier. Il grimpa sur une botte de paille et poussa la trappe qui menait sur le toit de la grange. Il se hissa à l'extérieur, passa une jambe, puis l'autre, et se glissa sur le toit.

Bohem monta à son tour sur la botte de paille. Le soldat arrivait en haut de l'échelle. Dans un petit rayon de lumière, le louvetier vit sa main se poser sur le plancher de la grange. Il allait être là d'un instant à l'autre. Bohem espérait que l'obscurité de la nuit suffirait à le cacher s'il n'avait pas passé la trappe à temps.

Sans plus tarder, il attrapa la main de La Rochelle et monta sur le toit. Il referma la trappe derrière lui délicatement, pour ne pas faire de bruit.

— Par là ! chuchota La Rochelle. On va descendre du côté de l'atelier. Et si on arrive à passer, je pourrai te montrer la petite sortie dérobée. Viens !

Ils avancèrent sur le toit, le dos plaqué contre l'enceinte du palais. Dans la cour, en contrebas, de nouveaux cavaliers du roi arrivaient, mais les combats avaient apparemment cessé. La duchesse avait dû ordonner qu'on rende les armes. Sans doute voulait-elle négocier avec les soldats et éviter qu'il y ait des morts inutiles. Elle devait vouloir gagner du temps. Et La Rochelle avait raison : elle espérait sans doute que Bohem allait s'enfuir. Il devait absolument réussir à quitter le palais sans se faire prendre. Pour être libre et s'enfuir, mais aussi pour disculper la duchesse. Il lui devait au moins ça !

Ils arrivèrent bientôt au bord du toit. Ils se penchèrent par-dessus les gouttières, et découvrirent avec horreur que les soldats étaient déjà postés devant l'atelier du forgeron.

— On ne va jamais pouvoir descendre par ici !

— Il n'y a pas d'autre issue, Bohem.

Un soldat dans la cour leva soudain la tête, comme s'il les avait entendus. Les deux garçons se couchèrent sur le toit. Et ils attendirent, immobiles.

*
* *

Vivienne sursauta en arrivant au coin de la rue du Marché. Un homme s'était précipité sur elle et la tenait contre le mur de la petite ruelle. Elle essaya de hurler, mais l'homme avait mis sa main sur sa bouche pour l'en empêcher.

— C'est moi, madame, chuchota-t-il.

Et elle le reconnut. C'était le chambellan d'Hélène de Quienne. Mais il n'était pas habillé comme d'habitude. Il portait les vêtements d'un cuisinier du palais !

Voyant qu'elle l'avait reconnu, le chambellan enleva sa main de la bouche de Vivienne.

— Que se passe-t-il ? s'exclama la jeune femme, qui avait vu l'ost du roi à l'entrée de la ville et qui apercevait à présent les nombreux soldats de la Garde postés devant le palais.

Les habitants de Pierre-Levée commençaient à sortir de leurs maisons, intrigués par ce vacarme nocturne, mais ils faisaient vite demi-tour dès qu'ils voyaient les soldats menaçants qui patrouillaient déjà dans le quartier du palais.

— Madame, où est votre escorte ?

— Ils arrivent, ils sont juste derrière ! J'ai couru devant quand j'ai vu les soldats...

— Quels imbéciles ! Ils n'auraient jamais dû vous laisser seule ! Qu'importe, reprit le chambellan, ne faites pas de bruit, et suivez-moi.

— Mais que se passe-t-il ?

— Shhh ! marmonna le chambellan en attrapant Vivienne par le bras. Essayez de ne pas attirer l'attention. Prenez ceci.

Il lui tendit un manteau noir, afin qu'elle se déguise elle aussi en cuisinière. Elle hésita, complètement désorientée, puis elle enfila lentement le manteau.

— Venez avec moi jusqu'aux cuisines, madame, je vous expliquerai tout une fois là-bas.

— Mais...

— S'il vous plaît, madame ! la coupa le chambellan. Faites-moi confiance. C'est votre tante qui m'envoie.

Vivienne secoua la tête. Elle ne comprenait pas ce qui se passait. Ou plutôt, elle refusait de comprendre. Car il ne pouvait s'agir que d'une chose : les soldats de la Garde royale ne pouvaient être ici que pour une seule raison. Bohem.

Il ne fallait pas qu'elle reste ici, dans la rue ! Il fallait qu'elle découvre ce qu'il s'était passé. Les yeux emplis d'angoisse, elle se décida enfin à suivre le chambellan vers le palais.

— Allons-y.

L'officier de la duchesse la guida vers la porte de service du grand édifice. Ils passèrent le plus loin possible de l'entrée principale pour ne pas attirer l'attention des gardes du roi. Il régnait une ambiance étrange dans les rues qui entouraient le palais. Il n'y avait plus un seul soldat de la duchesse et les gardes du roi, arborant fièrement leur bannière, semblaient très agressifs, prêts à se battre au moindre signal. On pouvait lire une grande détresse dans les yeux des quelques citadins qui étaient encore là.

Vivienne cacha son visage derrière le col noir de son manteau. Le chambellan marchait vite, elle essaya de ne pas se laisser distancer. Elle n'aurait pas aimé se retrouver seule au milieu de la rue. Ils entrèrent enfin dans le palais par la porte latérale, qui n'était pas encore surveillée par les soldats du roi, avant de se diriger vers les cuisines où étaient rassemblés, terrifiés, de nombreux serviteurs.

Ces gens dévisagèrent Vivienne et le chambellan, les reconnaissant sans doute.

— Que se passe-t-il ? demanda à nouveau Vivienne, à présent qu'ils étaient à l'abri.

Le chambellan regarda autour d'eux pour vérifier qu'on ne les écoutait pas.

— Le roi de Gallica a envoyé ses hommes pour capturer votre ami, madame.

— Il est entre leurs mains ?

— Je ne sais pas. Je crois que votre tante est en train de gagner du temps... Elle a ordonné à ses soldats de ne pas résister car elle veut éviter un bain de sang et elle souhaite parler avec le général envoyé par le roi.

— Où est-elle ?

— Elle... Elle doit être arrivée dans le vestibule à présent. Elle allait au-devant du général et...

Mais le chambellan n'eut pas le temps de finir sa phrase. Vivienne avait fait volte-face et courait déjà vers le vestibule du palais, à travers les couloirs de service en sous-sol.

*
* *

— Général Goetta ! s'exclama la duchesse. Il y a quelques années à peine, j'étais votre reine et aujourd'hui vous attaquez ma propre demeure ! Je vous croyais un ami fidèle, général !

Vivienne était cachée derrière la porte qui menait au cellier. Elle était arrivée tout droit des cuisines. En entendant la conversation houleuse qui se tenait dans le vestibule, elle s'était plaquée contre la porte et écoutait à présent ce qui se passait de l'autre côté.

— C'est justement parce que je suis fidèle, madame, que j'obéis au roi. Nous ne sommes pas ici pour vous attaquer. Vous avez bien fait de dire à vos soldats de rendre les armes. Si vous nous livrez le jeune homme que nous sommes venus chercher, nous nous retirerons aussi vite que nous sommes venus.

Ils veulent la contraindre à leur livrer Bohem. Comment va-t-elle faire ? Elle ne peut pas mettre en péril tout le palais pour le sauver... Mais il ne faut pas qu'il tombe entre leurs mains !

— Quel jeune homme ?

— Vous savez très bien de qui je veux parler, duchesse, allons...

— Pour vous, je ne suis pas une duchesse, général, mais une reine. La reine de Brittia. Et je vous conseille de vous adresser à moi dans la forme accoutumée.

Elle essaie de l'impressionner. C'est une façon de lui dire qu'il est sur les terres d'Emmer Capigesne...

— Majesté, où est Bohem le louvetier ?

— Je n'en ai pas la moindre idée, je ne sais pas de qui vous parlez, mentit la duchesse de Quienne d'une voix assurée.

Elle est prête à mentir pour défendre Bohem ! Nous avons de la chance...

— Majesté, nous savons qu'il est entré ici il y a plusieurs jours et que vous l'avez hébergé, ne...

— Général Goetta, je ne connais pas de Bohem, et je vous recommande de faire tout de suite demi-tour, s'il en est encore temps. Vous êtes sur les terres du roi de Brittia, et votre présence en mon palais sans y être invité n'est rien d'autre qu'une déclaration de guerre dont vous êtes, seul, coupable.

— Je suis ici sur ordre du roi, Majesté.

— Du roi de Gallica ! rétorqua la duchesse. Mais le comté de Pierevain n'est plus un fief de Gallica depuis que Livain m'a répudiée. Vous n'avez rien à faire ici !

— Nous ne sommes pas ici pour des raisons militaires, Majesté, mais seulement pour retrouver ce jeune homme. Si vraiment vous ne le connaissez pas, alors vous n'avez rien à vous reprocher et il est inutile de vous...

— Huit de mes gardes sont morts cette nuit, général. Tués par vos soldats !

Mon Dieu ! Ainsi il y a bien eu une bataille ! Bohem ne se le pardonnera jamais. Encore des gens qui meurent autour de lui, par sa faute, sans qu'il puisse rien faire et sans qu'il sache pourquoi...

— Vos soldats sont morts parce qu'ils nous ont refusé l'accès de votre palais et...

— Et ils avaient raison puisque vous n'y étiez pas invité !

— Majesté, je n'ai pas de temps à perdre. Je vais ordonner de ce pas que votre palais soit fouillé, ainsi que la ville tout entière et, si vous avez dit vrai, alors vous n'avez aucun souci à vous faire. Nous serons partis avant demain soir.

Le général salua la duchesse de Quienne et fit demi-tour.

Vivienne, de l'autre côté de la porte, se mordit les lèvres. C'était un horrible cauchemar.

Mais où était Bohem ? Hélène avait-elle eu le temps de le faire fuir ?

*
* *

Vivienne resta un long moment le dos collé à la porte. Son cœur battait à tout rompre. Le sang cognait contre ses tempes. Et dans l'obscurité, elle avait les yeux grand ouverts. Elle se posait mille questions, essayait d'analyser ce qu'avait dit la duchesse pour voir s'il n'y avait pas eu un indice dans son discours au sujet de Bohem. Il fallait qu'elle le trouve et qu'elle puisse fuir avec lui.

Sa vocation de troubadour pouvait attendre. À présent qu'elle savait qu'Hélène était prête à la recevoir à sa cour, elle n'était plus si pressée d'apprendre l'art des chansons et de la poésie. Il y avait plus urgent. Bohem, aider Bohem et être auprès de lui, tout simplement. Parce qu'elle l'aimait, avec tous ses défauts, ses peurs, ses angoisses, ses coups de tête. Et ses belles qualités aussi. Elle n'avait jamais rencontré de cœur si généreux, niché derrière le regard pur d'un garçon de dix-sept ans. Une telle force et une telle faiblesse à la fois ! Il avait besoin d'elle. Non. Elle devait être honnête. C'était elle qui avait besoin de lui, de le voir, de le savoir près d'elle. De lui tenir la main et de l'accompagner là où il devait aller.

L'aider à suivre la voix qui l'appelait.

Oui. Elle devait retrouver Bohem.

Soudain, la porte s'ouvrit derrière elle. Vivienne faillit tomber à la renverse et fut rattrapée par l'homme qui avait ouvert. Un soldat du roi.

— Lâchez-moi ! protesta-t-elle.

— Allons, gamine, on va là-haut, dans la grande salle, comme tout le monde !

Il la tenait fermement par le bras, la serrant si fort qu'il lui faisait mal. Vivienne se plaignit mais il ne l'écoutait pas. Il semblait trouver cela amusant de la voir se débattre ainsi pour échapper à sa poigne. Il la bouscula un peu et la força à marcher devant lui.

— Allez ! grogna-t-il, ma belle ! Pas d'histoire où ça va mal finir !

Et il lui envoya une grande claque sur les fesses.

Vivienne se retourna, furieuse. Elle n'en revenait pas. Ce fou ne savait pas à qui il avait affaire !

— Ne me regarde pas comme ça, gamine ! Demi-tour et en route ! ordonna-t-il en la poussant à nouveau devant lui.

Vivienne, hors d'elle, comprit qu'il ne servait à rien de résister. Les mâchoires serrées, les poings crispés, elle avança en traînant les pieds, se laissant guider par les coups que le soldat lui donnait dans le dos. Il lui fit monter les marches et rejoindre une file de serviteurs, d'artisans et de soldats désarmés qui, comme elle, entrèrent dans la plus grande pièce du palais, la salle de réception où, quelques semaines plus tôt, les gens d'Hélène avaient célébré le retour de la duchesse au comté de Pierevain.

La jeune femme pénétra dans la grande pièce, regarda partout autour d'elle et aperçut enfin la duchesse, à l'autre bout de la salle, entourée de ses principaux conseillers. Sans hésiter, Vivienne se précipita vers elle.

La duchesse la vit arriver, s'avança et la prit dans ses bras.

— Vivienne, ma fille ! Tu es saine et sauve !

— Où est Bohem, ma tante ? répliqua la jeune femme sans attendre.

La duchesse jeta un coup d'œil alentour.

— Mettons-nous un peu à l'écart, dit-elle en entraînant sa nièce avec elle.

Vivienne tremblait. La gorge nouée, elle imaginait le pire. Les conseillers de la duchesse, comprenant qu'elles avaient besoin de s'isoler, firent discrètement un arc de cercle autour d'elles pour les séparer de la foule et les cacher au regard des soldats à l'entrée de la grande pièce.

— Je ne sais pas, Vivienne. Je ne sais pas où il est. Mais une chose est sûre, ils ne l'ont pas trouvé puisqu'ils le cherchent encore. Il était là cette nuit, pourtant. Par ma faute.

— Pourquoi par votre faute ?

— Je lui ai dit de t'attendre. Je ne pensais pas que les soldats oseraient entrer ainsi. Si vite...

— Vous avez bien fait, ma tante. Je vous remercie. J'aurais, en effet, tant voulu le voir ! Mais où est-il, alors ?

— Je ne sais pas, répéta la duchesse. Je suis désolée, Vivienne. Avant d'envoyer le chambellan te chercher, je lui ai demandé d'aller voir dans la grange... C'est là que Bohem a pris l'habitude de dormir depuis ton départ. Or il n'y était plus...

— Mon Dieu ! lâcha Vivienne, et des larmes coulèrent sur ses joues.

La duchesse la prit à nouveau dans ses bras et la serra contre elle. Mais au même moment, quelqu'un dans la foule cria son nom.

— Vivienne !

La jeune femme se retourna en essuyant ses quelques larmes. La Rochelle. Elle reconnaissait sa voix. Elle se faufila entre les conseillers de la duchesse pour le chercher dans la foule. Puis elle le vit enfin. Il courait vers elle à travers la grande salle encombrée.

— Fidélité ! s'exclama Vivienne en lui tendant la main.

Le jeune homme avait le visage ensanglanté et se tenait le bras gauche.

— Que t'est-il arrivé ?

Le Compagnon, à bout de souffle, s'assit en grognant sur la chaise que lui tendait la duchesse de Quienne.

— Ils m'ont pris pour Bohem, avec ma boucle d'oreille ! Ces imbéciles ont finalement compris que ce n'était pas moi, puisque je n'avais pas de cicatrices... Mais maintenant, je risque bien d'en avoir, avec les coups qu'ils m'ont donnés !

— Pourquoi vous ont-ils frappé ? demanda la duchesse en prenant la main du jeune homme.

Le Compagnon pouffa, malgré ses nombreuses blessures.

— Pour me punir de leur avoir dit que j'étais Bohem...

— Tu leur as dit ça ? s'exclama Vivienne, perplexe.

— Eh bien oui ! Pour faire gagner du temps à Bohem.

— Tu l'as vu ?

— Évidemment ! Je l'ai aidé à s'enfuir, ça ne se voit pas ?

— Et où est-il maintenant ?

— Eh bien, loin d'ici, sûrement ! J'ai détourné leur attention pendant qu'il sortait par la petite porte du forgeron... Il doit être dans la ville, ou même hors de la ville, maintenant.

— Espérons-le, glissa la duchesse. Les soldats du roi commencent déjà à fouiller Pierre-Levée !

— Nous devons aller l'aider ! s'exclama Vivienne.

— Non, Vivienne ! Il m'a demandé de veiller sur toi, et il m'a dit que nous devions rester ici...

— C'est hors de question !

Le Compagnon leva les yeux au ciel.

— Mais vous n'êtes pas possibles, tous les deux ! Vous cherchez à vous faire tuer, ou quoi ? Nous restons ici, comme il nous l'a demandé, un point c'est tout !

Vivienne poussa un soupir. Il était inutile de discuter. Elle prit un mouchoir dans sa poche et essaya de soigner le Compagnon. Pour le moment, elle ne pouvait rien faire de mieux.

Chapitre 9

LE CORNEMUSEUR

Le lendemain, après avoir fouillé le palais de fond en comble et sillonné la ville longuement, pénétrant sans aucune réserve dans les maisons des habitants de Pierre-Levée, les soldats du roi n'avaient toujours pas trouvé Bohem, et le général Goetta avait ordonné qu'on arrêtât les recherches.

Les habitants de Pierre-Levée étaient de plus en plus irrités, commençaient à le montrer dans les rues, et le général ne voulait surtout pas d'une émeute. Il était temps de se retirer. La réussite de leur mission aurait dû reposer sur sa rapidité. Sur la surprise. Ils avaient fait vite, ils avaient surpris, mais Bohem n'était pas là. Ou il n'était plus là, en tout cas.

Le général était évidemment furieux et humilié à la fois. Il était certain que Bohem était passé par là, que la duchesse l'avait protégé, qu'elle lui mentait et que le jeune homme lui avait échappé de peu. Il allait devoir à présent annoncer au roi de Gallica que sa mission s'était soldée par un échec, ce qui n'était pas très réjouissant.

L'ost du roi était sur le point de quitter le Palais des Ducs sous le regard haineux des sujets de la duchesse, quand celle-ci fit irruption dans la cour et traversa les rangées de soldats pour se diriger tout droit vers le général.

— Général Goetta ! lui lança-t-elle d'une voix méprisante. Je vois que vous partez ! N'avez-vous pas des excuses à nous faire ?

Le militaire, perché sur son cheval, releva le bassinet de son heaume.

— Madame, comme promis, nous quittons votre palais. Nous sommes venus chercher Bohem, nous ne l'avons pas trouvé, nous partons. J'ai tenu ma parole.

— Vous avez tué huit de mes hommes, général, et terrorisé inutilement les habitants de Pierre-Levée.

— Madame...

— Majesté ! corrigea la reine de Brittia.

— Majesté, reprit-il, nous n'avons pas retrouvé Bohem, mais je reste convaincu que vous l'avez caché et aidé à s'enfuir, et je ne pense pas que cette affaire soit finie...

— Que vous en soyez convaincu ne constitue pas une preuve, général. Vous m'avez attaquée sans raison, sans preuve, et sans succès.

— Je n'ai fait qu'obéir aux ordres du roi de Gallica.

— C'est pitoyable de se retrancher ainsi derrière les ordres de sa hiérarchie. Je vous ai connu plus fier, général, plus glorieux ! Eh bien retournez le voir, votre roi ! Et apportez-lui cette nouvelle : je viens d'envoyer un messager en Brittia pour faire savoir à Emmer Capigesne, mon époux, que l'ost de Livain a attaqué le Palais des Ducs. Je pense que vous pouvez dire à votre roi de se préparer pour la guerre.

— Majesté...

— Cessez de me répondre, général ! Vous êtes un minable pion de ce roi dégénéré ! Vous avez fait ce que vous étiez venu faire, sans la moindre conscience. Maintenant, partez ! Sortez de mon palais ! N'aggravez pas une situation qui est déjà catastrophique.

Le général soupira. Il rabaissa son casque et fit signe à ses soldats de se mettre en route.

La duchesse recula et les regarda sortir un à un du palais, sous les cris de haine de la foule qui s'était rassemblée devant les portes. Les habitants de Pierre-Levée étaient prêts à exploser. La duchesse se dit en souriant que les soldats du roi n'auraient probablement pas pu rester une seule journée de plus. Le peuple aurait fini par prendre les armes.

En tout cas, elle avait à présent la confirmation qu'elle était venue chercher. Ils n'avaient toujours pas trouvé Bohem. C'était sans doute une bonne nouvelle. Mais Hélène n'était pas rassurée.

*
* *

Bohem était parvenu à s'enfuir par le sud de la ville. De justesse. Il avait dû escalader l'enceinte de Pierre-Levée sans se faire voir, redescendre de l'autre côté et traverser la rivière à la nage. Il avait profité des dernières heures de la nuit pour ne pas se faire repérer par les nombreux soldats qui sillonnaient les environs. Ils étaient partout. Dans la ville, le long des remparts ; certains même tournaient tout autour. Il avait dû rester caché sur la rive un long moment avant que la route soit libre.

Il était à présent allongé dans l'herbe, épuisé. Il avait couru tout droit, sans se retourner, sans réfléchir à la direction, et il avait estimé qu'il était suffisamment loin de la ville pour pouvoir se reposer enfin. Il ne pouvait s'empêcher de penser à Vivienne. Qu'il n'avait pu revoir. Qu'il ne reverrait peut-être jamais ! Car il devait fuir à nouveau. Après toutes ces journées passées à la cour d'Hélène de Quienne, il devait reprendre la route, maintenant. Il avait assez attendu, il le sentait au fond de lui. Comme une urgence inexpliquée qui lui ordonnait de se mettre en route. Il devait aller au-devant de ce qui l'attendait. Mais plus il fuirait, plus il s'éloignerait de Vivienne.

Et surtout, il ne savait toujours pas où aller. Il n'avait pas encore vraiment décidé. Il n'avait pas eu le temps de lire avec Chrétien *le Bestiaire de Thaon* dans son intégralité, et il n'avait pas trouvé les réponses qu'il cherchait. Mais avait-il besoin de réponses ? Que cherchait-il, après tout ? Voulait-il uniquement comprendre pourquoi on le cherchait ? En quoi cela l'avancerait-il ? Ou bien... Ou bien voulait-il savoir qui étaient ses véritables parents ? Cela ne changerait sans doute rien à son destin ! La réponse, il l'avait au fond de lui. Inutile de chercher ailleurs. Il n'avait qu'une seule chose à faire.

Comme Vivienne, comme les Compagnons. Il devait assouvir sa vocation. Hélène de Quienne l'avait si bien énoncée. Sauver les Brumes. Voilà ce qu'il devait faire. Et c'était à sa portée. N'en avait-il pas déjà sauvé une ? Ne communiquait-il pas avec elles ?

Mais par où commencer, maintenant ? Il ne pouvait aller dans tous les villages de Gallica et convaincre les louvetiers de ne plus tuer les Brumes ! Ce n'était pas possible, évidemment. C'eut été ridicule ! Mais alors, comment faire ?

La Licorne. Oui. Sans doute. Trouver la Licorne, la reine des Brumes. Celle qu'aucun louvetier n'avait jamais trouvée. Lui, il la trouverait, il en était sûr. Mais que ferait-il alors ? Il ne savait pas vraiment. Peut-être que, s'il la trouvait, il pourrait entrer en contact avec elle, comme il l'avait fait avec le loup et la chimère, par le biais de ses rêves. Elle le guiderait. Elle lui montrerait ce qu'il devait faire. Pour sauver les Brumes. Peut-être. Les chances étaient faibles, et il n'était pas certain de réussir. Cependant, pour le moment, il n'avait rien de mieux à faire...

Cela risquait de ne pas être simple. Partir à la recherche de la Licorne tout en échappant à ceux qui le poursuivaient... Il faudrait encore fuir, se cacher ! Et cette fois-ci il était seul. Vraiment seul.

Soudain, Bohem entendit des bruits sourds de sabots contre le sol. La tête dans l'herbe, il ressentit les vibrations dans la terre. Il se leva brusquement. Et il comprit alors que c'était une erreur. Une grave erreur. Qu'il aurait dû rester couché dans l'herbe.

Car les cavaliers l'aperçurent aussitôt.

Bohem ne bougea pas. Il sut qu'il était inutile de fuir cette fois. Il était trop tard. Plus rien ne pourrait le sauver. Et de toute façon, il n'avait même plus le courage d'essayer.

Il se laissa tomber sur les genoux et attendit. Résolu.

Les cavaliers fonçaient droit sur lui. Il commençait à voir leur uniforme. Bohem secoua la tête. Il ne comprenait pas vraiment. Ce n'étaient ni des soldats du roi, ni des Aïshans ! Mais il lui semblait les reconnaître tout de même. Leur casque droit. Leur surcot blanc. Et cette croix rouge pattée sur leur épaule.

Les chevaliers de la Milice du Christ ! Ces moines guerriers qu'il avait déjà vus dans la région de Villiers-Passant et qui inspiraient le respect sur leur passage. Des serviteurs de Dieu qui défendaient la chrétienté à travers le monde. On racontait tant de choses à leur sujet ! Les croisades, la splendeur de l'ordre...

La Milice du Christ. Était-elle à sa recherche elle aussi ? Non, c'était complètement insensé ! Ces hommes étaient justes. On le lui avait répété si souvent. Ils ne pouvaient pas vouloir de mal à un jeune homme comme lui. Il devait leur faire confiance. Ils ne venaient pas pour l'arrêter. Pas eux. Il fronça les sourcils et se releva lentement.

Quand les chevaliers arrivèrent à sa hauteur, il n'eut pas même le temps de les saluer. Ils jetèrent sur lui un grand filet de cordes. Bohem, surpris, essaya de se débattre, mais il se prit un pied dans une maille et tomba la tête la première aux pieds d'un cheval. Quand il essaya de se relever, il reçut un coup violent sur le crâne et perdit connaissance.

*
* *

Quand il revint à lui, Bohem était couché sur le ventre à l'arrière d'un cheval, bâillonné. Des cordes lui liaient chevilles et poignets, trop serrées. Il poussa un grognement de douleur. La position inconfortable dans laquelle on l'avait mis lui déchirait l'abdomen, et il commençait à ressentir sur la nuque les effets du coup qu'on lui avait porté. Il avait envie de vomir.

Il toussa, mais cela fit empirer sa douleur à la tête, alors il essaya de souffler, de reprendre une respiration normale à travers le bâillon qu'il avait sur la bouche. Impossible. La croupe du cheval ne cessait de rebondir et s'enfonçait dans ses côtes. Il se demanda combien de temps il pourrait tenir. Jusqu'où les Miliciens voulaient-ils l'emmener ? Et pourquoi ? Étaient-ils au service du roi de Gallica ? Avait-il échappé aux uns pour finalement tomber entre les mains des autres ?

La tête à l'envers, il voyait défiler le sol à travers les sabots du cheval. Combien étaient-ils ? Plus d'une vingtaine. Il n'avait pas eu le temps de bien voir. Il ne s'était pas attendu à ce qu'on l'attaque ainsi. Quel idiot il faisait !

Il le savait pourtant ; il devait se méfier de tout le monde. Il n'avait personne de son côté, sauf, peut-être, Vivienne et Hélène. Il ne devait faire confiance à personne. Il se l'était déjà dit mille fois.

Soudain, un autre cheval, venu de l'arrière, arriva à sa hauteur. Il essaya de relever la tête pour voir le visage du cavalier, mais il ne pouvait la lever suffisamment. Cela lui faisait trop mal à la nuque.

— Allons, ne vous inquiétez pas, jeune homme, nous arrivons bientôt à la commanderie de Malleyrand, vous pourrez vous reposer, et demain nous aurons une charrette pour vous escorter, ce sera beaucoup plus confortable.

L'escorter ? Était-ce vraiment la formule appropriée ? Il aurait voulu crier quelque insulte à l'homme qui lui parlait ainsi, mais il ne pouvait pas. Le bâillon l'empêchait de prononcer la moindre parole. Il aurait aussi voulu demander pourquoi on l'emmenait, et où, et sous quelle autorité. Mais il devrait attendre. Attendre dans la douleur et la peur. Encore. Il ne faisait que ça.

Les Miliciens le transportèrent ainsi jusqu'au soir, et il crut qu'il allait mourir tellement son ventre lui faisait mal. Ils arrivèrent à la tombée de la nuit devant un ensemble de bâtiments que Bohem distingua vaguement. Une sorte de ferme immense, avec plusieurs dépendances, et, au centre, une grande chapelle. On leur ouvrit la porte qui menait au cœur de la commanderie. Bohem respirait avec de plus en plus de difficulté, et il faillit s'étouffer quand enfin on le fit descendre du cheval.

Il s'écroula par terre en fermant les yeux, se contorsionnant de douleur. Mais on ne lui laissa pas le temps de reprendre son souffle. Deux Miliciens vinrent le ramasser et le traînèrent dans l'une des dépendances où il y avait un cachot. On le jeta à l'intérieur sans ménagement. Le visage dans la poussière, il entendit le bruit de la grille qu'on refermait derrière lui, dans l'obscurité.

Il grogna et sanglota de douleur. On n'avait même pas pris la peine de le détacher ou de lui enlever son bâillon. La tête lui tournait. Il ferma les yeux et essaya de se calmer. De reprendre le contrôle de son souffle. De prendre le dessus sur la souffrance. Mais il était pris de vertiges. Il avait l'impression de tomber dans un gouffre obscur, poussé par un vent silencieux, de plus en plus fort. Il allait s'évanouir. Non. Il ne devait pas flancher. Il devait se reprendre.

Il pensa à Vivienne. Au loup. Il essaya de se raisonner. De se concentrer sur ces souvenirs simples. Vivienne. Le Loup. Les Compagnons. De bons souvenirs. Des raisons de vivre. De ne pas se laisser abattre. Les images dans sa tête arrêtèrent peu à peu de tourner. Les vertiges s'estompèrent peu à peu.

Quand il eut à peu près retrouvé ses esprits il ouvrit les yeux. Puis, en bougeant la tête de bas en haut, plusieurs fois, il parvint à se débarrasser de son bâillon. De l'air ! Il inspira profondément. Souffla. Reprit une respiration normale. Mais son ventre lui faisait encore atrocement mal.

Il leva la tête. Il crut distinguer un tas de paille et des couvertures au fond du cachot. Il poussa un long soupir. Puis il rampa lentement vers cette couche de fortune et roula dessus, en gardant ses mains liées au-dessus de sa tête. Il s'étendit de tout son long sur le dos.

Il plongea son regard dans le labyrinthe des pierres au plafond. Ses yeux commençaient à s'habituer à la pénombre. Il y avait quelques fenêtres surélevées, dans les différents cachots, et plusieurs rais de lumière traversaient l'obscurité.

Combien de temps allait-on le laisser là ? Et comment pourrait-il s'en sortir, à présent ? Comment avait-il pu se laisser prendre si bêtement ? Après tous ces efforts ! Après ce qu'avaient fait tous ceux qui l'avaient aidé ! Il s'en voulait tellement !

Soudain, une voix le fit sursauter de l'autre côté de la pièce.

— Vous êtes Bohem ?

Le jeune homme se dressa sur un coude. Il y avait un homme dans le cachot voisin. Il ne l'avait pas vu. Immobile, assis contre le mur, le visage à peine éclairé par la lumière des étoiles qui filtrait entre les barreaux de leur prison, il le dévisageait.

Bohem fronça les sourcils. C'était un homme d'une quarantaine d'années, estima-t-il. Qui portait l'habit des Miliciens. Un piège ? On voulait le faire parler ? Peut-être valait-il mieux ne pas répondre à cette question. Pas tout de suite. Rester méfiant.

— Qui êtes-vous ? demanda Bohem, la voix rauque.

— Un imbécile.

— Mais encore ?

— Je suis sergent. Enfin, je l'étais. Le Grand-Maître de la Milice m'a relevé de mes fonctions... Je m'appelle Fredric. Et vous êtes Bohem, n'est-ce pas ? Cette boucle d'oreille, cette cicatrice sur vos sourcils...

— Pourquoi vous a-t-on relevé de vos fonctions ? le coupa Bohem.

— Parce que je suis un imbécile et que depuis vingt ans je suis aveuglément des ordres de plus en plus stupides !

— Qu'avez-vous fait ?

— J'ai eu la mauvaise idée de dire au Grand-Maître que je n'étais pas favorable à ses intentions d'attaquer Pierre-Levée, voilà.

— Je ne comprends pas...

— S'ils vous ont trouvé, c'est qu'ils ont attaqué, non ?

— Qui ça, *ils* ? Les Miliciens ?

— Oui...

— Non. Pierre-Levée a été attaquée par les soldats du roi.

— Ah bon ? Alors, ils ont été les plus rapides ! C'est bien la première fois ! Mais vous, alors ? Comment vous ont-ils capturé ?

Bohem ne répondit pas. Il réfléchit. Ainsi, la Milice et la Garde royale n'agissaient pas de concert. Elles voulaient toutes les deux le capturer, mais pas ensemble. Il avait donc trois ennemis à présent ! Il haussa les épaules. Tout ceci n'avait sans doute plus aucune importance, maintenant qu'il était prisonnier.

— Et pourquoi n'étiez-vous pas favorable aux intentions de votre Grand-Maître ? demanda finalement Bohem en s'adossant au mur lui aussi.

— Mais dites-moi, je ne vais pas répondre comme ça à toutes vos questions sans que vous répondiez à la seule question que je vous ai posée, moi.

Bohem resta silencieux.

— De toute façon, vous n'avez pas besoin de me répondre ! lâcha finalement le sergent d'une voix cynique. Je sais bien que c'est vous. Vous correspondez exactement à la description. Et vous ne seriez pas ici...

L'ancien Milicien se tut à son tour. Il cessa de regarder Bohem et plongea son regard dans le petit bout de ciel derrière la fenêtre de son cachot. Le silence s'installa, longuement. On entendait quelques bruits dehors, des gens qui s'affairaient entre les bâtiments. Une chouette. Rien d'autre.

— Je ne voulais pas obéir, reprit finalement le sergent Fredric, parce que je ne pense pas que ce que nous faisons ici est conforme à la règle de saint Courage. Parce que je pense que le Grand-Maître n'est pas fidèle à l'objet réel de notre ordre. Je crois qu'il est en train de dénaturer la Milice.

— C'est-à-dire ?

— Notre ordre n'a pas pour but de terroriser les chrétiens de Gallica. Et c'est ce que fait Dumont Desbardes.

— Je vois. Vous avez eu mauvaise conscience...

— Exactement, jeune homme. Mais pas pour vous, rassurez-vous ! Je n'ai pas pitié d'un hérétique...

— Un hérétique ? C'est ainsi qu'on me voit ?

— C'est ce que vous êtes !

— Vraiment ? Et pourquoi ?

— Je préfère ne pas en parler !

— Vous préférez ne pas en parler, ou bien vous ne savez pas ?

— Pourquoi me demandez-vous ça ? Vous prétendez ne pas l'être ?

— Monsieur, je n'ai aucune leçon à vous faire, il me semble que vous êtes plus âgé que moi... Mais vous dites vous-même que votre Grand-Maître vous a manipulé pendant vingt ans. Ne pouvez-vous pas envisager un seul instant qu'il vous ait aussi menti à mon sujet ?

— Et dans ce cas, jeune homme, pourquoi le roi vous cherche-t-il, lui aussi ?

— J'aimerais bien le savoir ! Ce doit être pour la même raison que votre Grand-Maître. Mais cette raison, je l'ignore. En tout cas, je peux vous dire une chose, que vous croirez si vous voulez : je ne suis pas hérétique... Je ne suis même pas sûr de savoir ce que ce mot signifie !

Au même instant, un Milicien fit irruption dans le petit bâtiment qui abritait leurs cachots. Bohem sursauta.

— Allons, assez parlé tous les deux ! On vous entend depuis la cour. Sergent Fredric, vous n'êtes pas raisonnable ! Nous allons vous changer de cachot !

L'ancien Milicien se laissa faire. Il savait sans doute qu'il était inutile de lutter. Il suivit le chevalier derrière une porte du bâtiment. Et Bohem ne les vit pas reparaître.

Il ferma les yeux et se laissa tomber sur sa couche, désespéré.

*
* *

Le loup et la chimère n'ont plus besoin de me guider. J'avance seul sur les rives de mon rêve, à présent. Les Brumes sont là, bien sûr, mais elles sont derrière moi, maintenant. Comme pour veiller sur moi. Ou me surveiller peut-être. M'espionner ? Non. Je ne me retourne pas. Je n'ai pas besoin. Je sens leur présence. Rassurante. Je me sens plus en sécurité ici. Inattaquable.

Et ici, je suis libre. N'importe quand. Ils pourront m'attacher, m'enfermer là-bas. Cela n'y changera rien. Ici, je suis libre. Je serai libre, tout le temps.

Je reconnais le chemin. Je vais moins vite, peut-être, mais je me dirige seul cette fois. La forêt n'est plus loin. J'espère qu'il sera là. Il faut qu'il soit là. Que je puisse lui parler. Mais est-ce possible ? M'entendra-t-il ?

Voici la forêt. Silencieuse. Elle me paraît plus sombre que d'habitude. Mais peut-être est-ce moi qui suis plus sombre.

Il arrive. Il marche vers moi. Toujours le même sourire. Cette longue barbe blanche qui tombe sur son ventre rond. Son instrument sur son dos. Il a l'air tellement insouciant. Il ne sait pas. Je dois le prévenir.

Parler. Je me souviens. Je sais comment faire. Parler. C'est simple. Un acte si simple. Mais si important. Je dois lui parler, à lui, ici, en espérant que son double, là-bas, entendra. Comprendra. A-t-il la même conscience que moi ? Se souvient-il de ce que nous disons ici quand il se réveille ? Oui. Forcément. Sinon il ne m'aurait pas demandé de l'attendre la dernière fois. Je dois lui faire confiance.

Faire confiance. Je me suis promis de ne plus le faire. Mais je n'ai pas le choix. Que peut-il m'arriver de pire, maintenant ?

— Vous êtes Mjolln Abbac, n'est-ce pas ?

Il semble surpris. Mais il sourit toujours. Oui, c'est bien lui. Je le vois dans son regard. Il est le poète dont m'a parlé Hélène de Quienne. Le musicien venu d'un monde lointain.

— Ahum. Je suis le Cornemuseur.

Voilà. Il confirme. Peut-être ne peut-il pas dire son propre nom. J'avais déjà eu cette impression la dernière fois. Il ne pouvait donner le nom d'Hélène de Quienne, ni le sien. Pas ici. Comme si ces mots lui étaient interdits. Mais voilà. Je sais qui il est à présent. Mjolln Abbac. Le Cornemuseur.

— Je n'ai pas pu vous attendre à Pierre-Levée. Nous avons été attaqués.

Il fronce les sourcils. C'est la première fois que je le vois ainsi. Inquiet. Il m'écoute. Il comprend.

— Je me suis enfui, et j'ai été capturé par la Milice du Christ.

— Ça, où es-tu ?

— Je suis... Je suis prisonnier dans...

Je ne me souviens pas. Le nom. Je suis sûr de l'avoir entendu. Le nom de cet endroit.

— La commanderie de...

Je n'arrive pas à me souvenir du nom. Impossible ! C'est étrange. Je suis sûr que, si j'étais éveillé, je pourrais m'en souvenir. Mais ici, impossible. Je n'y arrive pas.

— À l'est. Une commanderie au sud-est de Pierre-Levée, je crois. Je ne sais pas. Je ne suis pas sûr. Je me suis évanoui. Je n'arrive pas à me souvenir.

— Ce n'est pas grave, je te trouverai. Oui. Ahum. Où que tu sois. Je dois te trouver, je te trouverai.

— Dépêchez-vous, monsieur Abbac ! Je ne sais combien de temps je pourrai tenir. Et j'ai besoin de vous. J'ai besoin de vous demander... De vous demander quelque chose. Je...

Je ne me souviens plus. De ça non plus. Je n'arrive pas à m'en souvenir. Que m'arrive-t-il ? Il sourit. Il saisit ce qui m'arrive. C'est étrange.

Je ne comprends pas. J'espère qu'il se souviendra.

Il disparaît. Son image devient floue, à nouveau. S'estompe devant la forêt. Se confond avec les arbres. Et s'éloigne. De l'autre côté de mon rêve.

Je suis seul à nouveau. Avec mes Brumes. Il n'y a personne ici. Jamais personne. Ce monde est déserté. Ce n'est pas normal.

— J'ai besoin de vous !

Cela ne sert à rien de crier. Il n'est plus là.

Pourtant... Pourtant je ressens une présence. Nouvelle. Quelque part. Non, pas une présence nouvelle. Je l'ai déjà ressentie. Déjà croisée, cette présence. Oui. Bien sûr.

Les deux visages. Le vieillard et l'enfant. Ces deux regards terribles qui voient au travers des choses et des gens.

Ils se dessinent autour de moi. Tout autour. Se dressent lentement pour remplir le ciel tout entier. Ils m'observent. Me dévisagent. Se referment sur moi comme une voûte menaçante. Terrifiants. Emplis de haine. Les Brumes ont fui. Je suis totalement seul à présent.

Seul face à ces deux visages. Soudain, ils s'estompent. Disparaissent dans le ciel, et toute la lumière se rassemble en un point. À l'horizon, devant moi. Comme un soleil lointain, éblouissant.

Au milieu de cette lumière, un homme arrive. Marche vers moi. Il porte sur son dos fourrures et peaux de bêtes. Il avance. Rapidement. Je ne dois pas le laisser me toucher. Je dois me réveiller. Il me fixe du regard. Il est de plus en plus proche. Trop proche. Je reconnais ses yeux. Ce sont les yeux des deux visages. Les yeux du vieillard et de l'enfant. Mais ce n'est pas tout. Je connais aussi cette silhouette.

Je ne l'ai jamais vue. Non.

Mais on me l'a décrite tant de fois.

Racontée. Comme une histoire pour faire peur aux enfants.

Je sais qui tu es.

Je connais ton nom, étranger.

Tu es le Sauvage.

Celui qui voit le passé et le futur.

Le Devin.

Que me veux-tu, à moi ?

Non. Je dois fuir. Je ne dois pas le laisser me toucher.

*
* *

Le matin, on installa Bohem et le sergent Fredric dans une charrette couverte. Le Milicien qui lui avait parlé la veille ne lui avait pas menti. Le voyage, au moins, serait plus confortable. Moins insupportable en tout cas. Mais ils étaient toujours attachés, et on leur avait remis des bâillons pour les empêcher de parler.

Escortée par une douzaine de chevaliers de la Milice du Christ, la charrette se mit en route sans plus tarder. Bohem pouvait voir dehors entre les deux battants de la bâche de cuir qui fermait l'arrière de la charrette. Il comprit qu'ils sortaient de la commanderie et qu'ils partaient rapidement vers l'est. Il regarda les bâtiments de pierre s'éloigner et se demanda ce qui les attendait à présent.

On ne lui avait toujours pas adressé la parole. C'est tout juste s'il avait pu croiser le regard de l'un de ses tortionnaires. On lui avait donné un morceau de pain et un peu d'eau en le réveillant, rien de plus. Et il n'avait pas revu le sergent Fredric de la nuit.

Mais il était là, à nouveau. Attaché en face de lui. Il lui adressa un regard. L'homme le dévisageait. Bohem ignorait si ce qui brillait dans ses yeux était de la rage, de la compassion, ou de la peur. C'était, en tout cas, un regard intense. Il se demanda si le sergent savait, lui, où on les emmenait. Ce qu'on allait leur faire. Il aurait aimé pouvoir lui parler plus longuement la veille. Il y avait quelque chose de sincère dans la voix de ce Milicien déchu. Une rancœur aiguë qui ne trompait pas. Mais Bohem n'était pas certain d'avoir pu le convaincre de son innocence à lui.

Il se demanda ce qu'on avait pu dire aux Miliciens pour qu'ils acceptent de le capturer ainsi. On l'avait fait passer pour un hérétique. Mais comment ? Avec l'histoire de la Brume, sans doute... Mais cette histoire seulement ? Cela suffisait-il à convaincre des hommes pareils ? Certainement pas.

Bohem soupira et ferma les yeux. Secoué par les cahots violents de la charrette, il essaya de ne penser à rien. De vider son esprit pour ne pas se laisser submerger par l'angoisse. Par la peur. Mais il n'y parvint pas.

Les deux prisonniers restèrent ainsi longuement face à face, ballottés sur leurs petites planches de bois, incapables de parler, échangeant de temps en temps des regards inquiets.

Soudain, au milieu de la journée, la charrette s'arrêta. Ce fut une libération pour les deux hommes. Ils étaient assourdis, assommés par le bruit qui régnait à l'intérieur. Et qui ne s'était pas arrêté. Le bruit des roues. Le bruit du bois qui grinçait. Les secousses de la route. Et le bruit des sabots, dehors... Un vacarme étourdissant qui s'arrêtait enfin.

Bohem aperçut les Miliciens qui descendaient de cheval, et qui se réunissaient un peu plus loin. Pour manger sans doute. Il entendit le bruit des gamelles. D'un feu qu'on allumait. Et le brouhaha indistinct des conversations.

Un peu plus tard, une silhouette s'approcha de la charrette. Un homme en armure ouvrit la bâche et entra à l'intérieur. C'était un chevalier un peu plus âgé que le sergent, imposant, le visage grave, et qui portait une barbe noire soigneusement taillée.

Bohem vit Fredric écarquiller les yeux. Il en déduisit que ce devait être le Grand-Maître, cet homme que le sergent semblait détester et qui l'avait destitué. Andreas Dumont Desbardes.

Celui-ci enleva le bâillon de Bohem et s'assit en face de lui, à côté du sergent. Il n'adressa même pas un regard à ce dernier.

— Bonjour, Bohem.

Le louvetier ne répondit pas.

— Je suis Andreas Dumont Desbardes.

— Votre nom ne m'intéresse pas. Libérez-moi, je n'ai rien à faire ici, se contenta de répliquer le jeune homme, plein de mépris.

Le Grand-Maître éclata de rire.

— Mais bien sûr ! s'exclama-t-il ironiquement. J'ai traversé le pays tout entier pour vous retrouver, et maintenant que je vous tiens, je vais vous libérer, puisque vous me le demandez si gentiment !

Bohem resta impassible. Il se demanda ce que le Grand-Maître était venu faire. Ils étaient visiblement en route pour une autre destination, et ils n'étaient pas encore arrivés. Pourquoi venait-il lui parler maintenant, pendant que ses hommes déjeunaient ?

— Où m'emmenez-vous ? demanda Bohem d'une voix calme.

— Nous nous rendons à l'abbaye de Cerly, jeune homme.

Bohem plissa le front. Il avait déjà entendu parler de Cerly. Bien sûr. Et de l'ordre qui en émanait. Ils allaient dans le plus grand monastère de Gallica ! Pourquoi ?

— Qu'est-ce que Cerly a à voir avec moi ?

— Pas grand-chose, je suppose. Mais il y a quelqu'un là-bas qui a très envie de vous voir. Vous savez pourquoi...

— Non, répondit très sincèrement Bohem.

Alors, il comprit. Le Grand-Maître ne savait pas non plus. Il ne faisait qu'exécuter des ordres. Mais il ignorait ce qu'on voulait à Bohem. Il n'était qu'un pion, lui aussi. Et cela devait le déranger. Dumont Desbardes voulait en savoir plus. Il voulait comprendre ce que Bohem avait de si intéressant.

Le jeune homme ne put s'empêcher de sourire. C'était tellement ironique. Ils étaient là, face à face, pleins de mépris l'un pour l'autre, mais ils ne savaient pas pourquoi.

Le Grand-Maître sembla ne pas apprécier ce sourire. Il se leva brusquement et envoya une gifle à Bohem.

Le jeune homme eut la tête projetée sur le côté. Sa joue le brûlait, mais il ne pouvait rien faire. Il avait les mains attachées dans le dos. Il se redressa et adressa au Milicien un regard empli de haine.

— Je n'aime pas qu'on se moque de moi, jeune homme. Je vois que vous êtes intelligent. Vous avez très bien compris ma question. Expliquez-moi ce que je fais là. Dites-moi ce que l'on vous reproche. Après tout, je vous libérerai peut-être si je ne trouve pas votre capture justifiée...

— Monsieur, je n'en sais pas plus que vous. Je ne sais pas ce qu'on me veut, je pensais même que vous pourriez me le dire, vous...

— La dernière fois que quelqu'un a refusé de me répondre ainsi, c'était à Sarlac. Une Mère dans une cayenne qui ne voulait pas me dire où vous étiez. Elle est morte aujourd'hui. Et son silence n'aura servi à rien puisque je vous ai retrouvé.

Bohem se figea. Non. Le Grand-Maître ne pouvait pas être sérieux. Il mentait. Il voulait l'impressionner. Il ne pouvait pas avoir tué une Mère !

Le jeune homme tourna les yeux vers le sergent Fredric. Celui-ci ne put soutenir son regard. Il baissa la tête, désolé. Bohem comprit que c'était donc vrai. Une autre femme était morte à cause de lui. Il pencha la tête en arrière et ferma les yeux.

— Alors, Bohem. Dites-moi ce que l'on vous reproche...

Le jeune homme resta un instant la tête levée, les yeux clos. Puis il abaissa son regard vers le Grand-Maître. Celui-ci vit qu'il n'y avait plus une seule trace de peur dans les yeux du jeune homme. Il était furieux. Déterminé.

— Dumont Desbardes, je n'ai rien à vous dire. Et vous ne pouvez pas me tuer, moi, alors sortez d'ici, cette conversation ne mènera nulle part.

Le Grand-Maître resta immobile. Puis il frappa du pied sur le plancher de la charrette. Le jeune homme était d'une impertinence incroyable ! Bohem savait que le Grand-Maître ne pouvait rien lui faire. Ses ordres étaient simples. Il devait ramener Bohem vivant à l'abbaye de Cerly. Et en bonne santé. Bohem l'avait deviné, sans doute. Il en profitait.

Dumont Desbardes se leva, remit à Bohem son bâillon et sortit de la charrette sans ajouter un mot. Ce gamin ne perdait rien pour attendre.

*
* *

À l'approche du crépuscule, Bastian aperçut enfin la vouivre en haut d'un grand rocher.

Le louvetier s'immobilisa. Elle ne l'avait pas vu. Pas entendu, même, peut-être. C'était sa chance. La seule qu'il aurait sans doute. Il ne devait pas la manquer.

Debout au pied du rocher, dans la lumière bleutée de cette nuit finissante, il la regardait sans bouger. Il devait attendre qu'elle tourne la tête. Dans une autre direction. Il ne fallait surtout pas faire un geste tant que la bête avait le regard tourné de ce côté-ci. Les vouivres ne distinguaient pas les choses, elles distinguaient les mouvements. Le moindre déplacement attirerait son regard. Et elle s'envolerait.

Alors, il attendit. Les muscles tendus. Le visage crispé. Les yeux figés sur la Brume. Prêt à lever son arbalète. Le doigt déjà engagé sur la détente.

Mais la Brume, pour le moment, ne bougeait pas. Elle était aussi immobile qu'une statue de pierre, dressée sur son rocher. Peut-être dormait-elle. Non. Pas ici. Les vouivres dormaient à l'abri des regards. Sous la roche ou dans les hauteurs. Mais pas là. Pas sur un rocher. Non. Elle ne dormait pas. Mais alors, que faisait-elle ? Peut-être l'avait-elle vu, finalement ? Prête à prendre son envol. Attendant le moindre signal.

Bastian sentait ses membres s'engourdir. Ses bras, ses jambes. Sa nuque lui faisait mal. Il avait besoin de bouger. Mais non. Il devait résister. Attendre encore. Il était un bon louvetier. Parmi les meilleurs. Parce qu'il était patient, justement. Parce qu'il avait passé de nombreuses nuits ainsi, immobile, à l'affût.

Soudain, la vouivre tourna la tête, d'un mouvement brusque. Elle ne regardait plus dans sa direction. Bastian ne perdit pas un seul instant. Il savait que cela ne durerait pas. La Brume pouvait tourner encore la tête, tout de suite, instantanément, et le voir bouger.

D'un geste sûr, précis, vif mais contrôlé, il amena l'arbalète devant son épaule et visa. Le rythme de son tir était déjà imprimé dans sa tête. Il l'avait répété tant de fois. Lever, viser, tirer. Sans attendre.

Il appuya sur la détente. Vit le carreau s'envoler, filer droit sur sa cible. La vouivre eut juste le temps de tourner la tête. Mais il était trop tard. Elle ne put même pas voir le regard du louvetier. Le visage de sa mort.

Le carreau lui déchira le cœur.

*
* *

À la fin de la journée, les chevaliers de la Milice du Christ s'arrêtèrent à la lisière d'une forêt et installèrent rapidement leur campement.

Il n'y avait aucune ville alentour, c'était un endroit calme et silencieux où ils ne seraient pas dérangés. Ils étaient encore assez près de Pierre-Levée, et les Miliciens craignaient sans doute que les soldats de la Garde royale aient découvert leur présence et viennent s'occuper de ce qui ne les regardait pas. Mieux valait ne pas les croiser. Filer vers Cerly sans attirer l'attention. La course n'était pas encore finie.

On dressa une tente pour le Grand-Maître, qui disparut à l'intérieur et ne se montra pas de toute la soirée. Depuis la relève du sergent Fredric, l'ambiance au sein de la brigade était tendue. La capture de Bohem n'avait sans doute pas calmé tous les esprits. Ce n'était pas le genre de mission que ces chasseurs d'infidèles avaient l'habitude de mener. Et ils étaient mal à l'aise. Cela se sentait dans leur regard, cela se voyait dans leurs gestes.

Les deux prisonniers eurent tout juste le droit de manger un peu de viande et un peu de pain, puis on leur fit faire un tour dans la campagne avoisinante pour qu'ils se dégourdissent les jambes, avant d'être ramenés à la charrette où ils allaient devoir passer la nuit. On leur lia à nouveau les mains et les pieds, on leur remit leurs bâillons, et on leur fit signe de s'allonger à l'intérieur, l'un à côté de l'autre.

Bohem n'en pouvait plus, il était épuisé et découragé. Et surtout, maintenant qu'il n'était plus maître de son destin, maintenant qu'il était tombé entre les mains de l'ennemi, il se demandait à quoi avait servi sa longue fuite à travers le pays. Les yeux fermés, la tête appuyée sur le plancher de bois, il ne pouvait s'empêcher de penser à sa petite sœur, Catriona. Il la voyait encore, avec ses cheveux blonds frisés, son sourire si simple. Les efforts qu'elle faisait pour rester auprès de lui. Pour lui parler encore quand plus personne n'osait lui adresser la parole. Les conversations à voix basse au cœur de la nuit, pour ne pas réveiller Martial. Les disputes. Les moments de partage. Et son regard, son regard surtout. Elle qui le voyait comme un Dieu. Qui l'aimait plus qu'un frère.

Elle était morte pour rien.

Pour rien.

Il aurait mieux fait d'être là, à Villiers-Passant, quand les Aïshans étaient venus le chercher. Il en serait au même point aujourd'hui, mais au moins tous ces gens ne seraient pas morts par sa faute. Et sa petite sœur aurait continué à vivre. Sans lui, peut-être, mais à vivre quand même. À courir dans les rues de Villiers-Passant. À grandir. À devenir la femme qu'elle méritait d'être.

Il essaya de retenir ses larmes. Il ne fallait pas penser comme ça. Il n'était pas responsable. Les responsables étaient ceux qui le cherchaient ainsi, et qui étaient prêts à tout pour le capturer, sans qu'il puisse comprendre pourquoi. Mais si ! Maintenant il commençait à comprendre. Il se doutait, en tout cas. Tout ceci tournait autour des Brumes, forcément. Du lien spécial qu'il avait avec elles. Sa vocation. Tout était lié, bien sûr.

Il n'était pas un garçon comme les autres, il l'avait toujours su, et c'était tout ce qui les intéressait. Le roi, les Aïshans, la Milice du Christ. Ce n'était pas quelque chose qu'il avait fait. Non. Mais qui il était. Voilà ce qui les fascinait. Voilà ce qu'ils voulaient comprendre. Et sans doute espéraient-ils le comprendre en le capturant. Pire, ils espéraient peut-être qu'il se mettrait à leur service ! Lui, le jeune homme étrange ! Eh bien, ils risquaient d'être déçus ! Car il ne se mettrait jamais au service de quiconque. Il ne l'avait jamais fait et ne le ferait jamais.

Non ! Toutes ces morts n'auraient pas été vaines. Parce qu'il continuerait, lui, de résister. Jusqu'au bout. De se battre contre ceux qui pensaient ainsi disposer de lui. Disposer des gens. Disposer de la vie des autres.

Il poussa un profond soupir et essaya de trouver le sommeil. Il était tellement fatigué !

Il tourna lentement la tête sur le côté.

Alors, il faillit pousser un cri d'horreur. Mais le bâillon l'en empêcha. Il eut un geste de recul et se cogna la tête sur l'épaule de son voisin qui se réveilla.

Il y avait deux yeux, là, qui le dévisageaient, juste à côté de lui. Par-dessous la bâche de la charrette.

Bohem se redressa, prêt à reculer encore, tellement ces yeux lui faisaient peur. Puis il crut reconnaître ce regard. Il fronça les sourcils. Il leva un peu la tête. Un sourire apparut. Une barbe blanche. Un chapeau marron coiffé d'une plume d'oie.

Le Cornemuseur était à côté de la charrette, et l'observait fixement.

*
* *

Henon était à genoux devant un chêne, les yeux fermés, le visage caché par l'ombre de sa capuche blanche. Au loin, les Aïshans et les Magistels installaient leur campement.

Il récitait en silence les anciennes triades de sa caste. Il ne voulait pas les oublier. Car le jour allait peut-être venir où les druides retrouveraient le Saîman. Et où ils pourraient à nouveau diriger le monde. Leur monde.

Ce que les anciens leur avaient appris, ils ne pouvaient l'oublier. Tout leur savoir se transmettait par la mémoire. Par la parole. Il n'y avait pas d'écrit. Les druides interdisaient que leur savoir soit figé sur le papier. Alors il ne fallait pas oublier. Ils devaient réciter sans cesse, faire vivre leur science dans la mémoire de l'ordre.

Et ces formules rituelles étaient la base même de leur philosophie, de leur façon de penser. Elles étaient l'essence de leur pouvoir politique, l'essence de l'ordre tout entier.

« Sont trois calamités primitives : la Nécessité, l'Oubli, la Mort.

Trois contemporains primitifs : l'Homme, le Libre-Arbitre, la Lumière.

Trois obligations nécessaires de l'Homme : Souffrir, Changer, Choisir.

Trois dons de la Moïra à tout Vivant : la Plénitude de son espèce, la Distinction individuelle, l'Irréductibilité de chacun quant aux autres. »

Il fit une longue pause. Les yeux toujours fermés. Mais dans sa tête il voyait le chêne devant lui. Il le ressentait. Se le figurait. Un simple exercice de concentration. C'était ainsi, jadis, que les druides touchaient le Saîman. Qu'ils éveillaient cette force tout au fond d'eux.

Il souffla lentement, puis récita les devoirs du druide.

« Efforce-toi d'accroître ton savoir,
Car savoir, c'est pouvoir.
Quand tu auras le pouvoir,
Utilise-le avec sagesse,
Et souviens-toi qu'il peut cesser un jour.
Supporte les adversités de la vie avec courage
Et songe que les peines d'ici-bas
Ne dureront pas toujours.
Pratique la vertu,
Car cela t'apportera la paix. »

Il ouvrit les yeux et se releva. Ces phrases, retenues par cœur, lui rappelaient les temps anciens. La gloire de son ordre en Gaelia, quand, depuis le palais de Saî-Mina, les druides avaient pouvoir sur tout être et toute chose. Il secoua la tête. N'avaient-ils pas assez écouté ces enseignements à l'époque ? *« Quand tu auras le pouvoir, utilise-le avec sagesse, et souviens-toi qu'il peut cesser un jour. »* Cette phrase prenait tout son sens aujourd'hui. Avaient-ils utilisé leur pouvoir, le Saîman, avec sagesse ? Non. Certainement pas. Pas plus qu'ils n'avaient cru qu'il pourrait cesser un jour. Et ce jour était venu. Ils le vivaient depuis plus de vingt ans. Humiliés. Mais ils avaient une dernière chance à présent.

Et il ne fallait pas risquer de la perdre.

Henon entendit des pas derrière lui. Des pas légers, sûrs, réguliers. Il sut aussitôt que c'était Addham, le seigneur des Aïshans. Et qu'il faisait exprès de faire un peu de bruit en marchant pour ne pas le surprendre. Car s'il l'avait voulu, Addham aurait paru derrière lui sans qu'il l'entende arriver.

Le druide se retourna. Il commençait à apprécier l'Aïshan. Ses hommes étaient des brutes épaisses et dégénérées, certes, mais lui était bien plus intelligent que ne le laissait croire sa tenue de barbare.

Addham commença à remuer ses mains devant lui. En quelques jours à peine, Henon avait appris à comprendre les signes que les Aïshans faisaient pour s'exprimer. Leur langage.

Trois gestes simples. Le druide traduisit.

Quoi faire maintenant ?

— Nous avons deux possibilités, seigneur Addham. Soit nous les suivons, soit nous faisons confiance au destin de ce jeune homme.

Pourquoi ?

— Son destin n'est pas vers l'est, expliqua le vieux druide. Il doit commencer à le comprendre. Je sais où il veut aller. Où il doit aller. Et ce n'est pas vers l'est. D'une façon ou d'une autre, je suis certain qu'il va s'échapper. Les Miliciens sont trop sûrs d'eux. Ils sont arrogants. Et ils sont divisés. C'est leur faiblesse. Et je sais de quoi je parle. Il va réussir à s'enfuir.

Comment être sûr ?

— Parce qu'il n'a pas le choix. C'est plus fort que lui. Il doit faire ce qu'il a à faire. Nous devons faire confiance à son instinct. À... la Moïra. À l'envie qu'il aura d'accomplir ce qu'il a au fond de lui.

C'est risqué.

— Oui, mais c'est un choix que nous pouvons faire et qui me semble judicieux. Bien sûr, nous pouvons le suivre encore, comme nous n'avons cessé de le faire, mais nous serons toujours derrière lui. Ou bien alors, comme je vous le propose, Addham, nous pouvons le devancer. Et l'attendre.

Le prendre par surprise.

— Exactement. Quand il s'y attendra le moins.

Le seigneur des Aïshans acquiesça en souriant. Il joignit ses poings devant son visage. Il était satisfait. Et il commençait lui aussi à avoir de l'estime pour le druide. Deux chefs de guerre si différents, et pourtant si proches. Deux mondes distants, réunis par le destin. La même vengeance à accomplir. Le même maître à servir.

*
* *

Le nain posa lentement son index sur sa bouche pour demander à Bohem de ne pas faire de bruit. Il avait passé sa tête à l'intérieur, et après s'être assuré que Bohem n'allait pas hurler, il était monté dans la charrette.

Il enleva le bâillon du jeune homme.

— Bonjour Bohem ! chuchota-t-il.

Le louvetier était paralysé. Il n'en croyait pas ses yeux. Il l'avait espéré, bien sûr. Espéré que ce curieux personnage l'aurait entendu, l'aurait compris, dans son rêve. Mais il était malgré tout surpris de le voir ici. Devant lui.

L'homme qu'il avait vu en rêve ! C'était donc vraiment le Cornemuseur ? Mjolln Abbac. L'homme dont avait parlé Hélène de Quienne.

— Je... je vous ai vu en rêve, balbutia finalement Bohem.

— Pas en rêve, non. C'est dans le monde de Djar que nous nous sommes vus, Bohem. Pas dans un rêve...

Il s'arrêta soudain de parler et mit sa main sur la bouche de Bohem. Il fronça les sourcils et tendit l'oreille. Il y avait du bruit dehors. Il attendit. Non. Ce n'était rien. Un cheval sans doute.

Il se retourna vers Bohem et lui fit signe de parler le plus bas possible, puis il pointa le doigt vers le sergent Fredric, à côté de lui. L'ancien Milicien était tétanisé lui aussi. Il ne devait pas comprendre ce qu'il se passait et devait se demander qui était ce drôle de personnage.

— Et lui ? Ahum. Qui est-ce ? demanda Mjolln d'un air méfiant.

— Un sergent de la Milice que le Grand-Maître a destitué...

— Il est avec nous ?

Bohem haussa les épaules.

— Je ne sais pas. Je crois.

Le Cornemuseur ne parut pas satisfait.

— Vous êtes avec nous ?

Le sergent hocha vivement la tête, les yeux pleins d'effroi.

— Mmmh. Il le dit, ça oui. Mais comment le croire ? Ahum, en quoi croyez-vous, ici, Bohem ?

— Que voulez-vous dire ?

— Quel dieu ?

— Comment ça, quel dieu ?

— La Moïra ? Dagda ? Le dieu des chrétiens ?

Bohem secoua la tête. Ce personnage était vraiment étrange !

— Eh bien, oui, le dieu des chrétiens. Dieu !

— Ahum. Je vois. Ce dieu-là. Bon. Alors. Sergent ? Promettez-vous sur votre *dieu des chrétiens* de ne pas crier si je vous enlève ce foulard ?

Le sergent acquiesça d'un signe de tête.

— Et de venir avec nous, ça oui, sans faire de bruit ?

Fredric répéta sa promesse.

Le nain grimaça, hésita, puis lui enleva son bâillon.

— Merci, chuchota l'ancien Milicien dans un souffle.

Bohem le regarda. Il se demandait s'il avait bien fait. Le sergent allait-il les trahir ? Non. Il ne pensait pas. Il avait vu la haine dans son regard quand le Grand-Maître était entré. Ses yeux ne mentaient pas. Et s'enfuir avec lui serait peut-être plus facile. C'était un guerrier. Un chevalier. Un homme qui savait se battre. Il pourrait leur être utile.

Mjolln commença alors à les détacher à l'aide d'une dague.

Quand il fut enfin libre, Bohem se frotta les poignets et les chevilles pour faire passer la douleur. Les Miliciens avaient serré leurs liens si fortement !

Le nain jeta un coup d'œil au-dehors.

— La voie est libre, dit-il en se tournant vers eux. Ahum. Il n'y avait qu'un soldat pour garder votre charrette, et ça oui, je l'ai envoyé au pays des rêves. Il n'est pas encore réveillé. Dépêchons-nous !

Il passa le premier. Bohem le suivit. Il glissa ses jambes à l'extérieur, puis se laissa glisser à terre sans faire de bruit. Enfin, Fredric les rejoignit.

Bohem aperçut devant la charrette le corps du Milicien évanoui. Il n'y avait personne d'autre alentour. Tous les autres dormaient de l'autre côté de la tente du Grand-Maître. S'ils ne faisaient pas de bruit, ils avaient une chance de pouvoir s'échapper. Mais il était encore trop tôt pour se réjouir.

— Par la forêt, chuchota Mjolln. Par la forêt.

Les deux autres acquiescèrent.

— Attendez, intervint soudain Bohem. Attendez. Mon sac. Je ne peux pas partir sans mon sac !

Le sergent Fredric se retourna et passa le haut de son corps dans la charrette. Il trouva le sac de Bohem et le lui donna.

— Merci.

Bohem poussa un soupir de soulagement. *Le Bestiaire de Thaon* était à l'intérieur.

Puis le Milicien leva le doigt, pour indiquer qu'il avait eu une autre idée. Il se mit à quatre pattes sous le regard inquiet des deux autres et passa lentement sous la charrette. Il disparut dans l'ombre de la nuit. Bohem se tourna vers le nain en fronçant les sourcils. Avaient-ils bien fait de le libérer ? Et s'il les dénonçait pour se racheter auprès du Grand-Maître ?

Très vite, le sergent parut à leurs pieds. Il se redressa fièrement. Il avait volé l'épée du milicien évanoui.

— C'est bon, dit-il, maintenant, on peut y aller.

Mjolln n'attendit pas un instant de plus. Il fit volte-face et se mit à courir. Les deux autres le suivirent et se précipitèrent avec lui dans l'obscurité de la nuit. Le dos courbé, le pas léger, ils traversèrent la courte plaine qui les séparait des arbres.

Ils coururent de plus en plus vite, à mesure qu'ils s'éloignaient du campement. Et enfin, ils arrivèrent dans la forêt, à l'abri des arbres.

Bohem était abasourdi. Il ne s'était pas attendu à être libéré si vite, si facilement. Ils avaient eu de la chance, pour une fois. Était-ce vraiment de la chance ?

Mais ce n'était pas fini. Il le savait. Cela ne faisait sans doute que commencer. Parce qu'à présent, il allait peut-être enfin avoir des réponses.

*
* *

— Majesté, le roi de Gallica a attaqué Pierre-Levée.

Le messager de la duchesse de Quienne était arrivé au sud-est de l'île, à Chanteville, dans cette région que l'on appelait les « jardins de Brittia » et où Emmer Capigesne faisait un dernier séjour avant de retourner en Gallica.

Le jeune homme, qui avait traversé la mer et la terre de Brittia avec célérité, fut reçu rapidement par le roi au château de Motte-Bailey, colossal édifice de pierre qui se dressait au centre de la ville et qui servait de prison depuis plus d'un siècle maintenant.

Le roi de Brittia resta immobile un long moment, incrédule.

— Vous n'êtes pas sérieux ?

— Majesté, je le suis, malheureusement. Toutefois, je dois vous rassurer tout de suite. Votre épouse, la reine, a préféré rendre les armes plutôt que de risquer une véritable bataille que, de toute façon, elle aurait perdue.

Elle est saine et sauve, et seuls huit soldats ont été tués dans les premiers instants de l'attaque.

— Mais... Mais que...

Emmer ne parvenait pas à y croire. Cela lui paraissait tellement insensé ! Le roi de Gallica ne pouvait pas avoir pris ce risque sans raison réelle. Était-ce une vengeance personnelle sur Hélène de Quienne ? Quand bien même... Une attaque militaire, c'était complètement absurde !

— Livain prétend que ce n'est pas une attaque, Majesté, qu'il ne vous attaquait pas, ni vous ni la reine...

— Je ne comprends pas...

— Le roi est venu capturer un jeune homme qui était à la cour de votre épouse.

— Un jeune homme ? Un troubadour ?

— Non, Majesté. Un louvetier. Un louvetier qui, justement, était pourchassé par le roi de Gallica et que votre épouse a accepté de protéger. Le roi avait lancé un avis de recherche pour que ce jeune homme lui soit livré, et c'est à ce titre qu'il a pénétré de force dans le Palais des Ducs.

— Cette histoire est complètement folle !

— N'ayant pas trouvé le jeune homme qu'ils cherchaient, les soldats du roi se sont retirés. Le palais est à nouveau libre, aux mains d'Hélène de Quienne.

— Mais l'affront a été commis ! s'exclama le roi de Brittia. Livain a fait une terrible erreur en croyant qu'il pouvait ainsi attaquer impunément mon épouse !

Emmer Capigesne se leva brusquement, furieux.

— Vous pouvez disposer, dit-il au messager, puis il sortit de la pièce et alla chercher le bailli qui l'accompagnait.

Il allait falloir rentrer immédiatement en Gallica. Et préparer les représailles.

*
* *

— Je crois, monsieur Abbac, que vous me devez des explications.

Le nain haussa les sourcils d'un air amusé.

— Moi ? Ça, peut-être. Mais je crois d'abord que tu me dois, toi, des remerciements !

Bohem grimaça. Le nain avait raison. Il était libre, grâce à lui. Ils s'étaient enfoncés au cœur de la forêt, le Milicien avait fait attention à brouiller leur piste, et ils étaient maintenant assis dans une petite clairière, sous le ciel encore noir de cette nuit d'été.

Fredric s'était assoupi. Mais Bohem, lui, ne pouvait pas dormir. Il avait trop de questions à poser au nain. Et il ne se remettait toujours pas de cette rencontre.

— Vous avez raison, Mjolln. Je... Je vous dois des remerciements. Mais j'ai besoin de comprendre. D'abord, comment... Comment m'avez-vous retrouvé ?

— Eh bien, ça, c'est toi qui m'as dit que tu étais prisonnier... dans le monde de Djar.

— Mais qu'est-ce que c'est que ce monde de Djar ? s'exclama Bohem en se levant.

— Shhh !

— Je n'y comprends rien !

— Tu... Tu es sûr que tu veux savoir ?

— Savoir quoi ?

— Tout.

— Comment ça, tout ? demanda Bohem en avançant la tête d'un air dubitatif.

Le nain se leva à son tour. Il regarda le jeune homme en penchant la tête. Puis il sourit. Il était vraiment étrange, avec son regard malicieux, sa longue barbe blanche, ses rides. Quel âge pouvait-il avoir ? Il semblait avoir vécu mille vies. Connaître mille mondes. Tout cela se lisait sur son visage serein et amusé, dans sa voix, ses gestes sûrs. Son accoutrement d'un autre monde.

— Je ne sais pas si tu es prêt...

— Prêt pour quoi ? s'énerva Bohem.

— Ahum. Pour que je t'explique !

— Mais que vous m'expliquiez quoi, enfin ?

Le nain fit encore une pause. Il semblait trouver l'impatience du jeune homme amusante. Comme si elle lui rappelait quelque chose. Comme s'il l'avait déjà vue.

— Tu sais qui sont tes parents, Bohem ?

Le jeune homme resta paralysé. Il ne s'était pas attendu à cela. Il pensait que le nain allait lui parler de ses rêves. De cette histoire de monde de Djar. Pas de... ses parents.

Il vit des milliers d'images défiler dans sa tête. Entendit des milliers de voix. Non. Ce n'était pas possible. Le nain ne pouvait pas savoir. Pourquoi ? Comment ? Mais qui était-il ? Que faisait-il ici ? Le cœur de Bohem battait à tout rompre, parce qu'il sentait que cet homme en face de lui allait tout changer. Bouleverser sa vie, d'un seul coup. Il pouvait le sentir, comme une urgence, ou une menace. Et il était terrifié. Voulait-il savoir ? C'était bien la question, en effet. Était-il prêt ? Peut-être pas. Mais si ! Il avait toujours voulu savoir. C'était la réponse qu'il avait toujours cherchée. La question cachée, dans ce recoin de sa tête. Bohem, l'enfant trouvé. Martial, Catriona, et sa mère. Ces gens n'étaient pas sa vraie famille. Il l'avait toujours vu dans leurs yeux. Tout se résumait à ça, n'est-ce pas ? À cet instant précis, à ce que le nain voulait lui dire, enfin.

Tous ses rêves le menaient ici. Ici. Dans cette forêt. Toute sa vie le portait ici, vers cette réponse.

— Non, dit-il, la voix tremblante, je ne sais pas qui sont mes parents.

Le nain hocha lentement la tête. Il ne souriait plus. Il avait l'air triste, même. Hanté. Puis, tout doucement, d'une voix tendre et généreuse, il lui dit simplement :

— Ta mère s'appelait Aléa, et ton père Erwan. Ils étaient les deux plus belles personnes qu'il m'ait été donné de rencontrer de ma vie. De ma très longue vie.

Chapitre 10

LA VOIE DES BRUMES

— Tu reconnais cette bague ?

Bohem, qui était trop abasourdi pour parler, regarda le bijou que lui tendait le Cornemuseur.

Il ne savait toujours pas que penser de cet étrange personnage. Trop petit pour être un homme et trop trapu pour n'être qu'un enfant. Un nain, comme avait dit Hélène, avec une longue barbe blanche qui flottait sur son estomac. Il semblait venir d'un autre monde, d'un autre temps, avec sa voix grave et sourde et sa façon de parler. Il portait par-dessus sa cotte de maille une armure de cuir qui le couvrait des pieds jusqu'à la tête. Sur son gros ventre passaient deux larges ceinturons, il portait sous l'épaule une gourde en bandoulière et sur son dos un grand sac de vieille toile était serré contre son étrange instrument de musique. Il était coiffé d'un drôle de chapeau marron avec une longue plume d'oie toute blanche.

Mjolln dévisageait Bohem, et dans ses yeux brillait une lumière malicieuse. Il attendait, la main tendue, que le louvetier veuille bien répondre.

Bien sûr. Il la reconnaissait, cette bague ! C'était celle que le nain lui avait montrée en rêve. Dans ce qu'il appelait *le monde de Djar*... Oui, Bohem la reconnaissait, mais il ne comprenait toujours pas pourquoi le nain tenait tellement à ce qu'il la voie. Les deux mains qui couvraient un cœur couronné. Quel rapport avec lui ?

— Oui. Mais...

— Elle appartenait à ta mère. Elle te revient de droit.

Bohem hésita, puis il prit la bague dans le creux de sa paume et la regarda.

— C'est la bague du Samildanach, Bohem.

— Qu'est-ce que c'est que ça ? demanda le jeune homme en fronçant les sourcils.

— Ta mère était le Samildanach. Ahum. Ça ne veut plus dire grand-chose, aujourd'hui, bien sûr. Mais à l'époque, c'était... C'était très important. As-tu déjà entendu parler du Saîman ?

— Non. Je ne comprends pas grand-chose à tout ce que vous me dites et...

— Le Saîman était un pouvoir magique réservé à certains hommes. Ahum. Les druides. Et celui qui recevait le pouvoir du Samildanach avait un contrôle plus profond encore de cette force étrange...

— Ma mère était un *druide* ?

— Non. Pas du tout. Ta mère était une jeune femme très humble, un peu... un peu comme toi. Mais elle a trouvé cette bague, et elle a hérité de son pouvoir, tout simplement.

— Vous racontez n'importe quoi !

— Non, ça non, pas n'importe quoi, Bohem. Ta mère, Aléa, était même le dernier Samildanach. Car après elle, le Saîman a disparu...

Bohem se demandait si le nain n'était pas complètement fou. Cette histoire était de plus en plus alambiquée, et il se demandait s'il ne se moquait pas de lui. Pourtant, il avait vu en rêve le nain et le voyait devant lui maintenant. C'était bien qu'il avait quelque chose de spécial... Mais cela n'avait aucun sens.

— Puisque vous dites que vous les connaissiez, pourquoi ne les ai-je jamais vus, moi, mes parents ?

— Parce qu'ils sont morts quelques jours après ta naissance, Bohem.

Le jeune homme referma son poing sur la bague et se leva brusquement. C'était trop. Tout ça. Toutes ces choses. Ce nain devait avoir perdu la raison. Ou bien il inventait son histoire. Ce qu'il disait était tout simplement de la pure fiction. Il ne pouvait pas connaître ses parents. Personne ne connaissait ses parents. Il était un enfant trouvé, voilà tout !

— Je t'avais prévenu, ahum, que je ne pensais pas que tu étais prêt à entendre tout ça...

Non ! Pas prêt du tout ! Pas à entendre des histoires pareilles ! C'était insensé !

Et pourtant... Pourtant, au fond de lui, il savait que c'était vrai. Bien sûr. Il le ressentait dans son cœur. Évidemment. C'était la vérité. Mais elle était trop dure. Et trop soudaine. Bohem était complètement perdu. Il ne savait pas s'il avait envie de pleurer ou de hurler de rage. De haine. Mais il devait écouter. Il voulait comprendre. Le nain n'avait sûrement pas tout dit.

Il se rassit, prêt à en entendre davantage, mais sur son visage se lisait déjà une grande tristesse. Une grande peur.

— Je vous écoute, dit-il en essayant de ne pas trembler.

— Bohem. Tu dois me croire. Ahum. Je sais que ce n'est pas facile, ça, oui. On a toute une vie, d'ordinaire, pour comprendre qui sont ses parents. Toi, tu vas devoir accepter cela en une soirée. Une soirée. Mais tu dois me croire. Et accepter. Accepter d'être qui tu es.

— Je vous écoute, répéta le jeune homme.

— Bien. Quand le Saîman a disparu, ton père est devenu roi du pays dont je viens.

— Roi ? Je suis le fils d'un roi ? Non ! Ça, ce n'est *vraiment* pas possible ! s'exclama Bohem d'un ton ironique.

— Si Bohem. Et un roi extraordinaire. Erwan, roi de Gaelia. Oui. Tout le pays, réunifié. Apaisé. Ta mère et lui ont essayé de diriger cette île avec amour. Oui. Avec tout leur amour. Mais cela n'a pas marché. Pas tout de suite. Cela prendra du temps. On ne change pas le monde en une nuit, tu sais. Il y a eu des résistances. Des gens qui ne voulaient pas du progrès dont rêvaient tes parents. Et dont nous rêvions nous aussi.

— Quel progrès ?

— Dans le pays où nous vivions, il y avait des inégalités très profondes entre les gens. Ça, je suppose que c'est pareil ici, oui ? Les druides, les paysans, les rois, les barons, et toutes les races qui peuplaient notre île... Tout le monde se battait, Bohem. Tout le monde. Les uns contre les autres. Les hommes contre les hommes. Les hommes contre les loups...

— Les loups ? coupa le jeune homme, intrigué.

— Oui. Ta mère... Ta mère essayait de protéger les loups...

Bohem hocha la tête. Cela, le nain ne pouvait pas l'avoir inventé. Mais c'était tellement étrange. Étrange d'entendre parler de ces gens à qui il devait ressembler mais qu'il n'avait jamais rencontrés.

— Tes parents se sont battus contre tout ça. Ahum. Ils ont essayé de nous apprendre à vivre ensemble. Voilà. Oui. Vivre ensemble. Et ils ont réussi à changer un peu les choses. À ouvrir une nouvelle voie. Ça, oui. Mais ce n'est pas fini, tu sais. Ahum. Non, pas fini. Et ça ne finira pas demain. Tes parents se sont fait beaucoup d'ennemis. Et cela a mal tourné, Bohem. Oui. Je suis désolé, mon Bohem. Ton père a été assassiné. Ta mère s'est enfuie. Elle a traversé notre pays, puis un autre, puis une mer. Enfin, elle est arrivée ici. Quelque part ici. Elle est morte en te sauvant la vie, Bohem. Elle t'a laissé au cœur d'une forêt. Ce sont les Brumes qui t'ont vu grandir. Qui t'ont laissé grandir. Jusqu'à ce que...

Mais Bohem connaissait la suite. Il n'écoutait plus. Il n'avait pas besoin de l'entendre. Il savait... *Jusqu'à ce que Martial trouve cet enfant au cœur de la forêt.* Martial. Le louvetier qui l'avait adopté. Oui. Bien sûr. C'était si clair. Si évident. Mais c'était trop difficile à assumer si vite, il avait l'impression d'étouffer.

Il ferma les yeux et plongea sa tête entre ses poings crispés. Il avait encore la bague dans la main, collée contre sa paume. Elle s'enfonçait dans sa peau. Il serra plus fort encore. Comme s'il voulait chasser ces idées loin de lui. Chasser la vérité. Mais elle ne partirait plus, maintenant. Elle était là, dans sa tête, dans son cœur, et elle ne partirait plus.

Il savait.

C'était son histoire. C'était lui. Bohem. Le fils d'Aléa. Il ne pouvait pas se mentir. C'était cela, la vérité. Rien d'autre. Mais c'était trop lourd pour lui, trop lourd à porter. Au fond, il avait toujours été seul. Toujours. Mais la solitude ne l'avait jamais autant étouffé.

— Et vous... Vous, Mjolln ? Que faites-vous là, vous ?

— Moi ? s'étonna le nain. J'étais le meilleur ami de tes parents, Bohem ! Alors je t'ai cherché. Ça, oui, longtemps. Je te cherche depuis très très longtemps. Plus de quinze ans.

— Quinze ans ! Mais pourquoi ?

— Mais parce que tu devais savoir ! Tu avais besoin de savoir, n'est-ce pas ?

— Je... Je ne sais pas.

Bohem fronça les sourcils. Après le trouble et l'incompréhension, c'était la colère à présent qui grondait au fond de lui. Une colère instinctive, qu'il ne s'expliquait pas vraiment. Une révolte soudaine. Plus forte encore que la confusion qui l'habitait.

— Pourquoi dites-vous que j'avais besoin de savoir ? demanda-t-il, d'une voix de plus en plus tendue.

— Ta mère était une femme très importante, Bohem, elle avait commencé quelque chose qui n'est pas fini et...

— J'en étais sûr ! Vous attendez quelque chose de moi ! Ma mère est morte et je ne l'ai jamais connue et je me fiche de savoir si elle était importante ! Je me fiche de savoir ce qu'elle avait commencé ! Vous n'êtes quand même pas venu me dire que je dois finir quelque chose que mes parents ont commencé, j'espère !

Bohem se leva. Il était furieux maintenant. Sa peur, en tout cas, se traduisait ainsi. Par la colère.

— C'est à cause d'eux, n'est-ce pas ? C'est à cause d'eux qu'on me poursuit aujourd'hui ! À cause d'eux que ma sœur est morte...

— Mais, tu n'as jamais eu de sœur, Bohem !

— Qu'importe ! C'est à cause d'eux que Catriona est morte ! Et elle, elle m'a accompagné toute ma vie. Elle, elle était là pour moi ! Pas eux ! Pas mes parents ! C'est à cause d'eux que j'ai été emprisonné ! Et vous croyez que j'ai envie de faire quelque chose pour eux, c'est ça ? Mais qu'est-ce que vous êtes venu me demander, au juste ? Ayez le courage de me le dire ! Qu'est-ce que vous vouliez que je fasse ?

— Rien. Je suis venu te libérer.

Bohem écarquilla les yeux. Il ne s'était pas attendu à cette réponse. Une réponse aussi simple. D'une certaine façon, elle lui remettait les pieds sur terre. Oui. Le nain était venu le libérer. Certes. C'était la vérité. Il l'avait libéré. Mais qu'allait-il faire de sa liberté, à présent ?

Le fait de savoir tout cela n'allait pas le sauver. Savoir qui étaient ses parents ne l'empêcherait pas d'être poursuivi, encore et encore.

— Allons, Mjolln ! Vous n'avez pas parcouru toute cette distance pendant quinze ans pour me libérer, soyons honnêtes ! Je n'étais pas encore prisonnier quand vous êtes parti !

— C'est toi qui le dis.

— Comment ça ?

Le nain sourit. Il ne semblait pas impressionné par la colère de Bohem.

— Que veux-tu faire, Bohem ?

— C'est-à-dire ?

— Que veux-tu faire, maintenant ?

— Je n'ai pas vraiment le choix ! Je dois fuir ! Toujours fuir ! Que voulez-vous que je fasse d'autre ? Je suis obligé de fuir. Obligé, parce que je suis le fils de gens qui ont fait je ne sais quoi, dans un pays que je ne connais même pas ! Fils d'un roi ! Moi ! J'ai horreur des rois ! J'ai toujours eu horreur des rois !

— Ahum. Tu n'as pas répondu à ma question. Que *veux-tu* faire ?

— Je ne comprends pas.

— Si Bohem. Tu comprends très bien. Je te demande ce qu'il y a au fond de toi, là, ça oui. Je le vois dans tes yeux. Tu es habité, Bohem. Comme...

— Comme ma mère, c'est ça ?

— Peu importe. Tu es habité. Cela se voit. Ahum. Dis-moi, dis-moi ce que tu veux vraiment faire, au fond de toi.

Bohem poussa un long soupir. Il n'avait pas envie de répondre. Il savait très bien ce que le nain voulait lui faire dire. Mais il n'avait pas envie de penser à ça. Pas envie de lui en parler, à lui. Il regarda à nouveau la bague dans sa main. Le symbole gravé dessus. Il se demanda ce qu'il signifiait. Le cœur, les mains, la couronne. Cela évoquait une phrase qu'avait dite le nain. *« Ta mère et ton père ont essayé de diriger ce pays avec amour.* » Gouverner avec amour. Quelle farce ! Personne ne gouvernait avec amour ! Ni l'Église, ni les rois ! Et où était l'amour dans le sort qu'on lui avait réservé, et qu'on avait réservé à tous ceux qui avaient essayé de l'aider ?

— Elle est belle, n'est-ce pas ?

— Pardon ?

— Cette bague. Elle est belle. Elle en a fait, du chemin, ça oui.

— Peut-être, répondit Bohem d'une voix plus calme.

Puis il enfonça la bague dans sa poche.

— J'ai aussi un cadeau pour toi, Bohem.

Le nain fouilla dans son sac. Il en sortit un petit morceau d'étoffe plié. Il le déballa devant Bohem. Au milieu, il y avait une fleur blanche. Qui n'avait jamais séché. Elle devait être là depuis fort longtemps, et pourtant elle était encore fraîche.

Le jeune homme ne put s'empêcher de la regarder avec intérêt, intrigué.

— C'est une Muscaria, Bohem. Une fleur de l'Arbre de vie. C'est la dernière. La dernière Muscaria. C'est très, très précieux. Il n'y en aura plus jamais, nulle part. Cette fleur a de grands pouvoirs. Tu dois la garder.

— Je n'en veux pas, répondit Bohem. Si c'est si précieux, gardez-la !

Le nain grimaça.

— Écoute, Bohem, que tu en veuilles à tes parents, cela te regarde ! C'est ton droit. Tu as le droit de ne pas comprendre. Mais moi, je ne t'ai rien fait, que je sache ! À part te libérer ! La moindre des choses, ce serait de te montrer un peu reconnaissant. Et d'accepter ce cadeau.

Bohem se mordit les lèvres. Oui, bien sûr... Mjolln avait raison. Il n'avait pas le droit de passer sur lui la rage qui l'habitait. Aussi dures qu'avaient été ses révélations pour lui, il devait se montrer reconnaissant envers le nain. Il venait de le sauver, après tout.

— Excusez-moi, dit-il.

Et il prit délicatement le cadeau que Mjolln lui offrait.

— Ne la perds jamais, Bohem. Elle est vraiment très précieuse, ça, précieuse, oui ! Elle pourra te sauver la vie ou sauver la vie de quelqu'un que tu aimes. Ahum. Ne la perds jamais, et ne la gâche pas ! C'est la toute dernière Muscaria, tu comprends ? Le jour où tu choisiras de t'en servir, il faudra être sûr. Car il n'y aura pas de seconde fois.

Bohem n'était pas sûr de comprendre, non. Mais il ne voulait pas blesser le nain. Il replia délicatement l'étoffe et s'apprêta à la mettre dans sa poche, là où il avait mis la bague...

— Attends ! l'interrompit le nain. Tu ne peux pas les laisser comme ça, dans ta poche. La bague et la Muscaria. Tiens. Prends ce petit sac. Tu peux le porter autour du cou, sous ta chemise. Contre ta poitrine. Mets-y la bague et la feuille de l'Arbre de vie. Et ne l'ôte jamais.

Le jeune homme acquiesça, commençant à se calmer. La colère était passée. Il savait de toute façon qu'il ne servait à rien de la retenir. Il n'avait pas le choix. Il ne s'agissait pas de faire un choix, d'ailleurs, mais d'accepter. Et de vivre.

Il regarda le nain. Mjolln Abbac. Cet homme qui avait connu ses parents, qui avait sûrement tant de choses à lui dire, et qui avait parcouru le monde pour le retrouver. Pour le retrouver lui, Bohem. Et pas pour le capturer, pas pour l'enfermer dans un cachot. Non. Pour lui parler simplement. Il commençait à comprendre ce que le nain avait voulu dire. *« Je suis venu te libérer. »* Oui, peut-être.

— Comment dites-vous que s'appelait ma mère ?

— Aléa. Son prénom était Aléa. Mais elle se faisait aussi appeler Kailiana, la fille de la Terre.

Bohem acquiesça. Mjolln avait un regard si franc, si profond et si plein d'amitié. Ce n'était pas une amitié feinte, pas une amitié nouvelle. C'était autre chose. Une amitié solide, ancrée dans les âges. Comme il avait dû être proche de ses parents ! Son affection pour eux avait dû être bien forte pour briller encore dans ses yeux, longtemps après leur mort ! Bohem dut reconnaître que c'était beau. Tout simplement. Et que Mjolln devait être généreux.

Alors il décida de répondre enfin à sa question. Sincèrement.

— Mjolln, je veux sauver les Brumes.

*
* *

Livain, furieux, congédia le général Goetta.

D'un coup de poing il brisa en deux une règle de bois posée sur son bureau. C'était une véritable catastrophe !

Il avait pris un risque énorme en envoyant son ost à Pierre-Levée, mais que la mission se soit soldée par un échec rendait ce risque encore plus stupide, il s'en rendait compte à présent. Et il était bien trop tard pour revenir en arrière.

Comment avait-il pu s'emporter ainsi ? Encore une fois ! Comme il l'avait fait au début de son règne, au moment de l'attribution des évêchés. Déjà, à l'époque, il avait été aveuglé par sa passion, et confondu par son entêtement ! Seule l'intervention de Courage de Blanval avait pu le sortir de ce mauvais pas. Mais Courage n'était plus là, aujourd'hui. Livain était seul. Et Pieter le Vénérable jouait contre lui !

La vengeance d'Emmer Capigesne risquait d'être terrible. Et dangereuse. Le roi pourrait-il se défendre ? Venait-il de provoquer une guerre qu'il ne pourrait pas assumer ? Si Emmer venait à l'attaquer, Livain saurait-il s'allier le royaume de Chastel, obtenir l'aide du père de son épouse ? Aurait-il vraiment à en arriver là ? Quel imbécile il faisait !

Et cette Hélène, quelle mauvaise garce ! Il était sûr qu'elle avait protégé le jeune homme. C'était évident. Elle l'avait protégé et lui avait donné les moyens de s'enfuir, cela ne faisait aucun doute. Dieu seul savait où se trouvait Bohem à présent ! Il n'était plus question d'envoyer la Garde à travers les fiefs du roi de Brittia. Elle ne bénéficierait plus de la même indifférence.

C'était peut-être ça le pire. Oui. La plus mauvaise nouvelle, ce n'était sans doute pas la guerre qui risquait de se déclarer. La plus mauvaise nouvelle, c'était qu'il n'avait pas réussi à mettre la main sur ce maudit jeune homme. Sur Bohem.

Quel diable le protégeait ? Comment pouvait-il échapper ainsi au roi de Gallica ? Et quel secret avait-il pu confier à la duchesse de Quienne ? Les deux s'étaient peut-être alliés contre lui, à présent ! Bohem avait peut-être accepté de mettre son pouvoir au service d'Hélène. C'était ce qu'il redoutait depuis le début. Son pire cauchemar.

Soudain, on frappa à la porte.

Livain hésita. Il n'avait envie de voir personne.

Il baissa les yeux. Du sang coulait de sa main droite. Il s'était coupé en frappant sur son bureau.

— Qui vient là ? cria-t-il, furieux.

— C'est moi, Camille, Majesté.

Le roi poussa un soupir. Camille de Chastel. Son épouse. C'était par elle que tout avait commencé. C'était elle qui avait attiré son attention sur l'histoire de Bohem ! Oui. Mais c'était elle aussi qui l'avait mis en garde. Qui l'avait prévenu que ce jeune homme risquait de tomber entre les mains de l'ennemi. Et elle avait eu raison. Peut-être aurait-il dû l'écouter davantage, agir plus vite.

— Entrez ! l'invita-t-il en essayant de calmer sa voix.

Il prit un mouchoir dans sa poche et essuya le sang sur sa main.

— Que voulez-vous, Camille ? dit-il en regardant son épouse entrer dans la longue pièce obscure.

Elle était si belle ! Si jeune ! Mais il savait à présent qu'elle n'avait pas seulement une magnifique apparence. Il y avait sous ses traits une véritable femme. Une femme de pouvoir, décidée, exaltée, et redoutable.

— Je viens de croiser le général Goetta, mon amour, dit la jeune femme après s'être agenouillée près de son époux.

— Vous savez donc qu'il a échoué.

— Goetta est un imbécile, Majesté. Mais ce n'est pas grave.

— Comment cela, ce n'est pas grave ?

La jeune femme offrit un large sourire.

— J'ai trouvé la solution à notre problème, mon cher Livain. Je sais comment retrouver Bohem. J'ai découvert... une arme secrète. Infaillible. Et si vous me faites confiance, Bohem sera à vous.

*
* *

Ils avaient parlé toute la nuit. Le soleil allait bientôt se lever. Le sergent Fredric dormait encore à côté d'eux. Bohem était épuisé. Mais ce n'était pas une fatigue physique, ce n'était pas le manque de sommeil, il le savait bien. Non, il était abattu parce qu'il commençait à accepter tout ce que lui avait dit le nain. Il commençait à céder. À comprendre, plutôt. À intégrer toutes ces choses dans sa mémoire, à les faire entrer de force dans sa vie. Et il n'arrivait pas à maîtriser la profonde tristesse qu'elles avaient éveillée en lui. Il n'avait jamais connu ses parents. Mais en une seule nuit, il les avait vus naître, vivre et mourir. C'était comme si on avait sacrifié devant lui les images idylliques qu'il s'était construites depuis des années. Un peu floues, suffisamment vagues pour ne pas trop y penser. Hélas, maintenant, tout était devenu si concret, et si triste !

— Bohem, je veux t'aider. Pour les Brumes.

— Pardon ? marmonna Bohem, comme s'il venait de se réveiller.

— Ahum. Je veux t'aider à sauver les Brumes.

Le jeune homme fronça les sourcils.

— C'est tout ce que vous avez à me dire ? Vous croyez vraiment que c'est ce à quoi je pense maintenant ?

Le nain ne put s'empêcher de sourire. Il voulait se montrer gentil, mais le jeune homme ne lui facilitait pas la tâche.

— Tu as mieux à faire peut-être ? Moi, je ne crois pas. Je crois que tu dois accomplir ce dont tu as envie. Tu dois faire confiance à cette envie, si c'est ce qu'il y a de plus profond en toi. C'est ainsi que je procède, moi. Depuis longtemps.

Le nain se frotta la barbe.

— Si tu savais mon âge, ajouta-t-il en grimaçant, tu aurais un peu plus de respect...

— Vraiment ? Et quel âge avez-vous ?

— Tu ne me croirais pas ! J'ai arrêté de compter il y a longtemps, de toute façon. Allez. Dis-moi ce que je peux faire pour t'aider et allons sauver les Brumes !

Bohem pouffa. Le nain était un véritable fou. Mais un fou qu'il commençait à apprécier. Il réfléchit. Puis il se tourna à nouveau vers Mjolln.

— Vous savez lire ?

— Bohem ! Je suis un barde ! Ahum. Je sais lire, je sais écrire, et je sais, ça oui, jouer de la musique !

— Eh bien, tant mieux ! Vous voulez m'aider ? Alors, lisez ce livre, dit-il en sortant *le Bestiaire* de son sac. Et dites-moi où se trouve la Licorne.

— La Licorne ? répliqua Mjolln en attrapant le livre de Bohem. Mais, ça, je n'ai pas besoin de lire ton livre pour te dire où elle se trouve !

— Vous savez où est la Licorne ?

— Bien sûr, répondit le Cornemuseur d'un ton faussement méprisant.

— Où ?

Le nain hésita.

— Alors ! insista Bohem. Je croyais que vous vouliez m'aider !

— Si je te dis où se trouve la Licorne, tu me promets de me laisser t'accompagner ?

Bohem haussa les épaules.

— Je n'ai pas du tout envie d'y aller tout seul, vous savez !

— Parfait ! Et lui ?

Bohem se retourna. Le milicien dormait encore.

— Lui ? répéta Bohem. Je ne sais pas. Vous croyez qu'on peut lui faire confiance ?

— En faisant confiance aux gens, parfois, on les transforme. On les aide à suivre un chemin plus juste.

— Vous croyez ?

— Oui. Enfin, ta mère m'a obligé à le croire... Et puis, tu ne m'as pas l'air d'être un sacré guerrier ! Je n'ai pas envie d'être tout seul à me battre si nous sommes attaqués. Il pourrait nous être d'un grand secours.

— Je peux apprendre à me défendre...

— En une nuit ? Je ne pense pas. Et si tu veux apprendre, il te faudra un bon professeur. Ahum, proposons-lui de nous suivre. Nous verrons bien. J'ai envie de lui faire confiance.

— D'accord, répondit finalement le jeune homme. Et où allons-nous ?

Le nain sourit. Il rendit *le Bestiaire* à Bohem.

— Dans la forêt de Roazhon.

*
* *

— Vous êtes le premier à revenir avec une Brume, mon cher Bastian ! Félicitations ! Vous êtes toujours le meilleur louvetier de la région...

Le bourgmestre de Roazhon était en train de compter la prime qu'il devait remettre au louvetier. Le double de ce qu'une vouivre valait d'ordinaire. Cela faisait beaucoup d'argent.

— Aucun autre n'en a trouvé ? s'étonna Bastian.

— Non, vous êtes le seul ! Et pourtant, tout le monde est sorti, croyez-moi ! Vous êtes une quinzaine tout autour de Roazhon. Il ne doit plus en rester beaucoup, des Brumes, dans la région...

Bastian hocha lentement la tête. Non. Il n'en restait plus beaucoup, cela ne faisait aucun doute. Et c'était une nouvelle terrible. Il l'avait compris depuis longtemps.

Bientôt la région serait définitivement débarrassée de ses Brumes. Et de ses louvetiers.

Toutefois, il y avait un endroit où il était sûr qu'il restait une Brume... Et pas n'importe laquelle. La reine des Brumes, la Licorne. Elle était toujours là. Personne ne l'avait jamais trouvée. Selon la légende, elle se cachait au cœur de la forêt de Roazhon. Insaisissable. Invisible presque. Nul ne l'avait jamais approchée, mais elle était là, il en était sûr. Lui qui avait si souvent et si longuement arpenté cette forêt obscure, il était tombé un jour, quelques années plus tôt, sur des empreintes qui ne trompaient pas. Des empreintes qui ne pouvaient avoir été faites que par elle. La Licorne. Il ne l'avait jamais raconté. Jamais. Peut-être n'était-il pas le seul à les avoir vues, ces empreintes, mais il avait gardé ce secret pour lui. Il s'était sans doute dit à l'époque qu'un jour viendrait où il n'aurait plus d'autre choix que d'aller chasser cette Brume-là.

Il réfléchit. Les primes avaient doublé. Toutes les primes. Or, la prime promise par le roi pour la Licorne était déjà énorme. Dix fois supérieure à toutes les autres primes. Si elle était doublée, celle-là aussi, cela faisait une somme considérable. Une somme suffisante pour ne plus avoir jamais besoin d'argent. De quoi vivre toute une vie, et peut-être même plusieurs, sans plus jamais chasser.

Oui. Mais il avait déjà essayé. Et il n'avait jamais réussi. Toutes les Brumes étaient difficiles à capturer, mais celle-là, c'était bien pire encore. Il le savait. Avait-il le choix ? Combien de temps pourrait-il chasser encore les autres Brumes ? Et s'il n'y en avait déjà plus une seule ?

Peut-être ferait-il mieux de chercher la Licorne dès maintenant. Il était le meilleur, après tout. Il serait sûrement le premier. Un jour ou l'autre, il faudrait bien qu'un louvetier la capture ! Et ce devait être lui. Il fallait que cela soit lui. Car alors il n'aurait plus à s'inquiéter de la disparition des Brumes. Il pourrait se retirer, tout simplement, dans la maison de son père et vivre une vie paisible, loin des hommes, loin de l'hypocrisie des villes.

Oui. Il devait s'y résoudre. Il devait à présent partir chasser la Licorne. C'était la meilleure solution. Peut-être même la seule.

Il salua le bourgmestre et repartit aussitôt vers la forêt de Roazhon.

*
* *

— Les hommes de Dumont Desbardes arrivent par ici ! s'exclama le sergent Fredric en revenant en courant dans la petite clairière.

Mjolln et Bohem se levèrent d'un bond.

Ils n'avaient pas eu à convaincre le milicien de les accompagner, car il s'était proposé lui-même, avec conviction. Il estimait avoir une dette envers eux. Envers Mjolln qui était venu les libérer, et envers Bohem qui avait dit à Mjolln que le sergent méritait sans doute d'être sauvé lui aussi. Il voulait leur prouver qu'ils avaient bien fait. Car il avait une revanche à prendre sur le reste du monde. Dumont Desbardes, les Miliciens, et même la Garde royale. Tous le dégoûtaient ! Après toutes les années passées dans l'ordre de la Milice, c'était comme si un voile s'était soudain levé. Comme si la vérité lui était apparue en une nuit, dans l'ombre d'un cachot.

Mais pour l'heure, il fallait s'échapper. Ne pas laisser les Miliciens les reprendre. Et cela n'allait pas être facile. Car Bohem et ses compagnons étaient à pied, eux.

Il ramassa toutes leurs affaires, passa à sa ceinture l'épée qu'il avait dérobée la veille, jeta un coup d'œil vers l'ouest pour voir où la forêt serait la plus favorable à leur fuite et fit signe aux deux autres de se mettre en marche.

— Attendez ! intervint Bohem.

Les deux autres regardèrent curieusement le jeune homme. Il avait un air étrange. Il semblait absent presque, absorbé par ses pensées.

Je dois pouvoir le faire à nouveau. Oui. Cette fois-ci, je sais ce que je fais. Je dois pouvoir y arriver. Je sais que j'en suis capable. Tout ce dont j'ai besoin, c'est d'y croire. De croire en moi.

— Attendez, répéta-t-il comme s'il sortait de son rêve. Je vais appeler des bayards.

— Pardon ? répliqua Fredric, confus.

— Shhh. Laissez-moi faire, faites-moi confiance, s'il vous plaît.

Mjolln hocha la tête et attrapa le milicien par le bras, comme pour le retenir. Le rassurer.

Bohem se laissa tomber sur les genoux, sous le regard complice du Cornemuseur. Comme il l'avait fait la première fois, il plongea ses mains dans la terre de la forêt. Il ferma les yeux, inspira profondément et fit le vide dans son esprit. Il se laissa porter par le silence de la nature. La chanson de la forêt. Et il appela.

Mon nom est Bohem. Je suis... Je suis le fils d'Aléa, la fille de la Terre.

Je suis celui qui vient pour vous. Celui qui vous écoute. Qui entend les pierres, les arbres, les Brumes. Alors entendez-moi, vous aussi. Entendez-moi, bayards, comme vous m'avez entendu la première fois. Je vous appelle à moi. Car j'ai besoin de vous. J'ai besoin de vous, entendez-moi.

Ses mains se crispèrent dans le sol, sous le tapis de feuilles. Il essaya de ne faire qu'un avec la terre. De devenir feuille lui-même. Arbre.

Le sang qui coule dans mes veines est la sève de la forêt. La sève des Brumes. Je vous ressens au fond de moi. Je suis comme vous. Chassé par les hommes, fuyant, toujours, et prêt à mourir pour défendre ma liberté. La vôtre. La nôtre. Alors, entendez-moi.

Lentement, il ouvrit à nouveau les yeux et leva la tête vers ses deux compagnons. Ils le regardaient, immobiles.

Il se leva et sourit.

— Ils arrivent.

*
* *

— Je vous remercie de l'empressement dont vous avez bien voulu faire preuve pour répondre à mon appel, dit Emmer Capigesne solennellement en se levant au bout de la grande table de merisier.

Tous les barons galliciens du roi de Brittia étaient réunis dans la grande salle de Pierre-Levée, à l'endroit même où le général Goetta avait enfermé Hélène et ses sujets quelques jours plus tôt, quand il avait attaqué le Palais des Ducs.

Tout le monde était là. Hélène et ses conseillers, Valérien, son maître d'artillerie, le bailli, les conseillers d'Emmer et les représentants de tous ses fiefs. Les deux plus importants, bien sûr, ne manquaient pas à l'appel. Willem VII le Vieux, comte d'Arvert, et Euzon II, duc de Breizh. Leur soutien serait capital.

Tous avaient les yeux tournés vers leur roi. Ils restaient silencieux devant lui, scrutant son visage d'ange blond derrière lequel brûlait toutefois une rage qui n'avait rien d'innocente.

— Vous n'ignorez sans doute pas ce qu'il s'est passé ici la semaine dernière. Vous êtes certainement au courant de la situation à laquelle mon épouse Hélène, reine de Brittia, duchesse de Quienne, a été confrontée dans ce même palais. Il est inutile, je pense, que je vous rappelle les faits. Ils sont suffisamment ignobles et déplaisants pour qu'aucun de vous n'ait oublié, j'en suis convaincu, le moindre détail. Je vous ai donc appelés auprès de moi car j'ai décidé d'entrer en guerre contre le roi de Gallica.

Il y eut quelques murmures d'étonnement dans l'assemblée. Tout le monde savait que la situation était grave, mais ils ne s'étaient peut-être pas attendus à une décision de guerre aussi rapide.

Hélène de Quienne, elle-même, semblait embarrassée. Elle n'était pas friande des choses de la guerre. Mais elle ne pouvait pas s'opposer à Emmer. Pas en public en tout cas. Elle avait beau être une femme libérée et célèbre pour son franc-parler, elle estimait qu'elle n'avait pas à intervenir si directement dans cette affaire. L'affront de Livain était grave, et il agissait en connaissant parfaitement – elle l'espérait – les conséquences possibles d'un acte aussi agressif. Quoi qu'elle pensât de la guerre et de son inanité, elle devait laisser Emmer gérer son trône.

J'ai accepté d'épouser une seconde fois un roi. Je dois en assumer les conséquences. Il y aura des guerres, il y aura des conflits. Je ne peux refuser l'inévitable. J'espère seulement que tout ceci ne va pas dégénérer. Il faut qu'Emmer trouve un moyen de punir Livain sans mettre en péril la sécurité de ce pays. Son équilibre est si fragile !

— Majesté, osa Willem VII après un long silence de l'assemblée, ne pouvons-nous répondre autrement à l'agression de Livain, aussi odieuse soit-elle ? Une guerre est-elle vraiment souhaitable ?

— Une guerre n'est jamais souhaitable, comte. Mais elle est parfois inévitable.

— L'est-elle donc aujourd'hui ? insista Willem.

Le comte d'Arvert est celui qui est le plus implanté dans les fiefs de Livain. Il est entre la Tolsanne, le Burgon, le Riven et le domaine royal. Il sera au cœur de la guerre si elle devait éclater. Exposé de toutes parts. Et ses sujets se sentent plus proches de Livain que les nôtres. Il est certainement celui qui souhaite le moins cette guerre. C'est pour cela qu'Emmer veut absolument son soutien. Car si Willem cède, plus personne n'osera refuser.

— Quelle autre réponse pourrions nous faire à une agression aussi éhontée et aussi violente ? demanda le roi.

— Nous pourrions envisager d'autres mesures coercitives... Le roi de Gallica n'a aucun fief qui donne sur l'océan. Les principales routes commerciales passent par vos contrées, Majesté, pourquoi ne pas bloquer tous les navires qui mouillent dans nos ports et qui font commerce avec Gallica, par exemple ?

Emmer n'acceptera jamais ce genre de mesures. Il veut une réponse exemplaire et dissuasive. Et il veut sans doute humilier Livain. Il a dû être humilié que je sois attaquée ainsi. Par mon ancien époux. C'est une affaire d'hommes. Or pour résoudre leurs conflits, les hommes préfèrent toujours se battre...

— Mon objectif n'est pas d'affamer ou d'appauvrir les gens de Gallica, Willem. Ce que je veux, c'est frapper directement le roi. Son armée, sa personne et son autorité.

Sa personne ? Il ne veut quand même pas éliminer Livain ? Non. Emmer est encore jeune. Il se laisse emporter par son discours...

— Sauf votre respect, Majesté, je pense qu'il serait suicidaire d'engager une guerre avec un voisin si proche ! À part le duché de Breizh et le comté de Pierevain, il n'y a pas un seul de vos fiefs en Gallica qui ne soit en contact direct avec les fiefs de Livain. Nous serons attaqués de tous côtés.

Il sous-entend qu'Emmer, lui, pourrait, en cas de crise, se retrancher au royaume de Brittia, loin du front. Mais ce n'est pas le genre d'Emmer. Toutefois, Willem n'a pas tout à fait tort. Il est vrai qu'il est beaucoup plus exposé que les autres, lui. Et le duc de Breizh ne dit rien. Forcément. Son fief à lui est le seul de tout le pays, avec celui-ci, qui ne soit pas en contact avec les terres de Livain.

— Je vous rappelle que je suis duc de Northia, répliqua le roi, qui avait su lire entre les lignes, lui aussi. Et je vous rappelle que ce fief est mitoyen du domaine royal. Je n'ai pas peur de mener cet assaut de front, moi-même. C'est l'honneur de mon épouse qui a été bafoué.

Il se sert de moi pour justifier son choix. Mais je crois que c'est surtout son honneur à lui qui est en jeu. Le mien est intact. Livain s'est ridiculisé dans cette affaire.

— Pouvons-nous être sûrs de remporter cette guerre ? intervint le maître d'artillerie d'Hélène de Quienne. L'armée du roi de Gallica est puissante, et Livain vient d'épouser la fille du roi de Chastel. Avons-nous vraiment intérêt à nous en faire un ennemi ?

Valérien sait que je ne souhaite pas cette guerre mais que je ne veux pas intervenir directement dans la conversation. Il intervient donc à ma place. Je savais que je pouvais compter sur lui. Il a toujours été un conseiller fidèle et perspicace.

— Nous pouvons faire savoir au roi de Chastel que ceci n'est qu'une mesure de rétorsion en réponse à l'assaut de Livain et que nous n'attaquons pas le royaume de Gallica en tant que tel, royaume auquel il est lié à présent, il est vrai.

— Majesté, sa fille est l'épouse du roi de Gallica. Si nous attaquons Livain, il la saura menacée...

— Il n'oserait quand même pas traverser la Quienne pour venir défendre l'armée de Livain !

— Il pourrait passer par la Tolsanne.

— Alors, nous devons impliquer la Tolsanne, suggéra Emmer.

— Mais c'est un fief de Livain ! Et le comte de Tolsanne n'acceptera jamais de se battre contre lui. Il épouse d'ailleurs le mois prochain la propre sœur de Livain !

— Qu'importe ! répliqua Emmer. Il a un vieux différend à régler avec Livain, et je suis sûr que malgré cette union avec sa sœur, Redhan V est encore désireux de se venger du roi de Gallica.

— C'est vrai, intervint le duc de Breizh. En outre, le comté de Tolsanne a toujours été très réservé à l'égard de la Couronne.

Voilà. Comme je l'avais deviné, Euzon se range au côté d'Emmer. Ce conflit ne risque pas de le toucher directement, alors il soutient mon mari, c'est aisé pour lui...

— Absolument ! surenchérit Emmer. Il y a là-bas un noyau d'indépendantistes qui seraient ravis de se débarrasser de Livain !

Personne ne répondit. Le roi était de toute façon tellement décidé qu'ils savaient tous qu'il était inutile d'essayer de le dissuader. Mais il avait besoin, lui, de s'assurer de leur soutien. Et il ne lui était pas encore vraiment acquis. Toutefois, le comté de Tolsanne était un élément sinon déterminant, du moins important.

— Écoutez, reprit Emmer d'une voix rassurante, mes chers barons, je vois qu'il est encore trop tôt pour prendre une décision définitive. Je veux toutefois que vous sachiez que, de toute façon, je répondrai par la force à cette agression de Livain, qui ne peut rester impunie. Mais je vous propose de nous revoir dans quelque temps. D'ici là, j'aurai obtenu le soutien du comte de Tolsanne, et nous serons en position de force.

Il a déjà pris sa décision. Il leur fait croire qu'elle dépend de la collaboration de Redhan. Mais en réalité, les dés sont déjà jetés. Mon nouvel époux va attaquer celui qui m'a répudiée.

Je dois trouver un moyen d'empêcher cela.

*
* *

Comme ils l'avaient fait la première fois, les bayards les menèrent jusqu'à la lisière de la forêt, d'un seul élan, d'une seule course, couvrant les distances en quelques galops silencieux, épousant l'air, crinières au vent. Les fugitifs auraient aimé garder jusqu'au bout ces chevaux magnifiques, prompts et puissants, mais les Brumes ne pouvaient s'exposer à la lumière du monde. Elles retournèrent au galop à l'abri des grands chênes, gracieuses silhouettes blanches disparaissant dans l'ombre comme un souvenir dans l'oubli.

Bohem, Mjolln et le sergent Fredric durent continuer le voyage à pied. Ils coururent toute la soirée à travers la plaine, oubliant la fatigue et la faim, trop heureux d'avoir retrouvé la liberté, trop inquiets de la perdre à nouveau. Ils espéraient qu'ils avaient suffisamment d'avance sur les chevaliers de la Milice du Christ pour atteindre un village sans se faire rattraper, et pour trouver les chevaux dont ils avaient besoin.

Mjolln, malgré son grand âge et sa petite taille, ne faiblissait pas. Il courait presque aussi vite que les deux autres et semblait ne jamais pouvoir tomber de fatigue.

Avant la tombée du jour, ils arrivèrent en vue d'un petit village typique du comté de Pierevain. Ils s'arrêtèrent en amont pour souffler un peu et réfléchir.

— Bohem, je pense qu'il ne serait pas prudent que tu entres dans le village, suggéra le sergent Fredric. Je ne pense pas que tu sois recherché ici, mais rien ne sert de prendre le risque. L'un de nous peut se contenter d'aller chercher des chevaux...

— *Acheter* des chevaux ? répliqua Bohem. Mais avec quel argent ?

— De l'argent, ça, j'en ai, oui, intervint Mjolln. Pour des chevaux, et pour une bonne auberge !

— Non, Mjolln, nous ne pouvons risquer que Bohem soit reconnu...

— Ahum. Je vois. Juste des chevaux, alors ? Je peux quand même acheter un bon gigot, non ?

Le milicien sourit.

— Oui, bien sûr. Ce que vous voudrez ! Bohem ? Tu nous attends ici ? Je ne peux laisser Monsieur Abbac aller chercher trois chevaux tout seul.

— Bien sûr, répondit le louvetier. Je vais préparer notre campement pendant ce temps-là. Un feu et trois couches.

Grâce à la rapidité des bayards, les Miliciens étaient sûrement encore assez loin derrière eux pour qu'ils puissent se permettre d'allumer un feu. Et Bohem n'était pas mécontent de pouvoir faire un bon repas, après le traitement pitoyable que leur avait réservé la Milice du Christ.

Le Milicien et le Cornemuseur se mirent donc en route pour le village, et Bohem entreprit de réunir du bois.

La nuit était déjà avancée quand Mjolln et Fredric revinrent avec deux chevaux et un poney, une épée pour Bohem ainsi qu'assez de nourriture pour contenter cinq ou six personnes. Mais le jeune homme découvrit rapidement que Mjolln, en la matière, comptait au moins pour trois. Il ne restait plus rien quand le feu commença à s'éteindre.

— Dis-moi, Bohem, lança le sergent Fredric à la fin du repas, une question me hante depuis que nous avons quitté la forêt...

— Oui ?

L'ancien Milicien semblait embarrassé. Il n'avait entendu que des bribes de la longue conversation de Mjolln et Bohem, et il n'était pas tout à fait certain de comprendre ce qu'il se passait. Il était à présent convaincu que le jeune homme n'était pas l'hérétique pour lequel Dumont Desbardes le faisait passer, loin de là, mais il y avait tout de même des choses étranges qui lui échappaient. Il ne voulait pas se montrer indiscret, il estimait que cela ne le regardait pas et qu'il n'était pas en position de demander à Bohem de lui rendre des comptes, mais il ne pouvait s'empêcher de poser au moins cette question-là.

— Les... Les bayards...

— Oui ?

— Est-ce ainsi que vous nous avez échappé dans la forêt au sud de Pierre-Levée ?

Le louvetier sourit.

— Ah ! Bien sûr, vous faisiez partie de nos poursuivants à l'époque ! Oui, sergent...

— Ne m'appelle plus sergent, s'il te plaît.

— Pardon... Oui, Fredric... C'est ainsi que nous nous sommes échappés la première fois. Moi et mes amis.

— Tes amis ? s'étonna Mjolln. Qui sont-ils, et où sont-ils à présent ?

Le sourire s'effaça aussitôt du visage de Bohem. Il avait réussi à ne pas trop y penser... Mais Mjolln ne pouvait pas savoir.

— J'ai rencontré Vivienne quelques jours après avoir fui mon village... Je l'ai aidée alors qu'elle était agressée par des brigands sur un chemin de Tolsanne. Nous sommes devenus amis.

— Amis ? insista Mjolln, qui savait lire dans les cœurs.

— Oui, répondit Bohem, mais cette fois il souriait. Très bons amis. J'ai découvert plus tard qu'elle était la nièce de la duchesse de Quienne ! Je dois avouer que cela m'a un peu... dérangé.

— Ah bon ? se moqua Mjolln. Ahum. Eh bien, ça, je suis pressé de voir sa tête quand je lui dirai qui sont tes parents !

Le nain éclata de rire, et Bohem se contenta de lever les yeux au ciel. Fredric, quant à lui, n'était pas bien sûr de comprendre...

— Et puis il y a Fidélité La Rochelle. C'est un Compagnon du Devoir, un apprenti forgeron. Les Compagnons m'ont porté secours plusieurs fois depuis que j'ai quitté mon village. Ce sont eux qui nous ont aidés à nous enfuir...

— ... de Sarlac, finit Fredric à sa place, d'une voix grave.

Le nom de cette ville évoquait un souvenir douloureux pour l'un et l'autre. Ennemis à l'époque, c'était finalement Sarlac qui leur avait permis de se retrouver. Le meurtre de la Mère était l'événement qui avait révolté Fredric, et c'était à cause, ou grâce à cette révolte qu'il s'était retrouvé dans le cachot à côté de Bohem.

— Ahum. Et où sont-ils, tous les deux, à présent ?

— À Pierre-Levée, expliqua Bohem. Nous irons les voir quand nous aurons trouvé la Licorne.

— Ah ça, avec plaisir ! Je serais heureux de rencontrer tes amis, Bohem, et surtout, je dois toujours rendre visite à la duchesse, ça, bien sûr, je lui ai promis de venir à sa cour, il paraît qu'il y a, ahum, là-bas, les meilleurs poètes de Gallica...

— C'est vrai, répondit Bohem avec une sorte de fierté dans la voix, comme s'il s'était approprié la passion de Vivienne. C'est vrai, répéta-t-il.

— Parfait. Alors dormons, maintenant. Demain, la route nous attend. Roazhon est encore loin.

*
* *

Je suis dans le monde de Djar.

Les Brumes ne sont plus ici. Mjolln n'est pas ici non plus. Je suis seul. Et je sais pourquoi. Je sais pourquoi les Brumes ne sont pas près de moi. Pourquoi elles ne sont pas entrées elles aussi.

Parce qu'Il est là, derrière moi. Lui. L'homme aux deux visages. Il est ici. Le Sauvage.

Je n'aurais pas dû venir. Mais ai-je vraiment le choix ? Est-ce vraiment moi qui ai décidé de venir ici ? Je n'arrive pas à me fermer. On dirait que c'est lui qui m'attire, que c'est lui qui m'oblige à venir ici. Quand je dors, il en profite, car ma conscience ne résiste pas. Alors il m'attire ici, dans le monde de Djar.

Je ne dois pas me retourner. Je ne dois pas le regarder. Regarder les deux visages, qui voient le passé et qui voient le futur.

— Tu es obligé de me voir.

Il me parle. Mais je ne veux pas l'entendre.

— Tu es obligé de m'entendre.

Non. Je ne suis pas obligé. Je n'entendais pas Mjolln les premières fois qu'il me parlait. Parce que je ne savais pas comment. Je dois retrouver cet état, cette innocence. L'état dans lequel je n'arrivais pas à entendre. Apprendre à le faire sciemment.

— Tu ne peux plus, Bohem. Tu sais trop de choses à présent. Tu ne peux pas m'ignorer, car je suis ici. Depuis le début. Et tu me fuis, toujours. J'étais là, au sommet de la colline de Prade, quand tu n'avais que treize ans, la nuit de la Saint-Jean. Je t'ai vu sauver cette Brume, Bohem. J'étais là. Tu ne m'as pas vu, toi ? Tu m'ignorais

déjà ! J'étais là, aussi, quand mes Aïshans ont brûlé ton village, toujours au même endroit. Et je t'ai vu fuir, mon cher. Je t'ai regardé fuir. Chaque fois que tu es venu ici, j'y étais aussi. J'ai entendu tes appels. Je t'ai entendu parler avec le vieux barde, le nain venu du nord, celui qui connaissait ta mère, Aléa. Moi aussi, je l'ai connue. Mais elle faisait comme toi, Bohem, elle m'ignorait. Elle ne me regardait pas. Je ne peux plus rester dans l'ombre, à présent. Parce que je meurs, moi aussi. Comme les Brumes. Je meurs un peu plus chaque jour, à cause d'elle. À cause de ta mère. Alors je ne peux plus rester dans l'ombre. Je dois reprendre ce que vous nous avez volé. Vous. Samildanach. Vous nous avez volé le Saîman, et c'est le Saîman qui nous faisait vivre. Qui faisait vivre les Brumes. Qui me faisait vivre, moi. Je ne peux pas mourir. Allons, retourne-toi. Regarde-moi en face. Je suis celui par qui tu périras, Bohem. Crois-moi. Je vois le passé et je vois l'avenir. Je suis le Devin. On m'appelle Lailoken, tu as sûrement entendu parler de moi. Dans les histoires qu'on racontait chez toi. Je suis le Sauvage. C'est moi qui te tuerai, Bohem, et toi qui me redonneras la vie. Alors retourne-toi. Aie le courage de regarder ta mort en face !

Non. Je ne me retourne pas. Je ne me retournerai pas. Ma mort ne m'intéresse pas, Sauvage. Comme ma mère, je continuerai toujours de t'ignorer. La mort ne m'intéresse pas.

Ce qui m'intéresse, moi, c'est la vie.

La vie.

*
* *

Ils voyageaient depuis quatre jours, chevauchant toute la journée à travers la plaine. Ils s'arrêtaient loin des villes, dormaient peu, et tentaient de brouiller leur piste du mieux qu'ils pouvaient. Mais les Chevaliers du Christ gagnaient de la distance.

Tous les soirs, pendant que Mjolln préparait un dîner toujours copieux, l'ancien sergent apprenait à Bohem à se battre... ou à se défendre, en tout cas. Avec l'épée qu'on lui avait achetée, mais aussi avec un simple bâton, une dague ou avec ses poings. Il lui apprenait l'art de l'esquive et celui de l'attaque. Un soir que Bohem réussit une passe difficile, Fredric lui fit part de son étonnement.

— Je n'ai jamais vu quelqu'un apprendre aussi vite, Bohem.

Et il répéta ce que les deux Compagnons avaient dit au jeune homme quand il avait taillé la pierre sous leurs yeux ébahis.

— Tu as déjà fait ça avant ?

— Non, répondit Bohem. Vraiment pas ! J'ai horreur de me battre. Je ne me bats jamais. Je... Je ne crois pas en la bagarre...

Le milicien ne put s'empêcher de rire.

— Que veux-tu dire ?

— Je ne sais pas. Je ne crois pas en la bagarre, c'est tout. Je crois qu'il y a presque toujours une autre solution.

— Presque...

— Jusqu'à présent, je n'ai eu aucune raison de me battre. Les gens se battent pour leur pays. Je me moque de mon pays. Je n'ai de fierté pour aucun sol. Je ne crois pas que le sol nous appartienne. C'est plutôt l'inverse... Et quand ils ne se battent pas pour leur petit bout de terre, les hommes, ils se battent pour leur foi... Comme ces croisés qui partent mourir ou tuer en Orient. Je suis désolé, Fredric, je sais que vous avez donné votre vie au Christ, mais moi, je ne me battrai jamais pour les chrétiens, ni pour aucun dieu. Je ne crois pas que je le leur doive, n'est-ce pas ?

— Ah ! Monsieur est un grand pacifiste ! se moqua gentiment l'ancien Milicien. Mais alors, comment se fait-il que tu apprennes si vite à te battre ?

Mjolln, qui était affairé près du feu, se racla la gorge.

— Le père de Bohem était un Magistel, intervint-il.

— C'est-à-dire ? demanda Fredric.

— Un chevalier des druides. Les meilleurs chevaliers que l'on puisse trouver dans mon pays.

— Je vois. Cela explique peut-être que tu saches donc te battre alors que tu ne t'es jamais battu...

— Ce n'est pas tout à fait exact, admit Bohem. Je me suis battu une fois. Contre le brigand qui attaquait Vivienne...

— Ah, répondit Fredric en souriant. Voilà donc une cause pour laquelle tu acceptes de prendre les armes. L'amour !

Bohem hocha la tête, très sérieusement.

— Oui, peut-être.

Le soir du quatrième jour, ils s'arrêtèrent plus tard encore que la veille et installèrent leur campement à l'abri des rochers, au sud de Roazhon. Les chevaux et le poney étaient à bout de force, et Fredric essaya tant bien que mal de les soigner et de réparer leurs fers.

— Ils nous rattraperont avant la forêt de Roazhon, dit Bohem au vieux nain tout en l'aidant à préparer le repas. Ils sont déjà si proches !

— Ça, comment peux-tu en être sûr ?

— Je le sens, Mjolln. Je sais qu'ils nous suivent, et qu'ils sont proches. Un peu plus chaque soir. Nous n'arriverons pas à Roazhon à temps.

— Ahum. Intéressant. Tu sens ces choses-là ? Oui.

Bohem grimaça. Il savait à quoi pensait le nain. Il pensait sans doute à la mère de Bohem. Aléa. Il pensait qu'il avait les mêmes pouvoirs qu'elle, ou quelque chose comme ça. Et Mjolln semblait étonné. *Pourquoi ?* se demanda Bohem.

— En quoi cela vous étonne que je puisse ressentir ces choses-là ? Vous pensiez que le pouvoir dont je semble avoir hérité avait disparu, c'est cela ?

— Ahum. Tu lis dans les pensées, aussi ? ironisa le Cornemuseur. Oui. C'est un peu ça. Mais je crois qu'il n'a pas tout à fait disparu. Ahum. Il en reste encore un peu, n'est-ce pas ? Dans ces créatures que vous appelez les Brumes. Et en toi...

Bohem acquiesça. Aussi fou que cela pût paraître, il savait. Oui. Il avait cette force étrange au fond de lui-même. Diffuse, mourante, mais bien là. C'était cette force qui lui avait permis de survivre dans les flammes la nuit de la Saint-Jean, cette force qui le poussait dans le monde de Djar ou qui lui avait permis d'appeler les bayards par deux fois dans la forêt. Et c'était cette force, justement, qui les intéressait tous. Le roi, les Miliciens, mandatés par le pape – selon Fredric –, et les Aïshans. Ainsi que celui qui le hantait dans ses rêves. Le Sauvage.

Bohem secoua la tête. Il ne voulait pas penser à ça.

— Quoi qu'il en soit, reprit-il, nous n'arriverons pas à temps dans la forêt de Roazhon. Ils nous auront interceptés avant.

— Nous devons faire diversion, intervint Fredric qui les écoutait en retrait.

— Faire diversion ?

— Oui. Mjolln et toi pouvez partir de votre côté, tout droit vers la forêt, et moi je resterai ici pour les attirer dans un piège.

— Tout seul ? intervint Mjolln. Ahum. Ça, je veux bien que vous soyez brave, mon cher, presque aussi brave qu'un Magistel, mais tout seul contre une brigade entière de vos Miliciens, j'ai peur que vous ne fassiez pas le poids, non.

— Nous n'avons pas le choix, expliqua l'ancien sergent. Je serai bien obligé de me battre seul. Vous devez aller dans cette forêt. Je ne vois pas où l'on pourrait trouver du renfort...

— Moi je sais, rétorqua Bohem.

— Comment ça ?

— Depuis tout à l'heure, j'ai vu un symbole gravé sur plusieurs pierres. Une truelle et un maillet. Les Compagnons m'avaient expliqué ce que cela signifie. Il doit y avoir une cayenne par là-bas, vers le nord-est.

— Et alors ?

— Alors, on pourrait demander de l'aide aux Compagnons. Ce n'est pas sûr qu'ils acceptent, mais c'est notre seule chance.

*
* *

— Je ne vous comprends pas, Hélène, vous avez été attaquée par cet odieux personnage, et à présent vous voulez m'empêcher de répondre à son agression. Éprouveriez-vous encore quelque chose pour cet homme qui vous a répudiée ?

Hélène de Quienne pouffa. Emmer savait pertinemment que la duchesse n'éprouvait plus que du mépris et du dédain pour le roi de Gallica. Il cherchait à la provoquer, froissé sans doute qu'elle s'opposât à la guerre.

Les serviteurs avaient depuis longtemps débarrassé leur table. L'odeur de la viande fumée emplissait encore l'air autour d'eux. Ils étaient seuls à présent dans la petite salle à manger de l'aile gauche du palais. Le soleil était en train de se coucher, derrière l'enceinte de Pierre-Levée. La lumière rose de l'aube colorait les murs derrière eux. Il faudrait bientôt allumer les bougies.

— Vous savez bien, Emmer, que je n'ai jamais aimé les guerres. Je garde un très mauvais souvenir de la croisade de Livain. Je l'ai suivi jusqu'en Orient, et ce que j'ai vu là-bas m'a dégoûtée pour toujours, si je ne l'étais déjà, de toutes ces choses-là. J'ai vu plus de morts qu'aucun homme ne devrait en voir durant toute sa vie. Ma mémoire est pleine d'agonies, Emmer. J'ai vu plus de guerre que je n'ai vu de paix. Alors oui, certes, je pense que cet imbécile mérite une leçon. Il ne peut rester impuni après l'affront qu'il a osé me faire... nous faire. Mais la guerre ? Non. Vous savez comme moi que trop de gens vont mourir et qu'ils sont innocents.

— Je ne suis pas un homme déshonoré qui veut se venger de celui qui a agressé sa femme, Hélène. Je suis un roi qui doit gouverner son pays et qui ne peut accepter qu'un autre roi vienne attaquer sa cour en son absence et reste impuni. Il ne s'agit pas uniquement de lui donner une leçon, il s'agit de faire une démonstration de force. Je ne peux laisser croire ni à mes sujets ni aux siens que Livain peut menacer ainsi mon royaume...

— La force... Êtes-vous obligé de tuer pour démontrer la force de votre royaume ?

— Si vous êtes tellement opposée à la guerre, Hélène, pourquoi ne l'avez-vous pas dit tout à l'heure pendant le conseil ?

— Parce que vous êtes roi, justement, et que je n'avais pas à vous contredire devant vos barons, Majesté. Mais à présent, c'est votre épouse qui vous parle.

— Mon épouse qui a été attaquée par Livain, et que je me dois de protéger.

— Je peux me protéger seule, Emmer.

— Ce n'est pas l'impression que vous avez donnée.

— Vous croyez que se protéger, c'est forcément se battre ? Ce que j'avais à faire, ce jour-là, je l'ai fait. Le jeune homme que Livain était venu chercher a pu s'enfuir, sain et sauf, c'était tout ce qui comptait. Et j'ai évité un massacre inutile. Je crois que je me suis bien mieux défendue que vous ne pouvez l'imaginer, Emmer.

— Pas aux yeux de mon peuple, et pas aux yeux de celui qui vous attaquait.

— Alors, ce que vous voulez, c'est du sang, n'est-ce pas ? Simplement un peu de sang ?

— Ce que je veux, c'est réparer le tort qui nous a été fait et montrer qu'il y a sur mes terres une autorité véritable.

— Une autorité qui a toutefois besoin de l'appui du comte de Tolsanne...

— Je n'ai besoin de l'appui du comte Redhan que pour convaincre mes barons, duchesse. Si je ne devais les rassurer en leur promettant l'alliance de la Tolsanne, cela ferait longtemps que mon armée serait partie pour le domaine de Livain. C'est pour apaiser mes barons que je vais voir le comte de Tolsanne, et c'est pour cela que vous allez m'accompagner.

— Ah, non, mon cher, je ne vous accompagnerai pas ! Je ne serai pas derrière vous, Emmer, pour cautionner cette guerre. Vous la faites au nom de mon honneur, ou du moins avec mon honneur pour excuse, c'est déjà beaucoup plus que je n'en peux supporter.

— Vous refusez de m'accompagner en Tolsanne ? s'offusqua le roi de Brittia.

— Non seulement je refuse, mais je désapprouve votre voyage.

— Alors j'irai seul ! s'exclama Emmer en se levant.

Il sortit de la pièce, furieux, et le lendemain il partit pour le comté de Tolsanne sans même un au revoir.

Hélène de Quienne comprit alors qu'il n'était rien qu'elle pût faire pour empêcher la guerre. On allait mourir pour elle, que cela lui plût ou non.

Chapitre 11

VIVRE ENSEMBLE

Bohem, traversant la plaine perché sur son cheval au galop, lançait régulièrement des coups d'œil au nain, qui le suivait de près sur son poney trapu. Il se demandait si Mjolln pouvait les sentir lui aussi. Sur leurs traces. Comme l'ombre déployée d'un prédateur sur un grand champ d'été. Les Miliciens du Christ les avaient rattrapés, poussés sans doute par la fureur du Grand-Maître.

Le louvetier, les mains crispées sur les brides, espérait que Fredric pourrait faire quelque chose pour les aider, pour interrompre la traque des hommes de la Milice. Il fallait que l'ancien sergent obtienne l'aide des Compagnons et que ceux-ci acceptent de venir se battre pour Bohem. Il n'y avait pas d'autre issue. Mais les chances de Fredric étaient minces...

D'abord, les Compagnons ne le connaissaient pas et ils n'auraient pas beaucoup de peine à voir qu'il était un ancien Milicien. Or, les chevaliers de la Milice ne devaient pas être très appréciés dans les cayennes depuis ce qu'il s'était passé à Sarlac. Le meurtre de la Mère innocente était sûrement connu aux quatre coins de Gallica, dans toutes les villes du Devoir. Il allait donc devoir les convaincre qu'il était bien du côté de Bohem, et qu'ils devaient l'écouter. Et cela risquait d'être très difficile. Serait-il assez convaincant ? Ensuite, il faudrait les persuader de venir aider ce jeune homme qu'ils ne connaissaient pas vraiment. Ils avaient sûrement entendu parler de lui, certes. L'histoire de Bohem avait sans doute, elle aussi, fait le tour de toutes les cayennes. Mais il n'était pas certain que les Compagnons, ici, aient la même volonté d'aider cet inconnu que dans le sud de Gallica. Aider Bohem, en outre, était devenu très dangereux. Cela valait-il le coup de risquer sa vie pour un jeune homme qui n'était même pas réellement l'un des leurs ?

Non, vraiment, les chances de Fredric n'étaient pas bien grandes. Et même s'il parvenait par miracle à les convaincre, encore faudrait-il qu'ils puissent faire quelque chose. Auraient-ils le temps de couper la route aux Miliciens ? C'était loin d'être sûr, car ceux-ci n'étaient plus très loin.

Bohem essaya de ne pas trop y penser. L'immense forêt de Roazhon était devant eux. On l'apercevait à l'horizon, comme une lointaine mer aux vagues vertes, qui s'étendait à perte de vue vers le nord. C'était l'une des plus belles forêts de Gallica, vaste, vivante et variée, dense et libre. Une forêt de légende qui abritait mille histoires du folklore gallicien. Et la légende vers laquelle ils galopaient, Bohem espérait qu'elle n'était pas une simple fable. Que la Licorne serait bien là...

Ils galopèrent jusqu'au soir et quand ils arrivèrent à la lisière de la forêt, Bohem aperçut derrière eux, au loin, un nuage de poussière. Il sut aussitôt ce que c'était. Qui c'était, plutôt. Les chevaliers de la Milice. Déjà.

— Dépêchons-nous ! lança-t-il au nain, la voix pleine d'inquiétude. Nous devons profiter de l'ombre de la forêt pour les semer. Je ne pense pas que Fredric ait réussi à convaincre les Compagnons.

— Ahum. Allons-y, mais cela ne va pas être facile. Et nous ne savons pas où aller...

— Comment ça ? Je croyais que vous saviez où était la Licorne !

— Ça oui, dans la forêt de Roazhon. Mais, regarde, mon louvetier, elle est grande cette forêt, non ? Et je n'en sais pas plus. Quelque part là-dedans, voilà où elle est, la Licorne.

— Eh bien ! C'est précis !

Le nain haussa les épaules.

— Ahum, Bohem, je suis certain que tu la trouveras. Tu sais parler aux Brumes, oui.

— Je l'espère. Car le temps nous est compté, Mjolln.

— Alors, ne traînons pas, Bohem. Ça, oui, allons-y !

Ils entrèrent dans la forêt sur leurs chevaux et partirent au galop vers le nord.

*
* *

Emmer Capigesne traversa en quelques jours le duché de Quienne. Escorté d'une dizaine d'hommes seulement. Il avait préféré faire le voyage dans l'anonymat, pour ne pas attirer l'attention du roi de Gallica, et pour ne pas compromettre l'homme avec qui il allait essayer de pactiser : le comte de Tolsanne, futur beau-frère de Livain.

Habillé en simple officier militaire, il s'arrêtait chaque soir dans une auberge avec ses soldats, et il en profitait pour écouter ce qui se disait dans le pays de son épouse. La Quienne dépendait à présent de son royaume, certes, mais il connaissait encore très mal ce vaste fief. Et chaque soir, il entendit parler de la même chose. Du jeune homme qu'on appelait Bohem et au sujet duquel couraient déjà mille légendes.

Hélène lui avait brièvement parlé de lui, de ce louvetier un peu étrange qu'elle avait protégé. Mais elle lui avait simplement dit que c'était un jeune homme brave et innocent, et que le sort l'avait mis dans une situation difficile au cœur du royaume de Gallica. Visiblement, c'était un peu plus compliqué que ça.

Et cela inquiétait le roi de Brittia. Impossible de démêler le faux du vrai dans les nombreuses histoires que l'on racontait sur ce fameux Bohem. Une chose était sûre, ce n'était pas un garçon comme les autres. On racontait qu'il marchait dans les flammes et qu'il parlait aux Brumes. Certains disaient qu'il était peut-être Maître Jacques, le patron des Compagnons, les « enfants de la veuve », d'autres affirmaient qu'il était le Sauvage... Quelques-uns l'admiraient, beaucoup le craignaient. Tout le monde semblait se réjouir en tout cas de l'affront qu'il faisait à la couronne de Gallica.

À force d'entendre parler de ce jeune homme, Emmer se demanda s'il avait bien fait de quitter Pierre-Levée. Peut-être aurait-il dû d'abord essayer de comprendre ce qu'il se passait vraiment. Et il commençait aussi à comprendre un peu mieux, sans l'accepter, la folie de Livain.

Quand Hélène lui avait dit que c'était à cause d'un jeune homme que Livain avait attaqué Pierre-Levée, Emmer avait trouvé cela étrange, et il s'était demandé si la duchesse ne se méprenait pas. Si elle avait vraiment saisi les motifs réels de l'attaque du roi de Gallica. Ou si elle lui avait confessé tous les détails de cette histoire. Après tout, Hélène de Quienne était réputée pour les nombreuses intrigues dont elle aimait s'entourer, peut-être ne lui avait-elle pas dit toute la vérité sur l'attaque de Livain... Mais, à présent, après avoir entendu au sujet de Bohem ces légendes plus folles les unes que les autres, il comprenait qu'il ne s'agissait pas d'un jeune homme ordinaire. Que ce louvetier était peut-être une pièce maîtresse dans les desseins de Livain. Le roi de Gallica espérait peut-être s'emparer d'un garçon aussi prodigieux... Emmer se demanda s'il ne ferait pas mieux de faire demi-tour et de demander à Hélène où se trouvait le jeune homme.

Mais il était trop tard. Il était arrivé à la frontière du comté de Tolsanne et il aurait été ridicule de renoncer maintenant. Autant finir ce qu'il avait commencé. D'autant plus qu'il avait promis à ses barons de revenir avec une nouvelle alliance. Et pas n'importe laquelle.

Le lendemain, il se remit en route pour Tolsanne en se promettant de revenir au plus vite à Pierre-Levée pour démêler cette affaire.

*
* *

Quand ils furent suffisamment loin de la lisière de la forêt, Bohem descendit de cheval et se mit à genoux au milieu des arbres. Les yeux fermés, il essayait d'entrer en contact avec la forêt, comme il l'avait fait par deux fois, déjà. Ses mains enfoncées dans la terre, il se laissa guider par son instinct, par ses souvenirs.

C'était d'abord une question de rythme. Il essaya de confondre les battements de son cœur avec ceux des arbres. De s'accorder à eux, comme deux notes qui résonnent en harmonie. D'écouter la forêt pour qu'elle l'écoute aussi. Car c'était bien là, le secret. Ne faire qu'un. Comme sa main, son poignet et le maillet taillant la pierre brute. Comme son sang et la sève des arbres. Son esprit et celui du loup qui le dévisageait. Ne faire qu'un, sans conquête de l'autre. Vivre ensemble. Oui, *vivre ensemble*, comme Mjolln l'avait si bien dit.

Il resta longtemps ainsi, immobile, sous le regard inquiet de Mjolln. Le nain commençait déjà à s'impatienter, car les Miliciens approchaient. On les voyait presque à présent. Une vague obscure qui pénétrait la première rangée d'arbres. Ils venaient d'entrer dans la forêt. Et ils galopaient vers eux.

— Dépêche-toi, Bohem !

Mais il ne pouvait se dépêcher. On ne se dépêche pas d'écouter. On écoute, tout simplement. Alors il écouta. Cependant la voix de la Licorne ne vint pas. Il entendait d'autres voix, des chimères, des loups, des bayards, la voix des arbres, même, mais pas celle de la Licorne. Pourtant, elle était là, il en était certain. Il pouvait sentir sa présence. Mais c'était comme si elle le fuyait.

— *Dépêche-toi ! Ils arrivent !* résonnait la voix de Mjolln, au loin, de l'autre côté du monde.

La Licorne ne cédait pas. Elle se refusait à lui. Disparaissait chaque fois qu'il croyait pouvoir entendre enfin sa voix. Comme un enfant qui se cache. Qu'on ne rattrape jamais.

Soudain, il fut sorti de sa méditation par Mjolln qui le secouait vivement.

— Lève-toi, Bohem ! Ils arrivent ! Vite ! C'est trop tard, il faut partir !

*
* *

— Vous me demandez de trahir mon propre roi ? Qui est en outre mon futur beau-frère ? s'exclama Redhan V, incrédule. Vous n'êtes pas sérieux, Emmer ?

Seuls dans le cabinet du comte de Tolsanne, les deux hommes étaient assis, face à face, et se dévisageaient dans l'ombre. Comme si l'on eût pu surprendre leurs paroles, démasquer un complot qui ne s'était pas encore joué, ils parlaient à voix basse, tendus, pressés d'en finir.

Emmer n'avait révélé son nom qu'une fois arrivé dans le vestibule du palais de Tolsanne. Le bailli qui avait reçu ces étranges visiteurs avait mis un certain temps à réaliser qu'il s'agissait bien du roi de Brittia. Il s'était empressé d'aller prévenir le comte de Tolsanne et Emmer avait obtenu une entrevue dans la demi-heure.

— Je ne vous demande pas de trahir Livain, comte...

— En parlant avec vous, Emmer, j'ai déjà l'impression de le trahir ! S'il ne s'agissait de trahison, pourquoi êtes-vous venu ici en secret ?

— Tout ce que je vous demande, répondit Capigesne, c'est de me promettre de ne pas lever votre armée contre nous si nous décidons d'attaquer Livain.

— Et vous n'appelez pas ça trahir son roi ? s'offusqua le comte.

— Allons, Redhan, je sais ce que vous pensez de Livain. Souvenez-vous, il y a un peu plus de dix ans, n'a-t-il pas essayé de vous voler vos terres en invoquant une sombre histoire d'héritage ? Le roi de Gallica n'a aucune considération pour vous, ni pour les Tolsannais ! La seule chose qui l'intéresse, c'est l'importance stratégique de votre comté...

— Il en va de même pour vous, Emmer, semble-t-il. Sinon, que faites-vous là ?

— Cela n'a rien à voir ! Je n'ai jamais cherché à vous démunir de vos terres, moi !

Le comte de Tolsanne secoua la tête. Il n'arrivait pas à croire que le roi de Brittia ait eu l'audace de venir jusque-là pour lui demander de se retourner contre Livain. Il était vrai toutefois qu'il n'avait pas compris non plus l'attaque insensée du roi de Gallica contre Pierre-Levée. Il avait l'impression que quelque chose lui échappait. Que cette guerre cachait autre chose, d'autres intérêts qu'on ne lui révélait pas. Et il n'aimait pas se sentir à l'écart.

— Si j'épouse le mois prochain la sœur de Livain, Majesté, c'est pour me rapprocher de lui. Certainement pas pour l'attaquer !

— Mais qui vous parle de l'attaquer ? insista Emmer. Je vous demande simplement d'être neutre ! Et d'assurer mes barons de votre neutralité.

— Je ne peux pas être neutre, enfin ! Vous parlez de mon roi, de mon souverain ! Je n'ai d'autre choix que de me ranger du côté de Livain, Emmer.

— Vous pouvez feindre de vous ranger à ses côtés, certes, mais nous garantir, nous, en secret, de votre neutralité.

— Et pourquoi le ferais-je ?

— Parce que vous détestez Livain, Redhan. Je le sais. Et parce que nous allons peut-être vous débarrasser de lui. S'il perd la bataille que je compte lui livrer, son pouvoir sera grandement affaibli, et vous pourrez revendiquer l'indépendance dont le comté de Tolsanne a toujours rêvé. Songez-y ! Avoir votre propre pays ! Vous n'avez rien à faire dans le royaume de Gallica. Le domaine royal vous étouffe, dénature l'essence de votre beau pays. Que va-t-il advenir de votre brillante culture ? Regardez, votre langue a déjà presque disparu ! Il n'y a plus que les troubadours qui la parlent ! Et la religion secrète qui anime vos prêtres, qualifiés d'hérétiques, sera bientôt écrasée par Livain, qui veut tant contenter le pape...

Redhan resta silencieux. Emmer comprit aussitôt qu'il était en train de le convaincre. Il avait touché au bon endroit. Depuis des générations, la Tolsanne rêvait d'indépendance. Les petites gens comme les nobles se sentaient écrasés par le poids du royaume. Il devait insister. Enfoncer le dernier clou.

— Je vous offre ma parole, cher comte, que cette entrevue restera secrète, et que, quelle que soit votre décision, Livain n'en saura jamais rien. Je ne vous demande pas de vous battre à mes côtés, Redhan, je ne vous demande pas d'agir contre votre roi, non, je vous demande seulement de rester neutre... et, aussi, de m'informer si le royaume de Chastel décide d'intervenir. Car ils seront obligés de passer par vos terres.

— Qu'ai-je à gagner dans cette affaire ?

— L'indépendance, peut-être. Et une secrète vengeance sur Livain.

— Cela ne me suffit pas, Emmer.

Le roi de Brittia sourit. Il avait gagné la partie. On en était maintenant à la négociation des termes. Mais l'accord, lui, était entendu. La Tolsanne n'interviendrait pas dans la guerre. Livain était perdu.

— Que voulez-vous de plus ?

— Un pacte de non-agression du comté d'Arvert et du duché de Quienne.

— L'Arvert sera trop heureux de pacifier sa frontière avec vous, mon cher comte, quant au duché de Quienne, dois-je vous rappeler qu'il appartient à mon épouse ? Je peux vous garantir moi-même...

— Je me moque de vos garanties, Emmer. Ce que je veux, ce sont deux pactes signés. Je ne suis pas idiot. Votre parole ne suffit pas. Et vous pourriez mourir dans cette guerre. Quelle garantie me resterait-il ?

— Je vois. C'est un papier qu'il vous faut, ironisa Emmer. Très bien. Dans ce cas, vous devrez vous aussi signer un accord de neutralité dans la guerre que nous préparons. Il me faut des garanties, à moi aussi.

Le comte de Tolsanne hocha lentement la tête. Il espérait qu'il n'était pas en train de faire une grave erreur.

— À condition que Livain n'ait jamais vent de cet accord, précisa-t-il.

— Entendu, Redhan, entendu. Nos baillis s'occuperont de régler tous ces détails. Je vous remercie de votre accueil. Vous ne le regretterez pas, comte.

— Je l'espère, Majesté, je l'espère...

*
* *

Dès qu'il aperçut Bohem et le nain qui l'accompagnait, Andreas Dumont Desbardes, Grand-Maître de la Milice du Christ, cria la devise de l'ordre, bras levé, dressant son épée au-dessus de sa tête comme pour exalter les chevaliers derrière lui.

— *Non nobis domine sed nomini tuo da gloriam !*

Les chevaux foncèrent aussitôt vers leurs proies. La lune et les étoiles projetaient une pluie de lumière entre les grands arbres de Roazhon, comme des piliers lumineux découpant l'air obscur de la nuit. L'image des chevaux qui galopaient entre les branches semblait s'allumer et s'éteindre à travers ces halos scintillants. Le vent et les feuilles fouettaient le visage des Miliciens et la terre sèche qui se soulevait autour d'eux faisait comme une brume d'hiver sur un étang verdâtre.

Mais alors qu'ils fondaient droit sur les deux fuyards, certains de les intercepter enfin, leur route fut soudain coupée par d'autres cavaliers, qui surgirent, à travers les arbres, du cœur de la forêt.

Dumont Desbardes jura, mais il était trop tard : ils étaient attaqués et n'avaient pas vu venir cette arrière-garde inattendue, comme une armée de démons sortis tout droit de l'enfer.

Quand il vit les hommes qui engageaient le combat, il n'en crut pas ses yeux. Des Compagnons ! Pas des véritables soldats ! Non, de banals Compagnons, combattants de fortune, armés d'épées, de lances ou de simples bâtons ! Et à leur tête – oui, bien sûr, il aurait dû s'en douter – le sergent Fredric. Ce maudit traître, infâme, menant une armée pitoyable !

Le combat tourna vite au chaos et au massacre. Les chevaux parvenaient mal à se déplacer au milieu de la forêt de plus en plus dense et trépignaient en grondant. Les Compagnons, qui ignoraient tout de l'art de la guerre mais qui étaient visiblement enflammés, attaquaient de toutes parts, se jetaient sur l'ennemi comme une meute de chiens enragés. Le bruit des épées heurtant d'autres épées s'éleva au milieu des hennissements et des cris. Le choc des armures, le bruissement des cottes de mailles, les collisions de métal, les coups, le déchirement des chairs... Le chant discordant de la guerre emplit la forêt comme une averse furieuse.

Dumont Desbardes esquiva l'attaque d'un Compagnon qui était descendu de cheval et qui avait couru vers lui, une lance entre les mains. Il fit reculer son cheval, repoussa la lance de son long écu blanc et abaissa son épée d'un coup ample et puissant sur la nuque du Compagnon, déséquilibré. La tête du jeune homme sembla s'envoler dans les airs, cogna contre un arbre dans un atroce bruit sourd avant de rouler par terre, loin du corps décapité.

Le Grand-Maître poussa un grognement de dédain. Imbéciles ! Ils étaient tous ridicules ! Quelle chance croyaient-ils avoir contre des Miliciens ?

Dumont Desbardes ne perdit pas un instant de plus. Il savait ce que les Compagnons étaient venus faire. Ils n'étaient sans doute pas venus remporter une victoire. Non, Fredric ne pouvait ignorer qu'ils n'avaient aucune chance. Ils étaient venus pour permettre à Bohem de s'enfuir. Tout simplement. Mais il ne leur en laisserait pas le loisir, lui. Il tira sur les brides de son grand cheval blanc et donna de grands coups de talon pour que l'animal se lance à la poursuite des deux fuyards, sans se soucier du combat que ses hommes livraient contre ces jeunes fous.

Mais il était trop tard, le sergent Fredric avait vu sa manœuvre et fonçait droit sur lui. S'il ne se retournait pas, le traître allait le prendre à revers.

Dumont Desbardes pesta, puis il tira sur ses rênes pour arrêter son destrier et faire face à son assaillant. Fredric ne changea pas sa trajectoire. Armé seulement d'une lourde épée, il chargeait le Grand-Maître, les yeux emplis de haine.

Les deux chevaux galopaient à présent l'un vers l'autre, évitant les arbres de justesse, frôlant les branches et foulant la terre avec rage, comme si eux aussi voulaient en finir. Le Grand-Maître se mit à hurler, débordant de frénésie pure, la mort au bord des lèvres. Il leva son épée au-dessus de sa tête, et la lame rayonna comme un éclair à la lumière bleue de la lune. L'instant d'après, ils étaient au contact. L'épée de Fredric fendit l'air, tombant de tout son poids sur le flanc du Grand-Maître. Mais elle ricocha sur le métal froid de son armure de plates, dans un jet d'étincelles. Avant qu'il ne puisse reprendre son équilibre, le sergent reçut en pleine épaule l'épée du Grand-Maître qui lui brisa les os et le fit tomber de cheval. Il s'écroula par terre et roula dans la terre en criant de douleur. Les deux animaux continuèrent leur galop sur quelques foulées avant de s'arrêter.

Dumont Desbardes resta un instant sur son destrier et regarda l'homme qui avait été son propre sergent, immobile à terre. Il sourit. Mais Fredric recommença à bouger et se releva péniblement. L'ancien Milicien ramassa son épée, jeta un regard furieux au Grand-Maître et courut vers lui en hurlant à son tour.

Dumont Desbardes enleva son pied droit de son étrier et descendit aussitôt de cheval. Fredric n'était pas un simple Compagnon. Il était un chevalier aguerri. Rester sur le cheval eût été trop dangereux. Le Grand-Maître sauta à terre, leva son épée et se mit en garde, prêt à recevoir son assaillant. Il s'était battu des dizaines de fois aux côtés de cet homme, peut-être des centaines, même, et à présent il devait l'affronter. Jamais il n'aurait imaginé que Fredric pourrait un jour retourner son épée contre lui. Il le connaissait si bien, l'avait tant vu combattre... Il devait pouvoir anticiper l'attaque.

Oui. Il suffisait de bien le regarder. De lire dans ses yeux. Chaque mouvement comptait. Et l'avant-dernier serait décisif. Il devait pouvoir l'interpréter et réagir plus tôt que n'importe quel autre ennemi. Se défendre et contre-attaquer à la vitesse d'une flèche.

Le Grand-Maître ne bougea pas. Les muscles tendus, le regard fixe, il se concentrait sur chaque mouvement de son adversaire. Il fallait attendre le dernier moment. La dernière limite. Et donner le coup fatal. Le seul coup qui ne pouvait manquer en réponse à cette attaque. Son parfait opposé.

Quand il ne fut plus qu'à un pas de son adversaire, Fredric se jeta au sol pour rouler sur le côté et frapper Dumont Desbardes à l'abdomen en se redressant d'un bond. Il effleura le sol avec une agilité étonnante, et remonta d'un coup, foudroyant. Mais le Grand-Maître avait reconnu son regard, deviné sa passe, et s'était glissé sur le côté au dernier moment. La lame de Fredric frôla à nouveau l'armure de son ennemi. Et cette fois, Dumont Desbardes ne visa pas l'épaule. Il abattit son épée de toutes ses forces sur le crâne de son assaillant.

L'épaisse lame broya l'os et s'enfonça dans la cervelle de Fredric qui s'écroula d'un seul coup sur le parterre de brindilles et de feuilles. Puis il ne bougea plus.

Dumont Desbardes dégagea son épée d'un geste majestueux, et contempla le corps inerte de son ancien sergent. D'un coup de pied, il le fit tourner sur le dos. Cette fois, il était mort. Le crâne ouvert sur un magma rosâtre de cervelle et de sang.

— Dieu ait ton âme ! marmonna le Grand-Maître en essuyant son épée.

Quand il releva la tête, il vit qu'il n'y avait plus un seul Compagnon. Ils avaient tous fui ou péri. Et seulement trois de ses hommes à lui gisaient par terre. Une minable bataille. Un spectacle désolant.

Mais Bohem et le nain, eux, avaient depuis longtemps disparu.

*
* *

Le lendemain, en fin d'après-midi, Bohem et Mjolln n'avaient toujours pas trouvé ce qu'ils étaient venus chercher. La Licorne. La lumière commençait déjà à décroître. Le jeune homme tira de toutes ses forces sur les rênes de son cheval. La forêt avait changé de visage, depuis un certain moment. Elle était plus belle encore, plus haute, plus majestueuse. Les arbres étaient plus gros, plus anciens. Et il se dégageait du sol une étrange impression d'harmonie.

— Nous devons être au cœur de la forêt ! s'exclama Bohem en descendant rapidement de cheval.

Mjolln se redressa sur son poney, regarda longuement derrière eux, puis descendit à son tour.

— Je pense que nous les avons semés hier soir. Ahum. Fredric et les Compagnons ont dû réussir à les arrêter.

Bohem hocha la tête. Oui. Peut-être. Pour un temps, en tout cas. Car ils n'avaient sûrement pas fait le poids. Les Miliciens étaient de vrais guerriers. Ils avaient sûrement eu le dessus. Ils se remettraient bientôt à leur poursuite. Bohem espérait seulement qu'il n'y avait pas eu de pertes du côté des Compagnons et que Fredric s'en était bien sorti. Il espérait qu'on n'était pas mort à nouveau en voulant le défendre. Il avait tellement de sang sur la conscience... Non. Il ne fallait pas penser à cela. Pas maintenant.

Car il n'y avait pas de temps à perdre. À présent qu'ils étaient au cœur de la forêt, il fallait tout faire pour trouver la Licorne. Elle ne devait pas être loin. Il y avait dans les environs une atmosphère particulière, sereine, noble presque. Oui, c'était cela, une sorte de noblesse. Bohem espéra qu'ils étaient bien sur les terres de la Licorne. Il voulait le croire en tout cas.

— Mjolln, je dois essayer à nouveau...

— Ahum. Fais ce que tu dois...

— Vous ne pouvez pas m'aider, vous ?

— T'aider, ahum ? Mais comment ?

— Venez avec moi dans le monde de Djar !

— Ça, je ne sais pas y aller, moi !

— Vous ne savez pas y aller ? Mais je vous y ai vu, chaque soir, je ne sais combien de fois...

— Ahum. Ça oui, mais je n'y vais plus depuis, et, comment dire, ce n'était pas vraiment moi. Enfin, ahum, pas moi qui décidais d'y aller.

— Je ne comprends pas...

— Toi, Bohem, tu as la force d'y aller seul, tu sais. Moi, je ne peux pas. Quelqu'un, une force m'attirait là-bas.

— Quelle force ? Qui ?

Le nain sourit. Il ne voulait pas répondre. Mais Bohem pensait avoir deviné la réponse.

— Allez, Bohem. Fais ce que tu dois. Tout seul.

Le jeune homme hocha lentement la tête et se mit à genoux. Il adressa un dernier regard à Mjolln, comme pour chercher un encouragement. Puis il ferma les yeux et se livra à nouveau à ce rituel qu'il avait trouvé de lui-même et qu'il commençait à mieux comprendre. Les mains dans la terre. Les sens en alerte.

Il attendit. Patiemment. Il attendit la voix de la forêt. Le murmure des arbres. Le secret de la terre. Et bientôt, la nature lui répondit, plus vite encore que la dernière fois. Des voix nombreuses montèrent dans sa tête, désordonnées, bruyantes, puis de plus en plus distinctes, et bientôt il put toutes les reconnaître. Les Brumes de la forêt de Roazhon. Elles étaient là, comme des idées dans son esprit. Mais il comprit vite que la Licorne manquait toujours à l'appel. Elle n'était pourtant pas loin, ça, il en était sûr. Mais elle refusait toujours de répondre. Elle refusait de se laisser écouter.

Peut-être devrais-je me laisser guider par les autres Brumes. Peut-être accepteront-elles de me mettre sur la voie de leur reine... Mais comment leur faire savoir ? Comment leur faire comprendre ? Il faut que j'en trouve une, et que j'essaie de lui transmettre cette simple pensée. Je veux voir la Licorne.

Je ne sais pas si je saurai le faire. Mais je dois essayer. Laquelle ? Cette chimère ? Non. Un loup. Je dois trouver un loup. Parce que c'est avec un loup que j'ai eu le premier contact. Parce que c'est un loup que j'ai sauvé des flammes. Et parce que ce sont eux qui m'ont élevé...

Oui. J'en suis sûr maintenant. Quand ma mère m'a laissé dans la forêt, c'est aux loups qu'elle m'a confié. Comme Mjolln me l'a dit. « Ta mère essayait de protéger les loups. » *Et les loups m'ont protégé, moi. Martial m'a trouvé dans la tanière d'un loup, alors qu'il chassait une Brume. Il ne me l'a jamais dit, mais je le sais. J'ai toujours dû le savoir, d'ailleurs. C'est sûrement pour ça que j'ai sauvé ce loup des feux de la Saint-Jean... Sûrement, oui. C'est aussi simple que ça. Aussi simple ?*

Je dois me concentrer. Je dois trouver un loup. Isoler sa voix dans ce vacarme assourdissant.

Mais comment faire ? C'est sûrement possible. Je dois me souvenir des pensées de mon loup. Prédateur. Indépendant, très indépendant, oui, mais social aussi. Plus social que toutes les autres Brumes. Paternel, un peu. Peureux. Voilà. Je crois en reconnaître un. Là. Un loup. Oui, j'en suis certain. Je dois me concentrer sur lui, maintenant. Ne plus entendre que lui et essayer de me faire entendre.

— Mais ! Mais... Ce n'est pas possible !

Ne m'adresser qu'à lui. Ne faire qu'un avec lui, qu'il ressente ce que je ressens. L'urgence et le besoin de rencontrer la Licorne.

Ça y est. Il me reconnaît. Il sait que je suis ici. Il a peur. Je dois lui montrer que je ne veux pas l'envahir. Que je ne veux pas le conquérir. Il doit se sentir libre. Avec moi.

Je ne suis pas un chasseur. Je suis un survivant, comme toi.

Voilà. Il se calme. Et je l'entends mieux, à présent.

Il essaie de me faire comprendre quelque chose. Quelque chose d'urgent. Mais il ne s'agit pas de la Licorne. Non. Cela, il ne veut pas que je le voie. Mais quoi alors ?

— Bohem ! Ahum. Il y a des gens qui arrivent !

Il essaie de me prévenir. Et je viens d'entendre Mjolln. Je crois. Mais non, je dois écouter le loup. Je ne dois pas rompre le lien. Des verticaux. Il voit des verticaux. Qu'est-ce que c'est ? Ces formes verticales ? Je comprends. Ce sont des hommes, bien sûr. Des hommes, qui marchent debout, verticaux.

— Bohem ! Réveille-toi ! Ça, oui, vite ! Il y a des gens qui arrivent, et... Et ce ne sont pas les Miliciens. Non. Ce sont d'autres gens...

Des verticaux qui arrivent. Me parle-t-il de la même chose que Mjolln ? Je ne comprends pas. Suis-je en train de confondre les deux voix, celle de Mjolln et celle du loup ? Je n'arrive plus à les distinguer. Je ne peux plus les entendre en même temps.

— Bohem ! Ce sont... Ce sont des Aïshans ! Et... Ahum ! Mais ! Que font-ils là ? Ça ! Bohem ! Il y a... il y a des druides avec eux ! Réveille-toi !

Des Aïshans ? Ce sont des Aïshans ? Non. Ce n'est pas ça. Le loup ne les a pas vus. Il a vu autre chose. Il essaie de me montrer autre chose. Les Miliciens ? Non plus. Mais alors qui ? Quoi ? Il essaie de me faire comprendre. Il sait que c'est urgent, que je suis menacé. Il doit le sentir. Il doit vouloir m'aider, comme j'ai aidé ce loup, la nuit de la Saint-Jean. Il essaie de me faire voir ce qu'il voit, l'image qu'il voit. Les verticaux. Les hommes. Et une femme. Oui, il voit une femme. Comment est-elle ? Ses cheveux ? Couleur d'or, et un peu bouclés. Grande, gracieuse, vive. Oui, bien sûr ! C'est elle !

— Bohem, ils vont nous encercler ! Ça ! Réveille-toi ! Il faut qu'on parte d'ici !

Vivienne ! Elle est dans la forêt ! Avec La Rochelle ! Mais ils ne sont pas seuls, non, ils sont nombreux ! Tellement nombreux ! Je comprends. Ce sont les soldats d'Hélène de Quienne ! Comment ont-ils su que nous étions ici ? Comment ont-ils pu nous trouver ? Peut-être ont-ils suivi la piste des Aïshans. Et les Aïshans, eux... Comment ont-ils su que nous étions là ? Cela, je ne le sais pas. Peut-être... Oui. Bien sûr ! C'est Lui. C'est Lui qui leur a dit, n'est-ce pas, mon loup ? Le Sauvage. Il sait que je suis là.

— Allez, lève-toi, cette fois-ci, il faut qu'on parte. On ne va jamais s'en sortir !

Guide-moi, mon loup. Guide-nous !

Bohem sortit soudain de sa longue transe. Il vit qu'il était debout, et que Mjolln le poussait devant lui, tout droit vers son cheval.

— Que se passe-t-il ? demanda le jeune homme un peu confus.

— Les Aïshans arrivent ! Et ils sont avec des druides. Monte sur ton cheval ! Les voici !

Le jeune homme s'exécuta aussitôt. Il courut vers le cheval et sauta rapidement en selle. Mjolln l'imita, et ils partirent tous deux au galop sans attendre.

Ils pouvaient entendre le bruit des nombreux cavaliers derrière eux. Les Aïshans n'étaient plus qu'à quelques foulées de là. Leurs chevaux allaient sûrement beaucoup plus vite que les leurs. Comment allaient-ils s'en tirer cette fois ? Traqués, encore, toujours, pourchassés, sans que jamais on ne leur laisse de répit !

Bohem sentit son cœur battre plus fort que jamais. Il criait fort, pour pousser son cheval, mais aussi pour libérer la panique qui montait en lui. Il ne pouvait oublier les dernières images qu'il conservait de ces guerriers barbares. La tête du père Grimaud qui tombait dans la terre, et son corps, lourd, qui s'écrasait décapité. Les maisons en flammes, le pelletier de Villiers-Passant, mourant entre ses mains, le ventre trempé de sang... Et le cavalier qui s'était abattu sur lui, l'épée qui s'était plantée dans le sable, juste à côté de sa tête. Il ne pouvait oublier ces images terribles. C'était comme si c'étaient elles qui galopaient derrière lui, qui venaient le chercher pour le ramener au tout début, le ramener à cet instant crucial où il s'était vu mourir mille fois. Comme si tout ce qu'il avait vécu depuis lors n'était qu'un seul rêve, un rêve d'un instant qui lui avait paru durer des jours, une rémission imaginaire, un long passage au purgatoire, mais à présent cette épée allait s'abattre sur lui et le trancher en deux.

Et pourtant, il était bien là, sur son cheval, au milieu de la forêt de Roazhon. Et il devait vivre ! Alors, il donna encore des coups de talon dans les flancs de l'animal. Cependant la pauvre bête allait déjà aussi vite qu'elle pouvait, plus vite même qu'elle n'était jamais allée, ses sabots arrachant à la terre la moindre petite aspérité. Les arbres défilaient, les branches se succédaient, manquaient l'assommer, et le souffle du cheval se faisait de plus en plus puissant. Cherchant dans l'air l'énergie pour tenir, ne pas faiblir. Galoper, encore et encore. Derrière, le poney de Mjolln commençait à perdre un peu de distance. Non ! Il ne fallait pas !

Soudain, Bohem perçut du coin de l'œil un mouvement. Sur sa gauche. Les Aïshans les avaient-ils déjà rattrapés ? Il lança un regard. Cela bougeait tellement, il avait du mal à voir clairement ce que c'était. Le décor semblait flou. Les arbres se chassaient les uns les autres, faisaient un voile nébuleux devant le paysage. Mais, enfin, il put le voir. Le loup.

Un grand loup blanc qui courait à côté d'eux. Si vite ! C'était sûrement ce loup, celui qu'il avait écouté à l'instant dans le monde de Djar, celui qui l'avait prévenu. Avait-il entendu son dernier appel ? *« Guide-moi, mon loup. Guide-nous ! »* Oui. Sûrement. Il était là pour ça, pour le guider dans la forêt de Roazhon, l'amener vers Vivienne et les soldats de la duchesse de Quienne. Et pour que les Aïshans tombent dans un piège ! Il fallait absolument qu'il réussisse ! Était-il encore temps ?

Petit à petit, le loup se rapprocha des deux chevaux. Il galopait à une vitesse incroyable. Il sautait par-dessus les troncs morts, se faufilait sous les branches, et bondissait, le corps allongé, la tête basse. Bientôt il fut devant eux. Les chevaux, d'instinct, se mirent sur sa trace, comme s'ils le poursuivaient. Comme des chiens de chasse derrière un lièvre. Bohem tourna la tête pour voir si Mjolln avait vu le loup lui aussi. Mais le nain semblait trop occupé à s'agripper aux brides.

Le bruit des chevaux qui les poursuivaient se rapprochait. Bohem était sûr qu'il les verrait s'il se retournait, juste là, derrière eux. Il entendait le bruit des armures, des épées, le souffle des bêtes, et celui des hommes, sourds, rauques, comme excités par la bataille. Une bataille dont il ne voulait pas mais qu'il ne pourrait pas fuir cette fois. Il se baissa en avant lui aussi, imitant le loup, comme si cela eût pu le protéger. Il se coucha sur son cheval. Il sentait son épée battre contre sa jambe. Oui, il allait devoir s'en servir, il ne pourrait pas éviter ce combat-là. *« On ne peut pas éviter tous les combats. »*

Tout à coup, le loup obliqua vers la gauche. Radicalement. Bohem se demanda s'il devait le suivre. Son cheval, pris par surprise, n'avait pas encore tourné. Et quand Bohem releva la tête, il comprit que ce n'était pas la peine.

Il y avait devant eux une centaine de soldats. Une armée tout entière qui chargeait dans leur direction. Et ces soldats arboraient sur leurs surcots les armoiries de la Quienne. C'étaient les hommes de la duchesse, et cette fois ils ne rendraient pas les armes !

Mjolln et Bohem n'eurent pas le temps de s'arrêter, ils passèrent à travers la ligne de leurs défenseurs et firent demi-tour un peu plus loin pour livrer bataille à leurs côtés.

Bohem attrapa son épée et fondit vers l'ennemi en hurlant. Il aperçut sur sa droite Vivienne et La Rochelle, décidés à se battre eux aussi...

*
* *

Accroupi au milieu des arbres, Bastian resta un long moment devant l'empreinte marquée dans le sol devant lui, afin d'être certain. Mais il savait déjà qu'il ne se trompait pas. Un seul animal pouvait laisser une trace de cette forme, si singulière. Une seule Brume. La Licorne.

La dernière et la seule fois qu'il avait vu une empreinte identique, c'était sept ou huit ans plus tôt. Probablement au même endroit, tout prêt du centre de la forêt de Roazhon. Là où les hommes ne s'aventuraient que très rarement, trop loin des villes, trop loin de tout.

Il serra les poings. Allait-il pouvoir remonter jusqu'à elle cette fois ? Serait-il le louvetier qui aurait chassé la reine des Brumes ? Cela risquait d'être très difficile. Il le savait. Mieux valait ne pas se réjouir trop tôt. Mais ces empreintes étaient fraîches. Elles n'avaient pas plus d'un jour ! La Licorne n'était sûrement pas loin.

Alors, il fallait y croire. Espérer.

Il ramassa son arbalète, mais il ne remit pas son casque. Il faisait trop chaud. Et cela ne servait plus à rien de se défendre. C'était son dernier combat. Elle ou lui. Pas de triche. Pas de barrière entre eux deux. Il devait tirer le premier, tuer la Licorne. Il n'aurait pas de seconde chance.

Il se remit en route, transpirant, marchant péniblement dans la forêt touffue, les yeux rivés au sol pour suivre les traces de la Brume entre les vieilles feuilles et la mousse qui apparaissait sur les souches ou les pierres. Il se faufilait entre les troncs immenses des hêtres, des chênes et des tilleuls, s'appuyant par moments contre eux quand il croyait avoir perdu la piste.

Mais il ne la perdit pas. Il ne pouvait pas se le permettre, on ne tombait pas deux fois par hasard sur les traces de la Licorne. Il avait une chance incroyable, il s'agissait de ne pas la gâcher. Il redoubla d'attention, écoutant son instinct de louvetier. Un instinct élaboré au cours d'années de chasse et hérité de générations successives de louvetiers. Puisqu'il devait être le dernier, il serait aussi le meilleur. Il voulait ainsi rendre hommage à ses ancêtres. À ceux qui, avant lui, avaient traqué les Brumes dans le pays tout entier, à une époque où elles étaient plus nombreuses, certes, mais où l'arbalète n'existait pas. Cette arme si redoutable ! Si puissante, et qui rendait la visée tellement plus facile !

Non. Il ne faillirait pas. Il pouvait la sentir. Il l'entendait presque, cette Licorne ! La chasse allait bientôt se terminer. La dernière Brume ne pourrait pas lui échapper. Il le sentait comme un prédateur qui sent sa proie abandonner. Elle était là. À quelques pas. Proche de lui. Prête à mourir.

Il arma son arbalète à l'aide de son pied, posa son doigt sur la détente et avança vers la Licorne.

*
* *

Le cœur de la forêt de Roazhon avait plusieurs centaines de siècles. Certains arbres ici étaient bien plus que millénaires. Ils avaient traversé les âges, survécu aux folies des hommes et aux affres du temps. Mais dans son histoire, jamais cette forêt n'avait vu pareille bataille en son sein. Là où nul homme ne venait jamais. Là où le temps, lui-même, semblait s'écouler avec une lenteur discrète.

La bataille rangée qui fut livrée au milieu des arbres fut d'une violence rare. D'un côté, près de cent soldats montés, portant la bannière d'Hélène de Quienne, et équipés pour la guerre : ils portaient armure de plates et cotte de mailles, gants, brassards, jambières et cuissards, bouclier dans une main, lance ou épée dans l'autre. Les chevaux aussi étaient cuirassés pour le grand combat, avec chanfrein et muserolle, des bardes sur le poitrail et la croupe. En face, le clan des Aïshans, fous de guerre torse nu, avec pour seule protection des fourrures sur les jambes, mais que ces tenues sommaires rendaient plus vifs et plus habiles. Et parmi eux, six Magistels, chevaliers majestueux et imposants, valant chacun au moins trois ou quatre hommes. Les druides, quant à eux, restaient en retrait. Ils se battraient, sans doute, mais pas dès le premier assaut. Ils n'avaient certes plus l'aide du Saîman pour combattre mais, s'ils devaient se défendre, ils n'avaient pas perdu leur maîtrise du bâton...

Le choc fut frontal et furieux. Chevaux contre chevaux, fer contre fer, armure contre chair. Les épées se heurtèrent au-dessus des boucliers dans un vacarme assourdissant. Et déjà, les lances s'enfoncèrent dans les torses dénudés. Les masses s'abattirent et les fléaux tournèrent. Le sang giclait contre le métal étincelant des armures polies, coulait entre les mailles des cottes, sur les visages, au creux des mains. Les armes se brisaient, et les os, aussi. Les corps tombaient, ne se relevaient pas toujours. Les chevaux s'écroulaient, emmenant dans leur chute des guerriers décapités. Piétinaient des blessés implorants. On tranchait des membres, on écrasait des têtes, on s'assommait, on s'empalait. Ils furent nombreux à tomber dès la première passe.

Les deux rangées se reformèrent et donnèrent un second assaut, toujours de face, avec un dernier semblant d'alignement. Puis ce fut le chaos total, l'horreur absolue. Il n'y eut bientôt presque plus personne à cheval. Au sol, les corps à corps redoublaient de violence dans des nuages de poussière. Des hommes mourants, un bras coupé, continuaient à se battre. Les lames se croisaient avec bruit, emportaient des corps entiers dans de grandes gerbes de sang. On voyait les groupes se dissoudre, les Magistels se séparer, fondre sur l'ennemi, se replier, attaquer à nouveau... Des Aïshans tombaient, des soldats de Quienne aussi, plus nombreux encore, les cadavres s'amoncelaient comme de vulgaires morceaux de viande.

Bohem, qui s'était retrouvé en retrait lors de la première salve, était à présent au cœur même du combat. Au cœur du massacre. Il hurlait. Abattant son épée avec une frénésie qu'il ne contrôlait plus, il se frayait un chemin parmi les cadavres pour pourfendre toujours plus d'ennemis, se souvenant des quelques conseils que lui avait donnés le sergent Fredric. Les yeux emplis de haine, il se jetait sur les Aïshans, comme possédé, hanté par le souvenir de Catriona, et rien ne semblait pouvoir l'arrêter. Chaque nouvelle explosion de sang le rendait plus fou encore, chaque soldat qui tombait. Bientôt, il eut l'impression d'avoir perdu la raison. Il en avait conscience mais ne pouvait rien faire, et il assistait à sa propre folie comme un spectateur horrifié. Il n'esquivait même plus, cherchait presque les coups. Fonçait sur les épées des Aïshans comme pour les défier tous. Son corps était couvert de sang. Son sang à lui ou celui des autres peut-être, comment savoir ? Il ne ressentait rien. Aucune douleur, aucune peur, juste la soif de vengeance et une délivrance terrible qui le transformait en monstre. Il ne faisait qu'un, à nouveau. Qu'un avec sa lame, avec la force qui soulevait l'épée, avec la rage qui l'abattait.

Soudain, sa tête se mit à tourner. Il ne comprenait plus vraiment ce qu'il se passait autour de lui. Des hommes fuyaient en hurlant. Le bruit des épées disparaissait petit à petit. Le monde semblait s'éteindre lentement, les sons se mélanger. Plaintes, hennissements, cris de douleur, râles, sanglots... Le chaos s'élevait comme un opéra de pleurs dissonants. Mais il continua d'avancer. Il croisa un autre ennemi. Esquiva à peine sa lame, contre-attaqua, plus fort, sans s'arrêter, sans reculer, marchant toujours sur l'adversaire. Et son épée s'enfonça encore dans la chair. Déchirant les entrailles. Il piétina l'Aïshan, sans même le regarder, et continua d'avancer.

Il ne sentait même pas qu'il n'avait plus de forces. Ses jambes cédèrent sous lui, et il s'écroula à genoux, le buste droit, comme une marionnette qu'on lâche. Du sang, ou de la sueur peut-être, coulait sur son front, dans ses yeux, et brouillait sa vue. Il s'appuya sur son épée pour se relever. Comme enivré par la folie du combat. Il tourna la tête. Il n'y avait plus personne à côté de lui. Il fit volte-face. Personne derrière non plus. Et il s'écroula à nouveau, en hurlant, les yeux clos. Ses mains se refermèrent sur la petite poche qu'il portait autour du cou, où se trouvaient la bague du Samildanach et la fleur de Muscaria. Son héritage. Il resta ainsi longuement, les bras croisés sur la poitrine.

Comment ai-je pu faire ça ? Comment ? Mais qui suisje ? Combien en ai-je tué ? Ce n'est pas possible ! Ce n'est pas moi !

— Bohem !

Le jeune homme releva lentement la tête. Il vit le visage de Vivienne se dessiner sur le fond verdoyant des arbres ancestraux. Vivienne, si belle, avec ses beaux yeux marron, ses cheveux clairs et son sourire d'archange. Vivienne, qui était venue le sauver, à son tour.

Il essaya de se relever, péniblement. Elle se précipita vers lui pour lui tenir le bras. Il vit alors qu'il n'y avait que Mjolln et La Rochelle derrière la jeune femme. Et tous ces cadavres autour d'eux.

— Ils... Ils sont tous morts ? bredouilla Bohem incrédule.

— Non ! répondit Vivienne. Non. Les druides et les Magistels se sont enfuis, les soldats d'Hélène sont à leurs trousses.

Bohem secoua la tête, puis il avança avec Vivienne vers les deux autres. Il avala sa salive. Il regarda ses bras, ses jambes, son torse, passa une main sur son crâne. Il n'était pas blessé.

— Je... Je crois que j'ai perdu le contrôle de moimême.

— Ça, ahum, c'est le moins qu'on puisse dire.

Bohem hocha la tête. Il avait envie de vomir. Il ne pouvait plus regarder par terre. Les corps ensanglantés se chevauchaient, déchiquetés, dans un amas répugnant.

— Et vous... Vous n'avez rien ? demanda le louvetier à ses trois compagnons.

— La Rochelle s'est blessé le bras, Mjolln semble s'être abîmé l'épaule, et moi je n'ai rien.

— Mais le principal, intervint La Rochelle en tenant son avant-bras ensanglanté, c'est que Mjolln et toi nous ayez trouvés. C'est un véritable miracle !

— Oui, marmonna Bohem. Plus ou moins... C'est un loup qui nous a guidés jusqu'à vous.

La Rochelle fronça les sourcils, incrédule.

— On pourrait aller un peu à l'écart ? demanda Bohem qui était de plus en plus pâle.

— Avec plaisir, répondit Vivienne en souriant. J'aimerais mieux moi aussi.

Ils traversèrent tous les quatre le champ de cadavres et s'éloignèrent jusqu'à ce qu'il n'y ait plus un seul corps au pied des arbres immenses.

Mais Bohem était encore bouleversé. Il aurait voulu exprimer sa reconnaissance, embrasser Vivienne, lui dire qu'il l'aimait, mais il se sentait trop mal. Son corps entier n'était que douleur, et il était couvert de sang.

— Jamais je n'aurais cru... Jamais je ne me serais cru capable d'une telle...

Il ne put finir sa phrase, tant sa gorge était nouée.

— Nous non plus, mais nous n'avions pas le choix, Bohem...

— Bah, intervint le nain, tu verras, on finit par s'habituer, ahum.

Vivienne lui lança un regard écœuré. Elle ne le connaissait pas encore – même si elle devinait qu'il s'agissait de Mjolln Abbac, le fameux poète dont sa tante avait tant parlé – et elle se demanda s'il plaisantait ou s'il était sérieux. En tout cas, ce n'était probablement pas la chose la plus délicate à dire en un pareil moment...

Mais, alors qu'elle allait se retourner vers Bohem pour l'aider à se ressaisir, elle resta figée, les yeux écarquillés, le regard fixé par-dessus les épaules du nain.

— Re... Regardez, bafouilla-t-elle complètement stupéfiée.

Ils se tournèrent tous les trois lentement dans la direction que la jeune femme indiquait, et ils virent à leur tour ce qu'elle observait avec tant d'étonnement.

— Mon Dieu ! murmura La Rochelle, ébahi.

Elle était là, debout entre les arbres, resplendissante de blancheur, comme noyée de lumière. La Licorne. Plus belle que sur les plus beaux tableaux. Plus somptueuse qu'en rêve. Elle semblait flotter dans l'air, transportée par une fierté majestueuse. Et elle les dévisageait, la corne dressée, le regard noble.

Bohem n'en croyait pas ses yeux. Pourquoi était-elle là, maintenant ? Était-elle venue d'elle-même ? Intriguée par le bruit de la bataille ? Qu'allait-elle penser d'eux, après le massacre auquel ils avaient participé, au cœur de cette forêt si paisible ? Savait-elle qu'ils étaient venus la voir, elle ? Et que c'était pour ça aussi qu'ils avaient dû se battre ? Une Brume pouvait-elle comprendre tout cela ?

Mais non. Il devait rêver ! Et pourtant c'était bien elle. Les autres la voyaient comme lui. Et les vers de Thaon lui revenaient en mémoire. *« Monosceros est beste, Un cor at en la teste... »* La reine des Brumes. Sa crinière blanche, soyeuse, son fin museau.

Il n'y avait pas de doute. Non, elle ne pouvait pas être là par hasard. Elle venait l'écouter. Et se faire écouter, peut-être. Sûrement.

Mais soudain, alors que Bohem s'apprêtait à marcher lentement vers elle, la Licorne sursauta et partit au galop à travers la forêt. En quelques foulées à peine elle disparut dans l'ombre des grands arbres.

— Il faut la suivre ! s'exclama Bohem. Venez !

Attendez ! Attendez-moi ! Je dois comprendre. Je dois savoir !

Ils se mirent à courir tous les quatre dans la même direction que la Licorne. Ils n'avaient sans doute aucune chance de la rattraper. Mais ils devaient essayer. Et de toute façon, Bohem ne leur laissait pas le choix. Il n'était venu ici que pour cela. Il n'avait survécu que pour ce moment-là. Toutes ces morts, cette longue fuite, ces combats ! Il le savait à présent. Il n'avait fait tout cela que pour la voir. Elle, la Licorne. Il ne pouvait pas la perdre.

Alors, il courut, longtemps, vite, oubliant la fatigue, la nausée et la douleur que lui avait laissées la bataille. Oubliant les morts et oubliant les peines. Car une seule chose comptait maintenant, entendre la Licorne. Il courut entre les arbres, plongeant dans l'obscurité de la forêt, suivant son instinct, écoutant seulement son cœur. Les autres peinaient à le suivre, et se demandaient sans doute où il trouvait encore la force de courir. Mais il n'allait tout de même pas abandonner ! Pas maintenant ! Si près du but !

Ils étaient chez elle, dans l'âme de Roazhon, au royaume des Brumes. Et elle ne pouvait pas refuser de les voir, ils avaient tant peiné ! Tant souffert ! Non, elle n'avait pas le droit de leur échapper ainsi !

Soudain, il la vit à nouveau. À quelques pas de lui. Immobile. Interdite. Mais elle ne le regardait pas. Elle ne les regardait pas, cette fois. Ses yeux étaient dirigés de l'autre côté. Paralysée, elle fixait autre chose entre les arbres, à quelques pas d'elle seulement.

Bohem s'arrêta net et tourna la tête pour voir ce qu'elle regardait. Ses yeux croisèrent d'autres yeux. Là-bas. Entre les feuilles. Des yeux menaçants. Derrière le bois d'une arbalète.

— Non ! hurla Bohem en comprenant aussitôt, mais il était sûrement trop tard.

Sans réfléchir il se précipita vers le louvetier. Dans un seul battement de cœur. Il lui sembla traverser l'espace qui le séparait du louvetier d'un seul coup, comme une flèche lui-même, et que cet instant durait des heures. Il vit le carreau partir de l'arbalète. Traverser l'air devant lui dans un sifflement interminable.

— Non ! répéta-t-il horrifié.

Et comme un rapace sur sa proie, mais un instant trop tard, il tomba sur le tireur de tout son poids. Ils roulèrent ensemble sur le sol et Bohem prit rapidement le dessus. D'un geste sec il enleva l'arbalète des mains du louvetier et la jeta au loin. Il lui adressa un regard agressif, meurtrier presque, puis il se releva et se retourna rapidement, s'attendant au pire.

La Licorne n'était plus là. Et le carreau était planté dans un arbre, droit comme le regard d'un mort.

*
* *

— Vous étiez sur le point, monsieur, de tuer la seule Licorne qu'il y ait dans ce pays, ou dans n'importe quel autre pays d'ailleurs...

Bohem était fou de rage. Il était encore hanté par le combat qu'ils avaient livré contre les Aïshans, et n'avait pas retrouvé toute sa raison. Ses yeux étaient emplis de sang, ses mains tremblaient.

— Je ne fais que mon métier, jeune homme, répondit Bastian, qui n'était pas très à l'aise.

Le louvetier de Roazhon se demandait qui étaient ces quatre étranges personnages qui lui étaient tombés dessus au beau milieu de la forêt. Et Bohem, qui l'interrogeait avec un regard peu amène, était particulièrement impressionnant : il était couvert de sang de la tête aux pieds.

— Je suis louvetier, ajouta Bastian en montrant son équipement.

— Merci, ironisa Bohem, je sais quel métier vous faites...

Le jeune homme essaya de se calmer. Il devait reprendre le contrôle de lui-même.

— Comment vous appelez-vous ? demanda-t-il.

— Bastian.

— Très bien. Bastian, vous êtes un excellent louvetier. Le premier, je crois, qui ait eu l'occasion de tirer sur la Licorne. Malheureusement pour vous, ou heureusement, d'ailleurs, c'était la dernière fois que vous tiriez sur une Brume.

Le louvetier haussa les sourcils.

— Vraiment ? Et pourquoi ?

— Parce que vous allez me le promettre tout de suite, si vous ne voulez pas que je vous réduise en morceaux.

Mjolln ne put s'empêcher de rire derrière eux.

— Mais qu'est-ce que c'est que cette histoire ? s'exclama le louvetier, qui commençait à se dire qu'il était tombé sur une troupe de fous furieux.

Bohem soupira. Il était épuisé. Et il n'avait pas envie de discuter.

Après tout, ce louvetier n'avait pas l'air d'être un mauvais homme. Tout comme Martial, il avait probablement pris la suite de son père sans trop se poser de questions. Mais c'était bien ça, le drame. Tous ces gens qui vivaient leur vie sans se poser de questions...

— Allons, Bohem ! intervint Vivienne en venant le prendre par le bras. Laisse ce pauvre homme, nous lui expliquerons tout ça plus tard... Tu as besoin de te reposer. Nous avons tous besoin de nous reposer.

Bohem ne résista pas, il se laissa entraîner par la jeune femme.

— Mais... Mais, balbutia Bastian derrière eux, je ne vais pas rester ici, moi... Je...

Il se tut immédiatement en voyant le regard de Bohem qui venait de se retourner. La lueur dans les yeux du jeune homme en disait long sur son état de fatigue et sur la rage tapie derrière, encore prête à exploser.

— Monsieur Bastian, dit La Rochelle en s'approchant du louvetier, pour le moment, vous restez avec nous. Demain, nous verrons. Estimez-vous heureux qu'on ne vous ait pas abattu quand vous avez tiré sur la Brume.

Le louvetier hocha lentement la tête, bien convaincu cette fois que ses interlocuteurs n'avaient plus leur raison.

— Eh bien moi, ahum, dit Mjolln, je vais faire un bon feu, et je suggère, ça oui, que nous mangions tous ensemble car nous en avons grand besoin. Ainsi que de bien dormir. Mais seulement, vous en conviendrez, après avoir bien mangé. Oui.

Et le nain s'exécuta aussitôt.

Au fur et à mesure que la soirée avançait, ils retrouvèrent tous un peu de calme. Le silence régna longuement, s'imposant de lui-même comme pour apaiser les esprits, puis les langues se délièrent pendant le repas, petit à petit. On oublia un peu le vacarme et le sang.

D'abord, La Rochelle expliqua comment Vivienne avait réussi à convaincre sa tante d'envoyer son armée à la poursuite des Aïshans.

— Mademoiselle de Châtellerault sait être persuasive, quand elle a une idée derrière la tête, dit-il en regardant la jeune femme ! Elle a même réussi à m'arracher, moi, de ma forge !

— Ne t'inquiète pas, Compagnon, tu la retrouveras, ta forge !

— Oui... Mais rassure-toi, Bohem, je suis surtout heureux de t'avoir retrouvé, toi.

Bohem le remercia d'un sourire. Il était heureux, lui aussi, de les revoir. Après tout, ils étaient sa seule attache avec le passé. Il n'avait pas de plus vieux amis... Il leur présenta Mjolln, avec une certaine fierté, comme s'il était un parent, et celui-ci, revigoré par le repas, leur joua un morceau de cornemuse.

Ils écoutèrent tous, ébahis, et se laissèrent bercer par la musique du barde. Ils n'avaient jamais entendu pareil instrument, et les mélodies du nain étaient comme un baume pour leurs âmes encore meurtries par l'horreur de la journée qui finissait enfin.

Bastian, qui n'osait toujours pas parler, mais qui avait partagé leur repas, commençait vaguement à comprendre qui pouvaient bien être ces quatre inconnus, et à faire le lien avec les légendes qu'il avait entendues ces derniers temps au sujet d'un jeune homme étrange que recherchait le roi de Gallica. Il essaya de se rassurer et tomba lui aussi sous le charme de la musique de Mjolln.

Le nain, quant à lui, joua longuement en se gardant de dire ce à quoi il pensait. Il avait reconnu plusieurs druides pendant la bataille, des druides qu'il avait vus des années auparavant, dans le pays d'où il venait. Et, tout en jouant de sa cornemuse, il se demandait pourquoi les druides s'étaient retrouvés là, et comment c'était possible, alors que tout le monde pensait que l'ordre avait depuis longtemps disparu... Il se dit qu'il devrait en parler à Bohem, mais que ce n'était pas encore le bon moment. Pas ce soir. Peut-être même pas le lendemain...

Mjolln, qui savait jouer sur sa cornemuse les modes du sommeil, aida ses compagnons à s'endormir. Ils fermèrent les yeux les uns après les autres. Bohem trouva enfin la paix et s'assoupit en espérant que les soldats d'Hélène avaient rattrapé les druides.

Car la bataille n'était pas encore finie.

*
* *

C'est moi qui ai décidé de venir ici. Je crois. Je ne dors pas vraiment. J'ai réussi à venir ici avant de m'endormir, les notes de la cornemuse ne s'étaient pas encore éteintes. Je suis dans le monde de Djar par ma propre volonté.

Et pour la première fois je ne sens pas Sa présence. Il n'est pas là. Le Sauvage.

Non. Je ne dois pas dire Son nom. Ne pas attirer Son attention. Profiter de Son absence.

Mais il y a autre chose. Pas une présence. Un souvenir. Comme un parfum laissé par une femme. Un vieux fantôme bienveillant, qui est déjà venu ici il y a fort longtemps. Qui connaît ce monde mieux que moi. La Licorne ? Non. Ce n'est pas elle. La Licorne est bien présente, bien sûr, mais ce n'est pas elle qui touche mon âme. C'est autre chose. Quelqu'un d'autre. Quelqu'un qui est parti. Pour toujours.

Je sais qui cela peut être, évidemment. Cela ne peut être que son souvenir. Comme l'écho d'une mélodie qui a arrêté de se jouer depuis longtemps. Son esprit est là. Ou du moins, il reste un sentiment, une humeur hospitalière, chaleureuse. Aléa. Ma mère. Cette jeune veuve qui m'a conduit jusqu'ici. Qui est morte en me sauvant. Une veuve... J'étais l'enfant d'une veuve. N'est-ce pas ainsi que se nomment les Compagnons ? Est-ce ce qui me lie à eux ? Si seulement je pouvais poser toutes ces questions à ma mère. Mais elle n'est plus qu'un souvenir.

C'est étrange. C'est comme si je me souvenais de son passage. Elle était ici, jadis. Et c'est ici qu'elle a laissé... qu'elle a laissé son amour pour moi. Je peux le sentir. Une trace si forte. Qui ne s'effacera jamais. Je suis seul à présent, mais je me sens bien. Chez moi.

Soudain, le loup apparaît devant moi. Je reconnais ces yeux. Ce pelage. Mon grand loup gris. Celui que j'ai sauvé des feux de la Saint-Jean. Je sais que c'est toi. Oui. Va. Je te suis.

Il m'entraîne, me guide à nouveau, mais sur une nouvelle route cette fois, car Mjolln n'est plus dans le monde de Djar. Ce n'est plus lui qu'il m'emmène voir. D'ailleurs, nous ne sommes pas dans la grande plaine. Nous sommes déjà dans une forêt. Dans La forêt. On ne peut la confondre avec aucune autre. Ces arbres si anciens, toutes ces voix qui se lèvent autour de nous ! La voix des loups. C'est la forêt de Roazhon. Et je sais où il m'emmène.

Nous arrivons dans une clairière et le loup disparaît. Une belle lumière blanche fait briller le monde autour de moi. Un halo singulier. Les arbres m'entourent dans un grand cercle homogène, on dirait qu'ils me protègent et qu'ils m'observent à la fois. Qu'ils sont penchés sur moi.

Mais leurs branches ne bougent pas. Tout est calme. Silencieux.

Et la clairière est vide. Il n'y a que cette vive lumière blanche, le silence et moi. La Licorne n'est pas ici. Je ne vois personne.

— Bohem.

Je me retourne. Rien. Toujours cette lumière.

— Je suis là, Bohem, mais tu ne peux pas me voir.

Cette voix ! C'est comme un orchestre qui s'élève. Comme un chœur tout entier. Si mélodieux ! Elle est ici, la Licorne. Elle est la lumière qui m'entoure, elle est les arbres, elle est la Voix.

— Pourtant, tout à l'heure, je vous ai vue.

— Oui. Parfois, Bohem, il y a dans les légendes certaines vérités.

— Que voulez-vous dire ?

— Tu n'étais pas seul tout à l'heure.

Je ne suis pas sûr de comprendre. Elle dit que je n'étais pas seul quand elle m'est apparue. Quand elle nous *est apparue.*

— Vivienne ?

— Oui. La jeune femme.

— C'est grâce à Vivienne que nous avons pu vous voir ?

— Et à cause d'elle que j'ai failli mourir, aussi.

La fin du poème ! Je me souviens à présent. La légende. « En sun devant se dort, Issi vient a sa mort. » *Oui. Il y a parfois dans les légendes certaines vérités...*

— Pourquoi désires-tu tant me voir, louvetier ?

— Vous ne le savez pas encore ?

— Peut-être. Mais toi, en es-tu certain ?

— Oui.

— Tu veux sauver les Brumes ?

— Ne le sentez-vous pas ?

Je devine son sourire dans la lumière. Comme un éclat nouveau.

— Nous t'attendons depuis longtemps, Bohem. Kailiana, ta mère, avait promis ta venue. Tu es l'enfant de la veuve.

— Je ne le fais pas pour ma mère, Licorne. Je le fais pour vous.

— Pour les loups qui t'ont élevé ?

— Oui. Et pour les autres. Pour vous toutes, les Brumes.

— Pourquoi ?

— Parce que ce qui est beau ne doit pas disparaître. Ce qui est beau doit grandir. Et parce que je veux croire qu'il y a dans ce monde une place pour chacun. Pour les filles qui veulent devenir troubadour, pour les femmes à la tête des royaumes, pour les Compagnons, pour les Brumes...

— Et pour les louvetiers ? Pour les Aïshans ? Les guerriers ? Veux-tu défendre aussi ceux-là ?

— Je veux défendre l'idée qu'ils peuvent changer. Je suis un louvetier, moi. Bohem, le louvetier. Et je peux changer le sens de ce mot.

— Tu as le cœur bon, Bohem. Trop bon, peut-être. Et je ne sais pas si ces doux rêves pourront se réaliser. Je ne sais pas si tu pourras nous sauver. Nous mourons si vite ! Sais-tu que les Brumes ne peuvent plus avoir de petits ?

— Oui. Je le sais.

— Notre fin est proche, Bohem. Si proche !

— Je dois bien pouvoir faire quelque chose pour vous sauver ! Ma mère ne vous aurait pas annoncé ma venue s'il n'y avait rien que l'on pût faire !

— Je croyais que ta venue n'avait rien à voir avec elle...

— Je suis venu de mon plein gré, Licorne. J'ai toujours voulu venir, au fond de moi. Mais je commence à entendre la voix de cette femme qui, dit-on, était ma mère. Je l'écoute. Nous verrons bien.

— Tu suis ta propre voie ?

— J'essaie en tout cas. Ce que je sais, c'est que je veux vous aider, Licorne. C'est le seul sens que je trouve à ma vie, aujourd'hui. Dites-moi ce que je peux faire...

Elle se tait. On dirait qu'elle m'observe. La lumière se rapproche de moi. Puis sa voix revient, douce, secrète, comme un murmure derrière moi.

— Il y a un endroit...

— Oui ?

— Un endroit où le temps s'arrête. Où plus rien ne naît, et où plus rien ne meurt.

— Où est-ce ?

— Dans le cœur de la terre. Un monde oublié qu'on appelait le Sid.

— Le Sid ? Je ne connais pas cet endroit. Mais je le trouverai pour vous, s'il le faut.

— Cela ne sera pas si simple, Bohem. Je ne sais pas s'il est encore ouvert. Toutes les portes que je connaissais se sont refermées.

— J'en trouverai une autre ! Je vous ai bien trouvée, vous !

La clairière est traversée d'un nouvel éclat de lumière. Elle sourit.

— Oui, Bohem. Je crois que tu en es capable.

— Je ferai tout mon possible, Licorne. Je n'ai plus que ça à faire, à présent. C'est ma vocation, mon droit. Et je sais que le temps vous est compté.

— Alors trouve la porte du Sid, Bohem, et emmène-nous là-bas.

— Mais quand je l'aurais trouvée, comment vous emmener ?

— Il faudra suivre nos voix, Bohem. Suivre notre voix. La voix des Brumes.

— Je ne suis pas sûr de comprendre...

— Tu comprendras. Tu comprendras, Bohem. Mais avant tout, écoute ton instinct, écoute tes souvenirs, n'oublie jamais que tu es l'enfant de la veuve et trouve la porte du Sid.

Elle parle de façon si mystérieuse ! Que veut-elle dire ? Je dois lui faire confiance. Et je dois la rassurer.

— Je vous le promets, Licorne.

La lumière blanche vacille. La Licorne va partir, je le sens. Je voudrais la retenir. Recevoir encore un peu de sa lumière. Mais elle n'est plus ici. Déjà. Partie comme un souffle de vent. Les arbres se redressent, comme s'ils me tournaient le dos à présent. Comme s'ils m'invitaient à me retirer. Oui. Je peux partir. Je peux quitter le monde de Djar. Je sais maintenant ce que j'ai à faire.

Demain, nous partirons pour Pierre-Levée. Dès l'aube. Car les Miliciens ne sont plus loin. Ils sont à nouveau sur mes traces.

Ils ont tué les Compagnons. Tué Fredric. Je le sens. Leur voix résonne entre les arbres. Les âmes des morts ont rejoint celles des Brumes. Encore des vies perdues en mon nom, encore des sacrifices pour protéger ma route. Et il y en aura d'autres, je le sais maintenant. Mais je dois l'assumer. C'est le choix que je dois faire. Nous tomberons pour sauver d'autres vies. Nous périrons pour sauver le monde de demain. C'est le prix du progrès. Sauver nos frères au péril de nos vies.

Demain, Mjolln, La Rochelle et Vivienne partiront avec moi. Nous y arriverons ensemble.

Et Bastian ? Que faire de lui ? C'est un louvetier. Mais néanmoins un honnête homme. Il pourra m'aider. M'aider à donner un nouveau sens à notre métier. Un nouveau sens au mot louvetier.

Voilà. J'ai trouvé, Trinité. J'ai trouvé ma vocation.

Nous irons chercher la porte du Sid.

Épilogue

SOLITUDES

Livain VII était seul dans son grand bureau, étouffé dans la pénombre par la chaleur de l'été. Immobile, silencieux, il regardait son reflet dans un petit miroir posé sur son bureau. Ses longs cheveux plongeaient son visage dans l'ombre. Le palais était silencieux. Il était tard, déjà, les gens étaient partis se coucher. Mais pas lui. Il n'arrivait pas à dormir. Comme chaque soir depuis le retour du général Goetta. Depuis l'humiliation de Pierre-Levée.

Qu'as-tu fait ? Qu'as-tu fait, pauvre imbécile ! La guerre sera inévitable maintenant ! Et ce Bohem qui court toujours... Qui est aux mains de l'ennemi, même, peut-être. Comment ai-je pu être si maladroit ? Si aveuglé ?

M'avez-Vous abandonné ?

Je suis tellement seul, maintenant. Entouré de tant de monde et pourtant si seul ! Mon père, pourquoi êtes-vous parti si vite ? Je n'ai pas eu le temps d'apprendre. Vous auriez dû me montrer. Je ne sais pas gouverner, mon père. Je ne pourrai jamais faire comme vous, et ce que vous avez construit, je suis en train de le détruire. Et vous, Courage ? Vous non plus, mon fidèle Courage, vous n'êtes pas resté assez longtemps pour me guider. Pour m'apprendre.

Je suis si seul ! Trahi de toute part. Pieter le Vénérable, le pape, le comte de Tolsanne... Oui. Même vous, Red-

han ! Je sais que vous complotez contre moi. Qu'Emmer est venu vous voir. Et que vous êtes prêt à l'aider contre votre futur beau-frère ! Contre le frère de votre future épouse ! Quel diable suis-je devenu pour susciter autant de haine ?

Me voilà, maintenant, tel que je suis. Pitoyable. Pleurant sur mon sort. Mérité-je vraiment d'être roi ? En ai-je vraiment l'étoffe ? En ai-je encore le courage ? En ai-je jamais eu l'envie ?

Mon Dieu, faites-moi un signe. Montrez-moi la voie. J'ai toujours voulu vous suivre. Non. Vous qui lisez dans les cœurs, vous connaissez le mien. Je ne voulais pas être roi, mon Dieu, je voulais être moine ! Vous donner ma vie ! Elle vous a toujours appartenu !

N'ai-je donc pas assez prouvé ma piété sur les routes d'Orient ? N'ai-je donc pas assez écouté tous ceux qui parlaient en Votre nom ? J'ai été trompé, Seigneur. Mais vous, je ne vous ai jamais trompé. Alors montrez-moi la voie, mon Dieu... Un signe, un seul espoir...

On frappa à la porte. Livain sursauta. Le petit miroir se renversa sur sa table et se brisa en deux.

Qui pouvait venir à son bureau à une heure si tardive ? Qui osait le déranger ainsi ?

— Qui est là ? demanda Livain en se tournant vers la porte.

— C'est moi, Camille.

Son épouse, encore. Bien sûr. Elle était venue presque chaque soir. Répétant sans cesse qu'elle croyait encore qu'il pouvait se sortir de ce mauvais pas. Elle avait dans le regard une lueur secrète, comme un enfant espiègle qui prépare un mauvais coup. Et elle lui avait dit de patienter. Mais il ne la croyait plus, maintenant. Il n'attendait plus rien. Il se sentait abandonné.

— Entrez, Camille, entrez.

La porte s'ouvrit. La jeune femme apparut, resplendissante. Elle souriait. Et à côté d'elle se tenait un drôle de personnage. Une silhouette inconnue. De la même taille qu'elle, mince, fine, vêtue d'un long manteau noir, une capuche couvrant sa tête.

— Qui est cette personne qui vous accompagne ? demanda Livain en se levant, inquiet.

— C'est mon arme secrète, Majesté. La personne dont je vous ai parlé. La solution à nos problèmes, Livain.

Son arme secrète ! Elle était donc sérieuse ! Mais que cachait-elle ainsi ?

Camille de Chastel traversa la pièce, tenant la personne par le bras.

— Qui êtes-vous ? demanda le roi qui n'aimait pas trop cette mascarade.

Quand elle fut devant son bureau, la personne tira sa capuche en arrière. Le roi fronça les sourcils. C'était une femme, à n'en pas douter. Une jeune femme. Mais elle portait un masque de cuir qui dissimulait la moitié de son visage.

— Qui êtes-vous ? répéta le roi, perdant patience.

Camille tourna la tête vers la personne qu'elle avait amenée devant son époux et lui fit signe de répondre.

— Catriona, Majesté, sœur de Bohem.

Le roi se laissa retomber sur son fauteuil, les yeux écarquillés. Il se demandait ce que cela signifiait. Il se demandait ce à quoi Camille avait pensé. La sœur de Bohem ? C'était donc cela, son arme secrète ? Et pourquoi pas ? Il commençait à comprendre.

Il sourit enfin. Pour la première fois depuis longtemps.

Non. Il n'était pas seul. Camille était avec lui. Camille de Chastel, sa femme, qui allait peut-être le sauver. Sa jeune femme. Si jeune et si audacieuse toutefois !

L'avenir n'était peut-être pas si noir. Il redressa le petit miroir brisé sur son bureau et ajusta les deux morceaux.

À SUIVRE...

FIGURES POLITIQUES DE GALLICA

Livain VII le Jeune : roi de Gallica depuis l'âge de onze ans. Après avoir répudié sa femme, Hélène de Quienne, il épouse Camille de Chastel en second mariage.

Hélène de Quienne : duchesse de Quienne, répudiée par Livain VII, elle épouse Emmer Capigesne et lui apporte ses nombreux domaines (Quienne, Pierevain, Arvert). Fille du duc troubadour Willem IX, Hélène entretient à Pierre-Levée une cour de poètes.

Emmer Capigesne : duc de Northia, comte d'Andesie et de Turan, il épouse Hélène de Quienne en 1152 et est couronné roi de Brittia en 1154. Il devient aussitôt le pire ennemi du roi de Gallica.

Camille de Chastel : fille du roi de Chastel, elle sera la seconde épouse de Livain VII en 1154.

Pieter le Vénérable : abbé de Cerly, il devient l'un des principaux conseillers du roi Livain VII après la mort de Courage de Blanval.

Andreas Dumont Desbardes : Grand-Maître de la Milice du Christ.

Nicolas IV : élu en 1154, il est le premier pape originaire de Brittia.

Courage de Blanval : mort en 1153, il a été le plus fidèle conseiller de Livain VII. Abbé de Blanval, il est à l'origine de l'essor de l'ordre de Cistel.

Redhan V : comte de Tolsanne, il épouse en 1154 Constantine, sœur du roi Livain VII.

Remerciements

On dit souvent que le métier d'écrivain est un métier solitaire. C'est faux.

Je dois ce livre, et bien d'autres choses encore, à toute l'équipe des éditions Bragelonne. Merci pour votre soutien, votre confiance sans faille depuis le premier jour et vos nombreux efforts. Merci pour votre indépendance (ô combien précieuse... ne la perdez jamais !) et votre audace. Bravo pour votre succès ! Stéphane, Alain, Barbara, David, Stéphanie, Pascal, Olivier, Emmanuel et les autres, nichés au fond de vos écuries... Monsieur de Tréville serait fier de vous !

Un grand merci aux internautes fidèles, et en particulier à Jérémy et tous ceux de *La Moïra Interactive* (www.la-moira.fr.fm), ainsi qu'aux habitués de mon site (www.loevenbruck.net), dont la confiance est une source de motivation inépuisable.

Merci à Bernard Werber, à l'amitié bienveillante, pour son renfort inestimable, ses invitations et son sushi-bar...

Aux libraires pour leur fidélité, avec une mention ultraspéciale à Dominique Richardeau : tu es une magicienne !

Aux familles Lœvenbruck, Wharmby, Pichon, Saint-Hilaire, Allegret et Duprez ainsi qu'aux Artisans du bonheur.

À Emmanuel Reynaud, mon ami, mon frère.

À Barnaby, mon frère, tout court.

J'ai aussi pu écrire ce livre grâce à l'aide d'autres fidèles compagnons : Howard Shore, Jerry Goldsmith, Dave Weckl, Vital Tech Tones, Tribal Tech, Marillion, Fish, Deep Purple, Dream Theater, Spock's Beard et Neal Morse.

Et, bien sûr, les plus grands mercis vont à mes deux muses, Delphine et Zoé, et à Elliott, notre nouveau petit dragon !

LA FANTASY INÉDITE S'INVITE CHEZ J'AI LU ... EN FORMAT XXL !

RETROUVEZ BIENTÔT CHEZ VOTRE LIBRAIRE :

GLENDA LARKE

Les îles Glorieuses - 1 - Clairvoyante

Traduit de l'anglais par Mélanie Fazi

Braise Sang-Mêlé s'était juré de ne jamais remettre les pieds à Gorthan Spit, repaire de tout ce que les îles Glorieuses comptent de salauds de la pire espèce. Mais quand on est la marionnette du plus puissant magicien de tous les archipels, on a plutôt intérêt à suivre les ordres qu'à écouter son instinct... si pertinent soit-il !

ISBN : 978-2-290-00572-9
Prix : 21,50 € - 352 pages
Date de sortie : 1er février 2008

8542

Composition PCA à Rezé
Achevé d'imprimer en France (La Flèche)
par Brodard et Taupin
le 10 décembre 2007 - 44763
Dépôt légal décembre 2007 EAN 9782290006375

Éditions J'ai lu
87, quai Panhard-et-Levassor, 75013 Paris
Diffusion France et étranger : Flammarion